Klausjäger

Silvia Götschi, geboren 1958 in Stans, lebte und arbeitete von 1998 bis 2014 im Kanton Schwyz. Von Jugend an widmet sie sich dem literarischen Schaffen und der Psychologie. Seit 1998 ist sie freischaffende Schriftstellerin und Mitarbeiterin in einer Werbeagentur. Sie hat drei Söhne und zwei Töchter und lebt heute mit ihrem Mann in der Nähe von Luzern.
www.silvia-goetschi.ch

Dieses Buch ist ein Roman. Handlungen und Personen sind frei erfunden. Ähnlichkeiten mit lebenden oder toten Personen sind nicht gewollt und rein zufällig. Auf S. 330 findet sich ein Glossar.

SILVIA GÖTSCHI

Klausjäger

KRIMINALROMAN

emons:

Bibliografische Information der Deutschen Nationalbibliothek
Die Deutsche Nationalbibliothek verzeichnet diese Publikation in der Deutschen Nationalbibliografie; detaillierte bibliografische Daten sind im Internet über http://dnb.d-nb.de abrufbar.

FSC www.fsc.org
MIX
Papier aus verantwortungsvollen Quellen
FSC® C083411

Umschlagmotiv: mauritius images/Prisma Bildagentur AG/Alamy
Umschlaggestaltung: Tobias Doetsch
Gestaltung Innenteil: César Satz & Grafik GmbH, Köln
Lektorat: Irène Kost, Biel/Bienne (CH)
Druck und Bindung: CPI – Clausen & Bosse, Leck
Printed in Germany 2016
ISBN 978-3-95451-988-0
Originalausgabe

Rache ist ein Geständnis des Schmerzes.

Lucius Annaeus Seneca

Den Gipfel umschlossen wie eine Qualle Wolken, und aus dem Himmel schossen Lichtblitze, als kehre die Dreifaltigkeit auf die Erde zurück. Ein biblisches Bild war es, und er starrte einen Moment fasziniert darauf. Vergessen war sein Auftrag und weshalb er auf dem Seeplatz stand. Seit einer Viertelstunde bereits. Den Pilatus sah er nicht wirklich, nur ein Schemen hinter dem Vorhang der Nebelwand. Er nahm das Naturtheater wahr, wie er Bilder in Illustrierten wahrnahm. Gefühle waren ihm fremd, genauso wie Regungen, die Herzklopfen verursachten. Er zählte die Striche am Horizont, die auf dem Wasser reflektierten. Insgesamt zwölf waren es. Zwölf wie die Apostel oder die Tierkreiszeichen. Die zwölf Brüder in Grimms Märchen.

Später raffte er sich auf und ging in die Bahnhofstrasse. Deswegen war er hierhergekommen. Nach Küssnacht. Ins Dorf am Fusse der Rigi, deren Spitze mit dem Sendeturm er von hier aus sehen konnte. In diese Richtung zeigte sich der Himmel klarer.

Er beobachtete das Gebäude auf der gegenüberliegenden Strassenseite. Ein Modegeschäft, die Schaufenster schon festlich dekoriert. Er sah Leute eintreten. Leute, die herauskamen, beladen mit Tragtaschen voll neuer Errungenschaften, neuer Kleider, neuem Glück. Bald war Weihnachten. Und der Kaufrausch fand keine Grenzen. Wie schnell könne man davon süchtig werden, sagte man. Weshalb das so war, hatte er noch nie begriffen. Es interessierte ihn auch nicht.

Er umschloss mit beiden Händen fest seinen Rucksack. Er hatte ihn vom Rücken genommen. Er war ein ganz normaler Mensch, der jetzt die Strasse überquerte. Die grossen Fenster waren mit unechten Tannenbäumen geschmückt. Überall Glimmer und Schnee und funkelnde Sterne. Und Puppen mit seidigen Haaren. Engel da und dort. Eine Melodie lockte ihn ins Innere. Die Wärme und der Zimtduft, der vom ätherischen Öl ausging. Auf dem Tresen eine Schale mit Orangen. Eine Verkäuferin wickelte ein Paket mit Goldpapier ein. Sie blickte auf. Über ihr

Gesicht huschte ein Lächeln. Ihr Mund wie zwei Zahlen. Die Zeiger einer Uhr. Zehn und zwei, dachte er.

Er ging zur Treppe und stieg nach oben. Fünfzehn Stufen. Die Herrenabteilung war kaum besucht. Er fand schnell die Stelle, die er schon Tage zuvor inspiziert hatte. Ein Blick auf die Uhr. Das Geschäft würde heute um vier Uhr schon schliessen. Der Sonntag stand bevor. Und der Montag, an dem das Geschäft geschlossen blieb. Er sah sich um. Niemand mehr da. Eine Kundin hatte sich nach unten begeben. Das Licht war bereits gedimmt. Er würde sich unter dem Kleiderständer an der hinteren Wand verstecken. Einfach zusammenrollen. Der Boden, auf dem sich der Ständer befand, war etwas erhöht. Dort lag ein wenig Staub. Er deponierte seinen Rucksack. Ein schneller Blick ins Büro. Ein Mann sass am Pult, den Rücken hatte er ihm zugewandt.

Bald würde dieser den Raum hier verlassen. Dann war er allein.

Allein mit seinem Plan. Mit seinem Auftrag.

EINS

«Das musst du dir ansehen! Diesmal kommst du nicht darum herum.» Henry Vischer hatte sie fast angefleht. «Seit acht Monaten lebst und arbeitest du im Kanton Schwyz. Der Klausumzug in Küssnacht gehört zu unserer Kultur. Wenn du willst, kannst du nachher bei mir schlafen. Ich habe genügend Platz.»

Valérie Lehmann hatte dies mit einem Schmunzeln quittiert. Sie hatte nie viel von Paraden gehalten, schon gar nicht in einer Jahreszeit wie dieser. Es war Montag, der 5. Dezember, und eine Schweinekälte.

Seit einer halben Stunde stand sie in der Nähe des Kreisels, schräg gegenüber dem Pizza-Kurier, und fror. Ihre Füsse fühlten sich wie Eisklötze an, obwohl sie ihre mit Schaffell gefütterten Stiefel trug und unter dem Daunenmantel mindestens vier Lagen Stoff und Wolle, vom Unterhemd bis zum Kaschmirpullover.

Der Polizeipsychologe Henry Vischer hatte sie mit seinem Charme letztlich doch überzeugen können. Jetzt hielt er ihr einen Pappbecher dampfenden Tee hin. Sie griff dankbar danach und fragte sich, wie er es ohne wärmende Mütze und Haare aushielt. Er schien gegen die Minustemperaturen immun zu sein. Sie lächelte vor sich hin. Mit dem Vorschlag, bei Henry zu übernachten, konnte sie sich ein wenig anfreunden. Sie hatte seine Wohnung erst einmal gesehen und war angenehm überrascht gewesen. Sicher würde er ihr einen Futon zur Verfügung stellen, er, der bekennende Japanfan. Und er würde sie in Ruhe lassen. Mittlerweile kannte sie ihn recht gut und wusste, dass er nie auf die Idee kommen würde, sie zu belästigen. Er war mit einer Frau liiert, die in Japan studierte. Sie führten eine gut funktionierende Fernbeziehung. Sex werde überbewertet, war Henrys Auffassung. Wenn man sich liebe, werde alles andere nebensächlich – auch die Distanz. Im Sommer war er sechs Wochen in Bunkyō gewesen, hatte davon geschwärmt, was sie dort unternommen hatten – Helena und er. Sie seien durch den Botanischen Garten gewandert, hätten das Judoinstitut, den Nezu-Schrein sowie den Yushima-Seidō-Tempel besucht.

Das fahle Licht der Strassenlampen kämpfte sich durch den Nebel, der seit dem Nachmittag noch zugenommen hatte. Seit einer Stunde drängten sich die Leute auf ihre Stehplätze, die sie gepachtet zu haben schienen. Und es wurden immer mehr.

«Ich hatte eine gute Nase, uns früh an den Strassenrand zu stellen», sagte Henry voller Stolz. «Um acht gibt's hier kein Durchkommen mehr.»

«Und was ist jetzt an dieser Veranstaltung so besonders?» Valérie schlürfte vom Tee. Ihre klammen Hände hatte sie um den Becher gelegt. Neben sich spürte sie Henrys Körper und wunderte sich, wie warm seine Schulter abstrahlte.

«Ich hielt es zuerst auch für Humbug», sagte er. «Aber seit meinem ersten Mal vor sechs Jahren gehe ich jedes Jahr hierhin. Ich mag die Atmosphäre. Zudem gehört der Klausumzug zu den bekanntesten Nikolaustraditionen Europas. Tausend Klausjäger und zweihundert Iffele laufen mit. Über zwanzigtausend Zuschauer kommen hierher.»

«Du bist gut informiert.» Valérie beobachtete eine Familie mit drei Kindern, die sich durch das Gedränge drückte und die Kinder zum Ärgernis eines älteren Ehepaares vor dessen Nasen auf das Trottoir pflanzte.

Das ganze Dorf war auf den Beinen. Auch von den umliegenden Orten sowie aus der ganzen Schweiz, sogar aus Deutschland waren die Leute angereist, um dem alljährlichen Treiben in Küssnacht beizuwohnen. Die Fenster an den umliegenden Häusern waren weihnachtlich dekoriert. Lämpchen und Tannenzweige schmückten sie und mit farbigem Seidenpapier und schwarzem Karton angefertigte Sujets. Landschaften wurden ersichtlich. Märchenfiguren und Tiere. Der Dorfplatz als ein Adventskalender, damit jedermann die Tage bis zu Weihnachten zählen konnte.

Ein Donnerschlag erschütterte die Gegend, ein Böllerschuss. Der Boden zitterte. Viertel nach acht war's. Die Lichter gingen aus, als wäre im Elektrizitätswerk der Hauptschalter gekippt worden. Es herrschte eine gespenstische Szenerie. Henry drückte Valérie an sich. Hätte sie nicht so verdammt gefroren, hätte sie es nicht zugelassen. Sie hasste Nähe. Von Männern sowieso. Über die Trennung von ihrem Mann Willy war sie zwar hinweg; die Wunden allerdings heilten nur langsam. Narben blieben zurück wie jene auf ihrem Gesicht, die sich vom linken Lidrand über die Wange bis zum Mundwinkel zog.

Bereits vernahm man die ersten Geisselklöpfer. Sie zogen über die Strasse des Oberdorfs auf den Kreisel zu. Stämmige Burschen in weissen Hirtenhemden, die man ob der Finsternis kaum erkannte. Einhändig schwangen sie die Stricke und ernteten dafür Beifall.

«Die nennt man Fuhrmanngeissel», erklärte Henry. «Mit der wird der Chrüzlistreich demonstriert.» Er zeigte auf eine Gruppe von Männern. «Und diese dort schwingen die sogenannte Schafgeissel. Es erfordert ein besonderes Geschick, da sie sehr schwer und lang ist und mit beiden Händen geschwungen wird.»

Ein Raunen ging durch die Menge, als wenig später die ersten kunstvoll verzierten und beleuchteten Iffelen verschiedener Grössen auftauchten. Einige erreichten eine Höhe von fast zwei Metern.

«Die meisten von ihnen», sagte Henry, «haben ein biblisches Motiv.»

Tatsächlich kamen sie Valérie wie Kirchenfenster vor. Mosaike, Girlanden und Bänder, auf denen das Kreuz eine tragende Rolle spielte. Der Sankt Nikolaus oder die Heilige Familie sowie der Schriftzug «JHS» schienen die traditionellen Motive zu sein. Bunt waren sie. Auf der Rückseite der Iffelen hatten sie die Form einer Rosette.

«Da steckt viel Arbeit dahinter», sagte Henry. «Bis zu fünfhundert Stunden. Ich habe es auch einmal versucht. Habe die Übung dann abgebrochen. Ich bin kein Feinmechaniker.» Er lachte. «Da müssen Kleinstteilchen von Seidenpapier auf die von Hand ausgestanzten Kartons geklebt werden. Zudem fehlt mir die Geduld für so etwas.»

Die Männer in ihren hellen Gewändern tänzelten in der Parade, drehten sich, schritten im Takt zum Dreiklang von Hörnern, Trompeten und Sousafon – do, do, dooo, do, mi, so, mi, dooo … Klarinetten und Saxofone – alles, was möglichst viel

Lärm erzeugte. Valérie spürte, wie ihre Nackenhaare zu Berge standen. Henry hatte nicht übertrieben, dass der Klausumzug niemanden unbehelligt lasse. Das sei die typische Klausenmelodie, hatte er erklärt. Diese verdanke man dem Bezirksammann Klemenz Ulrich mit dem Übernamen «Bodefridimänz», der während seiner Amtszeit von 1920 bis 1924 gegen die Auswüchse der Klausjäger rebelliert habe.

Inmitten des Auf- und Abhüpfens der Gestalten und im Schein der Kunstwerke tauchte der Sankt Nikolaus im Bischofsornat und mit dem goldenen Stab auf. Sein weisser Bart wallte über die rote Stola mit dem hellen Pelzbesatz. Flankiert wurde er von drei Schmutzlis mit groben Jutesäcken und Ruten und neun Fackelträgern. Und wieder Iffelen auf den Köpfen von Männern. Valérie hatte bis anhin noch keine Frau entdeckt. Sie überlegte und kam zum Schluss, dass Frauen kaum etwas so Bescheuertes mitmachen würden. Den Höhepunkt bildeten die Treichler. Als hätten sie es monatelang einstudiert, schwenkten sie Glocken auf Lendenhöhe. Valérie lächelte. Das Ganze hatte etwas Phallisches an sich. Im Gleichschritt zogen sie dahin. Die Treicheln erfüllten die Nacht, nahmen sie ein mit ihrem ohrenbetäubenden Klang. Der Boden unter den Füssen vibrierte, das Dröhnen liess Valérie noch mehr frösteln. Ein schauerlicher Zug, der sich durch Küssnachts Strassen bewegte.

Ergreifend und urig. Einen Moment lang glaubte Valérie weinen zu müssen. Ein würgender Kloss hatte sich im Hals verfangen. Nein, so etwas Archaisches hatte sie noch nie zuvor erlebt.

Tief durchatmen.

Henrys lachendes Gesicht tauchte aus dem Schatten auf, als er sich kurz an sie wandte. Er redete, aber sie verstand kein Wort. Sie spürte ein Taubheitsgefühl in ihren Ohren.

Den Schluss des Umzugs bildeten die Hornbläser. Keine richtige Melodie, der Dreiklang, ein Ohrwurm. Die Töne würden sie in den nächsten Tagen noch lange begleiten, war sich Valérie sicher.

«Und wegen dieses Spektakels steht Küssnacht kopf, sind die Strassen verstopft, gibt es keine freien Parkplätze mehr …»

Henry schenkte ihr ein erneutes Lachen. Er schien sich wie ein Kind zu freuen. «Die Nacht gehört ganz den Klausjägern. Eine schöne Tradition, nicht wahr? Ursprünglich ein heidnischer Brauch des Dämonenvertreibens. Vor der Wintersonnenwende sollten die Unholde vertrieben werden. Mit dem Bischof Nikolaus von Myra konnte man dem Brauch einen christlichen Sinn unterlegen. Und seit 1928 sorgt die Sankt Niklausengesellschaft für einen würdigen Ablauf …»

Der Zug stoppte.

Die Spitzen der Iffelen hüpften an gleicher Stelle. Die Jungs mit den Hörnern erstarrten. Einige Treichler fielen aus dem Takt. Valérie kannte solche Phänomene von der Strasse. Aus dem Nichts heraus bildeten sich Staus, die sich später wie von Geisterhand wieder auflösten. Der Stau beim Klausumzug schien jedoch länger anzuhalten. Vor ihr stand ein junger Mann und blies inbrünstig in sein Horn und ihr direkt ins Gesicht, als stünde er unter Drogen. Sie hätte ihm das Instrument am liebsten aus der Hand gezerrt.

Valérie ging ein paar Schritte vom Trottoir zurück. Sie hatte genug gesehen. Henry folgte ihr wenig später. Beim Haushaltswarengeschäft, in dessen Fenstern sich die Nachtlichter reflektierten, blieb Valérie stehen. Sie lehnte sich an die Scheibe und versuchte, im Dickicht des Menschengewühls etwas auszumachen. Noch harrten die Zuschauer aus. Nur die hinteren Reihen lockerten sich ein wenig. Während die Hörner weiterklangen, schienen die Treichler endgültig aus dem Takt zu geraten. Unklar, was der Auslöser dazu war.

«Irgendetwas scheint hier gerade schiefzulaufen», sagte Henry. «Eine solch lange Pause habe ich bis anhin noch nie erlebt.»

«Wollen wir nachsehen?», fragte Valérie wenig euphorisch und mit einem sarkastischen Unterton. Es war an der Zeit, dem Spektakel den Rücken zu drehen. Raus aus der Masse. Nach Schwyz, wo sie wohnte, oder zu Henry nach Immensee ins japanische Zuhause, auf das sie sich den ganzen Tag schon gefreut hatte, auf die in Honig eingelegten Reisknödel mit Sojasauce und die exotischen Leckereien, deren Zubereitung Henry seit seinem ersten Japanbesuch beherrschte.

«Aha, der Ermittlerinstinkt meldet sich», frotzelte Henry. «Aber ich weiss etwas Besseres.»

«Sushi und Sashimi?»

«Du hast es erraten. Dazu einen warmen Sake.»

Reiswein! Den hatte sie bereits kennengelernt. Kleiner Schluck mit grosser Wirkung.

«Gibt's was zu feiern?» Valérie drängte durch die Meute Richtung Bodenstrasse, wo sie ihren Wagen abgestellt hatte.

Henry schritt zügig an ihrer Seite mit. Er hatte ihre rechte Hand mit seiner linken in seiner Jackentasche verschwinden lassen. «Die fühlen sich schlimmer an als Eiszapfen.» Er knetete ihre Finger warm. «Was wir feiern?» Er lachte. «Den Klausabend. Und natürlich dich. Immerhin bist du schon eine Weile in unserem Team.»

«Du Witzbold!»

Er zögerte. «Wie geht es dir sonst so?»

«Kein passendes Thema.» Valerie zog ihre Hand zurück und steckte sie in ihre eigene Manteltasche. Sie spürte Abwehr. Mit dieser Frage hatte Henry den Reiz des Abends abrupt vernichtet. «Falls du meine Scheidung meinst ... Sie zieht sich in die Länge.» Mehr war sie nicht gewillt zu sagen. Sie hatte erst einmal mit ihm über ihre Vergangenheit gesprochen. Das war ganz am Anfang ihrer neuen Tätigkeit bei der Schwyzer Polizei gewesen. Valérie hatte es sich bis heute nicht verziehen, dass sie sich gegenüber ihrem Arbeitskollegen so geöffnet hatte. Sicher hatte es an seiner gewinnenden Art und seiner Geduld mit ihr gelegen. Oder dem Zerfliessen der Grenzen zwischen Arbeit und Privatem. Für intime Gespräche gab es Katja, ihre Freundin aus Zürich.

Valérie galt als integer, aber undurchschaubar. Für ihr Team war sie die Frau mit der dunklen Vergangenheit, über die man bloss rätselte. Ihre Geschichte ging niemanden etwas an. Zuallerletzt ihre Kollegen. Da halfen auch die Abende in der Mystery-Bar in Schwyz nichts. Es gab Dinge, die musste sie selbst aus dem Weg räumen. Sie hatte gelernt, nichts von einem auf den andern Tag aus der Welt schaffen zu können, das sich über Jahre in der Seele festgekrallt hatte.

Noch vernahm sie die Hörner, deren Klänge jedoch bald erstarben. Auch die Glocken schwiegen. An ihrer Stelle durchdrang ein Martinshorn die nächtlichen Geräusche, das Geplapper der Leute in ihrer Nähe. Valérie gelangte zu ihrem Audi TT. Sie schloss den Wagen auf. «Ich fahre dich jetzt nach Hause», sagte sie zu Henry, der sich auf den Beifahrersitz schwang. Das Martinshorn ignorierte sie.

«Hat wohl einer kollabiert, wegen zu viel Alkohols», mutmasste Henry.

«Ich mag solche Anlässe schon deswegen nicht.» Valérie startete den Motor. Der Klausumzug gehörte der Vergangenheit an. Ausser einem zeitlich begrenzten Schaudern war nichts von diesen ehrfürchtigen Tänzen übrig geblieben. «Frauen haben am Klausjagen nichts zu suchen», hatte Henry gesagt. Sie waren also nur als Zuschauerinnen geduldet. Allenfalls kreierten sie in den heimischen Stuben die Iffelen oder nähten die weissen Hemden und pflegten ihre Männer, wenn sie nach ihren durchzechten Nächten und Sauforgien zurückkehrten. Valérie wusste, dass ihre Ansichten, was das Brauchtum in Küssnacht betraf, nicht massgeblich waren. Allem, was mit Männern zu tun hatte, konnte sie nichts Positives abgewinnen. Sie gab sich auch nicht besonders Mühe, dies zu ändern. In ihrem Leben würde es wahrscheinlich immer nur eine männliche Bezugsperson geben. Und das war ihr fünfzehnjähriger Sohn Colin. Er lebte jetzt bei Willy, nachdem sich herausgestellt hatte, dass dessen Eltern den Erziehungsaufgaben nicht mehr gewachsen waren.

Valérie fuhr Richtung Immensee. Die Artherstrasse lag dunkel vor ihnen. Die Scheinwerfer bohrten sich wie glühende Nadeln in den Asphalt. Links lagen ein paar Firmengebäude, rechts der Wald, die Hohle Gasse, weiter oben das Gymnasium, das seinen Ursprung in der Apostolischen Schule Bethlehem hatte. Fabia hatte ihr erzählt, dass sich die private Maturitätsschule an einem aufgeklärten, christlichen Menschenbild orientiere.

Die Gegend hier war ihr nicht sehr vertraut. Tief in ihre Gedanken versunken, erinnerte sie sich plötzlich, dass sie schon früher hätte abbiegen müssen. Auch Henry hatte es nicht bemerkt. Er war schon eingenickt, überwältigt von seiner Müdigkeit, die bei ihm chronisch war. Die Wärme im Wagen hatte wohl ihr Übriges dazu beigetragen.

Das iPhone summte über die Freisprechanlage. Auf dem Display des Cockpits erschien der Name Fischbacher, die Nummer des Kripochefs.

«Das ist Dominik», stellte Valérie lapidar fest und war sich nicht sicher, ob sie den Anruf entgegennehmen sollte. Sie hatte heute ihren freien Tag und wollte sich diesen nicht nehmen lassen.

«Wenn er dich sucht», sagte Henry aus dem Dösen auftauchend, «muss es etwas Wichtiges sein. Er tut nie etwas grundlos.»

«Du kennst ihn besser als ich.» Valérie bremste ab und meldete sich. «Hallo, Dominik.»

Fischbachers Stimme erfüllte den Wagen, sonor und warm. «Sorry, dass ich dich störe. Wie ich von Henry Vischer weiss, seid ihr heute am Klausumzug in Küssnacht.»

«Ach, das hat er dir also brühwarm berichtet?» Valérie warf Henry einen belustigten Blick zu. Dieser hob nur die Schultern.

«Manchmal ist das von Vorteil», fand Fischbacher. «Seid ihr noch vor Ort?» Er hielt inne. «… Was brummt da im Hintergrund?»

«Wir befinden uns auf dem Weg nach Immensee.» Valérie lächelte. «Das, was du hörst, ist das Schnurren meines Kätzchens.»

«Gut. Versetz deinem Kätzchen mal einen Tritt. Ich muss dich bitten umzukehren. Soeben bekam ich die Meldung, dass auf der Bahnhofstrasse in Küssnacht geschossen wurde. Die Staatsanwaltschaft hat bereits die Ermittlungen eingeleitet. Emilio Zanetti ist dafür zuständig. Er ist unterwegs.»

Valérie dachte an ihre kalten Füsse und konnte sich mit dem Gedanken an einen Einsatz nicht anfreunden. «Ist Louis nicht erreichbar?»

«Bis er vor Ort ist, kann es dauern. Er fährt von Rickenbach an.»

Auf der Höhe der «Calendaria» machte Valérie ein waghalsiges Wendemanöver, was den überraschten Henry ans Seitenfenster presste.

«Sind schon Einzelheiten bekannt?» Valérie balancierte den TT aus. Sie hatte die Eisglätte auf dem Belag unterschätzt.

Henry fragte dazwischen: «Hast du den Pfosten nicht gesehen?»
«Klar doch. Ist ja nichts geschehen», antwortete Valérie.
«Ist Henry jetzt bei dir?», fragte Fischbacher.
«Ja. Er wollte mich mit den Kläusen bekannt machen.» Valérie räusperte sich. «Was weisst du über den Vorfall?»
«Es gibt einen Toten.»
Valérie fühlte einen Stich in ihrer Brust. Eine Schiesserei. Ein Toter. Und das in der Adventszeit. Der Tod vor Weihnachten gehörte zum Schlimmsten. Wie ein Flash zogen die Bilder an ihrem geistigen Auge vorbei. Sie würde die Hinterbliebenen damit konfrontieren müssen. Es war immer wieder eine grosse Herausforderung. «Weiss man, wer?»
«Der Sankt Nikolaus.»

***

Erich Sidler löste die Klopfe vom Bund und stellte sie auf den Stuhl, dass jedermann sie bewundern konnte. Jedes zweite Jahr liess er in der Glockenschmiede Schelbert im Muotathal eine neue herstellen. Seine Sammlung zu Hause war sein ganzer Stolz. Die Männergruppe, der er sich angeschlossen hatte, verteilte sich um den langen Tisch im Gasthaus Adler beim Hauptplatz.
«Kann mir jemand sagen, was los ist?» Sidler zog sein weisses Klaushemd aus. Darunter trug er eine dick wattierte Allwetterjacke. Er entledigte sich auch dieser.
«Ich weiss nur, dass es einen Unfall gegeben hat», beantwortete Sepp Imlig seine Frage. Er schwang sich neben seinen Freund auf den letzten leeren Platz, während er an einem Süssholzstängel kaute. «Es sei kein Durchkommen mehr. Deshalb ist es gut, dass wir nun hier sind. Ich brauche jetzt einen Schnaps.»
«Es werden von Jahr zu Jahr mehr Schaulustige», stellte Sidler fest. «Das musste ja mal so weit kommen. Aus unserer schönen Tradition ist ein Kommerzhaufen geworden. Sieh dir die Stände entlang der Strasse an. Auch hier werden es immer mehr. Jetzt verkauft schon Anandaraj, der Inder, seine Currysuppe. In Küssnacht herrscht Marktatmosphäre, und das an einem Klausabend. Zum Kotzen ist das!»

«Zum Glück halten wir uns mit der Werbung zurück. Sonst hätten wir noch mehr Schaulustige in unserem Dorf. Der Klausabend ist schliesslich unser Fest. Da brauchen wir keine fremden Fötzel.» Imlig zitierte Ursi, die Serviceangestellte, an seine Seite und bestellte Kaffee Träsch. «Diese Runde übernehme ich.» Er zählte nach. «Elf Mal. Will jemand etwas anderes als Träsch, hä?»

Ein Raunen ging durch den Raum. Niemand hatte einen Einwand.

«Also elf Mal Träsch.» Imlig wandte sich wieder an Sidler. «Stell dir vor, wir hätten Hofers Vorschlag angenommen, dann hätten wir noch mehr Stress. Frauen in der Sankt Niklausengesellschaft … dass ich nicht lache.»

«Es ist Gott sei Dank haushoch abgelehnt worden», sagte Sidler.

«Hast du etwas anderes erwartet, hä? Wenn die Weiber hier wären, hätte jeder von uns schmutzige Gedanken.» Imlig schlug sich mit der Hand aufs Knie. «Es reicht, wenn mich Gritli am Morgen nach dem Klausabend empfängt …»

«Mit schmutzigen Gedanken?»

Imlig grölte. Seine Stimme kippte in eine höhere Oktave. «Schön wär's.» Er hielt inne, wurde auf einmal sehr ernst. Er nahm den Süssholzstängel aus dem Mund. «Du, sag mal. Du gingst nicht, wie üblich, neben mir. Wo warst du die ganze Zeit?»

Sidler druckste herum. «Ich war direkt hinter dir. Hast mich wohl nicht bemerkt.»

«Da warst du auch nicht.» Imlig winkte ab. «Ach, lassen wir das …»

Ursi brachte die Kaffeegläser auf einem Tablett. Sidler versetzte ihr einen Klaps auf den Hintern. «Weisst *du*, was draussen los ist?»

«Pfoten weg!» Ursi hätte beinahe ein Glas umgestossen. «Keine Frauen bei den Klausjägern, aber das Servicepersonal betatschen. Das würde dir gefallen, was?» Sie stellte die Kaffeegläser unsanft auf den Tisch. «Ich frage jetzt nicht, der wievielte Kaffee Träsch das heute ist.»

«Besser nicht.» Sidler strich mit der Hand über Ursis Po. «Sei froh, ist es draussen kalt. Das steigert den Umsatz.»

Sie boxte auf ihn ein. «Auch wenn du besoffen bist, kannst du dich benehmen.»

«Hey, nur nicht so aufmüpfig, du kleines Luder.» Sidler spürte eine Vibration in seiner Hosentasche. Mit zitternden Fingern holte er sein iPhone hervor. Er erhob sich, legte das iPhone an sein Ohr und entfernte sich vom Tisch.

Wieder grölendes Gelächter. Der Geräuschpegel am Tisch nahm zu.

In regelmässigen Abständen ging die Tür auf. Immer mehr Iffelen und Treichler schoben sich in die warme Wirtsstube.

«Kari, komm! Du kannst dich an meinen Platz setzen, hä. Ich wollte sowieso gerade gehen.» Imlig trank den Kaffee in einem Zug aus. Er torkelte an seinen Kollegen vorbei Richtung Tür. «Ich schau mal nach, ob wir schon weitermarschieren können.»

***

«Der Schuss hat ihn in die Brust getroffen», war das Erste, was Valérie zu hören bekam. Der Amtsarzt, Dr. Casutt, hatte die Leiche mit einem Leintuch notdürftig zugedeckt. Die ortsansässige Polizei montierte die Absperrung. Hinter den Flatterbändern drängelte das Volk wie der Mob in einem Weltuntergangsfilm. Chaos total. Die Mixtur aus Klausjägern, Iffelen, Treichlern und Zuschauern ergab eine schauerliche Szenerie. Dazwischen Rufe und ausklingende Hörner. Panikattacken von Müttern, die nach ihren Kindern schrien. «Der Mann muss sofort tot gewesen sein. Ich habe den Todeszeitpunkt schon mal notiert. Zwanzig Uhr vierzig.»

«Wie kommt es, dass Sie so schnell vor Ort waren?» Valérie strengte sich an, um einer wild gewordenen Meute Meister zu werden. Sie musste wegen des ungebremsten Lärms schreien.

«Ein Freund rief mich an. Ich wohne gleich dort drüben.» Casutt zeigte mit dem Ellenbogen Richtung «Trychle-Park».

«Ihr Freund soll sich zu meiner Verfügung halten. Ich brauche den Namen und die Adresse.» Valérie näherte sich dem Leichnam. Sie hob das Leintuch an. Es war zu dunkel, um Einzelheiten zu erkennen. Dennoch präsentierte sich ihr ein bizarres Bild.

Leblos ein Körper auf dem Asphalt, seltsam verdreht. Daneben kauerten drei furchteinflössende Gestalten in dunklen Umhängen wie Wächter des Todes. Drei Schmutzlis – die Begleiter des Sankt Nikolaus. Sie hatten ihre Gesichter mit schwarzer Schminke angemalt. In der Hand hielten sie eine Rute, mit der sie unartige Kinder in ihre Schranken wiesen oder ihnen zumindest gehörig Respekt einflössten. Jetzt hinterliessen sie den Eindruck dreier gebrochener junger Menschen. Ein Polizist hielt die traumatisierten Männer in Schach. Er redete beruhigend auf sie ein.

Valérie schloss die Augen. Wo sollte sie beginnen?

Zuerst mussten Ruhe und Ordnung eintreten. Unter den chaotischen Begebenheiten war es nicht möglich, mit ihrer Arbeit anzufangen. Henry Vischer hatte sie schon mal beauftragt, allfällige Zeugen zur Seite zu nehmen und ihre Namen, Adressen und persönlichen Angaben zu verlangen. Mehr konnte er im Moment nicht tun.

Die Strassenlampen flackerten auf. Was erst noch wie eine Schwarz-Weiss-Fotografie ausgesehen hatte, tauchte in ein fahles Farbenspiel. Ein abstraktes Gemälde, als hätte ein Künstler während einer geistigen Unzulänglichkeit eine makabre Komposition kreiert. Da war sehr viel Blut auf dem Boden, Stoff- und Pelzfetzen. Valérie wandte sich an einen der uniformierten Polizisten. «Besteht eine Möglichkeit, das Blickfeld auf den Tatort zu verdecken oder zumindest Schranken aufzustellen?»

Der Polizist fuhr herum. «Wir tun unser Bestes.»

Valérie griff nach dem iPhone. Sie stellte Fischbachers Nummer ein. «Chef, wann trifft Verstärkung ein? Ich komme hier nicht weiter.»

«Der Gerichtsmediziner ist unterwegs, den Kriminaltechnischen Dienst habe ich ebenfalls aufgeboten.»

«Sie sollen sich beeilen. Je länger wir mit der Spurensicherung zuwarten, umso weniger Material kann sichergestellt werden.»

«Gibt's schon Neuigkeiten?», fragte Fischbacher.

«Ich kann nicht zaubern. Unsere Kollegen aus Küssnacht haben alle Hände voll zu tun, um die Leute hier zu beruhigen und sie vom Tatort fernzuhalten. Was hier vor Ort geschehen ist, wissen die Zuschauer im Oberdorf noch nicht. Sie drängeln in unsere Richtung. Kann man etwas dagegen unternehmen? Wir brauchen Platz.»

«Unser Sachbearbeiter Kommunikation hat die nötigen Schritte eingeleitet. Ob es die Leute, die sich draussen aufhalten, erreichen wird, können wir allerdings nur hoffen.»

«Ich werde mal mit der Zeugenbefragung beginnen.» Valérie spürte die Anspannung. Seit dem tödlichen Schuss waren zwanzig Minuten vergangen. Zu lange, um den mutmasslichen Täter fassen zu können. Der würde bereits über alle Berge sein. Zudem wusste sie noch nicht einmal, von wo aus geschossen worden war. Es war die Aufgabe der forensischen Ballistik, die Richtung und Entfernung des Schusses zu eruieren. Sie wusste nicht, ob die Ballistiker auch schon unterwegs waren. Sie ahnte nur, dass eine immense Arbeit auf sie zukommen würde. Die leise Hoffnung, dass sie in diesem Fall nicht die Ermittlungen leiten musste, erwies sich als Illusion. Kaum hatte sie daran gedacht, erteilte Fischbacher ihr die Direktiven.

War ja klar. Sie ärgerte sich darüber, dass sie an diesen Klausumzug gefahren war. Wegen Henry Vischer. Wo war er überhaupt? Sie wandte sich an die Schmutzlis. «Können wir uns dort drüben unterhalten?»

Die drei Männer erhoben sich und folgten Valérie wie in Trance bis zum Blumenhaus Gössi. Der Eingang war mit Weihnachtsschmuck und Lämpchen üppig dekoriert.

«Hier können Sie sich wieder hinsetzen.» Valérie deutete auf eine Mauer. «Fühlen Sie sich in der Lage, ein paar Fragen zu beantworten?»

Die Männer nickten synchron.

Valérie zückte ihren Notizblock. «Name?»

«Patrick Hofer», sagte der Grösste von ihnen. «Das ist mein Bruder Adrian und unser Cousin Max … auch Hofer.»

Valérie verlangte Adresse und Geburtsdatum und notierte alles. «Ihr kennt den Toten?»

«Selbstverständlich», sagte Patrick. «Er gehört genauso der Sankt Niklausengesellschaft an wie wir.»

«Sein Name ist Konrad Gross», sagte Adrian.

Valérie schrieb. «Adresse?»

«Seemattweg.» Adrian nannte die Nummer.

«Hat er Familie?»

«Ja», sagte Patrick leise. «Er hat eine Frau und drei Kinder.»

«Können Sie mir sagen, was genau geschehen ist?» Valérie hätte jetzt gern Henry an ihrer Seite gehabt.

Patrick und Adrian warfen einander Blicke zu. Max erhob sich plötzlich, rannte zu einem Blumentopf auf der Rückseite der Mauer und übergab sich.

Valérie ging ihm nach. «Alles okay mit Ihnen?»

«Nichts ist okay. Lassen Sie mich in Ruhe!»

Valérie legte ihm beruhigend die Hand auf die Schulter. «Kommen Sie.» Sie zog ihn mit sich. «Setzen Sie sich wieder. Ich weiss, es ist kein guter Zeitpunkt, um zu reden. Aber es muss sein. Alles, woran Sie sich erinnern, ist wichtig für die Polizei.» Sie wandte sich an Patrick. «Hatten Sie etwas Verdächtiges festgestellt, bevor der Schuss fiel?»

«Nein, ich erinnere mich nicht», sagte Patrick. «Wir gingen neben Konrad. Adrian links von ihm, ich rechts; Max schräg hinter uns. Wir hielten Ausschau nach flegelhaften Kindern. Denen drohen wir manchmal mit der Rute … zum Spass natürlich.»

«Du hast doch dieser Livia gedroht», unterbrach Adrian seinen Bruder.

«Wer ist Livia?», fragte Valérie.

«Patricks Ex. Sie befand sich unter den Zuschauern.»

«Und ihr habt sie trotz der Dunkelheit gesehen?»

«Sie stand handbreit neben der Parade.»

Valérie notierte. «Ich brauche die Adresse von dieser Dame.» Sie zögerte. «Woran erinnern Sie sich noch?»

«Nur an den Schuss neben meinem Ohr», sagte Patrick. «Es fühlt sich jetzt noch taub an.»

Das allerdings nahm Valérie ihm nicht ab. Einbildung, wusste sie, fabrizierte manchmal die absonderlichsten Überzeugungen.

«Konrad sank neben mir auf den Boden», sagte Adrian. «Er hatte nicht einmal Zeit, etwas zu sagen. Ich wurde mit etwas getroffen … Ich glaube, es war sein Blut. Ich habe noch immer einen Rostgeruch in der Nase.»

Valérie verkniff sich eine Bemerkung. Da musste wohl seine Phantasie mit ihm durchgegangen sein.

«Haben Sie eine Ahnung, woher der Schuss kam?»

Mit dieser Frage stiess sie auf Unverständnis. War abzusehen. Zudem hatten die Männer unmittelbar nach dem tödlichen Angriff ihre eigene Haut gerettet, indem sie sich auf den Boden warfen. Hatte der Schuss etwa einem der Schmutzlis gegolten? Oder sogar einem der Iffelen? «Wer ging hinter Ihnen?»

«Die Fackelträger», sagte Adrian. «Und Max.» Er nahm seinen Cousin in die Arme und drückte ihn an sich. «Dürfen wir jetzt nach Hause?»

«Ja, das ist wohl am besten», sagte Valérie. «Aber bitte halten Sie sich zu unserer Verfügung. Ihre Aussagen werden in den nächsten Tagen protokolliert. Zu diesem Zweck werden Sie noch eine persönliche Vorladung bekommen.»

Die Polizei hatte es geschafft, den Tatort weiträumig zu sichern. Die Leute blieben zwar hinter den Absperrungen zurück, reckten jedoch ihre Hälse, um sich nichts entgehen zu lassen. Zwischenzeitlich waren die letzten Hörner verklungen, die Geisseln und Treicheln niedergelegt. Ein anderer Ton durchdrang die Nacht. Ein Martinshorn.

Blaulicht fegte über die Fassaden und durch den Nebel, der sich wie eine kochende Suppe ausgebreitet hatte. Vom Bahnhof her fuhren zwei Camions des Kriminaltechnischen Dienstes. Ihnen folgte die Ambulanz. Die Schaulustigen machten nur widerwillig Platz.

Timing, dachte Valérie und beendete das Gespräch mit den drei Männern.

Dr. Res Stieffel persönlich traf ein. Er streifte Valérie mit einem verachtenden Blick. Sie hatte ihn im Sommer nach einem Mittagessen abblitzen lassen und seinen Avancen dadurch keine Chancen gegeben. Zu nahe war er ihr gekommen. Hatte sie wohl bereits in seinem Bett gesehen. Gross war seine Enttäuschung gewesen, als sie ihm bloss ihre Freundschaft anbot. Das allerdings war ihm zu wenig, nachdem er sie in ein teures Gault-Millau-Restaurant eingeladen hatte. Valérie fand ihn sympathisch. Mehr nicht. Sie hatte erfahren, dass Res verheiratet und Vater von zwei Kindern war, es aber mit der Treue nicht so genau nahm. Vielleicht hätte er Valérie als weitere Errungenschaft abgehakt.

Valérie wunderte sich, warum er bereits vor Ort war.

Die Begrüssung fiel distanziert aus. Dr. Stieffels Hand blieb in seinem Sakko verschwunden. Valérie zog ihre wieder zurück. Sie räusperte sich und musste an ein trotziges Kind denken. Selbstverständlich hatte sie ihm damals das Du angeboten. Dass er sie jetzt wieder siezte, liess sie unkommentiert, fand aber, dass sie das Du nicht wieder rückgängig machen wollte. Aus ihrer Sicht gab es keinen Grund. Sie fragte, warum er so schnell in Küssnacht gewesen sei.

Dr. Stieffel liess die Bemerkung fallen, dass er jedes Jahr zum Klausumzug fahre. Valérie nahm es kommentarlos zur Kenntnis. Sie verwies ihn an den Amtsarzt und wandte sich an den Kriminaltechniker Franz Schuler, der mit einer zehnköpfigen Truppe eingetroffen war. «Wie hast du es bloss geschafft, so schnell so viele Leute aufzubieten?»

Schuler, blass wie ein Käse, was eindeutig seinen Genen zuzuschreiben war, näherte sich den Polizisten, die sich um den Leichnam aufgestellt hatten. Sie versuchten so, den Blick auf den Toten zu verhindern.

«Schneller ging es nicht.» Schuler setzte ein gefrorenes Lächeln auf. «Und, was haben wir?»

«Gemäss ersten Zeugenaussagen wurde der Mann von einem Geschoss getroffen.» Valérie blieb stehen und warf den Kopf in den Nacken. Sie liess ihre Augen zu den Fenstern an den dunklen Fassaden wandern. «Der Schuss muss aus einem der Häuser abgefeuert worden sein.»

«Das sind erste Vermutungen, nehme ich an.»

«Eine logische Überlegung», sagte Valérie. «Der Sankt Nikolaus ging nicht zuvorderst, sondern folgte einer Gruppe von Iffelen. Meines Erachtens war es fast nicht möglich, ihn aus der Richtung der Strasse oder des Trottoirs zu erschiessen. Ich gehe davon aus, dass du auch aus diesem Grund eine so umfangreiche Truppe mitgebracht hast.»

«Richtig. Die Häuser werden jetzt inspiziert.» Schuler wies die Polizisten weg, damit die Kriminaltechniker ein Zelt aufstellen konnten. Er sah auf das Opfer am Boden. Die Mitra war von dessen Kopf gerutscht, das Gesicht zur Seite gedreht, die Augen standen fast fragend offen, als hätte er vor seinem Tod noch etwas vom Schmutzli zu seiner Linken wissen wollen. Der weisse Bart hatte sich vom Gesicht gelöst. Die pelzbesetzte Stola war durchtränkt von Blut, wich in der Farbe jedoch kaum ab vom roten Samt. «Täusche ich mich, oder hat man den Toten bewegt?»

«Du kannst dir etwa vorstellen, was hier abging», antwortete Valérie. «Dass Panik ausbrechen würde, damit musste man rechnen. Ich traf zwar erst zwanzig Minuten nach der Tat ein, aber es gibt Leute, die befürchteten einen Amoklauf. Denen war es egal, ob sie dabei Spuren verwischten. Ehrlich gesagt, war selbst mir etwas mulmig zumute, als ich hier ankam. Wer denkt an so etwas, mitten in dieser traditionellen Parade. Andererseits könnte der Terror auch Küssnacht schon erreicht haben.»

«Dann lass uns jetzt unsere Arbeit tun.» Schuler sah sie nachdenklich an. «Wann sehen wir uns?»

Valérie stiess Luft aus. «Morgen auf dem Sicherheitsstützpunkt in Biberbrugg, zum Rapport. Um acht im Sitzungszimmer.»

«Auf dem SSB.» Schuler nickte.

Valérie zog den Ärmel an ihrem Mantel nach hinten, vergewisserte sich auf der Uhr, wie spät es war. «Louis wird bald eintreffen, der Staatsanwalt auch. Ich werde mich mit Henry Vischer auf den Weg zur Familie des Toten machen. Vielleicht sehen wir uns nachher noch einmal.»

Ein Blick auf den Toten. Dr. Stieffel hatte sich an die Arbeit gemacht. Valérie würde ihn nicht stören.

Sie sah zurück. Die Stableuchten der Spurensicherung sahen aus wie kalte Finger, deren Strahlen Lichtbänder in die Dunkelheit zeichneten. Halogenlampen wurden aufgestellt. In einigen Häusern war das Licht angegangen. Fenster standen jetzt offen, und Köpfe wurden sichtbar. Die Menschen dort oben hatten ihr Abendprogramm vor Augen und würden ihm beiwohnen, bis der letzte Polizist den Platz verlassen hatte.

***

Der Seemattweg erstreckte sich vom Seeplatz aus, wo sich die Kirche St. Peter und Paul befand, bis zur Kreuzung Breitenstrasse/Sagenweid dem linken Seeufer entlang. Der Nebel verschluckte auch hier das Licht der Lampen, die wie gebeugte Rücken am Strassenrand standen. Der Ort wirkte verlassen.

Valérie parkte ihren Wagen vor einem Einfamilienhaus, das mit einer Reihe von Lichterketten geschmückt war. Ein lebensgrosser rot leuchtender Weihnachtsmann thronte neben der Tür. Durch zugezogene Vorhänge schimmerte es ockergelb.

«Da scheint jemand zu Hause zu sein.» Valérie verliess den Wagen und näherte sich der Tür.

Henry folgte ihr unwesentlich später. «Redest du, oder soll ich?»

«Ich kann mich nicht davor drücken.» Valérie schniefte. «Das gehört genauso zu meinem Job wie alles andere Unangenehme. Danke, dass du bei mir bist. Vielleicht brauche ich später psychologische Unterstützung, je nachdem, wie die Hinterbliebenen reagieren.»

Tatsächlich wusste sie nie, was sie in so einer Situation erwartete. Zum Glück war das nicht die Regel. Die Nachricht in einem Todesfall zu überbringen, brauchte Überwindung. Wenn es um Mord ging, kam Valérie an ihre Grenzen. In Zürich hatte sie einmal erlebt, wie eine Mutter zusammenbrach, als sie ihr mitteilen musste, dass ihre sechsjährige Tochter tot war. Gefoltert, missbraucht und stranguliert. Sie hatte selbst fast geweint und versucht, den Kloss in ihrem Hals runterzuschlucken. Solche Ereignisse forderten sie.

Valérie drückte die Klingel. «Konrad Gross» stand auf dem Schild. Alsbald wurde die Tür aufgemacht. Eine magere Frau erschien unter dem Türrahmen. Sie hatte sich einen Kimono umgeschlungen. Das Muster darauf stellte einen vielarmigen Drachen dar. Nicht ganz passend zum Klausabend, ging es Valérie durch den Kopf.

«Ach, und ich dachte schon, meine Kinder seien zurück. Grüezi.» Sie schien nicht sonderlich überrascht zu sein.

«Mein Name ist Valérie Lehmann, das ist mein Kollege Henry

Vischer. Wir sind von der Kantonspolizei Schwyz.» Valérie zückte ihren Ausweis. «Sind Sie Frau Gross?»

«Ja, Rosita Gross. Wie kann ich Ihnen behilflich sein?»

«Dürfen wir reinkommen?»

Rosita Gross hielt die Tür auf und liess ihre unangemeldeten Gäste eintreten. «Ist etwas mit meinen Mädchen? Die haben doch nichts angestellt, oder?» Sie kniff fragend die Augen zusammen, während sie rückwärts Richtung Wohnzimmer ging. «Bitte setzen Sie sich.» Sie selbst liess sich auf einem blauen Sofa nieder. Valérie und Henry blieben stehen.

Wohn- und Esszimmer waren durch ein Bücherregal voneinander getrennt. Wenige Bücher, dafür viel mehr verschiedene Nippes in Form von Mitbringseln aus den Ferien standen darauf. Es wirkte überladen. Die blaue Sitzlandschaft harmonierte wenig mit dem schwarzen Salontisch, auf dem Unordnung herrschte. Zeitungen, Hefte, Schreibstifte, ein geöffnetes Taschenmesser, ein gebrauchtes Taschentuch, eine aufgerissene Pillenschachtel. Valérie registrierte dies innerhalb von Sekunden.

Rosita Gross war ihrem Blick gefolgt. «Entschuldigen Sie bitte das Durcheinander. Ich habe nicht mit Besuch gerechnet.» Sie fuhr sich mit der Hand über ihre kurzen grau melierten Haare. Ein dunkles Augenpaar dominierte das helle Gesicht. «Wollen Sie sich nicht setzen?»

«Frau Gross … wir müssen Ihnen leider eine traurige Botschaft überbringen.» Valérie konzentrierte sich auf das Bild hinter Rosita Gross' Kopf. Küssnacht vom See aus gesehen. Ein Raddampfer, der die Hälfte der Kirche verdeckte. Blauer Himmel. Eine heimatliche Idylle. Ihre Nachricht würde diese Idylle mit einem Mal zerschlagen.

«Aber nicht wegen der Mädchen, oder?» Es war das Einzige, was Rosita Gross herausbrachte. Sie erhob sich schwer schluckend. Ihre Hände griffen wieder und wieder in ihre Haare.

«Ihr Mann wurde heute Opfer einer … Schiesserei.» Das war zwar nicht die ganze Wahrheit. Über Mord zu sprechen, schien Valérie nicht angebracht. «Hat man Sie noch nicht kontaktiert?»

Rosita Gross stiess einen spitzen Schrei aus, erhob sich und eilte in die Küche, die ans Esszimmer grenzte. Sie kam mit ihrem iPhone zurück. «Vier Anrufe in Abwesenheit», stellte sie lapidar fest. «Ich habe das Gerät nie auf laut gestellt.» Sie blieb stehen. «Was sagten Sie?»

«Ihr Mann hat es nicht überlebt.» Valérie streckte ihre Hand nach dem iPhone aus. «Darf ich mal sehen?» Sie wollte in Erfahrung bringen, von welchen Nummern die vier Anrufe gekommen waren. Sie nahm ihren Notizblock aus der Manteltasche und schrieb die Nummern auf.

«W… was?» Rosita Gross' Gesichtsausdruck versteinerte sich. «Das ist ein Irrtum, oder? Konrad ist der Sankt Nikolaus … er geht gerade durch Küssnachts Strassen. Der Umzug müsste bald fertig sein …»

Valérie und Henry sahen sich schweigend an.

Rosita Gross hielt sich an einer Stuhllehne fest. «Sagen Sie, dass es nicht wahr ist … sagen Sie es!»

Henry griff ein. «Bitte setzen Sie sich, Frau Gross.» Er führte die Frau zurück zum blauen Sofa.

«Wo halten sich Ihre Kinder auf?» Valérie hoffte, dass die Nachricht über den Tod ihres Vaters sie nicht aus zweiter oder dritter Hand erreichte.

«Sie übernachten bei meiner Schwester in Luzern», antwortete Rosita Gross. «Was? … Ach ja … sie sind an einer Geburtstagsparty.»

«Es ist Klausjagen. Ihre Kinder sind nicht in Küssnacht?»

«Das interessiert sie einen alten Hut. Von aufmüpfigen Teenagern kann man nichts anderes erwarten. Was der Vater für gut befindet, muss nicht zwangsläufig auch den Kindern gefallen.» Wie versteinert starrte sie auf die Unordnung. Sie griff nach dem gebrauchten Taschentuch, drückte es sich auf die Augen. «Wann kann ich Konrad sehen?»

Ein kleiner Moment, in dem sie die Fassung hielt. Valérie nutzte ihn für eine Frage aus. «Was macht Ihr Mann beruflich?»

Rosita Gross schniefte. «Er ist Bezirksrichter … war …» Sie schnellte hoch. «Es ist nicht möglich, dass er tot ist. Ich will zu meinem Mann. Er ist noch immer unterwegs, oder? Bitte bringen Sie mich zu ihm … bitte. Man hat ihn … was?»

Henry drückte sie sanft aufs Sofa zurück. «Wer ist Ihr Hausarzt?»

«Fassen Sie mich nicht an!» Sie stiess ihn weg. «Ich will zu meinem Mann. Jetzt!»

«Das ist im Augenblick nicht möglich.» Henry entnahm seiner Jackentasche eine Packung Valium, während Rosita Gross die Tragweite der Botschaft allmählich zu begreifen schien.

Valérie sah ihn stirnrunzelnd an.

Henry hob die Schultern. «Ich trage immer welches mit mir», flüsterte er, dass nur Valérie es hörte. «Als Prophylaxe.»

Kopfschüttelnd ging Valérie in die Küche, holte dort ein Glas aus der Vitrine und füllte es mit Hahnenwasser. Der Geschirrspüler war in Betrieb, zwei gebrauchte Champagnergläser standen neben dem Herd sowie drei kleinere langstielige Kelche. Valérie überlegte, ob sie die Gläser gleich einpacken sollte, fand jedoch, dass sie kein Recht dazu hatte. Andererseits waren sie vielleicht Beweismittel. Sie entschied sich gegen das Einpacken. Sie hatte keinen Asservatenbeutel bei sich.

Als Valérie zurückkehrte, sah sie, wie Rosita Gross auf Henry einboxte.

«Gehen Sie! Hauen Sie ab!» Rosita Gross verlor ihre Kontrolle, schrie jetzt. Tobte.

Henry hatte die grösste Mühe, sie zu besänftigen. «Ich werde Ihnen ein Beruhigungsmittel verabreichen. Danach werden Sie sich besser fühlen.»

«Ich will keine Schlaftabletten. Ich will zu meinem Mann. Er ist nicht tot ...» Sie riss sich von Henry los und rannte zur Tür.

Henry folgte ihr. «Machen Sie jetzt keine Dummheiten, Frau Gross.» Mit einem Griff, den Valérie ihm nicht zugetraut hätte, hielt Henry die Frau zurück. Doch dann erinnerte sie sich, dass er den schwarzen Gürtel im Karate hatte – den Shodan –, und verkniff sich eine Bemerkung.

Rosita Gross liess sich widerstandslos zum Sofa führen. Es schien, als wäre ihr Wille gebrochen. Als realisierte sie erst jetzt, was geschehen war. Sie legte den Kopf auf die Knie und begann hemmungslos zu weinen.

«Haben Sie eine Nachbarin, die wir anrufen können? Eine

Freundin?» Henry versuchte vergebens, etwas aus Rosita herauszubringen. Der Weinkrampf hatte sie überwältigt.

«Darf ich mich kurz umschauen?», fragte Valérie und erntete von Rosita Gross nur einen traurigen Blick. «Wo ist das Büro Ihres Mannes?»

«Machen Sie, was Sie wollen», sagte sie schluchzend.

Valérie ging eine Treppe hoch, gelangte in einen Flur, von dem fünf Türen weggingen. Hier oben lagen das Elternschlafzimmer mit dem Master Bathroom, die Zimmer der Kinder, vermutete Valérie, von denen ein einziges noch bewohnt zu sein schien. Die eine Wand zierten Plakate von Hollywoodfilmen. Daneben hing das Bild eines Mannes. Ein Musiker oder ein Sänger. Er hielt eine Gitarre in der Hand. Neben seinem Kopf waren drei rote Herzen hingemalt. Im Gästezimmer, das auch so beschriftet war, nahm Valérie einen frischen Duft wahr. Hier war erst noch gereinigt worden. Kein Büro auf dieser Etage. Valérie kehrte ins Parterre zurück. Dort sass Rosita Gross lethargisch auf dem Sofa.

«Gibt es hier ein Büro?» Valérie stiess eine Tür neben der Garderobe auf und wurde fündig. Schwere Eichenmöbel prägten das Zimmer. Ein Rückzugsort. Nebst dem Pult, einem drehbaren Bürostuhl, zwei Stühlen und einem massiven Schrank gab es eine Chaiselongue. Darauf ein Kissen und ein Duvet.

Hing hier der Haussegen schief?

Valérie versuchte, Schubladen zu öffnen, die Schranktüren, einen mit einem Schloss versehenen Kasten. Alles war verschlossen, für Fremde nicht einsehbar, nicht einmal für die Familie. Auf dem Pult lag einzig eine Agenda. Valérie blätterte sie mit spitzen Fingern durch. Kein Eintrag, bis sie merkte, dass die Agenda für das kommende Jahr vorgesehen war.

Valérie kehrte zurück ins Wohnzimmer. Dort lag Rosita Gross nun auf dem Sofa. Henry beobachtete sie.

«Ich sollte wieder zum Tatort», flüsterte Valérie. «Bleibst du hier?»

«Du kannst dich auf mich verlassen», sagte Henry. «Vielleicht wird Frau Gross mir den Namen und die Telefonnummer ihrer Schwester verraten. Ich werde sie dann kontaktieren.»

«Danke.» Valérie sah ein, dass heute der falsche Zeitpunkt war, etwas von Rosita Gross zu erfahren, das für die Ermittlungen relevant war. Sie musste die Befragung auf den nächsten Tag verschieben. «Und wie kommst du zurück?»

«Lass das meine Sorge sein. Schlimmstenfalls bestelle ich mir ein Taxi.»

***

Zwischenzeitlich war Staatsanwalt Emilio Zanetti am Tatort eingetroffen. Nachdem Jole von Reding im Mai gekündigt worden war, hatte Zanetti ihre Nachfolge angetreten. Er war gebürtiger Tessiner und hatte bis im Sommer bei der Bundesanwaltschaft, auf dem Ministero pubblico in Lugano, gearbeitet.

Valérie hatte noch nicht oft mit ihm zu tun gehabt. Dominik Fischbacher hatte ihn ihr im Rahmen einer Besprechung vorgestellt. Sie waren sich gleich sympathisch gewesen. Zanetti war in ihrem Alter, wirkte zurückhaltend und hatte vorzügliche Umgangsformen. Daran erinnerte sich Valérie sehr gut. Es kam selten vor, dass ihr jemand die Tür aufhielt und den Vortritt gab.

«Ah, da sind Sie ja. Guten Abend, Frau Lehmann.» Zanetti reichte ihr die Hand. «Wir hatten schon mal das Vergnügen. Es ist traurig, dass wir uns heute unter diesen Umständen wiedersehen.» Seine Stimme blieb ernst.

Diese Augen! Blau und tiefgründig. Und wie er sie ansah. Valérie schaute weg. Verflixt: Was sollte das? In den letzten Jahren hatte kein Mann sie mehr zum Zittern gebracht. Jetzt pochte ihr Herz bis zum Hals. Das muss die Kälte sein, suggerierte sie sich ein.

Sie räusperte sich. «Wie weit sind Sie informiert?»

«Bin erst eingetroffen. Es hatte so viel Verkehr auf der A 4 wie während der Ferienzeit. Ich hatte sage und schreibe fast eine Stunde gebraucht von Schwyz bis hierher. Ich sprach nur kurz mit Fischbacher. Er teilte mir mit, dass Sie die Ermittlungen leiten.»

Dieser Mund, wie gezeichnet. Valéries Blick hing an seinen Lippen.

Sie schüttelte den Kopf und ihre Gedanken weg. «Der Tote heisst Konrad Gross, Bezirksrichter von Küssnacht. Seine Familie lebt hier. Er hat drei Töchter. Ausser der Ehefrau war niemand erreichbar. Unser Psychologe Henry Vischer ist jetzt bei ihr.»

Was rede ich da? Valérie stiess Atem aus. Relevant war einzig, wer der Tote war und dass Zanetti die Herrschaft in diesem strafrechtlichen Ermittlungsverfahren hatte. Valérie musste ihm den genauen Tatbestand schildern. Im Moment war sie nicht dazu in der Lage.

Zanettis Frage kam postwendend. «Gibt es Zeugen?»

«Leider keine, die man gebrauchen kann. Die drei Begleiter im Schmutzli-Gewand waren ziemlich durch den Wind. Ob der Schuss im Lärm überhaupt gehört wurde, ist zu bezweifeln. Einer der Zeugen behauptet zwar, er habe ihn gehört. Ich glaube, das war nicht möglich.»

«Und warum nicht?»

Was für eine Frage! «Der Schuss muss aus weiter Distanz abgefeuert worden sein.»

«Sie denken an einen Scharfschützen?» Zanetti kniff den Mund zusammen. Valérie fiel sein energisches Kinn auf und wunderte sich über seine Fragen. «Es ist viel zu früh für solche Schlüsse.»

«Na dann», sagte Zanetti. «Das Ermittlungsverfahren ist somit eingeleitet. Ich werde mich mal mit Franz Schuler kurzschliessen. Vielleicht weiss der schon Konkreteres.» Er wandte sich um. Valérie sah ihm nach, bis er zwischen einer Gruppe von Klausjägern verschwunden war.

Sie bahnte sich einen Weg durch die Schaulustigen. Nach wie vor drängten sie sich auf der Bahnhofstrasse dorfauswärts. Obwohl die Temperaturen um die Nullgradgrenze lagen, harrten sie der Kälte. Valérie ärgerte sich darüber, dass sich die Meute noch nicht verzogen hatte. Was hatte die hier noch zu suchen? Um nichts zu verpassen? Valérie gelangte zum Leichentransporter, der in der Zwischenzeit eingetroffen war. Dr. Stieffel und der Fahrer hievten den Toten in einen Alusarg. Valérie sah ihnen einen Moment zu. Seltsam, der tote Sankt Nikolaus. Es war ihr, als würde man eine Tradition zu Grabe tragen.

«Kann ich Sie einen Moment sprechen?» Ein junger Mann mit Vollbart baute sich auf einmal vor ihr auf. «Sie sind doch von der Polizei, nicht wahr? Mein Name ist Cédric Knüsel. Ich komme vom ‹Freier Schweizer›.»

Valérie war es nicht recht. Sie ahnte, was er von ihr wollte. «Ich nehme an, von der Zeitung.»

«Richtig.» Knüsel machte keine Anstalten, sich der Situation angemessen zurückzuhalten. «Schlimme Sache. Weiss man schon, wer Gross das angetan hat?»

«Wie ich höre, sind Sie bereits informiert.» Valérie wandte sich konsterniert ab und machte sich daran, wegzugehen. Dieser aufdringliche Journalist war das Letzte, was sie gebrauchen konnte.

«Bitte, nur eine kleine Information. Ich muss es am Dienstag in der Zeitung bringen.» Knüsel gab sich Mühe, mit der Polizistin Schritt zu halten.

«Am Dienstag in einer Woche?» Valérie blieb stehen. «Dann können Sie genauso gut unsere Medienkonferenz abwarten.»

«Morgen erscheint eine Spezialausgabe. Ich könnte einen kleinen Bericht darüber bringen.»

«Morgen Dienstag?»

«Es ist wichtig. Unsere Tradition ist in Gefahr. Der Sankt Nikolaus ist uns heilig.»

«Sie werden rechtzeitig eine Polizeinotiz erhalten», wich Valérie aus. «Wie, sagten Sie, heisst Ihre Zeitung?»

«Ich recherchiere für den ‹Freier Schweizer›.»

Valérie kramte widerwillig eine Visitenkarte aus ihrer Manteltasche und reichte sie Knüsel. «Wenden Sie sich an den Mediensprecher.» Sie hielt inne. «Und bitte keine voreiligen Schlüsse.»

Sie wusste nicht, weshalb sie den Zeitungsfritzen nicht abgewimmelt hatte. In der Regel liess sie seinesgleichen im Regen stehen. Sie sah auf die Uhr. Bald zehn. Sie würde nach Schwyz fahren und sich für die Sitzung am nächsten Morgen vorbereiten.

ZWEI

Den Grittibänz sah Valérie sofort, als sie die Tür öffnete. Er lag neben einem Stück Lebkuchen auf einem der Dutzend Unterteller, die sie, zusammen mit farbigen Kaffeetassen, im «Mythen Center» gekauft hatte. Auch eine Kaffeemaschine hatte sie sich angeschafft. Diese allerdings hatte sie in einem Spezialgeschäft in Zürich erstanden. Es sollte eine typisch italienische mit Kolbenvorrichtung sein. Jetzt glänzte sie in einem Ferrarirot auf der Ablage neben dem Fenster.

Wer hatte Zutritt zu ihrem Büro? Valérie schaltete die Maschine zum Aufheizen ein und schickte sich an, hinaus in den frühen Morgen zu sehen. Es war stockfinster. Ihr eigenes Bild spiegelte sich in den Scheiben. Seit sie von Zürich weggezogen war, hatte sie sich unwesentlich verändert. Noch immer trug sie ihre Haare auf Kinnlänge. Ihr Körper war durchtrainiert und kräftig. Rein äusserlich fühlte sie sich gut. Sie bereitete sich einen Latte macchiato zu, warf zwei Stück Zucker hinein und setzte sich mit der Tasse an ihr Pult. Sie hatte gestern vergessen, die Tür abzuschliessen. Und prompt hatte jemand ihr Heiligtum betreten, als hätte er auf diese Gelegenheit gewartet. Ein Grittibänz! Valérie lächelte vor sich hin. Sie sollte öfter mal die Tür offen lassen.

Sie war früh aufgestanden, nachdem sie in der Nacht kaum geschlafen hatte. Ihre Gedanken waren um ein Dokument gekreist, das sie in der letzten Woche bekommen hatte. Der Kantonsrichter von Schwyz hatte Anzeige gegen unbekannt erstattet. Auf dem Weg ins Gericht war er aus dem Hinterhalt angegriffen und niedergeschlagen worden. Die Anzeige war allerdings zurückgezogen worden. Den Grund kannte Valérie nicht. Aber der Name des Richters war ihr präsent: Niklaus Schwegler. Da war etwas gewesen, das sie nicht mehr in Ruhe liess. Etwas, das sie mit dem gestrigen Mord an Gross in Verbindung brachte. Sie suchte in ihrer Aktenablage nach dem Dossier. Sie fand es auf dem Stapel, der sie daran mahnte, die Pendenzen abzuarbeiten. Vor allem den Fall häuslicher Gewalt in Wollerau. Bereits zweimal waren ihre Kollegen in ein Mehrfamilienhaus gerufen worden, weil die Nachbarn sich ob des Geschreis in einer der Wohnungen Sorgen machten. Beim zweiten Mal hatten sie den Familienvater mitnehmen müssen. Später hatte er es abgestritten, seine Frau geschlagen und die Kinder eingesperrt zu haben. Solange seine Frau keine Anzeige gegen ihren Mann erstattete, war es schwierig, ihm etwas anzuhängen. Valérie hatte sich darüber aufgeregt, dass es Frauen gab, die sich von ihren Ehemännern drangsalieren liessen und, wenn es darauf ankam, ihre Peiniger in Schutz nahmen. Doch dann hatte sie sich daran erinnert, dass ihr genau das selbst widerfahren war.

Sie schlug die Akte Niklaus Schwegler auf. Auf der vordersten Seite besagte ein Stempel, dass die Sache erledigt war. Trotzdem blätterte sie den Inhalt durch. Schwegler war am 24. November frühmorgens auf dem Weg zum Kantonsgericht gewesen, als ein Unbekannter ihn auf der Höhe der Maria-Hilf-Strasse hinterrücks niederschlug. Schwegler hatte sich an zwei Sätze erinnert, die der Täter gesagt hatte. Im Zitat hiess es: «Dich und Gross kann man in den gleichen Topf werfen. Ihr frauenfeindlichen Monster.»

Valérie hatte Schwegler nicht befragt. Ihr Kollege Louis Camenzind war dafür zuständig gewesen. Weshalb der Richter die Anzeige später zurückzog, wollte sie in Erfahrung bringen. Sie griff nach dem Telefon und wählte Louis' Nummer.

Nach dem zweiten Klingelton nahm er ab. «Guten Morgen, Valérie. Willst du dich für die Klausüberraschung bedanken?»

«Du warst das!» Sie schmunzelte. «Hätte ich mir denken können. Herzlichen Dank. Das ist lieb von dir. Warum bist du schon im Büro? Es ist erst halb sieben.»

«Aus demselben Grund wie du, nehme ich an. Ich bin nicht im Büro. Ich befinde mich im Konferenzraum.»

Sie kam gleich zur Sache. «Erinnerst du dich an Schweglers Anzeige?»

«Niklaus Schwegler?»

«Nachdem man ihn am vorletzten Donnerstag überfallen hatte, erstattete er Anzeige gegen unbekannt.»

«Klar erinnere ich mich. Fischbacher hatte mich gebeten, mich des Falls anzunehmen.»

«Warum hat Schwegler die Anzeige zurückgezogen?»

«Er sagte, dass er überreagiert habe.»

«Warum steht das nicht in den Akten?»

«Doch, steht drin.»

Valérie überflog die letzten beiden Seiten. «Zwei Sätze bloss … aber nichts über den Grund. Wurde er im Vorfeld bedroht?»

«Das ist mir nicht bekannt.»

«Wir müssen mit ihm reden», sagte Valérie mehr zu sich selbst. «Um acht Uhr findet die erste Lagebesprechung statt.» Sie zögerte. «Fischbacher will, dass ich die Ermittlung leite.»

«Das ist mir bereits zu Ohren gekommen.» Valérie hörte Louis durchs Telefon sich räuspern. «Für mich ist das kein Problem.» Und aufgelegt hatte er.

Valérie trank nachdenklich den Latte macchiato. Grittibänz und Lebkuchen rührte sie nicht an. Die würde sie einpacken und mit nach Hause nehmen. Heute Abend erwartete sie ihren Sohn.

Valérie hatte sich, wie ihre Kollegen, mit Kaffee und Gipfeli eingedeckt. Sie setzte sich an den Tisch und schlug ihre Dokumente auf. Dass sie fast nicht geschlafen hatte, sah man ihr nicht an. Es gab durchwegs Zeiten, in denen sie sich stark fühlte und kein Windstoss sie umwerfen konnte. Jetzt standen die Zeichen auf Sturm. Mord in der Adventszeit fühlte sich noch bitterer an als im Rest des Jahres. Ob die Tat einer religiösen Motivation zugrunde lag, schloss Valérie nicht ganz aus. Zu viel war in den letzten Monaten geschehen. Übergriffe auf ein Wohnheim für Asylsuchende in der Nähe von Einsiedeln, die Fahndung nach einem muslimischen Extremisten, den man schliesslich auf dem Bahnhof in Arth-Goldau aufgegriffen hatte, liessen den Schluss schon mal zu, dass man auch in diese Richtung ermitteln musste.

«Vielleicht ist es ein Angriff gegen die abendländische Kultur», war Louis' Bemerkung gewesen. «Wer den Sankt Nikolaus umbringt, greift das Christentum an.»

Sie hatte ihm verziehen. Anstatt schlafen zu gehen, hatte er sich in Küssnacht unter das Mannsvolk gemischt, zu Recherchezwecken. Dabei war er fast der Versuchung des Alkohols erlegen. Viel hatte er in vergangener Nacht nicht herausgefunden. Allfällige Zeugen waren zu betrunken gewesen, um eine klare Aussage zu machen. Einige unter ihnen hatten nicht einmal gewusst, dass Gross das Opfer war. Erst gegen Morgen sei er nach Hause gefahren.

Louis verzog seinen Mund zu einer Schnute. «Weiss man schon etwas über den Einschusswinkel?»

«Die Berichte aus der Ballistik sind erst dürftig», sagte Valérie. «Es ist noch nicht klar, aus welcher Richtung der Schuss kam. Wir wissen auch nicht, ob der Körper des Toten bewegt wurde.» Sie hielt inne. «Der KTD hat Wohnungen und Häuser an der Bahnhofstrasse inspiziert und nach möglichen Abschussstandorten gesucht. Leider konnten noch nicht alle in Frage kommenden Wohnungen untersucht werden.» Valérie richtete ihren Blick auf die Pinnwand. Es gab ein paar wenige Fotos des Toten. Auch ein Porträt war dabei, das Rosita Gross Henry Vischer ausgehändigt hatte. Es zeigte den Richter als gesetzten Mann von achtundfünfzig Jahren. Ein Lächeln auf seinem Gesicht, in dem die Augen starr, die Mundwinkel leicht nach oben gezogen waren. Gross trug Schnauz und Brille, und die schütteren Haare waren grau. Als Sankt Nikolaus hatte er eine respektvollere Falle gemacht. «Auf welchem Wissensstand befinden wir uns?»

Es war wie ein Hilferuf. Valérie hatte sich die ganze Nacht schon gefragt, ob der Schuss gezielt oder willkürlich abgegeben worden war. An einen Heckenschützen zu glauben, schien ihr doch etwas an den Haaren herbeigezogen. Es war bei einem einzigen Schuss geblieben. Das hiess, dass der Schütze sein Ziel nicht verfehlt hatte. Ein Heckenschütze hätte wild um sich geschossen. Das kannte sie aus Fällen aus den USA. Ein Scharfschütze kam ihrer Überzeugung näher.

Aber weshalb der Sankt Nikolaus?

«Seit acht Jahren amtierte Gross als Sankt Nikolaus», sagte Louis.

Valérie notierte. «Konntest du herausfinden, ob das normal ist? Acht Jahre sind eine lange Amtszeit.»

«Er hätte es bis zu seiner Pensionierung sein können», sagte Louis. «Wann und ob ein Sankt Nikolaus sein Amt abgibt, entscheidet allerdings der Vorstand.»

«Bist du sicher?»

«Nein.»

«Ich möchte alles über die Statuten erfahren. Ob es andere Anwärter gibt, die gern den Sankt Nikolaus verkörpern wollten.»

«In Küssnacht gibt es drei Sankt Nikoläuse», sagte Fabia. «Die müssen die Kindergärten, die Altersheime und abends Familien besuchen. Einer allein schafft das nicht.»

«Wechseln sich die Kläuse ab? Oder marschiert immer derselbe im Umzug mit? Eine Verwechslung können wir nicht ausschliessen. Wir brauchen die Namen der beiden ...» Valérie suchte nach dem richtigen Ausdruck. «... der beiden Neben-Kläuse.» Sie stockte. «Für mich ist es fremdes Terrain, die ganze Sankt Niklausengesellschaft überhaupt. Ich nehme an, für einige unter euch auch.»

«Da dürfen nur Männer mitmachen», sagte Fabia. «Vor einem Jahr gab es eine Abstimmung, ob auch Frauen zulässig seien. Die Antwort war klar. Die Abstimmung ging fast einstimmig bachab.»

«Ich finde es auch richtig, dass die Frauen nicht überall dabei sind», sagte Louis und heimste von Fabia einen Boxhieb in die Seite ein.

Valérie schob ihre Unterlippen vor. «Konrad Gross war Bezirksrichter. Auch in dieser Hinsicht dürfte es einige Motive geben. Als Richter ist man nicht immer beliebt. Vor allem, wenn man Entscheidungen fällen muss, die nicht allen passen. Louis, du wirst dem mal nachgehen. Ich will wissen, ob es in der nahen Vergangenheit solche Fälle gab. Und wer betroffen war.»

«Er war ein frauenverachtender Richter.»

Valérie schaute ans Ende des Tisches. Die Stimme gehörte einer jungen Polizistin, die erst kürzlich vereidigt worden war.

«Eine Bekannte von mir hat den Kerl kennengelernt.»

Schwang da nicht Verachtung mit? «Sie verlor ihre beiden Kinder an den Ex-Mann, nachdem Gross sie mit allem, was ihm zur Verfügung stand, zur Schnecke gemacht hatte. Die Frau besass keine Kraft mehr, den Gerichtsterminen beizuwohnen. Sie brach zusammen und ist seither in der Psychiatrischen Klinik am Meissenberg in Zug.»

«Dann sei doch so gut und notiere den Namen deiner Bekannten. Wir dürfen kein Verdachtsmoment auslassen.» Valérie sah nachdenklich ihre Kaffeetasse an. «Am Kantonsgericht liegt ein ähnlicher Fall vor ...»

«Kantonsrichter Schwegler», sinnierte Fabia laut.

«Das ist der springende Punkt.» Valérie griff nach einem Dokument. Dann sah sie Fabia an. «Ich glaube, das ist unser Job, Fabia. Ich möchte, dass du mich heute nach Schwyz zum Kantonsgericht begleitest.»

Sie wandte sich an ihr gesamtes Team. «Alle unmittelbaren Zeugen müssen vernommen werden.» Dabei überflog sie ihre Notizen der Tatnacht. «Überprüft Livia Duss. Hier ist die Adresse.» Sie reichte sie über den Tisch. «Wer ist der Mann, der Dr. Casutt angerufen hat. Wer hat die Witwe nach Gross' Erschiessung angerufen? Zudem will ich alles über Gross' Umfeld erfahren. Ich weiss, es wird nicht einfach werden. Zu viele Personen dürften involviert sein. Noch einmal: Befragt die Leute auf dem Bezirksgericht, durchleuchtet die Mitglieder der Sankt Niklausengesellschaft, überprüft die Familie, Verwandten und checkt ...» Sie wandte sich an den Chef des Kriminaltechnischen Dienstes: «Habt ihr beim Ermordeten ein Handy gefunden?»

Franz Schuler bejahte. «Wir haben die Telefonein- und -ausgänge geprüft. Um fünf nach halb acht gestern Abend hatte er seine Privatnummer angewählt. Das letzte Gespräch vor seinem Tod dauerte jedoch keine Minute.»

«Und vorher?»

«Es gibt da noch eine Nummer auf ein Mobiltelefon. Den Empfänger respektive dessen Namen konnten wir noch nicht ausfindig machen. Die Gesprächsdauer liegt bei einer halben Stunde.»

«Wann war das?»

«Gestern zwischen halb sieben und sieben.»

«Sonst noch Anrufe?»

«Die andern waren gelöscht, wenn es denn welche gab.»

«Besteht die Möglichkeit, den Empfänger und allfällige andere Adressaten bis morgen zu ermitteln?»

«Wenn sich der Telefonanbieter nicht querstellt», sagte Schuler, «sehe ich kein Problem.»

«Ich werde mich um eine richterliche Verfügung bemühen …» Valérie machte sich Notizen. «Apropos Handy: Die Parade wurde sicher von vielen Besuchern fotografiert oder als Video aufgenommen. Ich bin dafür, dass wir einen Zeugenaufruf in den Medien bringen. Wir brauchen Bildmaterial vom Umzug. Wenn wir Glück haben, wurde Gross gefilmt, als er erschossen wurde.» Valérie überlegte. «Gibt es eine Fernsehstation, die den Klausumzug jeweils aufnimmt?»

«Wahrscheinlich Tele 1», sagte Louis.

«Dann müssen sie uns den Film aushändigen.»

Die Tür ging auf, und Dominik Fischbacher trat ins Sitzungszimmer. Er entschuldigte sich für seine Verspätung. «Ein Umzug in Schwyz verhinderte ein Vorwärtskommen.» Er sah in die Runde. «Aber wie ich sehe, läuft bereits alles wie geschmiert.»

Valérie schenkte ihm ein einvernehmliches Lächeln. In den letzten acht Monaten hatte sich die Zusammenarbeit mit dem Kripochef wunderbar eingependelt. Anfänglich hatte er ihre Alleingänge oftmals kritisiert. Sie hatte es sich zu Herzen genommen und sich gebessert. Was das Teamwork betraf, hatte sie noch einiges nachzuholen. Fischbacher verabscheute einsame Wölfe.

Valérie schob ihm ihr Dossier zu. «Ein paar Dinge könnten schon mal interessant sein. Vor allem der Aspekt, dass Gross ein frauenverachtender Richter gewesen sein soll.» Sie hätte gern hinzugefügt, dass sie ihresgleichen selbst kennengelernt hatte, schluckte den Satz jedoch runter.

«Mit der Pressekonferenz möchte ich noch warten, bis wir Näheres über die Hintergründe der Tat erfahren haben», beendete sie ihre Ausführungen. «Das Datum legen wir noch fest.» Sie wandte sich noch einmal an Franz Schuler. «Wann können wir mit den definitiven Resultaten aus dem KTD rechnen?»

Schuler hob die Schultern. «Zwei Tage musst du mir schon Zeit lassen.»

«Okay ...» Valérie zog tief Luft ein. Bereits spürte sie ihre Ungeduld. Sie warf Louis einen verkniffenen Blick zu. «Ich bitte dich, mit dem Gerichtsmediziner Res Stieffel Kontakt aufzunehmen. Bis anhin liegt von seiner Seite noch nichts vor.»

***

Fabias Familie stammte aus dem Muotathal. Sie war die jüngste von sechs Geschwistern und daheim stets herumkommandiert und kontrolliert worden. Ihr ältester Bruder hatte den Bauernbetrieb übernommen, auf dem Fabia gross geworden war. Ihre Eltern lebten noch immer dort, hatten das Stöckli bezogen und gingen ihrem Sohn und seiner Frau zur Hand. Fabias drei Schwestern hatten allesamt Bauern geheiratet, der jüngste Bruder lebte in Kanada auf einer Farm. Fabia war die Einzige gewesen, die der elterlichen Tradition den Rücken kehrte. Nach einer Banklehre hatte sie sich entschlossen, Polizistin zu werden.

«Wie geht es deiner Tochter?», fragte Valérie beiläufig auf dem Weg von Biberbrugg nach Schwyz.

«Sie entwickelt sich gut. Sie ist ein robustes Kind.» Fabia sah lächelnd aus dem Fenster, vor dem die Altmattdörfer im diesigen Licht vorbeizogen. «Hat wohl die typischen Muotathaler Gene in sich. Und dein Sohn? Kommst du klar mit ihm?» Fabia wandte ihren Blick Valéries rechter Gesichtshälfte zu. Als ihre Kollegin nichts erwiderte und bloss ihre Lippen zu einem schmalen Strich zusammenpresste, ahnte sie, dass sie auf heikles Terrain gestossen war. «Vor allzu langer Zeit hast du mir mal versprochen, mich über deine Beweggründe zu informieren, weshalb du Zürich verlassen hast.»

Endlich erkannte Fabia ein vages Lächeln auf Valéries Gesicht. «Du mauserst dich zur hartnäckigen Ermittlerin», sagte diese. «Aber ich habe echt keine Lust, jetzt darüber zu reden.»

«Wie du willst.» Fabia wandte beleidigt den Kopf ab. «Du weisst, wie sehr ich deinen Einsatz bewundere; deine immer coole Art. Mit wenigen Ausnahmen gelingt es dir, dein Privatleben vor den andern zu verstecken. Im Gegensatz zu Louis bist du ein unbeschriebenes Blatt.»

Valérie drückte aufs Gaspedal. Ein Reflex, dachte Fabia und riet ihr mit unterschwelliger Angst, das Tempolimit einzuhalten und die eisglatten Flächen zu berücksichtigen.

«Sorry.» Valérie schwang ihre halblangen Haare zurück. «Es war nicht so gemeint. Selbstverständlich hast du ein Recht, etwas über mein Privatleben zu erfahren. Nur nicht heute. Wir sollten uns über den neuen Fall unterhalten. Das Ganze kommt mir wie ein schlecht gemachter Film vor. Den Sankt Nikolaus zu töten ist, als würde man die Adventszeit und Weihnachten mit einem Mal auslöschen.»

Fabia nickte. «In Küssnacht hat der Sankt Nikolaus einen hohen Stellenwert. Man verbindet ihn mit etwas Heiligem.»

«Vielleicht will tatsächlich jemand die Nikolaustradition aus der Welt schaffen.»

«Und wenn ich mir die Entwicklungen in den letzten Jahren ansehe», Fabia echauffierte sich, «sieht es ganz danach aus, als dürften die Schweizer ihre eigenen Bräuche und Sitten nicht mehr ausleben. Es wäre ja nicht das erste Mal. In den Klassenzimmern demontiert man Kruzifixe, während zwei Zimmer weiter Gebetsräume für Muslime eingerichtet werden. Überall wird Platz für Andersgläubige geschaffen.»

«Verwundert dich das?», mokierte sich Valérie. «Kaum jemand geht heute noch zur Kirche.»

«Du irrst dich. Ich gehe jeden Sonntag.»

«Wir hätten alle nebeneinander Platz, wenn wir es nur wollten.»

Die Räume des Kantonsgerichts lagen im rechten Trakt des Kollegiums, einem neobarocken Gebäude an den Hängen von Schwyz.

Valérie und Fabia stiegen zwei Treppen hoch. Hinter einer massiven Holztür erreichten sie den Empfang. Zwei junge Frauen sassen an ihren Pulten, eingemummt in dicke Strickpullover mit Rollkragen. Die Heizung konnte kaum defekt sein. Die Raumtemperatur reichte weit über die Zwanziggradmarke.

«Hier fühlt es sich wie in einer Sauna an», bemerkte Fabia und entledigte sich ihrer Jacke.

«Junge Frauen frieren immer», neckte Valérie leise.

«Ich nicht.» Fabia warf die Jacke über den Tresen.

Nur eine von den Frauen blickte auf, als Valérie ihre Präsenz anmeldete. Die andere tippte mit solch einer Geschwindigkeit auf die Tastatur, als nähme sie an einem Schreibmarathon teil. Valérie sah erst jetzt, dass sie sich Kopfhörer über die Ohren gestülpt und die Welt um sich vergessen hatte.

Die andere erhob sich widerwillig. «Ja bitte?» Sie war keine dreissig, trug eine Brille und die Haare kinnlang. Rock und Pullover liessen einen Modemuffel vermuten.

«Mein Name ist Valérie Lehmann, das ist meine Kollegin Fabia Ulrich. Wir sind von der Kantonspolizei Schwyz.»

«Ja?» Die Frau verzog keine Miene. Die Fragen lagen in ihrem Blick.

«Wir würden gern den Kantonsrichter Niklaus Schwegler sprechen.»

«Tut mir leid, der ist nicht da.»

«Sagen Sie uns bitte, wo er sich aufhält, Frau …?»

«Er hat Ferien bis am 19. Dezember.» Sie tippte auf ihre linke Brust, wo ein Namensschild angebracht war.

Valérie kniff ihre Augen zusammen, um besser lesen zu können. «Frau Wohlgemuth, wohin ist er gefahren?»

«Geflogen.» Frau Wohlgemuth verzog ihren Mund zu einem Lächeln.

«Wohin ist er geflogen?» Valérie hatte es allmählich satt, der Dame die Würmer aus der Nase zu ziehen.

«Er ist nach Mauritius geflogen.»

«Könnten Sie mir jemanden holen, der mit dem Überfall auf Herrn Schwegler betraut ist?»

In die Frau mit den Kopfhörern kam Bewegung. «Lass mich das machen, Hilda», sagte sie, legte ihre Kopfhörer ab und erhob sich. Sie kam um den Tresen herum. Valérie fiel ihr viel zu enger Hosenanzug auf. Der Rollkragenpullover verdeckte das halbe Kinn. Sie vermutete, dass sie ihr Gespräch trotz der Kopfhörer belauscht hatte. «Mein Name ist Brigitte Ott. Ich bin die Sekretärin von Herrn Schwegler.» Und ausgestattet mit dem Talent des Multitaskings, ging es Valérie durch den Kopf. «Bitte folgen Sie mir.»

Hilda Wohlgemuth wandte sich beleidigt ab.

Sie schritten über den Flur, in dem ein senffarbener Teppich jeglichen Laut erstickte, und gelangten in ein Büro. Dunkles Holz kleidete die Wände. Der Druck eines Gemäldes von Chagall hing hinter einem schweren Eichenpult. Valérie erkannte es an den Figuren, die an Engel erinnerten. Ihr Mann Willy besass ein ähnliches. Eigentlich gehörte es ihr. Willy bestritt jedoch, das Bild Valérie geschenkt zu haben. Das nahm sie ihm heute noch übel. Es zurückzubekommen, würde schwierig sein, weil es in keiner Schrift vermerkt war.

«Ich habe mich schon gewundert, weshalb mein Chef die Anzeige zurückgezogen hat, bevor er in die Ferien ging», sagte Brigitte Ott. «Er war übel zugerichtet. Überall hatte er Schrammen und Blutergüsse. Er konnte von Glück reden, dass dieses Schwein ihm das Nasenbein nicht gebrochen hatte. Bitte setzen Sie sich.»

Valérie und Fabia rückten sich zwei Stühle zurecht, blieben jedoch stehen.

«Darf ich Ihnen einen Kaffee servieren?»

«Nein, danke.» Valérie nickte Fabia zu. «Kommen wir lieber zum Thema. Ich gehe davon aus, dass Sie nach dem Überfall auf den Kantonsrichter von unseren Kollegen vernommen wurden.»

«Ich musste ein paar Fragen beantworten, das ist richtig.» Brigitte Ott setzte sich hinter das schwere Pult, wo sie für gewöhnlich nicht sitzen durfte. Valérie sah ihr an, wie sie es genoss. «Ich war ja nicht unmittelbar dabei. Nachdem Herr Schwegler die Anzeige zurückgezogen hatte, erübrigten sich weitere Fragen.»

Somit war Valéries nächste Frage beantwortet.

«Haben Sie einen Verdacht, wer Ihrem Chef Böses wollte?»

«Herr Schwegler wird öfter verbal bedroht. Das ist nichts Aussergewöhnliches. In diesen Mauern liegen die Nerven oft blank. Da braucht man einen starken Panzer. Es ist schon vorgekommen, dass Unbekannte Herrn Schwegler einen Schweinekopf zusandten oder Hühnerfüsse. Einmal schickte ein Klient Hundekacke. Ja, so ist das. Es gibt nichts, was es nicht gibt. Menschen sind oft sehr primitiv, vor allem, wenn sie sich zu Unrecht im Recht wähnen.»

«Erinnern Sie sich, ob dem Angriff auf Herrn Schwegler etwas vorausgegangen war?»

«Nicht explizit.» Brigitte Ott schien zu überlegen. «Wenn man wüsste, dass etwas dermassen ausartet, würde man aufmerksamer sein. Warten Sie … da war mal ein Vorfall mit einer Frau und ihren vier Kindern.»

«Wann war das?»

«Hm … das war Ende September.»

«Also vor mehr als zwei Monaten.»

«Ich erinnere mich so genau daran, weil sich Herr Schwegler ziemlich darüber aufgeregt hat.»

«Worum ging es da?»

«Eine Frau kam einfach so hierher. Sie hatte sich nicht angemeldet. Sie stand mit ihren vier Kindern vor dem Empfang und erkundigte sich nach dem Kantonsrichter. Ich wies sie darauf hin, dass sie zuerst einen Termin haben müsse. Aber die Dame liess sich nicht abwimmeln. Sie sagte, dass sie hier stehen bleiben würde, bis sie den Richter gesprochen hätte. Die würde wahrscheinlich heute noch hier stehen.»

«Wurde sie ausfällig?»

«Ausfällig? Nein. Sie blieb jedoch hartnäckig … ich meine, sie stand wie angenagelt da, was mich veranlasste, Herrn Schwegler zu rufen. Er verliess sein Büro und kam auf den Korridor.»

«Sie haben die Frau nicht ins Büro gelassen?»

«Sie hatte ja keinen Termin.»

Valérie sandte Fabia einen schnellen Blick zu. «Sprach die Frau Drohungen aus?»

«Nein. Sie fragte, warum er ihr die Kinder wegnehmen wolle.»

«Aha, und warum wollte er ihr die Kinder wegnehmen?»

«Soweit ich mich erinnere, hatte Herr Schwegler in zweiter Instanz entschieden, dass die Kinder beim Vater aufwachsen sollen.»

«Das ist eher ungewöhnlich», sagte Valérie. Ihr eigenes Dilemma kam ihr in den Sinn, und es stiess ihr sauer auf.

«Es wird wohl triftige Gründe gegeben haben, dass dieser Frau die Obhut der Kinder entzogen wurde.»

«Wie reagierte Herr Schwegler darauf?»

«Ich habe dem keine Bedeutung beigemessen. Ich kehrte zurück zum Empfang. Hatte da noch zu tun. Ich weiss nur, dass Herr Schwegler das Gespräch mit der Frau auf dem Korridor fortführte. Er liess sie nicht in sein Büro. Da ist er sehr strikt. Die Frau verliess dann, wie ich mich entsinne, erst eineinhalb Stunden nach ihrem Eintreffen das Gericht.»

«Hat die Frau auch einen Namen?»

Brigitte Ott zögerte. «Das geht unter Datenschutz …»

«Frühestens morgen habe ich eine richterliche Anordnung», sagte Valérie, obwohl sie sich nicht sicher war. Eine Frau mit vier Kindern, die weder durch verbale noch durch körperliche Attacken aufgefallen war, war kein Grund für einen Einblick in die Akten. Doch irgendwo musste sie beginnen.

Brigitte Ott erhob sich. «Kommen Sie. Der Name befindet sich auf meinem PC. Wenn es der Sache dient, stelle ich mich Ihnen zuletzt in die Quere.»

«Das wäre sehr nett.»

Sie kehrten zum Empfang zurück.

«Ist das nicht zu einseitig?», äusserte Fabia ihre Bedenken. «Warum glaubst du, dass diese Frau mit unserem Fall zu tun haben könnte?»

Ein Bauchgefühl? Valérie wollte nichts dazu sagen. Sie brauchte etwas Handfestes, um die Ermittlungen in Gang zu bringen. In erster Linie wollte sie der Staatsanwaltschaft erste Fakten liefern. Dass gewisse Strategien eine Eigendynamik entwickeln konnten, hatte Valérie in der Vergangenheit gelernt. Und auf ihre Intuition, auf die konnte sie sich fast immer verlassen.

Brigitte Ott setzte sich auf ihren Bürostuhl. Sie tippte auf der Tastatur, öffnete ein Dokument, das sie sehr genau zu kennen schien. «Da haben wir sie.» Über ihr Gesicht huschte ein Lächeln. «Ihr Name ist Angela Pagani. Sie wohnt im Gschweighusweg in Küssnacht.» Sie druckte die Adresse aus.

«Noch eine Frage hätte ich.» Valérie nahm das ausgedruckte Dokument entgegen. «Wissen Sie, wer damals in erster Instanz entschieden hatte?»

«Ja, das war Konrad Gross, der Bezirksrichter von Küssnacht.»

***

Der Gschweighusweg befand sich in einem ruhigen Quartier ausserhalb des Dorfkerns von Küssnacht. Hinter grauen Mauern verbarg sich ein Paradies für Familien mit Kindern. Valérie erkannte es am Sandkasten, der im Zentrum eines Spielplatzes lag. Ein einziges Kind trotzte dort der Kälte. Gelangweilt schaukelte es über den gefrorenen Boden und zeichnete mit seinen Schuhen unsichtbare Muster aufs Eis.

«Hier müsste es sein.» Fabia hatte sich eine Reihe von Briefkästen angesehen. «Die Hausnummer stimmt. Aber der Name Pagani steht nirgends.»

In diesem Moment ging die Eingangspforte auf. Eine kräftige Frau mit langer gelockter Mähne schob sich aus dem Innern des Hauses. Fabia hielt die Glastür auf, bis die Frau auf dem Vorplatz stand. Der opulente Duft eines Parfüms streifte Valéries Nase. Ein rotes Kleid mit Rüschen auf Brusthöhe reizte ihre Lachmuskeln.

«Suchen Sie jemanden?» Die Frau zückte einen Schlüssel und hantierte damit am Briefkasten. Sie sah aus wie eine Diva aus den siebziger Jahren, Typ Sophia Loren in Billigausführung.

«Wohnt hier nicht Familie Pagani?», fragte Valérie.

«Sie meinen wohl Angela Pagani.» Die Diva lächelte. «Die ist weg.»

«Seit wann?», fragte Fabia.

«Seit dem 1. Oktober.»

«Wissen Sie zufällig, wohin sie gezogen ist?»

«Nein, tut mir leid. Ich spioniere den Leuten nicht hinterher.» Sie verzog ihren roten Schmollmund.

«Wurde die Wohnung weitervermietet?»

«Wie Sie sehen an Sebastian Herger.» Die Diva tippte mit dem Mittelfinger auf das Namensschild am Briefkasten. «Aber sagen

Sie, warum suchen Sie Frau Pagani? Hat sie etwas angestellt? Dass Sie Bullen sind, rieche ich aus hundert Metern Gegenwind.»

Vielleicht spioniert sie den Leuten doch hinterher, vermutete Valérie. Sie gab keine Antwort.

Fabia zog sie schweigend beiseite. «Da stimmt doch etwas nicht.»

Valérie stiess sie sanft von sich. «Wir werden auf der Gemeinde nachfragen. Dorthin wollte ich morgen so oder so.» Sie wandte sich an die Diva. «Entschuldigen Sie die Belästigung.»

Die Diva öffnete den Briefkasten und holte einen Stapel Illustrierte heraus. «Ja, tut mir leid, dass ich Ihnen nicht weiterhelfen konnte.» Sie sah die Hefte durch, ein paar Briefe und runzelte die Stirn. «Rechnungen, nichts als Rechnungen. Aber die landen bei mir eh im Abfall …»

Über der Rigi ging die Sonne auf. Der Nebel hatte sich auf den Vierwaldstättersee zurückgezogen. Die Landschaft tauchte in ein unwirkliches Licht. Reif lag auf den Wiesen, hing an den Bäumen und liess sie wie erstarrte Gestalten aussehen. Vom Dorf her erklangen die Mittagsglocken.

Valérie und Fabia kehrten zu ihrem Wagen zurück. Auf dem Weg dorthin bemerkten sie, wie sie aus verschiedenen Fenstern beobachtet wurden.

Da ist etwas im Gange, dachte Valérie.

DREI

Im «Engel» war noch lange der Teufel los gewesen. Trotz Sankt Nikolaus' Tod war der Klaustag gefeiert worden. Über Mitternacht hinaus und in den späten Morgen hinein. Das Unglück in der Bahnhofstrasse hatte den zeitlich geplanten Ablauf der Veranstaltung völlig aus dem Konzept gebracht.

«Es ist pietätlos», sagte Trudi, die Serviererin. Trotz ihrer Müdigkeit hatte sie der Männerschar getrotzt und bemühte sich jetzt, die letzten verbliebenen Gäste aus dem Wirtshaus zu treiben. «Da stirbt der Sankt Nikolaus, und seine Vereinskollegen wissen nichts anderes, als sich bis zur Ohnmacht zu besaufen. Heiri! Jetzt mach, dass du nach Hause kommst! Und Kari, wenn deine Frau wüsste, was für wüste Witze du hier zum Besten gegeben hast, würde sie die Scheidung einreichen.»

«Die geniesst den Klausabend wie ich auch», lallte Kari und versuchte, seine schwere Glocke umzubinden. «Die ist froh, wenn sie mich einmal im Jahr los ist … kennst du diesen schon?» Kari krümmte sich vor Lachen. «Albin und Benno spielen im Garten Wilhelm Tell …» Kari gluckste. «Albin stellt sich mit einem Apfel auf dem Kopf an einen Baum. Benno schiesst mit der Armbrust und trifft ihn im linken Auge …»

«Was ist daran so lustig?», fragte Trudi, froh darüber, dass das Repertoire an sexistischen Witzen verbraucht war.

«Benno ist sehr enttäuscht und sagt: Wenn du das noch einmal machst …», es gelang ihm kaum mehr zu sprechen, «… schaue ich dich … ha … haaa … nicht mehr an! … Ha … haaa …»

«Jetzt mach, dass du nach Hause kommst!»

Im Wirtshaus hatte sich stickiger Dunst ausgebreitet. Die Tische standen kreuz und quer. Leere Bierflaschen lagen auf dem Boden, zwei bereits zusammengekehrte Scherbenhaufen.

Trudi riss die Fenster auf. Gleich traf sie ein kalter Luftstrom. Obwohl sie die Letzten der Bastillon, wie sie die spät Heimkehrenden nannte, verabscheute, war sie sehr um sie besorgt. Es war schon vorgekommen, dass die Betrunkenen auf dem Heimweg liegen geblieben waren und nur durch die Aufmerksamkeit nüchterner Küssnachter vor dem sicheren Erfrierungstod hatten bewahrt werden können. Heute, am 6. Dezember, würde es etwas ruhiger werden. Da schliefen die Klausjäger den Rausch aus.

Heiri fand den Ausgang nicht auf Anhieb. Und Kari verwechselte den Blumentopf mit dem Pissoir. Trudi scheuchte ihn händeringend und fluchend weg. «Du Sauludi! Jetzt aber raus!»

Erst am Mittag schloss sie die Eingangstür. Bis zum Abend würde sie keinen Gast mehr hereinlassen. Es galt, die Spuren der letzten Nacht zu beseitigen: Geschirr und Gläser abzuräumen, den Dreck zu entsorgen, die Tische ordentlich hinzustellen, Möbel und Boden zu reinigen. Wieder frisch aufdecken. Bis die ersten Gäste zum Nachtessen erschienen, würde niemand mehr das Chaos erkennen, das jetzt noch herrschte. Trudi liess sich schwer atmend auf einem der Stühle nieder. Sie war die Einzige vom Servicepersonal, die geblieben war. Sogar ihren Chef hatte sie um vier zur Bettruhe geschickt. Es war jedes Jahr dasselbe. Um den Klausabend rissen sich die wenigsten. An ihr blieb letztlich alles hängen.

Trudi genehmigte sich eine Tasse starken Kaffee. Der würde sie die nächsten Stunden wach halten, bis ihre Kolleginnen eintrafen. Und während sie aufräumte, würde sie ihren Gedanken nachhängen können. Nie zuvor hatte es einen Toten an einem Klausumzug gegeben. Früher war es auch ruhiger gewesen. Die Klausjäger hatten sich geziemter benommen, einige unter ihnen hatten sich nach den Besuchen in den Wirtshäusern noch einmal zusammengefunden, um mit dem «Sächsizügli» durchs Dorf zu ziehen. Heute wussten sie nicht, wie viel sie trinken wollten. Bier reichte längst nicht mehr. Schnäpse mussten es sein. Die Klaren von der übelsten Sorte. Trudi hatte auch heuer die Flaschen aus dem Keller geholt, die über das Jahr dort unten verstaubten. Ihr Chef hatte dem wohlwollend beigepflichtet. Am Ende hatten sie den billigsten Fusel aufgetischt. Die Männer wussten ja nicht mehr, was sie konsumierten.

Jemand klopfte. Trudi warf einen Blick durchs geöffnete Fenster und sah die Putzmaschine der Gemeinde das Unterdorf hinabfahren. Trudi winkte Markus zu, der das Gefährt steuerte. Markus sah lädiert aus. Er hatte erst um halb sechs den «Engel» verlassen. Er hatte weniger getrunken als seine Kollegen. Trudi hatte ihn im Auge behalten und ihm nur noch Wasser ausgeschenkt. «Du musst einen kühlen Kopf bewahren», hatte sie ihm gesagt. Er habe ja Frühdienst.

Wieder klopfte es, diesmal heftiger.

Trudi erhob sich. Auf dem Weg zur Tür schloss sie die Fenster. Sie drehte den Schlüssel, öffnete und sah sich zwei Männern gegenüber. Der eine trug eine Polizeiuniform, der andere eine Lederjacke.

«Louis Camenzind ist mein Name.» Der mit der Lederjacke schwenkte einen Ausweis vor ihrer Nase. «Kantonspolizei Schwyz. Wir sind wegen des gestrigen Vorfalls hier. Haben Sie Zeit, uns ein paar Fragen zu beantworten?»

«Zeit?» Trudi wandte sich um. Sie ging zurück zum Tisch, wo sie gesessen hatte. Sie rückte zwei Stühle zurecht und fuhr mit dem Ärmel über die Tischplatte. «Sehen Sie irgendwo Zeit?»

Louis blieb unbeeindruckt stehen. «Hatten Sie letzte Nacht Dienst?»

Trudi hob die Augenbrauen. «Seit dreissig Jahren halte ich jeweils an den Klausabenden die Stellung hier. Niemand sonst will sich während Stunden mit Besoffenen abgeben. Ich kenne jeden Stammgast beim Namen. Ich sage Ihnen, am Klausabend sind es ein paar hundert. Sie fragten mich nach meiner Zeit? Fragen Sie mich, was Sie wissen wollen.» Sie musterte den Mann, der wie ein Asiat aussah. Der Schwyzer Dialekt passte nicht zu ihm, sein Name noch weniger. Jetzt arbeiten die Asylsuchenden schon bei der Polizei, dachte Trudi und befingerte ihre Bluse, die einst frischer gewesen war.

«Konrad Gross», sagte Louis, «erinnern Sie sich, ob er hier war, bevor er sich in die Parade beim Start an der Seebodenstrasse stellte?»

«Nein, Konrad kam selten hierher. Er nahm das Amt des Sankt Nikolaus sehr ernst. Zudem ist er ... war er ... Bezirksrichter. Der liess sich nicht einfach so vollaufen. Der hatte seine Prinzipien. War auch Vorbild für viele.»

«Sie sagten selbst, dass Sie viele Klausjäger gut kennen.»

«Ich kenne sie beim Vornamen und weiss, wie sie sich aufführen, wenn sie ein paar zu viel hinter die Binde gekippt haben. Wenn jemand so lange im Service arbeitet wie ich, bekommt er mit der Zeit einen psychologischen Tiefblick.»

«Erinnern Sie sich daran, wie Gross' Tod hier aufgefasst wurde?»

«Lange Zeit wusste niemand, was sich auf der Bahnhofstrasse abgespielt hatte», sagte Trudi. «Sie müssen wissen, dass die Klausjäger, wenn sie in der Parade mitlaufen, schon einiges intus haben. Als der Umzug stoppte, kehrten sie in die Wirtshäuser ein, um sich weiter zu betrinken. Aufwärmen, nennen sie es. Sie warteten also hier auf den Weitermarsch. In den letzten Jahren kam das nie vor. So lange wie gestern mussten sie auch nie warten, bis es weiterging. Ich meine, gestern ging ja gar nichts mehr. Robi hielt Türwache. Aber er stand lange dort. Die Klausjäger, die sich auf der Strasse aufhielten, kehrten nach und nach hier ein oder im ‹Adler› gegenüber.»

«Wann ungefähr erfuhren Sie, dass es auf der Bahnhofstrasse einen Toten gegeben hatte?»

«Keine Ahnung, welche Uhrzeit da war. Irgendwann kam Lukas zurück und teilte uns mit, dass man Konrad mit dem Leichenwagen abgeholt habe. Wir glaubten zuerst an einen Scherz. Lukas kann man nicht immer ernst nehmen. Seine Witze sind manchmal gewöhnungsbedürftig. Als aber der Präsident der Sankt Niklausengesellschaft persönlich hier auftauchte und uns über das Unglück informierte, wusste ich, dass es bitterer Ernst war.»

«Wie reagierten Ihre Gäste auf diese Hiobsbotschaft?», fragte Louis.

«Sie konnten sie nicht nachvollziehen. Bei einem gewissen Alkoholpegel verzögert sich wohl alles. So auch die Auffassungsgabe jedes Einzelnen, der hier anwesend war. Man wollte es nicht wahrhaben. Aber dann hatte man Grund, sich endgültig ins Elend zu saufen.»

«Es klingt so, als hätten Sie für die Klausjäger nicht sehr viel Sympathie übrig», sagte Louis.

«Man kann nicht alle in denselben Topf werfen. Es gibt aber Männer, die jeglichen Respekt verlieren, wenn sie betrunken sind. Zum Glück ist das nicht die Regel, sonst hätte ich diesen Job schon längst an den Nagel gehängt.» Trudi strich sich mit der Hand übers Gesicht. «Mehr kann ich Ihnen dazu nicht sagen. Und aufgefallen? Nein, eigentlich nicht. Vielleicht sollten Sie mit Werner Gwerder reden. Er ist Präsident der Sankt Niklausengesellschaft.»

«Von ihm kommen wir gerade», sagte Louis.

«Ach so? Warum stellen Sie mir denn diese Fragen? Ich nehme an, die Antworten wussten Sie bereits.» Trudi schmollte. «Ich habe zu tun.»

«Noch eine letzte Frage: Wo halten sich die Klausjäger gewöhnlich auf?»

Trudi setzte ein zynisches Lächeln auf. «Sie beginnen ihre Pintenkehre oft im ‹Adler› und setzen sie Richtung ‹Rössli› und ‹Hirschen› fort. Manche sind auch im Oberdorf. Immer mit viel Rauch und Schwall. Sie hängen sich dann wieder ihre Treichel um und gehen unter lautem Gebimmel zur nächsten Beiz.» Trudi erhob sich. «Sie entschuldigen mich. Sie sehen ja, was hier los ist. Bis um fünf sollte ich die Gaststube auf Vordermann bringen.»

«Bekommen Sie keine Hilfe?»

«Doch, doch …» Sie begleitete die beiden Polizisten zur Tür. Sie sah ihnen nach, als sie beim Kreisel über die Strasse gingen. Lange schaute sie auf den Kreisel mit den Fotos vom Dorf, von Iffelen und den Bezirkswappen auf den Tafeln, auf die mickrigen mit Lämpchen beleuchteten Buchsbäume, die den Kreisel bildeten, und dachte, dass Küssnacht den hässlichsten Kreisel im Kanton besass.

***

Nach dem Umzug im April hatte es einige Wochen gedauert, bis Valérie sämtliche Kartons ausgepackt und Geschirr und Kleider verräumt hatte. Im Sommer hatte sie endlich Zeit gefunden, ihre neue Wohnung in der Rubiswilstrasse so einzurichten, dass sie sich wohl darin fühlte. Zwar kam sie mit ihren Nachbarn noch immer nicht klar. Sie grüssten sie kaum, wenn sie ihnen im Hausflur begegnete. Sie gaben ihr damit wohl zu verstehen, dass eine Zürcherin in der Schwyzer Siedlung nichts verloren hatte. Vor allem Frau Annen vom zweiten Stock liess es sie mit ihren abfälligen Bemerkungen wissen. Es war kein Zufall mehr, dass sie immer dann ins Treppenhaus gelangte, wenn Valérie nach Hause kam oder die Wohnung verliess. Bis jetzt hatte Valérie es nicht für angebracht gehalten, der Dame mit der Igelfrisur ihren Dienstausweis zu zeigen. Diese Genugtuung würde sie sich für eine passendere Gelegenheit aufheben.

Valérie liebte ihre Privatsphäre, und sie lächelte über das Rätsel, das sie ihren Mitbewohnern aufgab. Hauptsache, sie hatte nun auch für Colin eine Bleibe. Es zeichnete sich allmählich ab, dass ihr Sohn doch noch zu ihr ziehen durfte. Dafür verantwortlich war der neue Anwalt, Raphael Kälin, den Valérie in Schwyz kennengelernt hatte. Ihr neuer Rechtsvertreter scheute sich nicht davor, sich mit Willy Lehmanns zwielichtiger Vergangenheit auseinanderzusetzen und seine schmutzigen Geschäfte zu entlarven. Sie bildeten keine gute Voraussetzung für sein alleiniges Sorgerecht. Willys Eltern hatten endlich eingesehen, dass sie für die Erziehung ihres Enkels zu alt waren. Colin wurde jetzt während der Abwesenheit des Vaters von einer Russin betreut, die kaum Deutsch sprach, geschweige denn verstand. Für Valérie war das die Gelegenheit, Colin zu sich zu holen. Ob er selbst es wollte, darüber würde sie heute Abend mit ihm sprechen, und ob es möglich war, Kurt Schramm vom Kinderpsychologischen Dienst davon zu überzeugen.

Der erste Schritt war getan. Ein neu möbliertes Zimmer stand bereit. Sie hatte ein kleines Vermögen dafür ausgegeben. Heute würde Colin es zum ersten Mal beziehen. Valérie hatte im «Mythen Center» eingekauft. Bresaola mit Parmesan und Zitronenöl sollte es geben, dazu Toast und Rimus – Colins Leibgericht. Die Extravaganz im Essen hatte er von Willy.

Sie räumte noch die letzten Dinge auf, bevor sie zum Bahnhof Schwyz in Seewen fuhr. Um achtzehn Uhr wollte Colin dort ankommen.

Der Zug hatte Verspätung. Valérie wartete auf dem Perron und fror. Der beginnende Winter war nicht ihre Jahreszeit. Mit Willy hatte sie zwar manche Freitage im Engadin verbracht und war dort auch Ski gefahren, später hatte sie zu Snowboarden gewechselt, bis sie dem Ansturm der Menschenmasse auf den Pisten überdrüssig geworden war.

Eine gelb blinkende Lampe über den Schienen kündete die Einfahrt des Zuges aus Arth-Goldau an. Bald darauf hielt der Interregio mit quietschenden Bremsen an. Valérie ging den Perron entlang und blickte in die hell erleuchteten Abteile. Sie erkannte ihren Sohn am dunklen Haarschopf, trotz der Schirmermütze, die er in sein Gesicht gezogen hatte. Es war diese Bewegung, wenn er, wie jetzt, die Stöpsel aus den Ohren nahm, sie in seine Jackentasche schob, den Reissverschluss hoch- und die Schultern einzog. Grösser war er geworden. Bald ausgewachsen. Ein junger Mann von sportlicher Statur. Vom letzten Frühling hatte sie ihn anders in Erinnerung. Da war er viel mehr Kind gewesen. Die Türflügel prallten gegen die Waggonwände. Colin sprang über die Treppe, direkt in Valéries Arme. Sie spürte seine Kraft und lachte. Jetzt war er ein Mann.

«Bonsoir, maman», sagte er in seiner Muttersprache, was Valérie ein warmes Gefühl vermittelte. Er drückte unaufgefordert drei Küsse auf ihre Wangen. Offensichtlich freute er sich auf das Wiedersehen.

Lange war es her. Luzern, in der Nähe des KKL: Dort hatte sie ihn zum letzten Mal gesehen, nachdem er ihr unmissverständlich zu verstehen gegeben hatte, auf weitere Treffen mit ihr zu verzichten. Willy war auch vor Ort gewesen. Colin hatte gar nicht anders reagieren können. Jetzt waren Monate vergangen. Die Wogen hatten sich geglättet. Colin hatte selbst herausfinden müssen, wer von den Elternteilen unvoreingenommen zu ihm stand.

Willy Lehmann war es nicht.

Valérie hängte sich bei ihrem Sohn unter. Er hatte nichts dagegen einzuwenden. Er schulterte seine Tasche und kehrte mit seiner Mutter zum Wagen zurück, den sie in der blauen Zone abgestellt hatte.

«Und, wie geht's dir in der Lehre?» Im Sommer hatte Colin ihr mitgeteilt, dass er sich gegen Vaters Wunsch, das Gymnasium zu besuchen, hatte durchsetzen können. Jetzt absolvierte er eine Lehre als Informatiker in einem renommierten IT-Unternehmen in Zug.

«Es ist streng, aber macht mir extrem Spass. Endlich kann ich mich ohne schlechtes Gewissen dem Framework widmen.» Colin schmunzelte. «Oder den Bytes ... Ich hätte es nicht ausgehalten, noch weiter die Schulbank zu drücken. Das Gymi kam für mich definitiv nicht in Frage.»

Valérie schloss den Wagen auf. «Du musst auch in der Lehre zur Schule», sagte sie und staunte über Colins neu errungenen Wortschatz. Es machte den Anschein, dass er im letzten halben Jahr auch gelernt hatte, die Dinge beim Namen zu nennen, weg von diesem Wortscheuen, der er gewesen war.

«Es ist nicht dasselbe.» Colin schwang sich auf den Beifahrersitz. «Zudem sind es nur zwei Tage pro Woche. Jetzt habe ich endlich meinen Kopf frei. Ich hoffe, dass sich auch die Situation mit Dad regelt und ich von ihm wegziehen kann.»

Valérie erwiderte nichts darauf. Das hatte noch Zeit. Zuerst sollte Colin sein Zimmer sehen und sich akklimatisieren.

Sie startete den Motor.

«Wow, ist das eine geile Kiste!», entfuhr es Colin. «In drei Jahren werde ich meinen Führerausweis machen. Du wirst mir doch den Flitzer hier auch mal ausleihen?» Er fuhr mit den Fingern über die Armaturen. «Cooles Design. Gefällt mir ehrlich besser als der 911er von Dad. Wie viele PS hat er?»

«Das möchtest du nicht wissen.»

«Komm *maman*, sag schon. Zweihundertachtzig?»

«Über dreihundert.» Valérie sah ihren Sohn von der Seite her an. Sie erkannte nur das Profil, das sich gegen das Rechteck des Fensters abzeichnete. Seine gerade Nase, den schön geformten Mund, der sich zu einem lauten «Wow» verzog.

«Haben deine Polizeikollegen nichts dagegen einzuwenden?»

«Die sind froh, eine wie mich zu haben.» Valérie lachte. «Die Einzige mit einem schnellen Wagen.»

«Du machst richtige Verfolgungsjagden?»

«Nicht immer ist ein Gejagter vor mir.»

«*Maman*, pass auf, dass die Bullen dir den Ausweis nicht entziehen.»

Wie befreiend es war, mit ihrem Sohn zu schäkern. Ob ihre Liebe doch über alles gesiegt und sie Colins Zuwendung endlich zurückerobert hatte?

Auf der Rückfahrt erzählte Valérie über ihre Arbeit bei der Kantonspolizei, wie schwierig es am Anfang gewesen sei, sich in einem gut eingespielten Team zu integrieren. Wie sehr sie sich habe bestätigen müssen und wie oft sie bei ihrer Arbeit an die Grenzen gekommen sei, weil sie mehr leistete als alle andern. «Aber jetzt ist alles im Lot», endete sie, fragte sich jedoch gleichzeitig, ob es wirklich so war.

Die Rubiswilstrasse lag nicht ganz im Dunkeln. Überall an den Fenstern hingen Leuchtsterne, Lämpchen, und auf den Balkonen standen beleuchtete Christbäume. Die Bewohner lieferten sich einen Wettbewerb darin, wer am meisten von dem vorweihnachtlichen Kitsch präsentieren konnte.

Valérie fuhr auf den Parkplatz.

«Dort befindet sich bestimmt deine Wohnung.» Colin zeigte auf das Hochparterre. «Dunkel wie ein Drachenrachen.»

«Du hast recht. Ich hatte noch keine Zeit, mich der Weihnachtsbeleuchtung zu widmen. Aber im Wohnzimmer gibt es einen Adventskranz und Kerzen auf dem Küchentisch.» Valérie stieg aus.

«Ich finde sowieso, dass es Verschwendung ist», erwiderte Colin und schlug die Autotür zu. «Du hast doch sicher Zimtsterne für mich gebacken.»

«Na ja …» Sollte sie zugeben, dass sie die Zimtsterne in der Bäckerei Haug auf dem Hauptplatz erstanden hatte? «Ich habe sie zumindest selbst gekauft.»

Auf dem Weg zur Eingangstür kam ihnen prompt Frau Annen entgegen. Auf Valéries Höhe riss sie nicht wie üblich den Kopf zur Seite; diesmal blieben ihre Blicke an Colin hängen. Valérie konnte ihre schmutzigen Gedanken förmlich riechen. Provokativ zog sie ihren Sohn an ihre Seite und drückte ihm einen Kuss auf die Wange.

Frau Annen blieben die Wörter, hätte sie denn welche von sich geben wollen, im Hals stecken.

Morgen würde es das ganze Quartier wissen, war sich Valérie sicher: «Die Lehmann hat einen Loverboy.»

Valérie tischte in der Küche die Teller auf. Sie hatte das Nachtessen vorbereitet, bevor sie zum Bahnhof fuhr.

«Das ist ja geil ... mein Lieblingsessen.» Colin strahlte, und Valérie war zufrieden.

«Du möchtest also von deinem Vater weg.»

«Ja», sagte Colin mit vollem Mund. «Dein Einverständnis würde natürlich einiges erleichtern.»

Solange sich Colin dagegen gewehrt hatte, von den Grosseltern oder von Willy wegzuziehen, war es auch für Valérie schwierig gewesen, sich vor Gericht durchzusetzen. Die Meinung eines über Zwölfjährigen gewichtete da sehr viel.

«Wie meinst du das?»

«Ich halte es bei Dad nicht mehr aus.»

«An mir soll es nicht liegen.» Valérie hatte sich beim Kauf der Möbel viel Mühe gegeben und sich beraten lassen, was junge Leute von heute so mochten. «Das Zimmer für dich steht bereit.»

«*Maman*, ich glaube, du verstehst da etwas falsch.»

«Ach! Und warum sollte ich?»

«In Zug, wo ich die Lehre mache, gibt es eine coole WG. Mein Oberstift lebt auch dort. Insgesamt teilen sich zwei Jungs und ein Mädchen die Wohnung ... mit mir wären es dann drei Jungs.»

Valérie spürte einen schmerzhaften Stich unter der Brust.

«Ein Mädchen ist auch dabei?», fragte sie lapidar. Colin sollte nicht merken, wie schockiert sie war. «Wie alt ist es?»

«Ja ... also, eigentlich ist sie schon eine Frau. Auf jeden Fall älter als wir Jungs. Ich glaube, so neunzehn.»

«Aha!» Valérie hing der Unterkiefer runter.

«Nicht das, was du denkst.» Colin lachte verschmitzt.

«Was denke ich denn?»

«Egal. Hauptsache, ich hätte von dort aus einen kurzen Weg zur Arbeit.»

«Aber jetzt fährst du noch immer von Zürich her?»
«Mir bleibt nichts anderes übrig.»
«Von Schwyz aus hättest du einen ähnlich langen Weg.»
«*Maman!* Du bist meine einzige Chance ... wenn du einverstanden bist, wäre alles einfacher.»
«Das kommt nicht in Frage.» Valérie schob den Teller von sich. Der Appetit war ihr vergangen. «Du bist erst fünfzehn.»
«Dann muss ich wohl bei Dad bleiben.» Colin senkte seine Augenlider und konzentrierte sich hauptsächlich auf die Mahlzeit.
Valérie erhob sich. «Das letzte Wort ist noch nicht gesprochen.»

VIER

Gemäss Beschrieb der Sekretärin, die Valérie am Vortag angerufen hatte, befand sich das Einwohneramt Küssnacht in einem stilvollen Herrenhaus in der Nähe des Seeplatzes. Es verfügte über vier Stockwerke. Bis auf das Dachgeschoss waren die Fenster mit Tannenzweigen geschmückt. Die grünen Jalousien standen einladend offen. Valérie sah zurück über den Vierwaldstättersee, der sich an diesem Morgen von seiner düsteren Seite zeigte. Der Pilatus am gegenüberliegenden Ufer trug eine weisse Kappe, die bis nach Hergiswil reichte. Die Luft roch nach Schnee, nach dem süssen Geruch, den sie aus der Kindheit kannte.

Valérie öffnete eine schwere Tür und betrat das Innere des Rathauses. Sofort umschloss sie das Odeur von Papier und frisch gereinigten Plattenböden. Valérie vergewisserte sich auf einer Tafel, auf welchem Stockwerk das Amt lag. Sie ging eine Treppe hoch, erreichte eine Glastür, drückte einen Klingelknopf und wartete, bis man ihr Einlass gewährte.

Sie trat in einen Vorraum. Zwei Schalter wie kleine Fenster. Eine Sekretärin, die hinter der Ablage etwas verloren wirkte. Die junge Frau hatte wohl kaum die kaufmännische Lehre abgeschlossen. Ihr kindliches Gesicht verriet, dass sie die zwanzig noch nicht erreicht hatte. Sie nickte lächelnd. «Mein Name ist Elvira Bucher. Guten Tag, Frau Lehmann. Ich habe schon alles herausgesucht.» Sie legte ein Dossier auf die Ablage. «Angela Pagani, einundvierzig Jahre alt. Sie meldete sich mit ihren vier Kindern am 1. Oktober dieses Jahres ab.» Sie las: «Livio, Sandro, Vanessa und Viola. Im Alter zwischen zwölf und sieben. Ich habe hier eine Adresse in Buchrain.»

«Buchrain?» Valérie runzelte die Stirn. «Liegt das nicht im Kanton Luzern?»

«Exakt. Gleich hinter dem Götzental. Dieses liegt zwischen dem Rooter Berg und dem Dottenberg und verbindet Dierikon mit Adligenswil ...»

«Das hört sich ja wie in einer Geografiestunde an», scherzte

Valérie, nicht sicher, wo ihre gute Laune plötzlich herkam. «Hat Frau Pagani einen Grund angegeben, warum sie wegzog?»

Elvira schüttelte den Kopf. Ihre braunen Locken spielten dabei neckisch um ihr pausbäckiges Gesicht. «Nein, mir ist nichts bekannt.»

«Wie lange lebte sie in Küssnacht?»

Elvira beugte sich über die Einträge. «Sie zog im vorletzten Juli von St. Moritz hierher. Sie und ihre vier Kinder. Wenn Sie mich fragen, ist das ein mutiges Unterfangen.»

«Ich frage Sie aber nicht.» Valérie bat um eine Kopie der Unterlagen.

Elvira wandte sich beleidigt ab. Verschwunden war ihre selbstsichere Art, und Valérie dachte, dass sie zu weit gegangen war. Wenig später kehrte Elvira zum Schalter zurück und legte das Gewünschte hin. «Das kostet zehn Franken.»

Valérie reichte Elvira eine Zehnernote. «Der Rest ist für Sie.»

Elvira starrte ihr Gegenüber erst verdattert an, dann streifte ein Lächeln ihr Gesicht. «Sorry, für die Polizei ist es natürlich umsonst.»

«Sie können die Note trotzdem behalten», sagte Valérie in der Meinung, den Fehler von vorhin wieder gutzumachen. «Für einen Kaffee … oder zwei.»

Zurück bei ihrem Wagen, setzte sich Valérie hinters Lenkrad und liess eine Weile den Blick über den Vierwaldstättersee auf sich einwirken. Küssnacht hatte seinen eigenen Reiz und lag, wenn man die Sicht auf den Pilatus berücksichtigte, an einem der schönsten Gestade in der Zentralschweiz.

Valérie startete den Motor und gab auf der Navigation die Adresse in Buchrain ein.

Sie fuhr am Golfplatz, der Sägerei und an Haltikon vorbei und erreichte Udligenswil, eine verschlafen wirkende Gemeinde im Kanton Luzern. Sie lag etwas erhöht. Vom Kreisel aus hatte man einen imposanten, wenngleich anderen Ausblick auf den Pilatus als von Küssnacht aus. Links lag der Meggerwald, vereinzelt ein paar Bauernhöfe, Gärtnereien und Einfamilienhäuser im grauen Dunst – ein Bild wie eine Weichzeichnung.

Idyllisch, dachte Valérie, der die Gegend hier fremd war.

Anders war es auf der andern Seite des Götzentals. Das Tal verband das Ländliche mit dem Urbanen. Das zumindest kam ihr so vor, als Valérie auf der Höhe von Ebikon Richtung Buchrain abzweigte. Und als sie in die Moosstrasse fuhr, hatte sie ein Déjà-vu. Mietblöcke, die sich kaum voneinander unterschieden, eintönig und düster, jedes Haus dem andern gleichend. Trübselig an diesem Tag.

Ein Schnellzug auf der Linie Luzern-Zürich donnerte auf der gegenüberliegenden Bahnlinie vorbei, als Valérie aus dem Wagen stieg. Sie vergewisserte sich, ob die Adresse richtig war. Ein massiver Wohnungswechsel, überlegte sie sich. Den Gschweighusweg in Küssnacht hatte sie als ruhiges Quartier in Erinnerung. Was mochte die vierfache Mutter bewogen haben, eine kinderfreundliche Umgebung gegen eine laute Überbauung einzutauschen? Über eine Treppe erreichte Valérie die Briefkästen und die Sonnerien mit den Namensschildern. «Angela Pagani» stand zuoberst. Sie drückte die Klingel und wartete. Sie drückte noch einmal. Nichts rührte sich. Sie machte einen Schritt zurück, sah die Fassade hoch, wo sie jemanden an einem Fenster vermutete. Auch unter dem Dach bewegte sich nichts. Halb zehn. Die Leute waren wohl an der Arbeit oder wollten nicht gestört werden.

Was jetzt? Um elf hatte sie zum nächsten Briefing geladen. Viel Zeit blieb nicht, wenn sie pünktlich in Biberbrugg sein wollte. Doch unverrichteter Dinge mochte sie nicht weggehen. Valérie entschloss sich, zur Schule zu fahren. Vielleicht würde sie Angela Pagani dort antreffen, falls sie die Kinder dorthin begleitet hatte.

Wieder raste ein Zug vorbei. Diesmal aus der andern Richtung.

Vielleicht verbeisse ich mich hier in etwas, überlegte sich Valérie auf dem Weg ins Zentrum von Buchrain. Getrieben von ihren eigenen Nöten, die, wenn es gut lief, endlich ein Ende nehmen würden, war sie überhaupt auf die Idee gekommen, bei Angela Pagani anzusetzen. Wie oft hatte sie sich darüber aufgeregt, wenn Richter glaubten, sich ungerechtfertigt auf die Seite der Männer zu stellen. Valérie war der Meinung, dass die Kinder zur Mutter gehörten, wenn es keinen triftigen Grund für das Gegenteil gab. Vom biologischen Standpunkt aus gesehen war das in ihren Augen die normalste Sache der Welt.

Hatte Konrad Gross zu jenen machtbesessenen Männern gehört, die sich einen Deut um das Kindeswohl scherten, wenn sie sich bei ihresgleichen nur genug profilieren konnten? Vielleicht hatte Gross zu Hause unter dem Scheffel seiner Frau gestanden. Er hatte sein Defizit in seiner Position als Richter wettmachen wollen. Rosita Gross hatte nicht den Eindruck erweckt, sich von ihrem Mann viel sagen zu lassen.

Im Gegensatz zum Dorfrand wirkte das Zentrum vom Buchrain fast wieder ländlich. Zwei Kirchen gab es hier, ein Einkaufszentrum und viele Einfamilienhäuser. Und mittendrin das Dorfschulhaus, ein hellbraunes lang gezogenes Gebäude mit zwei Stockwerken. Valérie ging davon aus, dass sie richtiglag. Hier waren nur die Primarklassen untergebracht. Sie durchforstete die Gänge und gelangte zum Rektorat.

Unangemeldet betrat sie ein Büro, wo eine Frau gerade Kaffeepause machte.

«Kann ich Ihnen behilflich sein? Sie sehen mir nicht nach einer aufgebrachten Mutter aus.» Die Frau setzte ein Lächeln auf, wollte offensichtlich lustig sein oder ihre Überraschung überspielen. «Simone Suppiger. Ich leite hier die Schule.» Sie überschäumte vor Freundlichkeit. Zudem war sie modisch gekleidet: eine Schlaghose in Grau, eine sandfarbene Bluse, ein schwarzer Blazer – das, was man in diesem Winter so trug.

«Valérie Lehmann, Kantonspolizei Schwyz.» Sie zeigte ihren Ausweis.

«Muss ich mir Sorgen machen?»

Eine solche Frage hatte Valérie nicht erwartet. «Kommt ganz darauf an.» Sie lud sich gleich selbst zum Kaffee ein. Nachdem sie Colin nicht hatte wecken wollen, hatte sie den jetzt bitter nötig.

Während die Nespressomaschine starken Arpeggio aus der Kapsel drückte, legte Simone Suppiger Zucker und Rahm bereit. «Es ist ungewöhnlich, dass uns die Schwyzer Polizei besucht. Schwyz liegt ja nicht gleich um die Ecke.»

«Sie müssen durchs Götzental fahren.» Valérie lächelte. «Eine halbe Weltreise.»

«Worum geht es?»

«Eigentlich nur um eine Auskunft.» Valérie legte die Kopie des Einwohneramts auf den Tisch. «Gehen hier Livio, Sandro, Viola und Vanessa Pagani zur Schule? Dem Alter nach müssten sie in der Primarschule sein.»

Simone Suppiger griff sich an die Schläfen und strich ein paar nicht sichtbare Haare aus dem Gesicht. Über ihre blauen Augen legte sich ein Schatten. «Das wundert mich jetzt überhaupt nicht. Das war ja ein echtes Theater mit dieser Familie.» Simone Suppiger entnahm der Kaffeemaschine die Tasse und stellte sie auf den Tisch. «Bitte bedienen Sie sich.»

«Wie soll ich das verstehen?» Valérie setzte sich auf einen der ihr angebotenen Stühle. «Was für ein Theater?»

«Anfang Oktober bekamen wir von der Gemeinde Buchrain die Anmeldung für die vier Kinder von Frau Pagani. Wir sahen vor, sie gleich nach den Herbstferien hier einzuschulen. Livio sollte die sechste, Sandro die dritte und die beiden Zwillingsmädchen Viola und Vanessa die erste Klasse besuchen.»

«Sie sprechen im Konjunktiv», stellte Valérie leicht irritiert fest. «Ist etwas dazwischengekommen?» Sie vergass, den Zucker im Kaffee umzurühren.

«Ich habe eine Tochter, die die erste Klasse besucht. Zufällig waren die Pagani-Zwillinge derselben Klasse zugeteilt. Tanja, also meine Tochter, wollte die Mädchen am ersten Schultag nach den Ferien in der Moosstrasse abholen. Sie kam allerdings ohne Viola und Vanessa zum Unterricht. Tanja war ziemlich durcheinander, hatte sie doch am Morgen einen grossen Umweg gemacht, um die beiden Mädchen begleiten zu können. Frau Pagani habe ihr gesagt, dass ihre Töchter nicht zur Schule gingen.»

«Das ist wirklich sonderbar.» Valérie bemerkte den bitteren Geschmack des Kaffees und liess ihn stehen. «Und Sie wissen nicht, wo die Mädchen jetzt zur Schule gehen? Gesetzlich gesehen macht sich die Mutter strafbar, wenn sie ihre Kinder von der Schule fernhält.»

«Es geht ja nicht nur um die Zwillingsmädchen», sagte Simone Suppiger. «Die beiden Jungs haben den Unterricht auch nicht angetreten.»

«Haben Sie etwas unternommen?»

«Ich? Nein, nicht …» Simone Suppiger verwarf die Hände.

Valérie wollte es nicht darauf beruhen lassen. Sie musste mehr über diesen Umzug erfahren. «Was wissen Sie über die Familie?»

«Tut mir leid, das ist alles, was ich weiss.»

«Wäre es nicht Ihre Aufgabe gewesen, dem nachzugehen?»

«Ehrlich gesagt, habe ich es verlauert. Aber ich dachte mir nichts Böses dabei. Frau Pagani hatte wohl ihre Gründe. Vielleicht hat sie Buchrain bereits wieder verlassen. Wenn Sie mehr darüber erfahren möchten, rate ich Ihnen, zur Gemeindeverwaltung zu fahren.»

«Darauf können Sie sich verlassen.» Valérie bedankte sich für den Kaffee, der ihr nicht geschmeckt hatte.

Das Gemeindehaus lag an der Hauptstrasse schräg gegenüber der Alten Kirche. Ein Gebäude mit weiss-grauen Wänden, steinernen Balkonen und einem hölzernen Schrägdach. Ein Haus, das im Jahr seiner Entstehung sehr modern gewesen sein mochte, heute jedoch einen verblassten Glanz trug.

Valérie zögerte, nachdem sie aus ihrem Wagen gestiegen war. Hatte sie mit ihrer Intuition doch nicht so danebengelegen? War Angela Pagani die Hauptakteurin im Fall Gross?

War sie auf der Flucht?

In kurzer Zeit zweimal den Wohnort gewechselt. Vielleicht nun ein drittes Mal. Die Beschriftung am Briefkasten hatte sie nicht abmontiert. Vergessen in der Hitze des Gefechtes. Es sah danach aus, als legte sie Spuren, die in die Irre führten. Valérie ging nur eines nicht in den Kopf. Wie schaffte eine alleinerziehende Mutter mit vier Kindern eine solche Odyssee?

Ich suche zu weit, schalt sie sich, als sie das Gemeindehaus betrat. Gleich werde ich alles erfahren. Ueli Bodmer, wie Valérie auf dem Türschild gelesen hatte, war ein untersetzter Mann von sechzig Jahren. Eine Knollennase prägte sein Gesicht. Er trug eine beachtliche Wampe vor sich her, die auch der weite Pullover nicht zu kaschieren vermochte.

Bodmer geizte nicht mit Informationen, als Valérie ihm ihre Beweggründe erklärt hatte.

Er zog den Aktenschrank auf und entnahm ihm Paganis Unterlagen mit jener Selbstverständlichkeit, als hätte er im Vornherein gewusst, dass man nach ihnen verlangen würde. Er legte sie vor Valérie auf den Tisch. «Wie Sie sehen, wohnt die Familie seit dem 1. Oktober in Buchrain.»

«Das ist nicht möglich», intervenierte Valérie. «Die Kinder gehen nicht im Dorf zur Schule. Ich komme gerade eben von der Rektorin Frau Suppiger. Heute haben wir den 7. Dezember. Die Kinder schwänzen seit Mitte vorletzten Monats den Unterricht.»

Bodmer gab sich betroffen. «Wir können selbstverständlich nicht jedem Einwohner nachrennen. Ich erinnere mich an die Frau. Sie kam Anfang Oktober hierher, um sich und ihre vier Kinder auf der Gemeinde anzumelden. Sie machte mir einen sehr vertrauenswürdigen Eindruck. Auf jeden Fall ist sie mir gut in Erinnerung geblieben. Ich erlebe hier einiges. Aber bei Frau Pagani hatte ich ein gutes Gefühl.»

Darüber, sich nicht bloss auf Gefühle zu verlassen, äusserte sich Valérie nicht, obwohl sie es gern getan hätte. Sie brauchte Fakten, handfeste Informationen. Doch diese würde ihr Bodmer nicht geben können. Angela Pagani war in der Gemeinde angemeldet. Es lag nichts gegen sie vor. Warum sollte man sie überwachen?

Ein Blick auf ihre Armbanduhr mahnte Valérie, sich auf den Weg zurück nach Biberbrugg zu machen. Sie würde nicht zeitig dort ankommen. Sie stiess Luft aus. In letzter Zeit hatte sie Fischbacher keinen Grund mehr gegeben, sie wegen nicht eingehaltener Termine zu rügen. Heute würde es wieder einmal so weit sein. Doch die Brisanz der Lage liess sie lockerer werden. Fischbacher würde sie verstehen.

«Haben Sie vielleicht die Telefonnummer von Angela Pagani?»

Bodmer verneinte. «Tut mir leid, dass ich Ihnen nicht weiterhelfen kann. Also, das hätte ich von dieser Frau zuletzt gedacht. So kann man sich täuschen. Es wäre das erste Mal in meiner Karriere als Gemeindeschreiber.» Kopfschüttelnd begleitete er Valérie zur Tür. Er blieb davor stehen. «Ach, da fällt mir ein, Frau Pagani fragte mich nach der Motorfahrzeugkontrolle. Offenbar wollte sie das mit den Nummernschildern auch gleich regeln. Ich schickte sie nach Kriens in die Arsenalstrasse.»

«Es sieht fast danach aus, als hätte es ihr nicht schnell genug gehen können», sinnierte Valérie laut. «In der Regel lässt man sich bei einem Umzug in einen andern Kanton mit den Nummernschildern Zeit, oder man wechselt sie gar nicht.» Zumindest war das bei ihr so gewesen. Die Nummernschilder hatte sie erst ausgetauscht, nachdem sie bereits zwei Monate in Schwyz ansässig gewesen war.

Auf dem Weg zurück nach Biberbrugg rief Valérie Fischbacher an. Ihre Truppe würde sicher schon im Konferenzraum auf sie warten. Fischbacher bestätigte ihre Vermutung. «Wo steckst du?»

«Auf der Autobahn. Ich habe mich mit der Zeit verkalkuliert.» Sie vermied es, über den Besuch in Buchrain zu sprechen.

«Was tust du auf der Autobahn? Du bist zu spät.»

«Deshalb rufe ich an.»

«Bist du wieder einmal auf einem Alleingang? Ich dachte, wir hätten das ausdiskutiert.» Fischbacher tönte alles andere als erfreut.

«Ich mache ein paar Recherchen, die mehr Zeit in Anspruch nehmen, als ich mir vorgestellt hatte.»

«Dazu hast du deine Leute.»

«War das jetzt eine Rüge? Du weisst, dass ich die Verdachtsmomente gern selbst aus dem Weg räume. Das hat sich jetzt einfach so ergeben.»

«Gibt es denn welche? Ich meine Verdachtsmomente?»

«Können wir uns später darüber unterhalten?» Sie fragte sich, ob sie Fischbacher über das Verschwinden von Angela Pagani berichten sollte. Was war, wenn sie mit ihren Vermutungen falschlag? Sie durfte ihren Verdacht nicht bloss gegen diese Frau richten. Doch ihre eigene Geschichte kam ihr dabei in die Quere. Sie glaubte zu wissen, wie Angela Pagani tickte. Wenn eine Mutter um ihre Kinder kämpfen musste, waren da auch viele Emotionen im Spiel und Kräfte, die man sich ansonsten nicht zutraute.

Valérie sah Parallelen zu ihrer Situation.

Fischbacher schniefte durchs Telefon. «Valérie, wir brauchen dich hier. Oder muss ich dich daran erinnern, dass du die Ermittlungen leitest?»

Wie recht Fischbacher hatte. Sie würde also unerledigter Dinge zurückfahren müssen. Es gab keinen Grund, Fischbacher zu verärgern, und noch weniger, seine Loyalität ihr gegenüber mit Füssen zu treten.

Sie brach das Gespräch mit ihm ab, nachdem sie versprochen hatte, sich zu beeilen.

Sie rief Colin an.

Nach dem gefühlten hundertsten Klingelton nahm er ab.

«Habe ich dich geweckt?» Vergessen war der gestrige Abend, der besser begonnen als geendet hatte.

«Nein, habe schon gefrühstückt. Stell dir vor, sogar mit deiner altertümlichen Kaffeemaschine kam ich zurecht.»

Er hatte eine fast sonore Stimme. Zum Glück kam er nicht nach Willy.

«Die ist nicht alt, untersteh dich.»

Colin lachte. «Sag mal, hast du eigentlich nur klassische Musik im Haus? Ich habe mich mal durch deine CDs gepflügt. Wagner, nichts als Wagner. Nein, halt, ich habe noch Bizet und Berlioz gefunden. Ich bin mir sicher, wenn ich weitersuche, stosse ich auf Bach und Mozart. Die kenne ich zumindest dem Namen nach.»

«Du weisst, wie sehr ich klassische Musik mag.» Valérie verliess nach Rotkreuz die Autobahn Richtung Zürich und gelangte auf die A 4.

«Wagner ist wohl dein Lieblingsmusiker –»

«Komponist.»

«Was?»

«Wagner war ein Komponist.»

Colin lachte. «Ich wollte beim Duschen Radio Sunshine hören. Aber das ist ja ein CD-Player, der dort hängt ... Habe die Scheibe angesehen. Wer ist Tannhäuser?»

Eine Leidenschaft. Eine Obsession.

Sie schwieg. Colin würde es nicht verstehen. Es schauderte sie. Sie hatte auch ihre Macken.

«Der Schrank im Korridor enthält ein paar DVDs», sagte sie, ohne auf seine Frage einzugehen. Zu ihrer Linken dümpelte der Zugersee in milchigem Grau.

«Die habe ich auch schon durchgesehen. Nur Liebesfilme – ‹Vom Winde verweht›, ‹Doktor Schiwago› et cetera, et cetera ...»

Vom Winde verweht! Solche Monumentalfilme liessen ihren Tränen freien Lauf. Tränen, die sie sonst nicht weinte.

«Hast du keine Horrorthriller oder Actionfilme? Als Polizistin?»

Sie hörte ihn lachen und war sich auf einmal nicht mehr sicher, ob es eine gute Idee gewesen war, ihn allein zu Hause zu lassen. Würde er ihr die ganze Wohnung auf den Kopf stellen? Vielleicht war er nicht bei ihr, um über seine Zukunft unter ihrer Obhut zu sprechen, sondern sie auszuhorchen und auszuspionieren – auf Willys Geheiss hin. Und mit der Idee von der Wohngemeinschaft hatte er bestimmt ihre Reaktion testen wollen.

Wie konnte sie auch so naiv sein?

Nach dem Disput am Küchentisch war Colin in sein neues Zimmer verschwunden. Er sei müde, war seine Ausrede gewesen. Dort hatte sie ihn telefonieren gehört. Hatte er seinen Vater am Draht gehabt?

Hatte Willy ihren gemeinsamen Sohn schon so manipuliert, dass er jetzt gegen seine eigene Mutter vorging?

Sie fuhr einem silbergrauen Škoda auf der Überholspur auf und gab Lichtzeichen. Als der nicht auf die rechte Spur auswich, betätigte sie die Hupe.

Ihre Befindlichkeit war immer am Anschlag, wenn es um Colin ging. Seit Beginn seiner Lehre hatte er seine ersten Ferien. Er hatte erst noch am Telefon erklärt, weshalb er die eine Woche bei ihr verbringen wollte. Endlich reden. Klarheit schaffen zwischen Mutter und Sohn. Das war nicht nur Valérie, sondern offenbar auch Colin ein grosses Anliegen. Hatte sie gedacht. Hatte sie sich dermassen täuschen lassen? War sie bloss Mittel zum Zweck?

Als Willy erfahren hatte, dass ihr neuer Anwalt einiges mehr an Sprengstoff gegen ihn besass als seine beiden Vorgänger, sann er wohl auf Rache. Und wo war sie verletzlicher als dort, wo es um Colin ging?

Mit hundertsechzig Stundenkilometern Richtung Autobahnausfahrt Schwyz.

Sie beruhigte sich ein wenig. «Hör zu, du kannst dir ja einen Film kaufen, wenn du willst. Ich werde mich beeilen und bald Feierabend machen. Dann können wir uns den Film gemeinsam ansehen. Was hältst du davon?»

«*Maman*, das ist nicht nötig. Ich kann mich anderweitig beschäftigen. Ich werde mich mal auf den Weg zum ‹Mythen Center› machen. Soll ja recht gross sein … ich meine, für Schwyzer Verhältnisse und so. Wir sehen uns am Abend. Und noch etwas: *Maman*, ich bin kein kleiner Junge mehr. Du brauchst dir keine Sorgen zu machen, wo ich mich herumtreibe.» Er betonte das letzte Wort.

Valérie schluckte leer. Genau solche Sorgen übermannten sie. Sie hätte sich freinehmen sollen. Das hatte sie auch vorgehabt. Der Fall Gross hatte ihre Pläne vernichtet.

Sie verliess die A4 und zweigte auf die Schlagstrasse ab.

Eine farblose Landschaft zog an ihr vorbei. Valérie kam Dezember-Blues in den Sinn, als Colin sich von ihr verabschiedet hatte. Je älter sie wurde, umso mehr graute ihr vor den Wintertagen.

Sie verwarf ihre abstrusen Gedanken. Sie wollte stark sein. Ihr war nicht danach, Schwäche zuzulassen. Gleichzeitig dachte sie, dass genau diese Unterlassung ihr nicht guttat. Wieder drückte sie aufs Gaspedal. Bis anhin hatte sie noch immer Glück gehabt mit den Radarfallen. Erst einmal hatte sie im Kanton Schwyz eine saftige Busse bezahlen müssen, an der Grenze zum Ausweisentzug. Das war bei Fischbacher nicht unbemerkt geblieben. Er hatte ihr mit einem Disziplinarverfahren gedroht, sollte es noch einmal vorkommen.

***

Fischbacher sah, seine Brauen hebend, auf seine Armbanduhr. Eine Viertelstunde hatte er schon verloren. Er hasste Verspätungen.

«Wir beginnen. Valérie wird später eintreffen.» Er informierte kurz über deren Verbleib und richtete sich anschliessend an Louis. «Du hast dich um die Familie des Verstorbenen gekümmert. Bedarf etwas einer Relevanz?»

«Und ob es das tut.» Louis strich sich die widerspenstigen Haare aus dem Gesicht. «Zwischenzeitlich kehrten Gross' Kinder zurück. Fabia und ich haben jedes einzelne befragt. Die Reaktionen auf den Tod ihres Vaters fielen unterschiedlich aus. Müsste ich die Gefühle auf einer Skala zwischen eins und zehn bewerten, lägen sie bei den beiden älteren Geschwistern im unteren Bereich.» Louis sah auf die Notiz vor ihm. «Anna und Barbara Gross gingen mit der Nachricht sehr gefasst um, wogegen die Jüngste, also Cäcilia, Rotz und Wasser heulte.»

«Wie alt sind diese Kinder?», fragte Fischbacher. «In meinen Unterlagen finde ich keine Altersangabe.»

«Neunzehn, siebzehn und fünfzehn», sagte Fabia.

Fischbacher nickte. «Ich gehe davon aus, dass ihre Mutter sie bereits darauf vorbereitet hatte.»

«Falsch», sagte Louis. «Wir holten die Töchter auf dem Bahnhof ab und brachten sie auf den Posten in Küssnacht. Dort wurden sie in Abwesenheit ihrer Mutter befragt, nachdem uns ein Zimmer zur Verfügung gestellt worden war.»

«Du willst mir aber nicht sagen, dass die Mädchen vom Tod ihres Vaters erst heute Vormittag erfahren haben.»

«Doch, genau so will ich es sagen. Ich habe mich auch sehr gewundert. Aber es sieht fast so aus, als wollte ihre eigene Mutter sie davor bewahren.»

«Frau Gross befindet sich in ärztlicher Behandlung», unterbrach Henry Vischer seinen Kollegen. «Ich nehme an, sie hat

Tag und Nacht geschlafen oder war auch sonst nicht ansprechbar. Nach dem Besuch bei ihr habe ich ihren Hausarzt konsultiert. Ich fand die Adresse in Frau Gross' Agenda.»

«Und niemand war in der Zeit bei ihr?» Fabia kringelte ihre langen Haare um die Finger. «Ist doch eher fadenscheinig. Es gibt doch Verwandte, die die Mädchen benachrichtigt haben könnten.»

«Allem Anschein nach nicht. Die ganze familiäre Konstellation scheint sonderbar.» Louis wandte sich an Franz Schuler. «Das, was ihr auf dem KTD herausgefunden habt, dürfte Aufschluss darüber geben, was hinter den Kulissen ablief.»

Schuler räusperte sich. «Wir wissen jetzt, mit wem Gross vor seinem Tod eine halbe Stunde telefoniert hat.»

Louis warf anerkennungsheischende Blicke in die Runde. «Na, sag schon. Das dürfte in Küssnacht wohl auch schon die Runde gemacht haben.»

«Die Nummer gehört Gloria Wicki. Sie ist seine Sekretärin.»

Die Tür fiel leise ins Schloss. Niemand hatte Valéries Ankunft bemerkt. Sie stand bereits vor dem Tisch, als ihre Präsenz wahrgenommen wurde. «Während einer halben Stunde kann er ihr einen Brief diktiert haben», sagte sie mehr zu sich selbst.

Louis warf den Kopf zurück. «Das glaubst du doch selbst nicht. Daheim herrschte Eiszeit. Die Töchter verachteten ihren Vater, was sie uns brühwarm erzählten. Ausser die Kleinste. Aber die ist undurchsichtig. Komisch eben. Typ nicht ganz Hippie und doch einer. Vielleicht ist die Abneigung gegen den Vater der Mutter zuzuschreiben. Da wird sich der Herr Richter anderweitig Seelenbalsam geholt haben.»

«Und, wie ich dich kenne, hast du die Sekretärin bereits befragt.» Valérie setzte sich an den letzten leeren Platz neben dem Flipchart.

«Nein, noch nicht. Das wäre der nächste Schritt.» Louis presste die Lippen aufeinander.

«Sorry, war auch nicht so gemeint. Tolle Arbeit, Louis.» Sie wandte sich an alle. «Entschuldigt bitte meine Verspätung. Ich habe in Buchrain recherchiert. Eine Frau ist mitsamt ihren Kindern spurlos verschwunden. Das scheint mir eine erste relevante

Spur zu sein. Ich will damit nicht sagen, dass wir diese Sankt Niklausengesellschaft nicht auch auf dem Plan halten müssen. Mir ist aber wichtig, dass wir alles über die Frauen erfahren, denen Richter Gross nicht gutgesinnt war.» Valérie hielt inne. Alles der Reihe nach, schalt sie sich. «Nun zur Sankt Niklausengesellschaft. Gibt es da vielleicht Unstimmigkeiten unter den Klausanwärtern? Hat sich schon jemand in die Richtung bemüht?»

«Ich war gestern im ‹Engel›», sagte Louis düpiert. «Fritz und Seppi hielten sich in der gleichen Zeit im ‹Adler›, ‹Hirschen› und im ‹Rössli› auf. Peter forschte im ‹Widder› und Kurt in den Spelunken im Oberdorf. Unisono wurde betont, wie sehr man Gross mochte. Er sei ein würdiger Sankt Nikolaus gewesen. Immer korrekt mit den Kindern und den alten Leuten. Jedermann mochte ihn.»

«Vielleicht hatte er zwei Gesichter.» Valérie griff nach einem Gipfeli im Korb auf dem Tisch. «Sowie er sich das Klausengewand anzieht und die Mitra aufsetzt, schlüpft er in eine andere Rolle.»

«Das muss er zwangsläufig», sagte Louis. «Seinen Töchtern nach zu urteilen, muss es da etwas gegeben haben, das den Familienfrieden störte. Ich werde es herausfinden.»

«Fangen wir doch mit der Sankt Niklausengesellschaft an», sagte Fischbacher, der mit übereinandergeschlagenen Beinen auf seinem Sessel thronte. «Ich habe mich umgehört. In Küssnacht existieren zwei prägende Familienlager – das der Räbers und der Gössis. Das falle einem vor allem im Sommer auf, wenn das Strandbad geöffnet hat. Dort gibt es zwei schattenspendende alte Bäume, die von den zwei Familienclans in Beschlag genommen werden.»

«Davon habe ich auch gehört», mischte sich Fabia ins Gespräch. «Wehe dem, der sich unter die Bäume wagt, für den sie nicht gedacht sind. Eine richtige Mafia ist das. Als Aussenstehender hast du keine Chance, dein Tuch im Schatten auszubreiten. Da nimmt man am besten gleich den eigenen Sonnenschirm mit. Die beiden Küssnachter Familien scheinen die Bäume gepachtet zu haben. Es gibt wahrscheinlich sogar ein ungeschriebenes Gesetz, welcher Baum wem gehört.»

Valérie verkniff sich ein Schmunzeln. «Darf ich davon ableiten, dass es auch in der Sankt Niklausengesellschaft eine solche Aufteilung gibt?»

«So weit an den Haaren herbeigezogen ist das nicht», sagte Fabia. «Gross' Vater war ja schon Nikolaus. Soviel ich weiss, fast zehn Jahre lang. Sein Sohn hat das Erbe übernommen, das vielleicht ... gemäss Tradition ... einer andern Familie zustehen würde.»

Louis liess ein Kichern vernehmen. «Vetternwirtschaft bei der Sankt Niklausengesellschaft ... das klingt gar nicht so abwegig.»

«Vetternwirtschaft ja, aber das heisst noch lange nicht Mord.» Fabia steckte sich einen Kaugummi in den Mund.

«Weiss man schon, womit geschossen wurde?» Valérie hatte die Frage in die Runde geworfen.

«Die Ballistiker sind noch dran», sagte Schuler. «Sie mussten zuerst die Resultate aus der Gerichtsmedizin abwarten.»

«Und wo befinden sich diese?»

Fischbacher schob Valérie Akten zu. «Hier sind erste Resultate aus der Ballistik.»

Valérie las. «Aha, Kaliber 9mm, Winchester, Teilmantel. Ist das alles?»

«Hochzulässiger Gasdruck: viertausendeinhundertfünfzig Bar», erklärte Schuler, «Fluggeschwindigkeit –»

«Stopp!» Valérie schüttelte den Kopf. «Der Waffentyp, kennt man den auch schon?»

«Nein», sagte Schuler.

«Glatter Durchschuss», sagte Fabia kauend.

«Es gibt keine glatten Durchschüsse», korrigierte Valérie sie. «Das solltest du wissen. Auch wenn ein Projektil wieder austritt, hat es den Körper aufs Abscheulichste zerfetzt. Es explodiert buchstäblich, wenn es auf Gewebe trifft. Da kann man wohl kaum von einem *glatten* Durchschuss sprechen.»

Fabia schmatzte beleidigt. «War nur so dahingesagt.»

«Du schaust dir wohl zu viele Tatortkrimis an», neckte Louis.

«Du wohl auch», konterte Fabia.

Valérie gebot zur Ruhe und wandte sich erneut an Schuler. «Wann kann uns die Ballistik über den Waffentyp informieren?»

Valérie erhob sich, während sie auf die Antwort wartete, und stellte sich an den Flipchart.

«Ich werde dich auf dem Laufenden halten», sagte Schuler. «Zuerst müssen sie die genaue Distanz berechnen.»

Valérie griff nach einem Filzstift und fuhr mit ihm über den Ortsplan von Küssnacht. «Hier befindet sich der Tatort.» Sie zeigte auf die Kreuzung Bahnhofstrasse/Poststrasse. «Hat man schon eine Idee, von wo aus geschossen wurde?»

«Eine vage Idee», sagte Fischbacher und sah auf den Bericht. «Sollte ein Scharfschütze geschossen haben, wird er den Schuss aus weiter Entfernung abgegeben haben. Hier steht, dass aufgrund des pathologischen Befunds eine nahe Distanz ausgeschlossen werden kann. Man geht von ungefähr hundert Metern aus. Aber wie schon Franz sagte, ist es noch zu früh für ein präzises Resultat.»

Valérie kehrte nachdenklich an ihren Platz zurück. Sie las weiter. «Gross' Henkersmahlzeit bestand aus …» Sie stutzte. «… Rösti mit Speck und Ei, aber auch Kaviar, Blinis und Sour Cream. Dazu Wodka. Was für ein Mix. Gibt es ein Restaurant in Küssnacht und Umgebung, das solche Speisen serviert?»

«Nein, ist mir nicht geläufig», meldete sich Räber, der in Küssnacht wohnte. «Klingt nach Dekadenz.»

«Gut, dann wissen wir, was unsere nächsten Schritte sind», sagte Valérie. «Herausfinden, wo Gross zu Abend gegessen hatte. Es scheint doch eher merkwürdig. Während seine beiden Klauskollegen die Besuche machen, lässt er es sich gut gehen. Wir klären ab, ob die Sekretärin nicht doch mehr war als seine Tippse … Sollte sich nämlich herausstellen, dass Gross es mit der Treue nicht so ernst nahm, hätten wir ein Motiv.»

«Sie könnte ihn doch einfach nur eingeladen haben», sagte Fabia.

Valérie tippte auf das Dokument aus der Rechtsmedizin. «Hier steht, dass Konrad Gross vor seinem Tod Geschlechtsverkehr oder sonst eine sexuelle Betätigung vollzogen hatte. Auf seiner Unterwäsche sind Spuren zweier verschiedener Fremd-DNA gefunden worden.»

«Aha», sagte Louis trocken. «Er hat's mit zweien getrieben.»

Valérie verdrehte die Augen und wandte sich an Fischbacher. «Was meinst du, wird man uns eine gerichtliche Bescheinigung für einen genetischen Fingerabdruck möglicher Verdächtiger erteilen?»

«Haben wir welche?»

Valérie räusperte sich betroffen. «Gut, holt mir Gross' Sekretärin … wie ist schon wieder ihr Name?»

«Gloria Wicki», sagte Louis.

«Ich will sie heute Nachmittag um vier im Vernehmungszimmer in Schwyz sprechen.» Sie sah Henry an. «Wie sieht es mit Rosita Gross aus? Ist sie vernehmungsfähig? Wenn ja, lade sie für fünf Uhr ein. Ich werde jetzt nach Küssnacht fahren. Fabia, du begleitest mich. Alle andern sollen mit der Befragung aller Mitglieder der Sankt Niklausengesellschaft weitermachen.»

«Es sind über tausendneunhundert», rief Louis.

«Ich will, dass man den hintersten und letzten Mann befragt. Gleichzeitig möchte ich eine Retrospektive über das Opfer. Anhand dieser Angaben können wir eventuell Rückschlüsse auf die Lebensgewohnheiten und die Persönlichkeit des Täters ziehen. Wir müssen also ein Gutachten erstellen.»

FÜNF

Kurz vor dem Mittag trafen Valérie und Fabia in Küssnacht ein. Sie assen im Hôtel du Lac und wechselten dabei ein paar Worte mit dem Wirtehepaar. Sie erfuhren, dass Konrad Gross ein gern gesehener Gast gewesen war. Vor allem im Sommer sei er oft mit seiner Familie zum Essen gekommen. Sie hätten auf der Terrasse gesessen. Das Familienbild, das die Gross' den Wirten vermittelt hatten, war ein allzu perfektes. Eine Vorzeigefamilie sei es gewesen. Von aufmüpfigen Teenagern wusste man dort nichts.

«Es ist nicht schön, wenn über einen Toten Lügengeschichten kursieren», enervierte sich Frau Kaiser. «Ich möchte jetzt nicht in der Haut von Rosita stecken. So etwas hat sie nicht verdient.»

«Dann hat sich die Gerüchteküche schon verbreitet», sagte Valérie.

«In Küssnacht wird viel geredet, wenn der Tag lang ist», bemerkte Herr Kaiser. «Die Leute brauchen etwas, damit sie sich wichtigmachen können.»

«Sie würden gescheiter den Dreck vor ihrer eigenen Haustür wischen», sagte Frau Kaiser, «anstatt über andere Leute zu lästern. Sie müssen wissen, dass Konrad Gross ein sehr gottesfürchtiger Mensch war. Der ging jeden Sonntag zur heiligen Messe.»

«Zusammen mit seiner Frau», bestätigte Herr Kaiser.

«Die Töchter allerdings müssen ihren Weg noch finden», endete seine Frau.

Valérie und Fabia kehrten zum Tatort zurück.

Die Autos fuhren weit unter der begrenzten Limite über die Bahnhofstrasse, als müssten sich die Lenker auf etwas Langsames einstellen, sobald sie das Dorf erreichten. Die beiden Frauen überquerten die Fahrbahn. Ausser einem verblassten Blutfleck und der Kreidezeichnung des KTD zeugte nichts mehr von der grausamen Bluttat am Klausabend.

«Die Parade ging dort durch, nicht wahr?» Valérie zeigte auf die Gasse zwischen dem Geschäft des Augenoptikers und dem «Dermacenter» gegenüber, vor dessen Eingang eine Frau mit Turban und Sonnenbrille erschien.

«Das ist die Poststrasse», sagte Fabia. «Die Klausjäger ziehen für gewöhnlich über die Poststrasse bis zum Quai und dem Seeplatz, kehren über das Unterdorf zurück zum Kreisel und von da über die Bahnhofstrasse bis zum Litzi, wo sie die erste grosse Pause einlegen.»

«Du kennst dich gut aus in Küssnacht.»

«Mein Mann und ich haben mal hier gewohnt. Ich arbeitete auf dem Polizeiposten im uniformierten Dienst, bevor ich nach Biberbrugg versetzt wurde. Zudem habe ich die Umzugsroute auf dem Plan studiert. Der lag bei uns zu Hause. Ich bekomme noch immer Post aus Küssnacht, wenn Vereine betteln.»

«Die Sankt Niklausengesellschaft versendet Bettelbriefe?» Valérie drehte sich einmal um die eigene Achse und besah sich die Häuserfassaden. «Von den Fenstern dort drüben hatte man sicher einen optimalen Blick auf die Parade. Es ist mir nicht klar, weshalb man bis anhin keinen Zeugen unter den Bewohnern an der Bahnhofstrasse gefunden hat.»

«Es war dunkel.»

«Die Iffelen waren beleuchtet.»

«Die geben zu wenig Licht. Da sind meistens nur Kerzen drin, allenfalls mit Batterie betriebene Lämpchen. Wenn's kalt ist, geben die schnell den Geist auf.»

«Aber irgendjemand muss doch irgendetwas gesehen haben. Zum Beispiel das Mündungsfeuer, als der Schuss abgegeben wurde. Wenn es stockdunkel gewesen war, musste das doch auffallen.»

«Alle Augen waren auf den Umzug gerichtet.»

Valérie stellte sich an die Ecke zur Poststrasse und sah zur rechten Strassenhälfte unmittelbar vor das Blumengeschäft Gössi, wo Gross gelegen hatte. Sie wartete, bis die Strasse frei war, und betrat sie. Sie schaute auf die Zeichnung, dann die Bahnhofstrasse hinauf. Ihr Blick wanderte über die Poststrasse. Sie war so in Gedanken versunken, dass sie den sich ihr nähernden Wagen im letzten Augenblick sah. Mit einem Satz sprang sie von der Fahrbahn.

Ein lang anhaltendes Hupen malträtierte ihre Ohren. Hinter dem Lenkrad sass ein Senior und deutete mit dem Finger an die Stirn.

Fabia schrie erschrocken auf. «Mensch, Valérie, pass auf!»

Valérie reagierte nicht. Anstatt ihren Fehler einzugestehen, schaute sie noch einmal zur Bahnhofstrasse, auf den Tatort und wieder zur Poststrasse. «Bitte, halte die Autos auf», sagte sie in einem befehlenden harschen Ton.

«Was soll ich?»

«Stell dich auf die Strasse und halte die Wagen an. Du hast doch Erfahrung als Verkehrspolizistin.»

«Was soll diese Bemerkung?» Fabia keifte, befolgte den Auftrag nur zögernd.

Valérie legte sich auf die Strasse. Ihr ganzer Körper füllte die Form aus, welche die Leute vom KTD auf den Boden gezeichnet hatten. «So hat Gross gelegen», sagte sie im Ton der Überzeugung, während sie abwechselnd Fabia und den Himmel über ihr betrachtete. «Der Kopf zeigt Richtung ‹Trychle-Park›, die Beine angewinkelt in Sechsuhrstellung, die Arme seitlich ausgestreckt.»

«Ja, und?»

«Fällt dir etwas auf?»

Fabia drückte sich an Valéries Seite, nachdem sie dem vordersten Automobilisten in der entstandenen Kolonne die Direktive erteilt hatte, den Motor abzustellen. Sie sah aus demselben Blickwinkel auf die erwähnte Stelle. «Hm … Das Opfer muss sich bereits Richtung Poststrasse gewandt haben, als es getroffen wurde.»

«Warum stand das nicht im Bericht des KTD? Wenn Gross von einem Scharfschützen erschossen wurde, befand dieser sich in der Poststrasse», war sich Valérie sicher. «Wir müssen die Ballistiker nochmals aufbieten.»

«Oder Gross hatte sich noch abgedreht, bevor er fiel. Wenn der Schuss aus der Bahnhofstrasse kam.»

«Ich bin fast sicher, dass der Schuss aus einem der Häuser dort gekommen ist. Der Schütze muss mindestens zwei Stockwerke über dem Boden gestanden haben, damit er Gross in die Brust treffen konnte. Zudem würde es auch mit der Distanz hinkommen. Hundert Meter? Für eine Präzisionswaffe mit diesem Kaliber ist eine solche Distanz eher ungewöhnlich. Aber Gross hat es die Brust zerfetzt.» Valérie zeigte auf die Betonblöcke, die sich düster gegen den nebligen Himmel abzeichneten. «Wir sollten dort mal hochgehen.»

«Wäre das nicht Sache des KTD?»

«Es schadet nicht, wenn wir schon mal vorsondieren. Ich muss mir jetzt ein Bild machen. Ich möchte mich in den Mörder versetzen.» Valérie erhob sich.

Fabia schüttelte wie irre den Kopf. «Zuerst ins Opfer, dann in den Täter …»

«Nur auf die Art bekommt man ein Gespür.»

Mittlerweile hatten sich neugierige Leute nach Valérie umgedreht. Die Besorgten unter ihnen näherten sich ihr. «Ist Ihnen nicht gut?», fragten sie, als zweifelten sie an ihrem Verstand.

«Alles okay.» Valérie wischte sich den Strassenstaub von den Kleidern. Sie holte ihren Ausweis hervor und zeigte ihn in die Runde.

Sie wandte sich an Fabia. «Was meinst du?»

«Ist das nicht zu riskant?»

«Wir sind zu zweit, meine Liebe. Oder bist du noch immer traumatisiert?»

«Ich denke nicht an Arth.»

Valérie schon. Damals hatte sich Fabia auf eigene Faust in eine schlimme Situation hineinmanövriert.

«Dann weiss ich nicht, was du gegen einen Besuch in diesem Gebäude hast.»

«Ich habe nichts dagegen einzuwenden.» Fabia zog beleidigt den Kopf ein. «Musste ich deshalb mitkommen, damit du mir deine gewöhnungsbedürftigen Recherchemethoden zeigen kannst?»

«Sei nicht albern.»

«Louis –»

«Louis? Was wolltest du sagen?»

«Ach nichts.»

«Allons-y!» Valérie tätschelte Fabias Arm. «Um vier müssen wir zurück in Schwyz sein.»

Der Haupteingang war nicht verschlossen, was sonderbar anmutete. In Häuserblöcke wie diesen hatte in der Regel nicht jeder Zutritt. Es gab sechs Mieteinheiten, was auf den Namensschildern bei den Briefkästen ersichtlich war.

«Beginnen wir in der zweiten Etage», schlug Valérie vor, nachdem sie einen Blick auf das Erdgeschoss gerichtet und entschieden hatte, dass dort kaum eine Abschussrampe gewesen sein konnte. Sie wäre zu niedrig gelegen. «Die Herrschaften müssten noch beim Mittagessen sein, wenn ich mich nicht täusche ... oder was meinst du?»

«Vielleicht arbeiten sie über den Mittag und kommen erst am Abend heim», sagte Fabia, die ihren Fuss nur zögerlich ins Treppenhaus setzte. «Riechst du das?»

«Was?»

«Es riecht nach nichts.»

«Es riecht nach ...», Valérie schnupperte, «... nichts ... du hast recht.»

«Was sagt uns das?»

«Clevere Frau!» Valérie lächelte. «Keiner hat zu Mittag gekocht.» Sie musste an das Treppenhaus in der Rubiswilstrasse denken, in dem es um zwölf Uhr mittags jeweils wie in einer schlecht gelüfteten Kantine roch. «Hier wohnen wahrscheinlich nur Berufstätige, die über den Mittag nicht nach Hause kommen.»

Sie fuhren mit dem Lift in den zweiten Stock. Ein Ficus, der die meisten seiner Blätter verloren hatte, stand neben einem Schuhrost mit zwei paar Hüttenfinken. Unmittelbar vor der Tür lag ein beschrifteter Basaltteppich. «Quo vadis» stand darauf.

«So wie's aussieht, ist hier niemand.» Valérie zeigte auf die Finken und drückte die Klingel. Einmal, zweimal. Sie betätigte vorsichtig die Türfalle. «Niemand da. Dr. Hubertus scheint ausgeflogen zu sein. Und er hat abgeschlossen.»

«Warum hätte er nicht abschliessen sollen?» Fabia setzte ein Grinsen auf.

«Falls er hier eine Praxis hat, zum Beispiel.»

«Hier steht aber nichts von einer Praxis. Und wer stellt schon Finken vor eine öffentliche Einrichtung.»

«Kluges Mädchen! Gehen wir weiter?»

Diesmal nahmen sie die Treppe. Das nächste Podest fanden sie leer vor. Auch an der Klingel befand sich kein Name. Trotzdem drückte Valérie sie. «Vielleicht ist hier erst vor Kurzem jemand ein- oder ausgezogen.»

«Es hat nicht geklingelt. Übrigens mag ich es nicht, wenn du mich wie ein kleines Mädchen behandelst.»

«Tut mir leid, war nicht so gemeint.» Valérie läutete noch einmal. «Komisch, scheint defekt zu sein.» Sie legte die Hand auf die Türfalle und drückte sie hinunter. «Nicht abgeschlossen.» Sie trat einen Schritt zurück. Instinktiv griff sie nach ihrer Glock, die sie am Halfter unter ihrer Jacke trug, und entsicherte sie.

Fabias Hand fuhr augenblicklich an ihren Gurt. Die beiden Frauen sahen sich an.

«Ich gehe vor», flüsterte Valérie. «Gib mir Rückendeckung.»

***

Erich Sidler fand, dass es nun an der Zeit war, das Bett zu verlassen. Nachdem er erst gestern gegen Mittag nach Hause gekommen war, lag er ganze vierundzwanzig Stunden flach. Bernadette hatte ein paarmal ins Zimmer geschaut, das hatte er zwischen Schlaf- und Halbwachzustand wahrgenommen. Vielleicht hatte sie den Nachttopf geleert. Es war ihm peinlich, jetzt, da sein Gehirn die normale Funktion aufzunehmen schien. Vorsichtig stellte Sidler die Beine auf den Boden. In seinen Kopf schoss ein dumpfer Schmerz. Der Kater war noch nicht ganz überstanden. Es hätte ihn auch gewundert. Im Gegensatz zu früher vertrug er den Alkohol mit zunehmendem Alter immer schlechter.

Bernadette hatte frisches Wasser, eine Packung Alka Seltzer und ein Duschgel auf die Kommode gestellt. Das war genauso eine Tradition nach dem Klausabend wie die stille Aufforderung, sich möglichst rasch unter die Brause zu stellen, sollte er vorhaben, mit ihr das Mittagessen einzunehmen. Rollmöpse und

Gummel würde es geben und literweise Tee. Auf den Tee hätte er gern verzichtet. Wenn er jedoch unter seinen Achseln roch, ahnte er, dass da noch viel Gift aus seinem Körper geschwemmt werden musste. Sidler sah auf den Wecker. Halb eins. Ihm blieben noch ein paar Minuten.

Der Blick in den Spiegel am Schlafzimmerschrank enttarnte ihn als das Gegenteil von dem, was er in Wirklichkeit war. Fast durchsichtig blass schien sein Gesicht, mit Bartstoppeln und Pickeln übersät. Sidler kam sich vor wie ein Spätpubertierender nach seinem ersten Suff. Er hätte massvoller mit dem Alkohol umgehen sollen.

Man kannte ihn als gewissenhaften Bürger von Küssnacht. Er betrieb eine Elektrofirma, die er von der Pike auf selbst aufgebaut hatte. Daneben hatte er einen Verkaufsladen. Dreiundzwanzig Festangestellte arbeiteten bei ihm. Er war Mitglied der Sankt Niklausengesellschaft, seit zwanzig Jahren im Organisationskomitee des Gewerbevereins und im Vorstand des Kirchenrats. Er bezeichnete sich als glücklicher Mensch, der es in seinem Leben weit gebracht hatte. Mit Bernadette hatte er fünf Kinder, dic in der Zwischenzeit ausgezogen waren. Zwei ihrer Söhne waren verheiratet, die einzige Tochter lebte in Trennung. Im Moment war dies der einzige dunkle Klecks auf seiner Weste.

Bernadette trat ins Zimmer, sein Fels in der Brandung. Die Frau, die ihm den Rücken freihielt, die seine Eskapaden tolerierte, wenn er sich denn mal eine leistete.

«Na, gut geschlafen?» Sie schritt zum Fenster, riss die Vorhänge und die Flügel auf.

Sidler sah ihr nach. Sie hatte in den letzten Jahren an Gewicht zugelegt. Seit sie regelmässig auf ihre vier Enkel aufpasste, stand sie unter Dauerstress. Das sei der Grund, dass sie esse, was ihr in die Quere komme, war ihre Ausrede, wenn er sie auf die überschüssigen Pfunde ansprach. Gleich und gleich gesellt sich gern, sagte sie dann. Schliesslich habe er mit dem Alter auch zugenommen. Ja, musste er zugeben, seine Wampe hatte sich vergrössert. War das nicht ein Zeichen dafür, wie gut es ihm ging?

Sidler entledigte sich seines Pyjamas. Daran, wie er diesen

angezogen hatte, erinnerte er sich beim besten Willen nicht mehr. Vielleicht hatte ihm Bernadette geholfen. Er schämte sich ein wenig. «Ich gehe duschen.»

«Dann beeil dich. Draussen warten zwei Polizisten auf dich.»

Was zum Kuckuck wollte die Polizei von ihm? Falsch geparkt hatte er wohl kaum, und das Geschwindigkeitslimit hielt er seit seinem Ausweisentzug vor fünf Jahren brav ein. Zumindest so weit, dass er bloss mit einer Geldstrafe gebüsst wurde, sollte er die Höchstgeschwindigkeit überschreiten. Für die Strafzettel hatte er ein spezielles Konto eröffnet. Während er unter dem heissen Wasserstrahl den Mief aus den Poren wusch, versuchte er, sich den Klausabend in Erinnerung zu rufen.

Konrad war tot.

Mausetot. Erschossen hatte man ihn, das hatte Lukas ihnen so mitgeteilt. Danach hatten sie sich betrunken. Hätten sie nach Hause gehen sollen? Dadurch wäre Konrad nicht wieder lebendig geworden. Und den Klausabend hatten sie sich nicht nehmen wollen. Das war auch Sepps Meinung gewesen. Konrad hätte das sicher auch goutiert. Einmal im Jahr durften die Küssnachter Männer die Sau rauslassen. Ganz unter ihresgleichen.

Der Kerl mit der Lederjacke war wohl der Anführer. Nur er sprach. Louis Camenzind war sein Name. Wie ein Gersauer sah er allerdings nicht aus.

Bernadette hatte den beiden Männern bereits Kaffee angeboten, den sie stehend tranken. Stehend ist nie gut, dachte Sidler und verwünschte den Alkohol. Die Alka Seltzer, die er sich einverleibt hatte, zeigten noch keine Wirkung. Sidler litt. Die Polizisten mussten es ihm ansehen. Er hoffte, dass sie nicht auf die Idee kamen, ihn mit blöden Sprüchen zu torpedieren.

«Wir ermitteln im Mordfall Konrad Gross», begann Louis.

«Mordfall?» War ihm da etwas entgangen? Andererseits erschoss man einen Sankt Nikolaus nicht einfach so auf offener Strasse. Das konnte kein Unfall gewesen sein. Sidler schluckte leer. Das Wort Klausjäger bekam auf einmal eine ganz andere Bedeutung.

«Zeugenaussagen zufolge sollen Sie kurz nach der Tat in den ‹Adler› gekommen sein.»

Sidler liess sich auf einen Stuhl fallen. «Nachdem es nicht mehr weitergegangen war, kehrten einige von den Treichlern dort ein.»

«Ist das die Regel?», fragte Louis, während sein Kollege auf einen Notizblock schrieb.

«Regel? Nein! Ich erinnere mich, dass wir ziemlich lange am selben Ort stehen blieben. Es war nicht möglich, weiterzugehen. Die Zuschauer ... verstehen Sie? Da ist es nur normal, dass man sich kurz aufwärmen geht. Es war saukalt an dem Abend.»

«Als Sie sich an der Kreuzung Seebodenstrasse/Rigigasse für die Parade in die Reihe stellten, sollen Sie kurz vor dem Abmarsch plötzlich verschwunden sein.» Louis fixierte Sidler mit Argusaugen.

«Wer sagt das?» Sidler griff nach einem Glas Wasser, das seine Frau auf den Tisch gestellt hatte, froh darüber, sich an etwas festhalten zu können. Wenn nur diese verdammten Ameisen in seinem Kopf nicht gewesen wären.

«Wir wissen, dass Ihre Tochter Tamara mit dem Bezirksrichter auf Kriegsfuss stand.»

Sidler überfiel ein Hustenanfall. Er spuckte das Wasser über den halben Tisch.

«Erich, sag jetzt nichts!» Bernadette Sidler stemmte drohend ihre beiden Arme in die Seite, sah jetzt wie eine Matrone aus, die keinen Widerstand duldete und schon gar nicht eine andere Meinung.

Sidler wedelte mit der Hand vor seinem Gesicht. «Lass gut sein, Netti.» Er wandte sich an die Polizisten. «Meine Tochter lebt in Trennung. Ihr Hallodri war sozusagen ein Busenfreund von Konrad. Wenn Konrad meiner Tochter die Obhut ihrer Kinder entzieht, hat das mit Hauri zu tun –»

«Erich, halt den Mund!» Bernadette Sidler stellte sich jetzt kampfbereit vor Louis auf. «Ohne Anwalt sagt mein Mann nichts mehr. Bitte verlassen Sie unsere Wohnung.»

Louis reichte Sidler seine Visitenkarte. «Sie werden eine Einladung von uns erhalten.»

Kaum waren die Polizisten verschwunden, stürzte sich Bernadette Sidler auf ihren Mann. «Was sollte das soeben? Hast du sie nicht mehr alle? Weisst du, was das bedeutet? Die Polizei sucht einen Mörder. Und du warst drauf und dran, deine Drohungen gegen Konrad zu gestehen.»

«Nein, hätte ich nicht. Ich weiss, wie weit ich gehen kann. Ehrlich gesagt, trauere ich dem Schwein nicht nach. Aber glaube mir, ich habe nichts mit seinem Tod zu tun.»

«Es gibt Zeugen, die dich an diesem Abend gesucht haben.»

«Ja und?»

«Warst du gar nicht unterwegs? Hast du dich anderweitig umhergetrieben? Sag's mir. Nur so können wir das Problem lösen. Solltest du mich anlügen, kannst du's vergessen.»

Sidler verzog sein Gesicht zu einer Grimasse. «Netti, ich muss dir etwas gestehen.»

***

Die Tür zum nordöstlich gelegenen Raum stand eine Handbreit offen. Valérie schlich, nachdem sie sich im Flur und in den angrenzenden Zimmern umgesehen hatte, lautlos bis zur Tür. Fabia immer drei Schritte hinter ihr. Die Pistole hatten sie mit gestreckten Armen nach vorn gerichtet.

Aus dem Zimmer kamen Geräusche. Ein Schleifen, das sich anhörte, als würde jemand mit einem Papier über den Boden schaben.

Kein Zweifel: Dort war jemand.

Vielleicht der Schütze, der die Spuren beseitigte? So viel Glück glaubte Valérie allerdings nicht zu haben. Wäre auch zu schön gewesen.

Sie stiess die Tür auf. «Polizei», rief sie. «Keine Bewegung.»

«Puta madre!» Die Frau beim Fenster hob verängstigt die Hände. «*Mierda!* Bitte, bitte nicht schiessen!» Sie war klein, keine eins fünfzig gross. Gewellte dunkle Haare umspielten ein südländisch anmutendes Gesicht. Sie trug Hosen, einen wollenen Pullover, darüber eine blaue Schürze. Ein Putzlappen war auf den Boden gefallen.

Valérie stiess den Atem aus, sicherte die Glock und steckte sie zurück ins Holster. Mit der andern Hand holte sie ihren Ausweis hervor. «Wir sind von der Polizei. Was suchen Sie hier?» Mit geübtem Auge prüfte sie das Zimmer. Ein Boxspringbett ohne Duvet und Kissen dominierte die vierzig Quadratmeter wie eine Insel. Neben einem Spiegelschrank stand da einzig eine Kommode ohne jegliche Dekorationselemente.

Die Frau erholte sich nur langsam von ihrem Schrecken.

«Wer sind Sie?», fragte Valérie.

«Ich sein Maria Dolores. Ich kommen aus Madrid.» In ihrer Stimme schwang Angst mit.

«Wohnen Sie hier?»

«Nein, nein, ich nicht wohnen hier. Ich putzen für Chef. Er sein in Ferien bis Weihnachten.»

«Das sieht aber ziemlich unbewohnt aus», sagte Fabia. «Nur Möbel, aber nichts, das darauf hindeutet, dass sich da jemand eingenistet hat.»

«Chef erst vor eine Woche einziehen. Vorher er sein in Luzern.»

«Ich muss Sie bitten, das Reinigen zu unterlassen», sagte Valérie leicht genervt. Wenn die Wohnung hier von einem Scharfschützen dazu verwendet worden war, Gross zu erschiessen, dann existierten hier Spuren. «Seit wann sind Sie mit der Reinigung beschäftigt?» Sie hoffte, dass Maria nicht allzu viel schon gereinigt hatte.

«Ich kommen heute Morgen um zehn Uhre. Schlafzimmer sein die letzte Zimmer. Andere Zimmer schon gemacht.» Maria verzog ihren Mund zu einem Lächeln. «Ich arbeiten immer schnell.»

Valérie wäre es lieber gewesen, sie hätte sich nicht so beeilt. Sie schritt zum Fenster und vergewisserte sich, wohin man hier sah. «Der Blickwinkel stimmt, wenn ich mit meiner Vermutung richtigliege. Von hier aus könnte er geschossen haben.» Sie wandte sich an Maria. «Ist Ihnen etwas Ungewöhnliches aufgefallen, als Sie das Schlafzimmer betraten?» Valérie stiess die Frau sanft in den Korridor.

Maria ging rückwärts. «Die Fenster stehen offen. Es sein sehr kalt in Wohnung.»

«Haben Sie beim Schlafzimmerfenster irgendetwas angefasst oder entfernt?»

Maria liess ihre Augen wie einen Pingpongball zwischen Fabia und Valérie hin- und herjagen. «Ich schliessen zuerst nur Fenster. Dann ich machen sauber andere Zimmer. Männer von Umziehen viel Dreck machen.»

«Wer alles hat einen Schlüssel zu dieser Wohnung?»

«Ich nicht wissen. Chef legen Schlüssel in Briefkasten.»

«Er hat den Schlüssel in den Briefkasten gelegt?», fragte Fabia.

«Er kleben ihn an obere Wand.» Maria zeigte mit den Händen, was sie meinte. «Er in Luzern immer an obere Wand kleben.»

«Grob fahrlässig», fand auch Valérie. «Falls er dabei beobachtet wurde, war es für den Täter ein Leichtes, sich den Schlüssel anzueignen, um in die Wohnung zu gelangen.» Sie sah wieder Maria an. «Klebte der Schlüssel im Briefkasten, als Sie heute Morgen hierherkamen?»

«Nein, nein … er nicht kleben in Briefkasten. Ich noch wundern. Chef vielleicht vergessen. Die Tür stehen offen. Chef immer sehr …» Maria machte eine Scheibenwischerbewegung und lächelte. «Nicht bei Sache …»

Valérie griff nach ihrem iPhone und stellte die Nummer des KTD ein.

Nach dem zweiten Klingelton nahm Schuler ab.

«Franz, ich brauche den gesamten technischen Apparat in die Poststrasse in Küssnacht. Wenn ich mich nicht täusche, habe ich die Wohnung gefunden, aus der auf Gross geschossen wurde.»

«Den gesamten?»

«Ja, inklusive Ballistiker.» Valérie drückte Schuler weg. «Wie heisst eigentlich Ihr Chef?» Sie wandte sich an Maria, während sie das iPhone in ihre Manteltasche zurücksteckte.

Fabia war damit beschäftigt, an der Schlafzimmertür ein Polizeisiegel anzubringen.

Maria setzte eine bedauernswerte Miene auf. «Ich nicht wissen.»

«Aber Sie müssen doch seinen Namen kennen.» Fabia drückte das Siegel glatt. «Sie putzen für ihn die Wohnung, Sie stellen ihm Rechnung … da kann er doch nicht anonym bleiben.»

Marias Augen schienen die letzte Fröhlichkeit verloren zu

haben. «Er geben immer Geld vorher. Ich sehen ihn, bevor ich putzen Wohnung. Ich kennen seine Name nicht.»

Valérie bekundete Mühe, der Spanierin zu glauben. Ihre Gedanken kreisten jedoch um die Möglichkeit, dass Maria, ohne es zu wissen, in eine Straftat verwickelt war. Da hatte jemand eine Wohnung gemietet, um Gross zu erschiessen. Aber, fragte sie sich, weshalb hatte er sich die Mühe gegeben, die Wohnung zu möblieren? Da stimmte etwas nicht.

«Hatte Ihr Chef in Luzern auch kein Namensschild am Briefkasten und der Sonnerie?», fragte Fabia.

«Was sein Sonnerie?» Maria fuhr sich mit der Hand übers Gesicht. Die Mimik veränderte sich von einer auf die andere Sekunde.

«Die Klingel», sagte Fabia. «Verschweigen Sie uns etwas? Das mutet doch sehr sonderbar an.»

«Er sein gutes Chef, das Sie müssen glauben. Er immer gut bezahlen. Ich nicht fragen nach Name.»

Valérie reichte Maria ihre Karte. «Ich muss Sie bitten, morgen Nachmittag um zwei zur Kantonspolizei auf den Posten Schwyz zu kommen. Wir brauchen eine Beschreibung Ihres Chefs.»

***

Im Vernehmungszimmer der Kapo in Schwyz wartete Gloria Wicki. Valérie begrüsste die Frau mit einem festen Händedruck. «Danke, dass Sie unserer Vorladung gefolgt sind.»

«Was blieb mir denn anderes übrig?»

Valérie installierte das Aufnahmegerät und wandte sich an Gloria. Sie war etwa um die fünfunddreissig, hatte straff nach hinten gekämmte Haare, die zu einem Dutt zusammengebunden waren, und trug eine Brille von der Art, wie sie nicht mehr in Mode war. Der dunkelblaue Anzug war ihr eine Nummer zu klein. Zu heiss gewaschen, glaubte Valérie. Gleichzeitig überlegte sie, welchen Aufschluss eine solche Bekleidung über die Person gab, die sie trug. Eine Frau, bei der das Aussehen nicht an erster Stelle stand. Weit entfernt von jeglicher Ästhetik, obwohl das ja immer auch Geschmackssache war. Valéries

Empfinden, was das betraf, unterschied sich wesentlich vom Normalen. Doch Gloria Wicki interessierte es offenbar nicht, welche Wirkung sie auf die andern hatte.

«Frau Wicki, wie lange arbeiten Sie als Sekretärin auf dem Bezirksgericht?»

«Seit vier Jahren. Ich hatte mich für die offene Stelle beworben, nachdem ich an meinem früheren Arbeitsplatz gekündigt hatte.» Sie schniefte laut. «... Herr Gross stellte mich ... daraufhin ein.»

«Warum zögern Sie?»

«Er sagte mir, dass es eigentlich die Entscheidung seiner Frau gewesen sei ...»

«Dass er Sie einstellte?»

«Ja, so in etwa.»

«Wie würden Sie Ihr Verhältnis zu Ihrem Arbeitgeber bezeichnen?»

Gloria Wicki verzog ihren farblosen Mund. «Konrad ... ähm ... Herr Gross ist tot. Da ist nichts mehr.»

«Aber Sie hatten mehr als nur ein Arbeitsverhältnis miteinander gepflegt.»

«Wie meinen Sie das?»

«Hatten Sie eine Affäre mit Konrad Gross?»

«Nein ... wer behauptet so etwas?»

Gloria Wicki bestätigte nur das, was Valérie vermutete. Nicht umsonst hatte Rosita Gross bei der Auswahl der Sekretärin geholfen.

«Sie hatten vor Gross' Tod eine halbe Stunde mit ihm telefoniert. Worum ging es in diesem Gespräch?»

Gloria Wicki blickte auf ihre Finger. Valérie fielen ihre angeknabberten Nägel auf. Sie frisst ihre Sorgen in sich hinein, dachte sie.

«Um irgendetwas. Ich weiss es nicht mehr.»

«Es sind keine zwei Tage vergangen, und Sie wissen es nicht mehr?»

«Hören Sie, ich möchte nicht in Teufels Küche geraten. Ich ... es ist mir unangenehm ...»

«Wir ermitteln wegen Mordes an einem Richter, für den Sie

gearbeitet haben. Sie machen sich strafbar, wenn Sie Ihre Aussagen verweigern oder Dinge zurückhalten, die zur Aufklärung des Falles beitragen.»

«Ich weiss doch nicht, was ich aussagen soll. Ob es überhaupt wichtig ist.»

«Was wichtig ist und was nicht, lassen Sie bitte uns entscheiden.» Valérie räusperte sich. «Eine andere Frage: Haben Sie sich vor dem Klausumzug mit Konrad Gross getroffen? Haben Sie mit ihm zu Abend gegessen? Gab es Kaviar und Blinis?»

Gloria Wicki hob abwehrend die Hände. «Moment, das geht nicht in meinen Kopf. Was soll ich?»

Valéries Ton verschärfte sich. «Wissen Sie, mit wem Gross zu Abend gegessen hat?»

«Nein, wirklich nicht. Und Kaviar und Blinis habe ich noch nie in meinem Leben gegessen. Ich wüsste nicht, wo es das gibt, und überhaupt –»

«Nächste Frage: Ist Ihnen bekannt, ob Konrad Gross eine aussereheliche Beziehung pflegte?»

«Aha, daher weht der Wind. Als seine persönliche Sekretärin soll ich über sein Privatleben Bescheid wissen.»

«Das ist anzunehmen. Ich verweise Sie auf das dreissigminütige Gespräch am 5. Dezember. Sie werden kaum übers Geschäft gesprochen haben. Oder befanden Sie sich auf dem Sekretariat?»

«Nein, die Gemeinde hatte bereits am Mittag geschlossen.»

«Wo waren Sie am Nachmittag des 5. Dezember?»

«Ich … ich schaute mir den Kinderumzug an. Ich stand beim ‹Rössli›. Nachher ging ich zu ‹Feusi› eine heisse Schokolade trinken. Danach kehrte ich nach Hause zurück. Ich wohne an der Bodenstrasse. Ich wollte mich noch etwas hinlegen, bevor ich mir am Abend den Klausumzug ansah.»

«Wo standen Sie?»

«In der Strasse im Unterdorf, vis-à-vis von ‹Feusi›. Beim Kreisel war schon alles besetzt.»

«Wohin gingen Sie, nachdem die Parade abgebrochen worden war?»

«Ich … ich kehrte nach Hause zurück.»

«Sie haben sich nicht überlegt, was geschehen sein könnte?»

«Nein … nicht wirklich. Es war so kalt an diesem Abend, dass ich nur noch nach Hause wollte.»

«Sie hätten auch in eines der Restaurants einkehren können.»

«Nein, das wollte ich nicht. Zu viele Männer … Sie wissen schon …»

«Sie waren also zu Hause, als Gross Sie auf Ihrem Handy anrief?», fragte Valérie.

«Er rief mich aber vor dem Umzug an.» Gloria Wicki warf ihre Stirn in Falten. «Ja. Ich war zu Hause.»

«Und jetzt sagen Sie mir, warum er Sie angerufen hat.»

Gloria Wicki wand sich, war versucht, an ihren Nägeln zu beissen. Sie versteckte die Hände unter dem Tisch.

«Konrad erzählte mir, dass er Probleme mit seiner Frau habe und er nicht mehr wisse, was er tun solle.»

Diesmal war Valérie perplex. Sie liess es sich jedoch nicht anmerken. «Bei Gross wurde Fremd-DNA gefunden. Hat es damit zu tun?»

«Herr Gross hatte so eine Eigenart. Er sagte manchmal viel, ohne wirklich etwas zu sagen. Eigentlich sprachen wir auch über Belangloses. Zum Beispiel darüber, dass er mit dem Gedanken spiele, im nächsten Jahr das Amt des Sankt Nikolaus abzugeben.»

«Hat er einen Grund genannt?»

«Nicht wirklich. Aber, wenn Sie meine Meinung hören möchten, ich denke, dass er sich vermehrt seiner Familie widmen wollte. Er sagte einmal, dass seine drei Töchter herangewachsen seien, ohne dass er es gemerkt hatte. Er wollte sich mehr um seine Jüngste kümmern. Ja … leider weiss ich auch nicht mehr.»

Valérie sah Gloria Wicki lange an. «Wir beenden hier das Gespräch. Ich muss Sie aber bitten, anderntags für die Unterzeichnung des Protokolls noch einmal vorbeizukommen. Vielleicht fällt Ihnen bis dahin noch etwas ein, das für uns wichtig sein könnte. Und falls wir die Genehmigung des Richters erhalten, werden wir Sie bitten müssen, uns eine Speichelprobe dazulassen.»

So schnell hatte sie noch keinen Zeugen abserviert. Doch Valérie ahnte, dass da nichts mehr kam. Und mit jedem Wimpernschlag, den Gloria Wicki ihr zugesandt hatte, war der Verdacht verschwunden, dass sie etwas mit Gross gehabt haben könnte.

***

«Katja? Schön, dass ich dich auch wieder einmal erreiche. Du scheinst viel Arbeit zu haben.»

«Wie üblich in dieser Jahreszeit. Die Leute spielen verrückt. In den dunklen Monaten gibt es viel mehr Suizidgefährdete als sonst.»

«Dann wirst du die eine oder andere Nachtschicht wohl einschieben müssen.»

«Ich bin auch jetzt im Dienst. Aber ich freue mich, dich zu hören. Wie läuft es so?»

«Ganz gut. Wir haben wieder einmal einen verzwickten Fall. Das ist mein Job ... Colin ist bei mir zu Besuch.»

«Davon hast du mir nie etwas gesagt.»

«Es war auch sehr spontan. Ich glaube, er hat sich im letzten halben Jahr positiv entwickelt. Er will von Willy weg.»

«Und möchte nun bei dir wohnen?»

«Wir hatten ein Gespräch.»

«Komm, Liebes, lass die Katze aus dem Sack. Geht dein Wunsch endlich in Erfüllung?»

«Teils, teils ...»

«Was heisst das?»

«Colin wünscht sich, in einer WG zu wohnen.»

«Dem hast du hoffentlich nicht zugestimmt. Er ist erst fünfzehn.»

«Lieber in einer WG als weiterhin bei Willy.»

«Valérie, in diesem Alter brauchen die Kinder einen Beschützer.»

«Ich stecke im Dilemma. Wenn ich dem entgegenhalte, verliere ich Colin womöglich ganz.»

«Dann kämpfe weiter für ihn. Vielleicht ist es genau das, was dein Sohn jetzt braucht. Nachdem sein Vater ihm alles hat durchgehen lassen, musst du Rückgrat beweisen.»

«Wenn es so einfach wäre.»

«Bist du wenigstens mit deiner neuen Rechtsvertretung zufrieden?»

«Er wühlt in Willys dubiosen Geschäften.»

«Wie geht es dir psychisch?»

«Besser. Mit Ausnahme meiner gewohnten Alpträume haben sich die Geister der Unterwelt verflüchtigt. Die Tage sind trotz der Jahreszeit heller geworden.»

«Das beruhigt mich. Du, ich muss jetzt auflegen. Eine Patientin braucht mich. *Bacio.*»

«Bacio.»

SECHS

Bereits um sieben sass Valérie in ihrem Büro in Biberbrugg und las die Rapporte ihrer Mitarbeiter.

Colin hatte noch geschlafen, als sie frühmorgens die Wohnung verliess. Sie hatte ihm eine Notiz hinterlassen, dass sie heute gern mit ihm zu Mittag essen wollte. Nach dem Gespräch am vorletzten Abend, das für beide Seiten nicht sehr erbaulich gewesen war, musste Valérie in der Rolle als Mutter über die Bücher gehen. Katjas Ansichten waren ihr ziemlich eingefahren.

Henry Vischer hatte sie gestern nicht mehr gesehen. So wusste sie auch nicht, ob sie heute mit Rosita Gross rechnen konnte, nachdem sie gestern zur vorgesehenen Zeit nicht erschienen war. Valérie stiess auf eine Notiz von Henry und erhielt damit die Antwort. Frau Gross würde heute um zehn im Vernehmungszimmer auf der Kapo Schwyz sein. Valérie seufzte. Um acht hatte sie zum täglichen Briefing geladen. Um zwölf wollte sie sich mit Colin treffen. Die Zeit würde knapp werden.

Das gesamte Team war anwesend – auch Schuler vom KTD und Fischbacher.

«Ich begrüsse euch zur Standortbestimmung im Fall Konrad Gross», begann Valérie. «Gestern war ja ziemlich etwas los.» Sie wandte sich an Schuler. «Franz, könntest du so gut sein und uns darüber informieren, was ihr in der Wohnung an der Poststrasse gefunden habt?»

«Tja, die gute Maria hat so ziemlich alles verwischt», beklagte sich Schuler. Er sah heute aus wie aus dem Ei gepellt. Mit Anzug und Krawatte, als würde er zu einer Hochzeit gehen. Manchmal hatte er so eine Art, sich vom Rest des Teams abzuheben. «Einzig auf dem Sims fanden wir Spuren, die darauf hindeuten, dass von diesem Fenster aus eventuell geschossen wurde.»

«Das klingt nicht sehr überzeugend. Schmauchspuren?»

«Die Spuren werden gerade ausgewertet. Bis anhin fehlt die Tatwaffe. Auch wurde die Patronenhülse nicht gefunden. Wir haben auch aussen, unterhalb des Schlafzimmerfensters, alles abgesucht. Entweder hat der Täter sie mitgenommen, oder Maria hat sie entsorgt. Sie bestritt es allerdings ... Oder die Wohnung wurde nicht zum Abfeuern einer Waffe benutzt.»

«Dann müsst ihr weitersuchen. Ich bin sicher, dort liegt irgendwo eine Patronenhülse.»

«Der Schütze könnte sie doch einfach auch mitgenommen haben», sagte Fabia.

«Ich bezweifle es. Er wird sich sehr schnell vom Haus entfernt haben.»

«Oder der Abschussort liegt anderswo», sagte Schuler.

Valérie liess sich nicht beirren. «Fingerabdrücke?»

«Checken wir gerade. Maria hat ihre bereits hinterlegt, damit wir ihre schon mal ausschliessen können. Es fehlen jedoch die Abgleiche von den Männern des Umzugsunternehmens. Bislang konnten auf der Datenbank keine Übereinstimmungen gefunden werden.»

«Der Schütze wird Handschuhe getragen haben», sagte Louis.

Valérie sah ihm an, dass er es kaum erwarten konnte, seine Informationen loszuwerden. «Nicht gerade viel», sagte sie. «Die Tat muss mit äusserster Sorgfalt geplant gewesen sein. Mit Bestimmtheit war da ein Profi am Werk. Von einer Tat im Affekt kann daher keine Rede sein.» Sie beauftragte einen ihrer Kollegen, die Immobiliengesellschaft ausfindig zu machen, die die Wohnungen in den Häusern an der Poststrasse vermietete. «Und checke auch gleich, an wen die Wohnung im Gschweighusweg nach Paganis Auszug ging.»

Sie stellte sich an den Flipchart, auf dem einige Bilder angeheftet waren – Tatortbilder, der Sankt Nikolaus aus verschiedenen Perspektiven, Gross' Porträt, das seiner Frau. Fotos von Gross' drei Töchtern, von Gloria Wicki und einigen Mitgliedern der Sankt Niklausengesellschaft. Man hätte die Galerie beliebig erweitern können. Zur Auflösung des Falls führte sie kaum. Weder wusste man Genaues über ihre Beziehungen untereinander noch darüber, ob sie freundschaftlicher Natur oder von niederen Gefühlen geprägt waren. Nur eines war sicher: Gross' hatten sich gegen aussen als Bilderbuchfamilie präsentiert. Die intakte gutbürgerliche Familie, deren Oberhaupt sonntags zur Kirche ging. Vielleicht war Gross auch deshalb zum Sankt Nikolaus erkoren worden, weil er die christlichen Werte noch lebte.

«Wir werden uns also gedulden müssen, bis wir den definitiven Bericht aus der Ballistik haben.» Valérie strich sich die Haare aus dem Gesicht. «Ein langjähriger Richter wird ermordet», sagte sie nach einer Pause. «Was wissen wir eigentlich über ihn?» Sie wandte sich endlich an Louis und sah der Reihe nach den Rest der Ermittler an. «Ich nehme an, ihr habt gestern ein paar Aussagen zu Gross zusammentragen können. Ich würde heute gern aufgrund der Tatumstände und der Tathandlung das Täterprofil erstellen. Was hatte ihn dazu bewogen, Gross umbringen zu lassen? Dass es ein Auftragsmord war, davon können wir vage ausgehen … wirklich nur vage. Möglich, dass wir einen Täter finden, der mit einer Präzisionswaffe umzugehen weiss.» Daran, dass der Mörder für die Tat eine Wohnung gemietet hatte, wollte sie nicht recht glauben. Dass Maria den Namen ihres Chefs nicht kannte, kam ihr ebenfalls sehr unglaubwürdig vor. Steckte womöglich dieser Fremde dahinter?

Louis zählte eine ganze Reihe von Namen und Personen auf, die er und seine Kollegen am Vortag befragt hatten. «Zusammengefasst entsteht ein Bild eines rechtschaffenen Mannes, der sich grosser Beliebtheit erfreute. Dies bezeugten die Mitglieder der Sankt Niklausengesellschaft. Niemand wollte zudem etwas von einer ausserehelichen Beziehung wissen –»

«Die halten doch alle zusammen», fuhr Fabia Louis ins Wort. «Bei den Frauen klingt es anders. Als Richter war er nicht sehr beliebt … zu männerlastig. Es kursieren Gerüchte, dass er sich vor allem in Trennungs- und Scheidungsfällen gern auf die Seite der Männer gestellt habe.»

«Haben wir uns das nicht schon angehört?», fragte Louis schnippisch.

«Warum fährst du mir andauernd ins Wort? Ich informiere bloss darüber, was sich in diesem Verein herauskristallisiert hat.» Fabia schmollte.

«Das dürfte allerdings zu einseitig sein», sagte Valérie. «Fabia hat recht, wir sollten unsere Recherche ausdehnen, und zwar in Richtung Gericht selbst. Wir werden in nächster Zeit gefordert sein. Ich werde entsprechende Bescheinigung für den Einblick in Gross' Akten vom Richter einholen.»

Louis räusperte sich. «Ich bin noch nicht ganz fertig. Durch Zufall kam ich darauf, dass die Tochter eines unserer Befragten in Trennung lebt. Sie kämpft um ihre zwei Kinder. Hat diese in erster Instanz verloren. Und jetzt ratet mal, wer der zuständige Richter war ...»

«Gross, nehme ich an», sagte Valérie. Es bestätigte ihr einmal mehr, dass man den Täter in die Richtung suchen musste. Sie erinnerte sich an den Fall mit den Serienmorden im Mai und zu was Frauen fähig waren. Der Gedanke war daher nicht abwegig.

«Also, wir wissen nun einiges über Gross. Meines Erachtens hatte er zwei Gesichter. Auf der einen Seite war er Familienvater, gewissenhaftes Mitglied der Sankt Niklausengesellschaft und warmherziger Sankt Nikolaus. Auf der andern Seite der frauenverachtende Richter, der sich auf die Seite der Männer stellte. Uns sind bis jetzt mindestens drei Fälle bekannt, in denen die Frauen den Kürzeren zogen. Was sagt uns das?»

«Gross wurde selbst unterdrückt», schloss Fabia daraus. «Er hatte ein Vierfrauenhaus – eine Ehefrau und drei Töchter. Die Töchter waren nicht gut auf ihren Vater zu sprechen ...»

«Gut kombiniert», lobte Valérie, obwohl ihr Fabias Ansichten manchmal etwas naiv vorkamen, ihre Gedankengänge zu einfach. «Rosita Gross kann ich im Augenblick nicht richtig fassen. Das wird sich nach meiner Befragung heute sicher ändern.»

«Die Frau hat zu Hause vielleicht die Hosen an», sagte Fabia. «Und Gross musste diese Blamage irgendwie kompensieren, indem er sein Amt missbrauchte und die Frauen erniedrigte.» Da waren sie wieder – diese lapidaren Überlegungen.

Valérie nickte nachdenklich. «Ich werde mit dem Staatsanwalt reden.» Sie kniff die Lippen aufeinander. «Jetzt zum Täterprofil.»

«Es ist also sicher, dass der Schuss Gross gegolten hat?», fragte Louis.

«Deine Zweifel kommen reichlich spät», sagte Valérie. «Wenn ein Profischütze am Werk ist, wird er mit Sicherheit sein Ziel nicht verfehlen.» Sie warf einen Blick in die Runde. «Habt ihr abgeklärt, ob Gross der einzige Sankt Nikolaus war, der in der Parade mitmarschieren konnte?»

«Das ist eindeutig», antwortete Louis. «Das hat mir auch der Präsident der Sankt Niklausengesellschaft so bestätigt –»

«Und was ist mit den Statuten», unterbrach Valérie, «die du hoffentlich bei dir hast?»

«Richtig.» Louis schlug sein Dossier auf. «Soll ich vorlesen?» Er wartete eine Antwort erst gar nicht ab. «Paragraf eins: Die Sankt Niklausengesellschaft besteht seit 1928 und ist ein Verein –»

«Halt!» Valérie winkte ab. «Bevor du uns die nicht relevanten Absätze vorliest, möchte ich wissen, was wichtig ist.»

«Es ist alles wichtig», sagte Louis.

«Steht etwas über die Wahl des Sankt Nikolaus?»

«Nein.»

«Ich will in Erfahrung bringen, nach welchen Kriterien er gewählt wird und wie lange er im Amt bleiben kann.»

«Das habe ich doch von Werner Gwerder bereits erfahren.»

«Und?»

«Das ist Sache der Generalversammlung.»

«Dann wird jedes Jahr ein neuer Sankt Nikolaus gewählt?»

«Nein. Er bleibt auf unbestimmte Zeit im Amt.»

***

Rosita Gross sass zusammengesunken auf dem Stuhl im Vernehmungszimmer in Schwyz. Sie war adrett gekleidet, trug ein helles Kostüm und einen schwarzen Pullover; dies verfälschte ihre seelische Verfassung. Ihr Gesicht schien geradezu durchsichtig. Da ist eine Frau, die trauert, ging es Valérie durch den Kopf. Doch der erste Blick war oftmals trügerisch, das Bild, das sie gab, sehr widersprüchlich.

«Fühlen Sie sich in der Lage, mir ein paar Fragen zu beantworten?»

«Ich weiss nicht, warum ich hier bin. Mein Mann ist tot. Suchen Sie den Mörder.» Rosita Gross strich sich über die Augen, tupfte eine Träne ab.

«Für uns ist es wichtig, dass wir alles über Ihren Mann erfahren. Vor allem, was er am Tag vor seinem Tod gemacht hat. Es gibt da ein paar Lücken, die wir gern mit Ihrer Hilfe auffüllen würden.»

Rosita Gross nestelte an ihrer Jacke. Valérie fand nicht heraus, ob die Frau wirklich so durch den Wind war, wie es schien, oder ob sie ihr etwas vorgaukelte. Konrad Gross mochte zwar ihr Mann gewesen sein, die grosse Liebe kaum. Valérie hatte in den Jahren ihrer Tätigkeit bei Hinterbliebenen unterschiedliche Reaktionen auf den Tod erfahren. Von tieftraurig bis Schreikrämpfe. Rosita Gross passte in kein Schema. Die trauernde Witwe nahm man ihr nicht ab.

«Wann verliess Ihr Mann am Montag das Haus?», fragte Valérie.

«Bereits am Morgen um neun.»

«Er war ganztags weg?»

«Hm ... ja ...»

«Sie zögern.»

«Er kam dann um etwa halb sechs noch einmal vorbei.»

Valérie sah Rosita Gross an, dass sie mit den Worten rang. «War das vorgesehen?»

«Nein, eigentlich nicht.»

«Wie lange blieb er zu Hause?»

«Ich ... so eine halbe Stunde vielleicht?»

«Hat er mit Ihnen zu Abend gegessen?»

«Hm ... ja. Es war nicht vorgesehen, aber ja, er hat mit mir gegessen.»

«Rösti mit Speck?»

«Hm ... nein, nicht Rösti mit Speck.»

«Gab es zufällig Kaviar und Blinis?»

Rosita Gross' Gesicht wurde aschfahl. «Warum wissen Sie das?»

«Uns liegt der Bericht aus der Rechtsmedizin vor.»

«Um Gottes willen!»

«Waren dieser Kaviar und die Blinis für Sie und Ihren Mann bestimmt?»

«Hm ...» Rosita Gross rutschte ungeduldig auf dem Stuhl hin und her. «Ich möchte jetzt eigentlich nichts mehr sagen.»

«Und warum nicht? Würden Sie sich mit der Wahrheit selbst belasten?»

«Nein.»

«Sie wünschen einen Anwalt?»

«Ja, ich glaube schon.»

Valérie ärgerte sich über ihren eigenen Vorschlag, während sie die Aus-Taste auf dem Aufnahmegerät hinunterdrückte. Sie erhob sich und entfernte sich vom Tisch. Sie öffnete die Tür, sah in den Flur. Ein Wachmann kam ihr entgegen. «Gut, dass du da bist. Frau Gross möchte gern ihren Anwalt kontaktieren. Bis er hier ist, pass auf sie auf.»

«Zelle?»

«Nein, in die Cafeteria. Bleibe einfach bei ihr. Falls ihr Anwalt vor dem Mittag eintreffen sollte, bitte ihn, auf mich zu warten. Ich bin um eins zurück.»

Valérie sah auf die Uhr. Wider Erwarten blieb ihr noch genügend Zeit bis zum Mittagessen. Da ihr im Moment die Hände gebunden waren, bis der definitive Bericht aus dem Labor eintraf, nahm sie sich vor, ins Fitnesscenter in die Strehlgasse zu fahren. Nicht einmal fünfhundert Meter von der Polizei entfernt. Ihre Sporttasche führte sie immer im Auto mit. Seit einem halben Jahr war sie im «One» regelmässig Gast. Eine halbe Stunde Crosstrainer zum Aufwärmen, dann Gewichte heben. Das befreite ihren Kopf. Nach dem Duschen fühlte sie sich oft wie ein anderer Mensch. In den letzten Wochen hatte sie an Kraft noch zugelegt. Sie spürte, wie das Training sich positiv auf ihre Psyche auswirkte.

***

Wie üblich war am Vormittag im «One» noch wenig los, obwohl heute Maria Empfängnis war, im katholischen Schwyz ein Feiertag. Aber die meisten nutzten diesen wohl für Weihnachtseinkäufe in Zürich, dachte Valérie. Ein paar Frauen mühten sich in Illustrierten blätternd auf dem Velo ab. Zwei andere hielten Kaffeeklatsch, anstatt sich zu bewegen. Doch sie blufften mit ihren neusten Fitnessanzügen und diskutierten über ihr Ziel, dem Fettüberschuss zu Leibe zu rücken. Valérie warf ihnen ein Lächeln zu. Da müsst ihr noch lange strampeln, dachte sie. Mit Schwatzen kommt ihr nicht ans Ziel.

Sie mochte den Crosstrainer. Die runden Bewegungen von Armen und Beinen wirkten sich entlastend auf die Gelenke aus. Zudem konnte sie ihn nach ihrem Gusto auf ihre Kräfte regulieren. Sie wählte «Cardio», stellte die Zeitdauer ein und stülpte sich die drahtlosen Kopfhörer über die Ohren. Richard Wagner würde ihr in der nächsten halben Stunde gefühlsmässig die Zeit verkürzen und die Anstrengungen vergessen lassen. «Tristan und Isolde» diesmal. Ein Musikdrama.

Vertieft in ihre eigenen Gedanken, die viel mehr um Colin kreisten als um den Fall Gross, hielt sie die Augen geschlossen. Allmählich stieg die Hitze aus ihren Poren. Arme und Beine begannen zu brennen. Für Valérie immer ein gutes Zeichen. Wenn sie Schmerzen verspürte, wusste sie, dass sie ihre Grenzen ohne Weiteres würde überwinden können. Ihren Erfolg verdankte sie gerade dieser Tatsache.

Sie hatte noch nicht herausgefunden, weshalb Colin sich plötzlich von seinem Vater abwandte. Valérie erinnerte sich an den Frühling, wo sie ihren Sohn in Luzern getroffen hatte. Da war er ziemlich unter Druck gewesen, nicht zuletzt auch deshalb, weil Willy auf einmal aufgetaucht war.

Valéries vorheriger Anwalt Ziegler hatte nichts gegen Willy ausrichten können. Sie hatte sich daraufhin entschlossen, den Anwalt zu wechseln. Mit Raphael Kälin, einem erfahrenen Scheidungsanwalt aus Schwyz, schien es nun vorwärtszugehen. Er redete nie viel, arbeitete aber umso effizienter. In der Zwischenzeit hatte er einiges aus Willys Vergangenheit zusammentragen können, das auch ein Gericht davon zu überzeugen vermochte, dass Willy kein gutes Vorbild für seinen Sohn war.

Es war Valéries Fehler gewesen: Sie hatte die Zustimmung gegeben, dass Colin nach der Trennung bei ihren Schwiegereltern leben konnte, bis sich die Wogen zwischen ihr und Willy geglättet hatten. Sie hätte es wissen müssen, dass dies nie der Fall sein würde. Willy hatte seine Nochehefrau überall angeschwärzt und es hervorragend verstanden, auf der Klaviatur ihrer

Schwächen zu spielen; somit blieben ihre Chancen lange Zeit bei null, entweder das gemeinsame oder das endgültig alleinige Sorgerecht zu erlangen.

Verpasste sie gerade jetzt eine Chance?

Es war zum Verzweifeln. Anstatt während der Ferien ihrem Sohn eine gute Mutter zu sein, arbeitete sie bis zur Erschöpfung. Ihre guten Vorsätze, dies zu ändern, scheiterten. Sie hätte sich in den Nachtdienst verlegen lassen können, um tagsüber für ihren Sohn da zu sein. Diese Zweifel hatte sie Kälin wissen lassen. Trotzdem war er der Meinung, dass der Junge zur Mutter gehörte. Auf dieses Ziel hin würde er arbeiten. Valérie empfand es als tröstlich.

Doch je älter Colin wurde, umso nötiger hätte er auch eine männliche Bezugsperson gehabt. In dieser Hinsicht war sich Valérie nicht sicher, ob ihr Entschluss richtig war. Sollte sie sich die Wohngemeinschaft in Zug doch näher ansehen? Vielleicht war das wirklich eine Option für Colin. Möglicherweise gab es dort eine Aufsicht. Valérie rügte sich, dass sie komplett zugemacht hatte, als Colin ihr den Wunsch unterbreitet hatte.

«Was ist die Meinung deines Vaters?», hatte sie gefragt, obwohl sie Willys Namen nicht in den Mund hatte nehmen wollen.

Es sei einzig seine Entscheidung, hatte Colin gesagt.

Sie war nicht mehr fähig gewesen, neutral und ruhig zu bleiben und Colin einfach mal sprechen zu lassen. Sie hatte es versäumt. Sie würde heute Mittag noch einmal einen Versuch starten.

Schweisstriefend und ziemlich ausgepowert, gab sie sich dem langsamer werdenden Gerät hin, bis es stoppte. Valérie schlug erst jetzt die Augen auf.

Da stand er vor ihr, mit diesem italienischen Charme. Ihn in Leibchen und Trainingshose zu sehen, erschreckte sie allerdings. Mit Emilio Zanetti hatte sie hier nicht gerechnet. Er war gut gebaut. Breite gerade Schultern, Ansätze von ausgeprägter Muskulatur an Oberarmen und Brust. Wenn sie ihn im Massanzug sah, konnte sie sich nicht vorstellen, was sich darunter verbarg. Ihr erster Gedanke: Da rackert sich jemand ab wie ich.

Warum tat er es? Als Ausgleich zum anstrengenden Job? Oder war er einfach nur gesundheitsbewusst?

Sie wischte sich mit dem Tuch Gesicht und Hände trocken. «Was für eine Überraschung.» Mit zitternden Knien stieg sie vom Gerät. Zanetti war einen halben Kopf grösser als sie. «Beobachten Sie mich schon lange?»

«Ich würde sagen, eine Stunde?» Wenn er lachte, schmolz ihr Herz. Ein kräftiges Gebiss harmonierte mit der Makellosigkeit seines Gesichts. Blaue Augen, die an die klaren Fjorde im Norden erinnerten, eine gerade Nase, schön geformte Lippen. Vielleicht lag es an der verfälschten Wahrnehmung. Valérie wusste es nicht.

«Ich bin erst seit einer halben Stunde hier», sagte sie.

«Ertappt. Bin eben erst angekommen.» Er strich ihr wie selbstverständlich über die Schultern.

Ein Stromstoss ging durch ihren Körper. Es war verrückt und nicht das erste Mal, dass er sie aus der Fassung brachte.

Sie kannte ihn kaum. Wusste nur gerade, dass er lange in Lugano gearbeitet hatte. Weshalb er den Kanton gewechselt hatte, war ihr nicht bekannt.

«Trainieren Sie noch lange?»

Warum blieb er einfach vor ihr stehen?

«Noch etwas Kraft.» Es war ihr nicht recht, dass er ihr womöglich beim Hantelheben zusah, sie dabei beobachtete, wie viel Kilogramm sie zu stemmen vermochte. Er, der wahrscheinlich das Dreifache ihrer Gewichte zu heben imstande war.

«Ich mache hier auch nicht lange.» Er zog die Augenbrauen hoch. «Wäre es eine gute Idee, zusammen Mittag zu essen?»

«Ich bin bereits verabredet.»

Sie sah ihm seine Enttäuschung an. Sie hatte das Bedürfnis, sie zu lindern. «Mit meinem Sohn. Ich habe es ihm versprochen.»

«Sie müssen sich nicht vor mir rechtfertigen. Wir können es gern verschieben.»

Warum fragte er nicht, ob sie verheiratet war? Was logisch gewesen wäre. Hatte die Nachricht, dass sie in Trennung lebte, ihn bereits erreicht? Oder spekulierte er damit, dass sie zu den über vierzig Prozenten der Scheidungsrate gehörte?

«Das würde mich freuen.» Sie holte Tuch und Reinigungsmittel und wischte damit die Maschine sauber.

Während Valérie mit zwei Sechs-Kilogramm-Hanteln den Oberkörper stählte, spürte sie Zanettis Blicke auf ihrem Rücken. Zwischendurch sah sie sein Gesicht auf dem Spiegel vor ihr. Sie hatte das Gefühl, unentwegt vom Staatsanwalt gemustert zu werden. Das motivierte sie. Noch fünf Minuten, noch zehn. Mit jeder Minute, in der sie die Gewichte stemmte, glaubte sie, straffer zu werden.

Und attraktiver.

Erst draussen vor dem Fitnesscenter kam Valérie in den Sinn, dass sie Zanetti auf die richterliche Anordnung im Fall eines DNA-Tests hätte ansprechen können, ob diese überhaupt zulässig war, nach dem wenigen, das sie bis jetzt herausgefunden hatte. Wie hatte ihr das nur entgehen können? Andererseits hätte sie einen Grund, ihn bald wiederzusehen.

Sie schüttelte den Kopf. Mach dich nicht lächerlich, schalt sie sich. Du bist keine zwanzig mehr.

Trotzdem spürte sie jetzt Flugzeuge im Bauch.

Sie fuhr auf direktem Weg zur Rubiswilstrasse. Colin wartete bereits vor dem Hauseingang, hatte den Kopfhörer auf und schien die Welt um sich vergessen zu haben.

Ich muss ihn unbedingt fragen, welche Musik er hört, dachte Valérie und hielt mit quietschenden Bremsen an. Sie beugte sich über den Beifahrersitz und drückte die Tür auf. «Hallo, mein Süsser.» Sie spürte, wie sie richtig gut drauf war. Das sind sicher die Auswirkungen des Trainings, überlegte sie sich, oder das Glück, dass mein Sohn bei mir ist.

«Bonjour, maman.» Colin schwang sich ins Auto. «Wohin fahren wir? Ich habe einen Mordshunger.»

«Ich habe uns einen Tisch im ‹Ochsen› reserviert.»

In diesem Moment klingelte ihr iPhone. Auf dem Display erkannte sie Louis' Nummer.

«Nimm schon ab», sagte Colin, als er ihr Zögern bemerkte. «Wenn du auf Verbrecherjagd musst, bin ich dabei. In vier Jahren werde ich auch Polizist sein.»

«Das würde dir so passen.» Valérie lachte und nahm den Anruf entgegen.

«Hi, Valérie. Wo steckst du? Seit einer halben Stunde suche ich dich.» Louis klang vorwurfsvoll.

«Du hast mich gesucht? Sorry, muss mir entgangen sein. Was ist?»

«Wir haben den Bericht aus der Rechtsmedizin.»

«Welchen? Es sind mehrere vakant.»

«Ja, der von Gross. Du wirst staunen …»

«Mach es nicht spannend.»

«Es konnten verschiedene DNA-Spuren sichergestellt werden.»

«Das wissen wir doch schon.» Valérie nahm das iPhone zur Hand und schaltete die Freisprechanlage aus.

«Aber nicht, was für welche.»

«Louis, halt mich nicht hin. Ich habe mich verabredet.»

«Es handelt sich dabei um Vaginalsekret und Sperma.»

«Dann hatte er also doch ein Date.»

«Mit zwei Personen.»

«Sag das noch einmal.»

Louis schniefte laut. «Auf seinem Körper wurde Fremdsperma sichergestellt. Die DNA wurden in der Datenbank abgeglichen. Leider negativ. Aber bereits die Tatsache, dass Gross mit zweien gebumst hat, ist doch schon verdächtig … mit einem Mann und einer Frau.»

«Gross wurde erschossen. Er ist nicht während des Beischlafs umgekommen.»

«Es geht hier um Motive», insistierte Louis.

«Vielleicht ist das wirklich ein Motiv … Gross pflegte aussereheliche Affären …» Valérie liess das iPhone in den Schoss fallen.

«Was ist, *maman*? Schlechte Nachrichten?» Colin sah sie mit grossen Augen an.

Sie hielt das iPhone wieder ans Ohr. «Ich werde gleich im Büro sein. Von wo aus rufst du an?»

«Ich bin in Schwyz. Übrigens, Frau Gross' Anwalt ist jetzt da.»

Nachdenklich drückte Valérie Louis weg. Sie wandte sich an Colin und stiess Luft aus.

«Ich weiss, du hast keine Zeit für mich.» Colin hielt bereits den Türgriff in der Hand.

«Colin, mein Liebling. Es tut mir so leid. Du bist zu einem falschen Zeitpunkt zu Besuch. Ich … was soll ich machen?» Sie hielt ihn an seinen Schultern fest. Verzweifelt, den Tränen nah, die sie niemals würde weinen können.

«Mach dir keinen Kopf», sagte er altklug. «Ich werde mir selbst etwas zu essen kochen. Ich habe gesehen, du hast noch Spaghetti im Schrank.»

Valérie seufzte. Also hatte er auch ihren Notvorrat inspiziert.

«Okay, Tomaten und Parmesan findest du im Kühlschrank.» Sie schenkte ihrem Sohn ein verbissenes Lächeln. «Wir werden es nachholen, Ehrenwort.»

«Ehrenwort!» Colin schlug seine Hand in ihre ein.

Valérie fühlte sich in ein Loch fallen.

***

Über Schwyz hatte sich der Nebel gelichtet. Die beiden Mythen schimmerten durch die sich auflösende Wolkendecke. Die Felspyramiden sahen wie eingezuckert aus. Im Herbst war Valérie zum ersten Mal auf dem Grossen Mythen gewesen. Sie erinnerte sich an den steilen Aufstieg und die Menschenmenge, die ihr auf dem Weg zum Gipfel begegnet war. So ungefährlich war der Berg nicht. Ein kleiner Ausrutscher konnte schwere Folgen nach sich ziehen. Obwohl Valérie über eine gute Grundkondition verfügte, hatte ihr die Tour gehörigen Respekt eingeflösst. Die Aussicht war überwältigend gewesen. Dreihundertsechzig Grad Rundumsicht bei wolkenlosem Himmel. Sie hatte sich wie am Nabel der Schweiz gefühlt. Auf der einen Seite lagen die Seen der Zentralschweiz wie Fangarme zwischen den Bergen, auf der andern die Alpenkette, dahinter das Flachland. Trotzdem würde sie dort nie mehr hochgehen. Schon deswegen nicht, weil sie alles, was einer Massenveranstaltung glich, verabscheute.

Sie parkte vor dem Polizeiposten und machte sich auf den Weg ins Hauptgebäude.

Im Büro, das für gewöhnlich vom Mediensprecher belegt war, warteten Rosita Gross und ein junger Mann, der wie von der Tarantel gestochen aufschoss, als Valérie ihn begrüsste.

«Mein Name ist Leodegar Bernstein.» Über sein faltenloses Gesicht huschte eine feine Röte. «Frau Gross hat mich beauftragt, sie in dieser Sache juristisch zu vertreten.»

Valérie reichte Rosita die Hand. «Gut, dann wollen wir da weitermachen, wo wir am Vormittag geendet haben.» Sie installierte erneut das Aufnahmegerät. «Ich muss aber betonen, dass das hier keine Vernehmung, sondern eine Zeugenbefragung ist.»

«Das sieht meine Mandantin anders. Sie hätten sie verbal angegriffen.»

Valérie fand keinen Anlass, dies zu kommentieren. Sie liess sich vom Anwalt nicht beeindrucken. Sie fragte sich aber, wo Rosita Gross diesen Spross aufgegabelt hatte. Er sah aus wie frisch von der Uni, als hätte er gerade erst den Master geschafft.

Auf der Hinfahrt von zu Hause bis hierher hatte sich Valérie überlegt, wie es zeitlich hinkam. Konrad Gross war zwischen halb sechs und kurz nach sechs bei seiner Frau gewesen. Dann hatte er mit Gloria Wicki telefoniert, um acht für die Parade im Oberdorf bereit sein müssen. Und irgendwo dazwischen war er mit einer Frau und einem Mann beschäftigt gewesen.

«Frau Gross», begann Valérie. Sie nahm das Gespräch wieder auf. Diesmal sass auch eine junge Polizistin im Raum für die Protokollführung. «Wir haben nun die definitiven Resultate aus dem Labor. Ihr Mann hatte vor seinem Tod Geschlechtsverkehr.» Sie sah davon ab, die Fremdspuren von Ejakulat zu erwähnen. «Sagen Sie uns bitte, was Sie wissen.»

«Wir haben uns miteinander abgesprochen», sagte Bernstein. «Meine Mandantin möchte etwas klarstellen.»

«Und das wäre?»

«Dass ihr verstorbener Mann weder eine Affäre noch eine aussereheliche Beziehung pflegte. Er ging nicht fremd.»

«Sind Sie sicher?»

Bernstein wartete, bis Rosita Gross nickte.

«Meine Mandantin ist sich absolut sicher.»

Valérie musste sich zusammenreissen. Das Labor sagte etwas anderes. Sie kam auf keinen Nenner. Zudem hatte sie Rosita bis anhin so eingeschätzt, dass sie durchwegs imstande war, für sich selbst zu sprechen. Fürchtete sie sich davor, etwas Falsches zu sagen, das ihr im Nachhinein angelastet werden konnte?

«Wie war Ihre Ehe, Frau Gross?»

Rosita Gross zupfte an ihrem kurzen Haar, während sie ihren Anwalt musterte. Bernstein beugte sich zu ihr hinüber und flüsterte ihr etwas ins Ohr. Valérie empfand es zunehmend als Zumutung.

«Lassen Sie uns einen Augenblick allein?», bat Bernstein, worauf Valérie und die Protokollführerin den Raum verliessen.

Draussen atmete Valérie frustriert auf. Ihre Abneigung gegenüber dieser Frau liess sich nicht leugnen. Sie wandte sich an den Wachmann, der vor dem Vernehmungszimmer die Stellung hielt. «Halte die beiden Leute bitte im Auge.»

«Soll ich reingehen?»

«Nein, ich habe nicht gesagt, dass du reingehen sollst.» Valérie hielt inne. «Entschuldige, aber heute scheint nicht mein Tag zu sein.» Ihr Hochgefühl des Vormittags hatte sich verflüchtigt.

«Schon gut», sagte der Wachmann, «das wird wohl am Wetter liegen.»

Valérie fragte sich, was ihre Laune mit dem Wetter zu tun hatte. Rosita Gross wegen hatte sie auf das Mittagessen mit Colin verzichtet. Schon wieder hatte sie ihren Sohn versetzen müssen. Wenn das so weiterging, würde sich Kurt Schramm vom Kinderpsychologischen Dienst mit seinen Zweifeln bestätigt wissen. Mit Schramm hatte Valérie kein gutes Einvernehmen. Das war genau der Punkt gewesen, den er ihr ankreidete. Als Vollzeitpolizistin würde sie nicht die Zeit aufwenden können, die sie für die Obhut und Erziehung ihres Sohnes brauchte.

Wenn sie jetzt an Rosita Gross dachte, stiess es ihr sauer auf. Die Dame hielt eine Wahrheit zurück, die womöglich zur Auflösung des Falles führte oder zumindest auf eine Richtung für die Ermittlungen hinwies. Sie zierte sich, über ihren Mann zu sprechen. Sollte Valérie Louis herzitieren? Er würde die Befragung wohl neutraler angehen können.

Warum belastete dieser Fall sie so sehr? Nach den Serienmorden im Mai hatte sie keinen Fall mehr so sehr an sich herangelassen wie den aktuellen. Es dünkte sie, als spiegelte er ihr eigenes Leben, obwohl sie nicht konkret sagen konnte, woran es lag. Zigmal hatte sie sich mit Richtern herumschlagen müssen, die fanden, dass ihr Nochehemann Willy die perfekte Bezugsperson für Colin sei. Wie oft hatte sie nachts in Kissen geschluchzt, wenn Willys Anwalt mit grobem Geschütz gegen sie aufgefahren war. Oftmals hatte sie den Verdacht gehegt, dass Willy seine Rechtsvertretung wie auch die zuständigen Richter finanziell köderte. Doch die Beweise hatten ihr gefehlt. Zudem wusste sie nicht, ob ihr Verdacht ausreichte, um eine Überprüfung in Gang zu bringen.

Valérie schüttelte den Kopf. Ich darf mich nicht von meinem eigenen Drama ablenken lassen, schalt sie sich. Jetzt hatte sie einen guten Anwalt. Er würde ihr aus der Sackgasse helfen, war sie überzeugt. Schliesslich ging es auch um die Alimente, die sie für Colin bezahlen musste. Willy hatte vorweisen können, dass er unter dem Strich weniger verdiente als seine Frau, obwohl er die Villa in Zürich und einen Porsche besass – von seinen eigenen Eltern finanziert, hatte er stolz verkündet. An einer der letzten Sitzungen war er mit dem Vertrag erschienen, der ihn als Eigentümer ausschloss. Valérie wusste genau, dass auch hier Schindluder betrieben worden war; es zu beweisen erforderte neue teure Rechtsschriften. Beim Automaten drückte sie einen Kaffee raus, obwohl er ihr nicht bekam. Trotzdem trank sie ihn aus.

«Valérie?» Louis kam über den Flur. «Wie lief es?»

«Bin ehrlich gesagt noch nicht fertig mit der Witwe.» Valérie wischte sich den Mund ab. «Rosita Gross verschweigt uns etwas. Und du?»

«Eine Mammutaufgabe. Bis wir alle Mitglieder der Sankt Niklausengesellschaft befragt haben, ist es Neujahr.»

«Dann bleibt euch ja noch etwas Zeit.» Es sollte lustig klingen. Sie lächelte gequält. «Ich mach mal weiter. Falls wir uns nicht mehr sehen, dann bestimmt morgen zur Sitzung.»

«Du hast doch was.» Louis musterte sie mit zusammengekniffenen Augen. Valérie registrierte nur noch zwei Schlitze. «Soll ich dich ablösen?»

Ja, hätte sie gern gesagt. Aber ihr Kopf gab es nicht zu. Sie sog tief Luft ein. «Ich werde sie weichklopfen, du kannst dich darauf verlassen.» Sie ging zurück zum Büro, vor dessen Tür noch immer der Wachmann sass. «Hat sich was bewegt?»

«Nicht die Bohne. Carmen ist schon drin.»

Valérie streckte ihren Rücken durch und drückte die Türfalle.

***

Roland Zumstein stand in seinem Büro und wunderte sich über den Abfall auf dem Fenstersims. Das Geschäft war am Montag geschlossen, vorgestern und gestern hatte er in Zürich die neusten Kreationen der Frühlings- und Sommerkollektion fürs kommende Jahr angesehen und heute noch einen Modedesigner und einen Geschäftsfreund besucht. Trotz Feiertag wollte er auf dem Heimweg im Geschäft kurz zum Rechten sehen.

«Was zum Henker!» Zumstein sammelte Reste von Chips auf, zwei leere Coladosen und Verpackungsmaterial von Schokoladenstängeln. Er konnte sich absolut keinen Reim darauf machen, woher der ganze Dreck kam. Die Fensterscheibe selbst wies Spuren von klebrigen Handabdrücken auf. Sauberkeit bis zur Perfektion war oberstes Gebot in seinem Geschäft. Er verstand nicht, weshalb die Unordnung seiner Chefverkäuferin nicht aufgefallen war. Sollte er eine Krisensitzung einberufen? In der letzten Zeit hatte er es versäumt, seinen Angestellten auf die Finger zu schauen. Das sollte sich nun ändern. Aufgebracht griff Zumstein nach dem iPhone und stellte die Nummer von Helga Keller ein.

«Roland hier …»

«Hoi, Roli. Schon zurück?», säuselte eine Stimme.

«Wie du hörst.» Er musste sich zusammenreissen, um nicht laut zu werden.

«Und, hast du wieder eine tolle Wahl getroffen?»

«Ich sondiere jeweils vor, das weisst du. Beim Einkauf möchte ich dich dabeihaben.» Zumstein stiess heftig Atem aus. «Sag mal, Helga, wer hat gestern im ersten Stock bedient?»

«Ich. Warum?»

«Ist dir die Unordnung in meinem Büro nicht aufgefallen?»

«Ich war nicht in deinem Büro … Was für eine Unordnung?»

«Da liegen leere Coladosen und Papier herum. Sieht ziemlich wüst aus.»

«Nein, ich war nicht dort drin. Stand die Tür offen?»

«Sie war angelehnt. Falls du bei den Umkleidekabinen warst, hättest du es sicher bemerkt.»

«Gestern und vorgestern gab es keine Anproben. Es waren mehrheitlich Frauen hier, die für ihre Männer Weihnachtsgeschenke einkauften. Hemden, Krawatten, Pullover und so weiter. Männer habe ich keine gesehen. Zumindest nicht in meiner Nähe. Sonst hätte ich die Unordnung vielleicht bemerkt.»

«Wer auch immer diese Schweinerei zurückgelassen hat, ich will, dass du die Reinigungsequipe aufbietest. Jetzt! Sofort!»

Helga räusperte sich. «Hm … vielleicht sollten wir die Polizei rufen.»

«Warum die Polizei? Oder ist dir aufgefallen, dass etwas fehlt?»

«Nein, das ist mir nicht aufgefallen.»

«Dann sollten wir einfach schnellstmöglich den Dreck wegmachen», sagte Zumstein lauter als gewollt.

«Weisst du nicht, was am Klausabend geschehen ist?»

«Was soll schon geschehen sein? Ich nehme an, es gab die obligaten Schnapsleichen.» Zumstein hielt nicht viel vom Klausjagen. Deshalb war er auch froh gewesen, dem jährlichen Spektakel in Küssnacht ausweichen zu können. Die Präsentation der neusten Kleiderkollektionen war ihm deshalb sehr gelegen gekommen.

«Diesmal gab's wirklich eine Leiche», sagte Helga. «Der Sankt Nikolaus wurde erschossen.»

«Nicht dein Ernst. Wer?»

«Bezirksrichter Gross.»

***

Rosita Gross hatte ihre manikürten Hände auf den Tisch gelegt und sah Valérie apathisch entgegen, als diese den Raum betrat. Bernstein spielte mit seinem Schreibstift.

Valérie setzte sich. «Können wir mit dem Gespräch fortfahren?»

«Meine Mandantin fühlt sich nicht gut», sagte Bernstein. «Sie möchte, dass Sie die Befragung auf einen späteren Zeitpunkt verschieben.»

Valérie sah Rosita Gross an. Ihr war nicht klar, was sich hinter dem hellen Gesicht mit den beinahe pechschwarzen Augen verbarg. Rosita Gross hatte das Talent, ihre Gefühle unsichtbar zu machen, oder aber sie war ziemlich abgebrüht. Das Bild, das sie am Todestag ihres Mannes von sich gezeigt hatte, war nicht mehr dasselbe.

Valérie hob ihre Brauen. «Gut, dann werden wir das Ganze um vierundzwanzig Stunden verschieben. Aber ich mache Sie schon mal darauf aufmerksam, dass Sie morgen eine Speichelprobe abgeben müssen.»

«Das», brüstete sich Bernstein, «werden nicht Sie entschciden.»

«Da haben Sie recht. Das ist Sache des Richters.»

SIEBEN

In der Nacht hatte es bis in die Niederungen geschneit. Nicht viel, doch es reichte aus, um ein Verkehrschaos auszulösen. Über den Sattel waren Schneeräumfahrzeuge unterwegs. Vielerorts wurde Salz gestreut. Valérie fuhr zwangsläufig hinter einem solchen Gefährt her.

Sie erreichte Biberbrugg mit Verspätung. Fischbacher und das Ermittlerteam hatten sich bereits im Konferenzraum eingefunden. Kaffeegeruch breitete sich aus.

Valérie setzte sich an ihren Platz und warf einen Blick in die Runde. Augenblicklich wurden die Gespräche unterbrochen. «Wo ist Louis? Im Schnee stecken geblieben?»

«Er befindet sich bereits in Küssnacht», informierte Fischbacher. «Gestern Abend bekamen wir den Anruf eines Geschäftsinhabers an der Bahnhofstrasse. Er teilte uns mit, dass er im ersten Stock beim Fenster zur Ecke Poststrasse die Rückstände eines Picknicks gefunden habe.»

«Picknick?» Valérie griff nach einer Tasse, ohne aufzuschauen, goss Kaffee ein und warf zwei Würfelzucker hinterher.

«Leere Coladosen, Verpackungsmaterial … es habe den Anschein gemacht, dass jemand im Modegeschäft übernachtet und sich verpflegt hatte.»

«Und warum hat man mich nicht benachrichtigt? Ich wäre sonst gleich hingefahren.»

«Ich dachte, dass du Zeit mit deinem Sohn verbringen solltest. Zudem hat sich die örtliche Polizei darum gekümmert.»

Valérie rührte den Kaffee um. «Das entscheide wohl noch immer ich. Ich leite die Ermittlungen.» Sie war ziemlich aufgebracht.

Fischbacher sah sie stirnrunzelnd an. Er sagte nichts.

«Entschuldige … dieser Zeitverlust auf der Strasse hat mich heute Nerven gekostet.» Valérie trank einen Schluck. «Also, was ist Sache?»

«Louis ist vor Ort, zusammen mit dem KTD.» Fischbacher

breitete die Ortskarte von Küssnacht auf dem Tisch aus. Er fuhr mit dem Zeigefinger über den Plan. «Hier befindet sich das Geschäft und hier das Fenster, das Richtung Ecke Bahnhofstrasse/Poststrasse geht. Man könnte jetzt annehmen, dass der Schütze von hier aus geschossen hat.»

Valérie erhob sich mit der Tasse in der Hand. Sie blickte nachdenklich auf die Karte. «Das wären schätzungsweise nicht mal fünfzig Meter Distanz.»

«Er hat vergessen, den Dreck wegzuräumen. Also muss er dort eine ganze Weile stationiert gewesen sein. Wie wir vom Geschäftsinhaber erfahren haben, war das Geschäft am Sonntag und am Montag geschlossen. Der Fremde muss also bereits am Samstag dorthin gelangt sein.»

«Und hat die ganze Samstagnacht, den Sonntag und die darauffolgende Nacht sowie den Montag dort gewartet?» Valérie schüttelte den Kopf. «Das glaubst du doch selbst nicht. Das kann unmöglich unser Täter sein, da wir ja von einem Profi ausgehen müssen.» Sie stellte die Kaffeetasse auf den Tisch zurück. «Ich möchte mir selbst ein Bild von dem Ort machen.» Sie dachte nach. «Wurde eingebrochen?»

«Nein», sagte Fischbacher, «soweit uns bekannt ist, gibt es keine Einbruchspuren.»

***

Valérie fuhr zurück nach Schwyz und von dort über die Autobahn nach Küssnacht. In der Zwischenzeit hatte das Wetter aufgeklart. Als Valérie beim Modegeschäft Zumstein parkte, fühlten sich die Temperaturen merklich kühler an als noch am Morgen in der Früh. Auf dem Trottoir standen Louis' Kombi und der weisse Bus des KTD. Der Eingang zum Geschäft war durch rot-weisse Flatterbänder abgesperrt. Valérie zeigte ihren Ausweis einem uniformierten Polizeibeamten, der vor der Tür Stellung hielt. Ein paar Neugierige hatten sich auf dem Vorplatz versammelt.

Im Geschäft begegnete Valérie einem aufgebrachten Mann in dunklem Anzug, eine stattliche Erscheinung von vierzig Jahren.

Er hatte braunes, festes Haar und einen Schnauz, in den sich eine Brotkrume verirrt hatte.

«Sie und Ihre Crew haben mir gerade noch gefehlt», sagte er entrüstet. «Valérie Lehmann, nehme ich an. Man hat mich über Ihr Kommen informiert. Roland Zumstein ist mein Name. Mir gehört das Modegeschäft.»

Louis, dachte Valérie. Louis hatte sich gegenüber Zumstein nicht rechtfertigen wollen, warum man das gesamte Geschäft abgesperrt hatte. Manchmal drückte er sich vor unangenehmen Dingen, das war ihr schon früher aufgefallen.

«Wann öffnen Sie das Geschäft, Herr Zumstein?»

«Um neun.»

Valérie sah auf die Uhr. «Dann bleibt uns noch eine halbe Stunde.»

«Wenn ich das gewusst hätte, dass aus dem Zwischenfall dort oben», Zumstein deutete in den ersten Stock, «ein solcher Aufstand gemacht wird, dann hätte ich Sie nicht angerufen.»

«Sie haben alles richtig gemacht. Kann ich Ihnen ein paar Fragen stellen?»

«Fragen? Weshalb? Ich war drei Tage in Zürich.» Zumstein hob die Schultern. «Na gut, wenn's sein muss.»

«Bitte warten Sie einen Moment bei der Kasse. Ich werde nur mal schnell meine Kollegen begrüssen.» Valérie stieg über die Treppe ins Obergeschoss. Hinter sich hörte sie Zumstein schimpfen.

Im Büro neben den Umkleidekabinen sicherten Schuler und sein Team die Spuren. Louis stand etwas abseits, völlig in seine Gedanken vertieft.

«Guten Morgen, Louis.» Valérie rüttelte ihn sachte am Arm.

Verdattert wandte er sich um. «Hallo, schöne Frau.»

Valérie liess es unkommentiert, was auf Louis vielleicht überheblich wirken mochte.

«Was, denkst du, ist hier passiert?»

«Das könnte eine Wende in unserem Fall geben.»

«Du gehst also auch davon aus, dass von hier aus geschossen wurde?»

«Falls ein Profi am Werk war, ist das fast nicht möglich. Eine der Verkäuferinnen, Helga Keller ist ihr Name, hat sich nicht daran erinnern können, dass die Unordnung am Dienstagmorgen schon da war. Allerdings habe sie das Büro am Dienstag und Mittwoch gar nicht betreten. Erst gestern, als ihr Chef hier vorbeikam, sei ihm das Chaos aufgefallen.»

«Wurde etwas gestohlen?»

«Dazu müssten sie wahrscheinlich zuerst Inventur machen.»

«Wurde etwas gestohlen?» Valérie blieb stur.

«Auf den ersten Blick nicht.»

«Geld?»

«Nein, die Kasse sei nicht angerührt worden. Der Bestand sei noch vollständig. Zweihundert Franken in Noten und etwas Münz.»

«Gehen wir also davon aus, dass während der Parade hier jemand gestanden hat», sagte Valérie.

«Das ist anzunehmen. Die Fingerabdrücke auf der Scheibe beweisen es. Helga Keller sagte, dass am Samstagabend das Putzinstitut hier gewesen sei.»

«Dann können wir die Anwesenheit des Fremden schon mal eingrenzen. Zwischen Samstagabend und Donnerstagabend, also gestern.» Valérie sah sich um. An Stangen hingen Herrenanzüge und Mäntel sowie Hosen und Jacken. Zwei männliche Schaufensterpuppen präsentierten ein komplettes Festtagsoutfit mit silberfarbener Fliege. Auf Tischen und Regalen lagen Pullover und Accessoires. «Wo ist diese Helga Keller jetzt?»

«Wieder nach Hause gefahren. Sie hat noch einen Termin bei ihrem Arzt.»

«Du hast ihre Aussage wohl protokolliert.»

«Notiert», sagte Louis irritiert. «Frau Keller wird heute Nachmittag nach Schwyz kommen. Alles klar mit dir?»

«Ja doch. Ich werde mich mal mit Zumstein unterhalten.»

Valérie kehrte ins Parterre zurück. Auf dem Weg dorthin fielen ihr die tollen Frauenkleider auf. Ich müsste wieder mal einen neuen Mantel haben, sinnierte sie, als sie bei der Kasse ankam. Zumstein lehnte am Tresen und kaute an seiner Unterlippe.

Valérie zückte Notizheft und Schreibstift. «Herr Zumstein, waren Sie am letzten Samstag im Laden?»

«Ich arbeitete bis sechs Uhr hier. Wir schlossen um vier. Danach hatte ich noch in meinem Büro zu tun.»

«War die Reinigungsfirma da schon anwesend?»

«Die Leute kommen immer samstags und bei Ladenschluss. Dann putzen sie bis sieben. Am letzten Samstag allerdings verliessen sie das Geschäft kurz vor mir.»

«Was war der Grund?»

«In der Regel putzen zwei Frauen gleichzeitig. Am letzten Samstag war noch eine dritte dabei.»

«Kennen Sie diese Frauen?»

«Vom Sehen. Frau Keller kümmert sich in der Regel um sie.»

«Ich brauche die Namen dieser Frauen.» Sie streckte Zumstein ihren Schreibblock hin.

«Frau Keller wird Ihnen die Namen aushändigen.» Zumstein drückte den Schreibblock weg.

«Ist das die Ausnahme, dass am Samstag eine dritte Frau dabei war?»

«Nein, überhaupt nicht. Einmal im Monat begleitet sie ihre Kolleginnen.»

«Sie ist aber keine Unbekannte?»

«Warum wollen Sie das wissen?»

Valérie überging es. «Stand die Eingangstür offen, bevor Sie das Geschäft verliessen?»

«Nein. Die wurde um Punkt vier geschlossen.»

«Gibt es noch einen zweiten Eingang?»

«Der Lieferanteneingang. Der liegt auf der Rückseite.»

«War dieser am letzten Samstag geschlossen?»

«Der ist meistens geschlossen. Vielleicht hat jemand vergessen, ihn zu schliessen …» Zumstein überlegte. «Nein, ich erinnere mich, er war zu.»

«Machten Sie einen Kontrollgang durchs Geschäft, bevor Sie es verliessen?»

«Nein, nicht bewusst.»

«Wo liegen die Toiletten?»

Zumstein stiess sich vom Tresen ab und verschränkte die Arme. «Sie glauben nicht etwa, dass sich ein Einbrecher bei den Toiletten versteckt hat?»

«Wir müssen auch diese Möglichkeit berücksichtigen. Falls es am Samstag tatsächlich jemandem gelang, unbemerkt das Geschäft zu betreten, und er, davon muss ich ausgehen, über das ganze Wochenende hier gewesen ist, wird er zwischendurch auch mal auf das Klo gegangen sein.»

«Bei dem Gedanken fährt es mir kalt über den Rücken. Sie meinen, dass ich einen Mörder beherbergt habe?»

«Wie kommen Sie darauf?»

«Ich habe gehört, dass der Sankt Nikolaus erschossen wurde.»

«Bis die Spurensicherung jeglichen Zweifel aus dem Weg räumt, kann davon ausgegangen werden.» Valéries Blicke blieben an einem schwarzen Ledergürtel hängen. Die silberfarbene Schnalle gefiel ihr sehr. Ich müsste mir wieder einmal etwas Gutes tun, dachte sie.

«Herr Zumstein, eine letzte Frage, bevor Sie mich los sind: Wie gut kannten Sie Konrad Gross?»

Zumstein hätte sich beinahe verschluckt. «Was soll diese perfide Bemerkung?»

Valérie fixierte ihn schweigend.

«Ich kannte ihn aus der Ferne. Wusste aber nicht, dass er in der Sankt Niklausengesellschaft war und schon gar nicht als Sankt Nikolaus.»

«Lesen Sie keine Zeitung?»

«Nicht das Regionalblatt.»

Nachdem Valérie noch einmal mit Louis gesprochen hatte, machte sie sich auf den Weg zum Schulhaus Ebnet. Dort befand sich das Schulsekretariat der Primar- und Sekundarschulen von Küssnacht. Valérie hatte in Buchrain wenig Glück gehabt. Vielleicht würde sie in Küssnacht etwas erfahren, was mit Angela Paganis Kindern in Zusammenhang stand und endlich ein wenig Licht ins Dunkel brachte.

Das Schulhausareal lag am Ende des Oberdorfs. Es bestand aus zwei Hauptgebäuden sowie der Turnhalle. Es hatte gerade zur Pause geläutet, als Valérie auf den Parkplatz fuhr. Sofort war sie von einer Schar Halbwüchsiger umzingelt.

Sie wandte sich an zwei Jungen, die mit ihren iPhones Fotos

vom TT schossen. «Könntet ihr mir sagen, wo sich das Rektorat befindet?»

Ein stämmiger Bursche mit Stimmbruch und fremdländischen Gesichtszügen zeigte ihr den Weg. «Dort, bei der zweiten Tür, müssen Sie rein. Darf ich als Dank in Ihrem Sportwagen mitfahren?»

Valérie schenkte ihm ein Lächeln. «Vielleicht kannst du dir bald selbst einen leisten, wenn du schön brav die Schulbank drückst.»

Sie schritt zügig über den Pausenplatz. Ein Gekreische von vorlauten Mädchen begleitete sie. Als sie beim Eingang ankam, wollte ihr ein Junge vor der Nase die Tür zuschlagen.

«Danke», sagte Valérie, die den Türgriff fest in die Hand bekam.

«Ist etwas?» Der Junge, Typ nicht ganz reif, mit Flaum über den Oberlippen, warf ihr einen feindseligen Blick zu.

Valérie trat ins Foyer. Es roch nach Schweiss und ungewaschenen Socken. Rechtsseitig erkannte sie eine Tafel mit der Anschrift «Sekretariat». Sie klingelte und wartete, bis ein grünes Lämpchen sie zum Eintreten einlud.

Hinter einem Tisch füllte ein junger Mann mit fingergestylter Haarschaumfrisur Prospekte in Couverts. Linksseitig gab es eine Wand mit Ordnern. Am Pult daneben sass eine Frau und starrte auf den Computerbildschirm. Als sie Valérie bemerkte, beendete sie augenblicklich das Starren und erhob sich. «Ja bitte?» Sie trug ein graues Kleid und rot lackierte Nägel.

Valérie stellte sich mit ihrem Namen vor. «Kann ich den zuständigen Rektor oder die Rektorin sprechen?»

«Haben Sie einen Termin bei Herrn Seiler?»

Valérie zeigte ihren Dienstausweis.

«Oh … Polizei. Das wusste ich nicht. Selbstverständlich. Ich werde Sie sofort in sein Büro begleiten.»

Der junge Mann sah sie neugierig an. Seine Arbeit hatte er längst unterbrochen.

Die Sekretärin klopfte an eine Tür im hinteren Bürobereich, bevor sie öffnete. «Maximilian, da ist wer von der Polizei für dich.» Sie wandte sich an Valérie. «Bitte, seien Sie so gut. Herr Seiler erwartet Sie.»

Rektoren hatte Valérie anders in Erinnerung. Ähnlich wie

Banker. Oder mit korpulentem Körperbau, in Anzug und Krawatte, respekteinflössend. Seiler schien das pure Gegenteil. Er war der lässige Typ in Jeans und Rollkragenpullover, langen, zu einem Pferdeschwanz zusammengebundenen Haaren. Sympathisch auf jeden Fall. Valérie fiel es leicht, ihn als Kinderfreund zu sehen. Nichts an ihm wirkte streng.

«Danke, dass Sie gleich Zeit für mich haben.»

«Keine Ursache. Von der Polizei sind Sie? Ich hoffe nicht wegen einer meiner Schüler.»

«Ich bin auf der Suche nach einer Familie, die bis Anfang Oktober hier gewohnt hat.»

Seiler beugte den Oberkörper nach vorn. «Bitte nehmen Sie zuerst Platz.»

Valérie setzte sich. «Es geht um Frau Pagani, wohnhaft gewesen am Gschweighusweg. Vor gut zwei Monaten zog sie weg nach Buchrain. Was allerdings erstaunt, vorletzten Sommer erst kam sie von St. Moritz her in die Innerschweiz.»

«Ich weiss, ein tragischer Fall.»

«Könnten Sie das präzisieren?»

«Nun, ich habe gewissermassen eine Schweigepflicht.»

«Nicht, wenn es um Mord geht.»

Seiler strich sich über die Stirn. «Sie ermitteln im Fall Konrad Gross, nehme ich an.»

«Das ist richtig. Soweit uns bekannt ist, hat Richter Gross Frau Pagani in erstinstanzlichem Entscheid die Kinder weggenommen.»

«Das ist so.»

«Frau Pagani hat ihre Kinder auch in zweiter Instanz an ihren Mann verloren.»

«Soweit *ich* weiss, ist das Urteil wahrscheinlich … noch nicht rechtskräftig.»

Dass es sehr wohl rechtskräftig war, wollte Valérie nicht kommentieren.

«Wissen Sie zufällig, wo sich Frau Pagani aufhält?»

«Sie wohnt in Buchrain.»

«Aha, und weshalb gehen ihre Kinder dort nicht zum Unterricht?»

Valérie sah Seiler an, wie er überlegte.

«Die Kinder gehen in Küssnacht zur Schule», sagte er.

«Wie bitte?» Jetzt war Valérie perplex. «Sie sind in Buchrain angemeldet.»

«Sie waren.»

«Frau Pagani hat aber sämtliche Schriften nach Buchrain verlegt. Es konnte ihr nicht schnell genug gehen. Was läuft denn hier ab?»

«Das ist eine ganz traurige Angelegenheit, zu der ich mich nicht weiter äussern möchte. Ich versichere Ihnen jedoch, dass es den Kindern gut geht und sie seit den Herbstferien weiterhin in Küssnacht zur Schule gehen.»

Da ging etwas nicht ganz auf. Valérie spürte eine zunehmende Beunruhigung.

«Frau Pagani fährt ihre Kinder jeden Morgen von Buchrain aus nach Küssnacht und holt sie am Abend wieder ab», sagte Seiler.

«Und wo, wenn ich fragen darf, verbringen die Kinder den Mittag?»

«Auch dafür ist gesorgt.» Seiler legte seine Hände wieder zurück auf das Pult. «Hören Sie, wenn Sie mehr darüber erfahren möchten, müssen Sie mit Frau Pagani Kontakt aufnehmen. Oder mit ihrem Anwalt.»

«Haben Sie eine Telefonnummer von Frau Pagani?»

«Leider nein», sagte Seiler. Das allerdings nahm Valérie ihm nicht ab.

Nach dem Besuch auf dem Schulsekretariat fuhr Valérie ins Schulhaus Seematt. Dank der Navigation in ihrem Wagen brauchte sie keine zehn Minuten, um dorthin zu gelangen. Mittlerweile war es kurz vor Mittag geworden. Die Schule war aus. Eine Horde Kinder stürmte auf den Pausenplatz. Das Gekreische war ohrenbetäubend.

Valérie betrat das Gebäude, das seinen Standort privilegiert in der Nähe des Sees hatte. Wahrscheinlich war es zu einer Zeit errichtet worden, als Küssnacht noch über genügend Bauparzellen verfügte. Valérie peilte den ersten Erwachsenen an, der ihr begegnete, in der Annahme, auf eine Lehrperson zu stossen. Ein schlaksiger Typ mit einer randlosen Brille stoppte abrupt.

Sie zeigte ihren Ausweis und stellte sich vor.

«Angenehm, Pius Arpagaus.» Er nahm die Brille ab. «Polizei?»

«Sie können mir vielleicht Auskunft geben. Ich suche die Pagani-Kinder. Sie müssten hier die sechste, dritte und erste Klasse besuchen.»

«Ja, das ist richtig. Zufällig bin ich Livios Lehrer. Ich unterrichte ihn seit Sommer letzten Jahres.»

«Wissen Sie auch, wo er wohnt?»

«In Küssnacht.» Arpagaus schenkte ihr ein fragendes Lächeln. «Die Adresse ist mir jetzt nicht mehr geläufig. Da müsste ich im Handbuch nachsehen.»

«Nein, müssen Sie nicht.» Sie nahm an, dass Arpagaus nichts von diesem mysteriösen Umzug wusste, und wollte es dabei bewenden lassen.

Er runzelte die Stirn. «Haben die Kinder etwas angestellt?»

Die Frage war nicht neu. Valérie beruhigte ihn. «Kennen Sie zufällig die Mutter?»

«Eine quirlige Frau. Vor den Sommerferien führte sie die Regie für ein Schülertheater. Es war ein grosser Erfolg.»

Valérie hob die Augenbrauen. «Sprechen wir von derselben Person?»

«Angela Pagani, Livios Mutter.»

«Aha.» Valérie wollte sich ihr Erstaunen nicht anmerken lassen.

«Die Frau ist eine Wucht», schwärmte Arpagaus. «Sie gehört zu den wenigen Eltern, die mit den Lehrern am selben Strick ziehen. Es wäre schön, gäbe es mehr Eltern von dieser Sorte.»

Valérie wollte sich nicht auf eine Diskussion einlassen. «Ich danke Ihnen für die Auskunft.»

«Gern geschehen.» Arpagaus wandte sich ab und verliess das Schulhaus.

Wenig später ging auch Valérie.

Hier schwelte etwas. Eine Mutter, die die Öffentlichkeit suchte, die sich in der Schule engagierte, als ob sie nicht schon genug um die Ohren hätte. Eine Frau, die mit dieser Aktion auf sich aufmerksam machte. Ansonsten hätte sie wohl kaum ein Theater organisiert und Regie geführt. Da brauchte es mehr als Geduld. Eine Schar Schüler für etwas zu begeistern, war nicht so einfach. Wo nahm sie die Kraft und die Zeit her?

Valérie ahnte, was Angela Pagani damit bezwecken wollte. Nirgends anecken, sich als lässige Mutter präsentieren. Etwas darstellen, das von ihrem Schicksal ablenkte. Warum strengte sie sich bloss so an? Was verbarg sie wirklich hinter diesem Engagement?

War es möglich, dass das zu einem Plan gehörte?

Kaum sass Valérie wieder in ihrem Wagen, bekam sie einen Anruf von einem ihrer Kollegen.

«Sepp am Apparat. Du hast mich doch mit dem Suchen der Immobiliengesellschaft beauftragt, bei der Angela Pagani die Wohnung am Gschweighusweg gemietet hatte.»

«Ich erinnere mich.» Valérie verliess das Schulhausareal und zweigte rechts in den Seemattweg ab. Sie passierte Gross' Haus und zögerte. Sollte sie anhalten? Sie entschied sich dagegen. «Was hast du herausgefunden?»

«Sebastian Herger hat die Wohnung von einem auf den andern Tag von Angela Pagani übernommen.»

«Sie hatte demnach einen Nachmieter gesucht und gefunden.»

«Das Sonderbare am Ganzen ist, dass Herger die Wohnung per 1. Februar bereits wieder gekündigt hat.»

«Sie wird ihm nicht gefallen», folgerte Valérie, während sie über die Breiten- zur Grepperstrasse fuhr. «Und dass jemand einen Nachmieter sucht, ist nichts Aussergewöhnliches. Ich bin sowieso auf dem Weg zu Herger. Wenn ich Glück habe, werde ich dort vielleicht seine Frau antreffen. Danke, Sepp, für die Infos.»

Das Quartier war belebter als bei ihrem letzten Besuch. Kinder kehrten aus der Schule zurück, Männer und Frauen von ihrer Arbeit. Ein Mädchen führte seinen Hund Gassi, zwei Jungen stellten ihre Velos ab. Sie begaben sich laut diskutierend zu den Häuserblöcken. Valérie folgte den Jungs bis zu Hergers Zuhause. Sie läutete.

Durch die Glastür sah sie, wie offenbar Frau Herger aus der Wohnung kam, unschlüssig auf dem Podest stehen blieb, bevor sie zurückging und den Türöffner betätigte. Valérie stiess die Haustür auf und gelangte ins Treppenhaus. Der Geruch nach Gekochtem streifte ihre Nase.

Das Gesicht der Frau war ein einziges grosses Fragezeichen.

«Guten Tag, entschuldigen Sie die Störung zur Mittagszeit. Sie sind sicher dabei zu kochen.»

«Allerdings.» Die Frau setzte jetzt ein Lächeln auf. Sie war eine zierliche Person mit langen dunklen Haaren und grünen Augen, die ihr Gegenüber argwöhnisch musterten. «Aber bitte, was führt Sie zu mir?»

«Mein Name ist Valérie Lehmann. Ich hätte gern eine Auskunft.» Sie zeigte ihren Dienstausweis, worauf die Frau instinktiv zurückwich.

«Polizei? Hat er mir jetzt die Polizei an den Hals gehetzt?»

«Ich bin in guter Absicht hier.» Valérie fragte sich, warum die Frau dermassen erschrocken auf ihren Berufsstand reagierte.

«Ich glaube, es ist besser, Sie gehen wieder.»

Es läutete. Bevor Valérie eine Erwiderung anbringen konnte, sah sie durch die Glastür eine Gruppe von Kindern – zwei Jungs und Zwillingsmädchen.

Die Erkenntnis fiel ihr wie Schuppen von den Augen. Sie wandte sich an die Frau. «*Sie* sind Frau Pagani?» Die Mädchen glichen der Frau wie zwei Klone.

Sie reagierte verdattert. «Bitte kommen Sie rein. Wir müssen nicht unter der offenen Tür diskutieren. Hier haben die Wände Ohren.»

Valérie spürte eine Abwehrhaltung. Angela Pagani liess ihre Kinder ins Treppenhaus.

«Mami! Mami!» Die Mädchen rannten über die Stufen nach oben, direkt in die Arme ihrer Mutter. «Schau, was wir heute in der Schule gebastelt haben.»

«Einen Uhu?» Angela Pagani nahm die beiden Papiervögel aus den kleinen Kinderhänden.» Das habt ihr aber gut hingekriegt.»

«Wir haben heute den Buchstaben U gelernt. U wie Uhu.»

Die beiden Jungs, Livio und Sandro, grüssten Valérie freundlich, bevor sie im hinteren Teil der Wohnung verschwanden.»

«Ich will ungern stören», sagte Valérie. «Ich kann auch zu einem späteren Zeitpunkt kommen.»

«Jetzt sind Sie hier. Ich habe genug gekocht. Für ein sechstes Gedeck reicht es alleweil.» Pagani nahm den Zwillingen die Winterjacken ab. «Geht bitte eure Hände waschen. Nachher könnt ihr für Frau Lehmann auftischen.»

«Ich will auftischen», sagte eines der Mädchen, das dem andern wie aus dem Gesicht geschnitten glich.

Eineiige Zwillinge, dachte Valérie und stellte fest, wie adrett und sauber die Kleinen angezogen waren. Sollte sie die Einladung annehmen?

«Wie heissen Sie?», fragte das andere Mädchen und strich sich eine dunkle Haarsträhne von ihrer geröteten Wange.

«Valérie, und du?»

«Vanessa. Unsere Namen fangen mit dem gleichen Buchstaben an. Mit dem Vögeli-V. Valérie, Vanessa, Viola. Ist das nicht lustig? Was sind Sie von Beruf?»

«Ich bin Polizistin.»

«Haben Sie auch eine Pistole?» Viola hatte sich neugierig neben ihre Schwester gestellt.

Pagani scheute ihre Mädchen weg. «Ihr solltet die Frau nicht mit euren Fragen löchern. In zehn Minuten können wir essen.» Sie wandte sich an Valérie. «Es sind zwei richtige Wirbelwinde. Bitte, Frau Lehmann, setzen Sie sich, bevor Sie mir erklären, weshalb Sie hier sind.»

«Ehrlich gesagt, dachte ich, Sebastian Herger hier anzutreffen.»

«Sebastian Herger wohnt hier, das ist richtig», sagte Pagani, als wäre es die normalste Sache der Welt.

Valérie schluckte leer. «Und Sie offenbar auch.»

«Ich bin nur über den Mittag vor Ort. Sebastian hat mir die Wohnung zur Verfügung gestellt, damit ich für meine Kinder in Küssnacht kochen kann. Zeitlich liegt es nicht drin, sie von der Schule abzuholen, sie nach Buchrain zu fahren und nach dem Essen wieder zurück nach Küssnacht.» Sie hielt inne. «Ich nehme an, Sie wissen, dass ich mein Domizil in Buchrain habe.»

Valérie bejahte. «Weshalb sind Sie überhaupt weggezogen?»

«Das ist eine lange Geschichte.» Pagani stellte sich an den Kochherd und rührte in zwei Pfannen gleichzeitig. Der Geruch von Bratensosse stieg empor. «Sie haben meine Frage noch nicht beantwortet.»

«Bezirksrichter Gross ist erschossen worden. Wir müssen alle Leute befragen, die mit ihm in den letzten Wochen zu tun hatten. Ihr Name, Frau Pagani, taucht da leider auch auf.»

«Mit Betonung auf leider.» Sie zögerte. «Offiziell wohne ich nicht mehr am Gschweighusweg. Weshalb sind Sie hier?»

«Mit meinem Besuch hier hoffte ich, auf Ihren Nachmieter zu stossen, der mir über Sie Auskunft geben kann, nachdem ich weder Sie noch Ihre Kinder in Buchrain angetroffen hatte. Zudem konnte mir dort niemand Auskunft geben. Jetzt ist wenigstens dieses Problem gelöst. Sie hatten also mit Gross zu tun?»

«Das wissen Sie offenbar. Aber denken Sie nicht, dass ich wegen seines Ablebens in Tränen ausbreche.»

«War Gross der Grund, weshalb Sie Küssnacht verlassen haben?»

«Als Folge seines Entscheids.» Pagani rührte ohne Unterbruch weiter. «Aber wie gesagt, das ist eine lange und sehr komplexe Geschichte, die ich nicht in Anwesenheit der Kinder erzählen möchte.»

Valérie fragte sich, ob sie überhaupt bereit war, ihre Geschichte zu erzählen.

Pagani tischte zuerst Suppe auf.

Die Kinder in trauter Gemeinsamkeit am Familientisch zu sehen, liess Valérie seufzen. Hier wurde Familie gelebt. Hier spürte man die Liebe zwischen der Mutter und ihren Kindern. Ganz zu schweigen von den Tischmanieren. Pagani schien ihre Kinder im Griff zu haben. Während des Essens durften alle von ihrem Schulmorgen erzählen, vom spontanen Mathetest über das peinliche Diktat bis zum Heissleim, der einem der Mädchen zum Verhängnis geworden war. Die Stimmung war herzlich und lustig zugleich. Nichts war vom Drama zu spüren, das die Mutter gerade durchlebte.

Nach dem Essen räumten die Mädchen den Tisch ab. Heute seien sie an der Reihe, erklärte Pagani. Ihre Söhne kehrten wohl in ein Zimmer zurück, und Musik ertönte.

«Kaffee?» Pagani holte zwei Tassen aus dem Schrank.

«Gern.» Valérie wischte sich den Mund ab. «Danke für das vorzügliche Essen. Kochen Sie jeden Mittag so aufwendig?» Der Hauptgang, bestehend aus Hackbraten, Polenta und Karotten, liess diesen Schluss zu.

«Mir ist wichtig, dass meine Kinder einmal am Tag eine warme Mahlzeit bekommen und am Tisch essen können. Es gibt genug Kinder, denen mittags ein Sandwich in die Hand gedrückt wird. Bei mir kommt das sehr, sehr selten vor. Nur, wenn ich unterwegs bin und den Zeitplan nicht einhalten kann.» Sie bedankte sich bei den Mädchen fürs Abräumen. «Ihr könnt noch etwas spielen gehen. Ich werde euch rufen, wenn es Zeit für die Schule ist.»

Die Zwillinge verschwanden kichernd über den Flur in den hinteren Wohnbereich.

«Sebastian hat uns nebst den Zimmern auch eine Spielecke zur Verfügung gestellt.»

«Woher kennen Sie Herrn Herger?»

Pagani stellte zwei Tassen Kaffee auf den Tisch. «Wir haben als Kinder die gleiche Schulbank gedrückt. Vor einem halben Jahr habe ich ihn zum ersten Mal nach so langer Zeit wiedergesehen. Lange Rede, kurzer Sinn: Seither sind wir zusammen.»

«Das hat wohl einiges vereinfacht», mutmasste Valérie.

«Nur in einem Punkt. Sebastian und ich tauschten unsere Wohnungen, als es bei mir darum ging, möglichst schnell aus Küssnacht verschwinden zu müssen.»

«Erklären Sie mir Ihre Schritte?»

«Im vorletzten Sommer kam ich aus St. Moritz hierher. Ich wählte Küssnacht, weil es hier eine Kunsteisbahn gibt. Livio und Sandro spielen beide Eishockey. Zudem stimmte auch sonst alles an diesem Ort. Leider musste ich meine älteste Tochter beim Vater lassen. Sie ist schon fünfzehn und wollte es so. Wegen ihrer Freunde, dem Sport und der Schule. Dachte ich zuerst. Dass sie von meinem Nochehemann manipuliert wurde, fand ich erst heraus, als es schon zu spät war. Ich werde mir dieses Versäumnis nie verzeihen.»

«Die Zeit heilt Wunden.»

«Was wissen Sie denn schon?» Pagani wischte sich eine Träne weg. «Seit ich in der Innerschweiz bin, absolviere ich einen Spiessrutenlauf nach dem andern. Es fing damit an, dass mein Angetrauter Francesco Pagani alle seine ihm zur Verfügung stehenden Mittel anwandte, um mich schachmatt zu setzen. Sie müssen wissen, dass er in St. Moritz zu den einflussreichsten Geschäftsleuten gehört. Einen Pagani verlässt man nicht einfach so. Obwohl ich wirklich allen Grund hatte ...» Angela Pagani sah Valérie traurig an. «Aber das verstehen Sie nicht.»

Und wie ich es verstehe, dachte Valérie und glaubte, in ihrem Gegenüber eine Leidensgenossin gefunden zu haben.

«Manchmal wurde ich mitten in der Nacht von wildfremden Personen belästigt. Ich erhielt anonyme Anrufe. Man sagte mir, man habe nur meine Stimme hören wollen und wie sich eine Schlampe so anhört. Oder sogenannte Freunde von Francesco standen vor der Tür und wollten mich zur Umkehr zwingen, hielten mir eine Moralpredigt. Ich habe meine Kinder von ihren Geburten an ununterbrochen gepflegt und erzogen. Francesco hat sich kaum um sie gekümmert. Ich habe sogar auf Ferien verzichtet, während sich Francesco mit anderen Frauen vergnügte. Jetzt will er mir die Kinder wegnehmen. Fast wäre es ihm gelungen.»

«Was war massgebend, dass er es nicht geschafft hat?»

«Eine Nacht-und-Nebelübung.» Pagani sah auf die Uhr. «Angefangen hat es, als die Gegenpartei fand, meine Kinder müssten vor dem Richter aussagen und ihren Standpunkt darlegen. Naiv wie ich war, hatte ich dem sogar zugestimmt. Ich merkte nicht, wie Francesco die Kinder zuvor verbal bearbeitet hatte. Er hatte ihnen sozusagen die Wörter in den Mund gelegt. Dann rückte der Gerichtstermin in Küssnacht immer näher. Ich hoffte, dort auf einsichtige Leute zu treffen, auf solche, die sich nicht von einem Lügner wie Francesco blenden lassen. Im Februar wurden meine Kinder von Bezirksrichter Gross befragt. Noch am Vormittag rief ich ihn an, weil Livio über vierzig

Grad Fieber hatte. Ich fand es eine Zumutung, dass er trotz Kranksein zur Befragung musste, aber Gross war nicht einsichtig. Ich brachte die Kinder also zum Gericht. Eine halbe Stunde vor der Befragung durfte der Vater mit ihnen reden. Sie wurden einer Gehirnwäsche unterzogen. Ich dumme Kuh begriff damals nicht, was Francesco vorhatte, und noch weniger, dass Gross ihm alles glaubte, was er zusammenlog. Zuerst wurden die Kinder einzeln befragt, auch die Zwillinge, die im Alter von kaum sechs Jahren meines Erachtens nicht imstande waren, eine eigene Meinung zu haben. Erst im Nachhinein erfuhr ich, dass Francesco ihnen versprochen hatte, Mami würde wieder nach St. Moritz zurückkehren, wenn sie nur artig sagten, dass sie beim Papi bleiben wollen. Nach der Befragung der Kinder wurde ich von Gross regelrecht in die Enge getrieben. Zweifelsohne ergriff er Francescos Partei. Ich hatte keine Chance, meinen Standpunkt zu verteidigen. Später im Gerichtsentscheid stand unter anderem, dass ich als hedonistisch veranlagte Frau weder die Nerven noch die Kraft besässe, meinen Kindern eine gute Mutter zu sein. Die Kinder sollten alle zu ihrem Vater nach St. Moritz zurückkehren, wo eine fünfundsechzigjährige Angestellte sie über den Tag betreute.»

«Sie konnten den Entscheid anfechten», sagte Valérie.

«Das habe ich getan. Aber all dies kostete Geld, das ich nicht hatte. Francesco kürzte eigenwillig die Alimente, bezahlte nach Lust und Laune oder erst, wenn ihm das Wasser bis zum Hals stand. Sieht so Vaterliebe aus?»

«Und trotzdem haben Sie das Urteil ans Kantonsgericht weitergezogen?»

«Ich hatte keine andere Wahl. Es ging dabei nur um die Kinder.»

«Und blitzten noch einmal ab.»

«Keine neuen Erkenntnisse, hiess es. Weder neue Fakten noch Begründungen. Ich weiss nicht, wer versagt hat. Mein Anwalt oder ich.»

«Sie verloren Ihre Kinder auch in zweiter Instanz an Ihren Mann.»

«Für mich brach eine Welt zusammen.»

«Ich kann es gut nachvollziehen.» Valérie erhob sich und ging um den Tisch herum auf Angela Pagani zu. Ihr eigenes Elend kam wieder hoch. Sie musste sich zusammenreissen, um neutral zu bleiben. Nichts über ihre Trennung von Willy verlautbaren lassen und auf keinen Fall den Kampf um das Sorgerecht für ihren Sohn erwähnen.

Pagani reckte ihren Rücken gerade. «Am Tag nach dem Urteil packte ich meine Kinder und fuhr mit ihnen nach Schwyz. Was ich dort tat, kennen Sie sicher. Deswegen sind Sie auch hier ... nehme ich an.»

«Sie stellten den Kantonsrichter zur Rede.»

«Genau. Er hatte kein Recht, mir die Kinder wegzunehmen, nachdem er sich nicht einmal die Mühe gemacht hatte, die Hintergründe für meine Trennung zu beleuchten. Was Gross in Küssnacht getan hatte, tat Schwegler in Schwyz. Beide liessen sich von Francesco blenden. Schwegler sagte, dass ich den Entscheid vors Bundesgericht bringen könne. Vors Bundesgericht ... so ein Schwachsinn! Er wollte sich nur aus seiner Verantwortung ziehen. Ich kann mir durchwegs vorstellen, dass Francesco die Richter für den erwiesenen Dienst sogar finanziell geködert hat. In seinem ganzen Leben hat er sich so die Annehmlichkeiten erkauft. Zudem hat er die Leute beschissen, wo es ging. Nur fehlen mir bislang die Beweise.»

«Das ist eine grobe Anschuldigung», sagte Valérie und setzte sich wieder. «Wenn das auskommt, würde der betreffende Richter sein Amt verlieren.»

«Was weiss ich! Jetzt, wo dieses Monster von Gross tot ist, kann ich es ja sagen: So einer sollte nicht Richter werden. Ich war ja nicht die einzige Frau, die dieser Mann gequält hatte. Ich habe mich mal umgehört. Es erging vielen Frauen ähnlich wie mir. Gross stellte sich offensichtlich gegen die Frauen. Ich gönne ihm den Tod nicht; er hätte zur Raison gezogen werden müssen.» Wieder ein Blick auf die Uhr. «Wenn einmal alles überstanden ist, werde ich beim Erziehungsdepartement in Schwyz Beschwerde einreichen.» Pagani verliess den Tisch. Sie zitierte ihre Kinder zur Garderobe. «Es ist Zeit, sich auf den Weg zu machen.» Sie half den Mädchen in ihre Anoraks. «Um vier komme ich euch abholen. Dann fahren wir zurück nach Buchrain und haben das ganze Wochenende vor uns.»

«Gehen wir nach Morschach baden? Bitte, bitte!» Die Zwillinge klammerten sich an ihre Mutter, die eine links, die andere rechts. «Dort gibt es eine tolle lange Rutschbahn.»

Livio und Sandro zogen sich indessen an, verabschiedeten sich höflich und verliessen die Wohnung.

«Mal sehen, wie's mit dem Wetter aussieht», sagte Pagani. «Wir könnten sonst auch schlitteln gehen.»

Als die Tür ins Schloss fiel, kehrte sie zurück in die Küche.

«Wie stellen Sie es denn mit dem Finanziellen an, wenn Sie sagen, dass Ihr Mann nur unregelmässig bezahlt?», fragte Valérie.

«Sebastian greift mir zurzeit unter die Arme.»

«Entschuldigen Sie, das geht mich nichts an. Etwas anderes interessiert mich allerdings: Können Sie die Kinder behalten?»

«Die Zeit arbeitet für mich. Wenn alles gut kommt, ja.» Pagani sah aus, als wollte sie noch etwas ergänzen. «Nach dem Entscheid des Obergerichts weinte ich nächtelang ins Kissen. Die Kinder durften nicht erfahren, wie schlecht es mir ging. Ich musste stark sein, Kraft ausstrahlen. Aber nachts kehrten die Geister zurück. Ich betete, ich hoffte auf eine Eingebung des Himmels. Ich war so verzweifelt.»

«Sie hätten zurück nach St. Moritz gehen können.»

«In die Höhle des Drachens? Nein! Das kam nicht in Frage. Glauben Sie mir, ich habe nicht leichtfertig gehandelt. Das war eine schwierige Entscheidung, St. Moritz den Rücken zu kehren. Meine Kinder waren dort oben verwurzelt. Am Morgen war ich jeweils überzeugt, den Schritt zu tun, am Abend kamen die Zweifel. Es war ein Auf und ein Ab. Bis zu dem Punkt, wo ich mir sagte: So, da musst du jetzt durch! Danach gibt es kein Zurück mehr. Hätte ich es nicht getan, wäre ich zugrunde gegangen. Damit hätte ich den Kindern nichts mehr genützt. Eine kranke Mutter ist keine grosse Stütze im Leben.»

Valérie war gerührt. «Was geschah dann?»

«Ich glaube, irgendjemand im Himmel hat meine Gebete erhört. Ich traf mich mit meinem Anwalt –»

«Mit einem Anwalt aus St. Moritz?»

«Nein, nein, den hatte ich schon längst gegen einen Anwalt von hier eingetauscht. Das war auch so etwas: Francesco hatte mir zur Geburt meiner Kinder Schmuckstücke geschenkt. Die gehörten mir, dachte ich. Dies war etwas vom Ersten, was er von mir zurückhaben wollte – eine Uhr, eine Perlenkette und drei Ringe. Da ich, was das Finanzielle betraf, nichts besass, schlug ich ihm vor, er könne mir die Schmuckstücke abkaufen, wenn er sie unbedingt wiederhaben wollte. Ich hinterlegte den Schmuck bei meinem Anwalt in St. Moritz, bis ich das Geld hatte. Aber ich musste erfahren, dass der Anwalt mit meinem Mann unter der gleichen Decke steckte. Er händigte ihm die Schmuckstücke ohne meine Erlaubnis aus.»

«Ich gehe davon aus, Sie haben ihn angezeigt.»

«Nein.»

«Nein? Aber Ihr damaliger Anwalt hätte seine Zulassung verloren, wenn es herausgekommen wäre.»

«Das weiss ich.» Pagani strich sich nervös über die Stirn. «Ich schlug ihm vor, dass ich den Mund halten würde und er als Gegenzug mir die Anwaltskosten erliess.»

Valérie verkniff sich ein Schmunzeln. Die Frau hatte es faustdick hinter den Ohren. Doch sie konnte es nachvollziehen. Wenn man nichts mehr zu verlieren hat, kommt man auf die absonderlichsten Ideen.

«Wie ging es nach dem Negativentscheid des Obergerichts weiter?»

«Mein neuer Anwalt klärte mich über die Möglichkeit auf, meine Kinder vorläufig behalten zu können. Ich musste den Kanton wechseln. Mit dem Wechsel wurde der Gerichtsentscheid hinfällig. Es gibt tatsächlich Lücken im System. Der Kantönligeist hat doch etwas Gutes. Innerhalb von vierundzwanzig Stunden traf ich mich mit meinem Vermieter und schilderte ihm meine Not. Er kannte meine Situation schon ein wenig. Immer mal wieder konnte ich die Miete nicht pünktlich bezahlen, weil die Alimente noch ausstanden.» Pagani schnappte nach Luft. «Mit Sebastian hatte ich vereinbart, dass er als Nachmieter meine Wohnung bezieht und ich im Gegenzug seine in Buchrain. Ich holte die Papiere von der Gemeinde ab und meldete mich neu in Buchrain an, ebenso die Kinder in der dortigen Schule. In dieser schweren Zeit habe ich erfahren, was Menschlichkeit ist.»

«Grosser Gott!» Valérie traute ihren Ohren nicht. «Ich verstehe nur nicht, weshalb Sie die Kinder immer noch in Küssnacht zur Schule schicken.»

«Was denken Sie? Einen erneuten Schulwechsel mutete ich ihnen nicht zu. Sie hatten sich hier einigermassen gut akklimatisiert. Hätte ich sie wieder darausreissen sollen? Ich sprach mit dem Rektor, Herrn Seiler. Er wollte mir, so gut es ging, im Rahmen seiner Möglichkeiten beistehen.»

«Aha. Aber irgendwann müssen Sie die Kinder gleichwohl in Buchrain einschulen. Auf die Dauer wird das nicht akzeptiert. Irgendwann werden Sie mit dem Erziehungsdepartement ins Gehege kommen.»

«Es wird gut.» Pagani atmete heftig aus. «Letztlich sind mir die Götter gutgesinnt. Der Kanton Luzern hat meine Scheidungsklage abgewiesen.»

«Was war die Begründung?»

«Sie sahen keine Verbindung zu ihrem Kanton. Die Streitbarkeiten lägen in Graubünden und Schwyz, gaben sie als Grund an.» Pagani zögerte. «Vielleicht waren sie einfach zu faul, um das ganze Prozedere zu prüfen. Zu meinem Vorteil allerdings … Als Francesco dies erfuhr, klagte er in St. Moritz. Jetzt ist der Gerichtsstand im Oberengadin. Ich kann also guten Gewissens wieder nach Küssnacht zurückkehren.»

«Diese Wohnung ist auf den 1. Februar gekündigt.»

«Ihnen entgeht wohl gar nichts.» Pagani lächelte zum ersten Mal. «Aber ja, das ist richtig. Sebastian und ich wollen zusammenziehen. Die Kinder mögen ihn. Und ich … ich liebe ihn.» Sie seufzte. «Doch bis es so weit ist, muss ich noch jeden Schultag morgens früh über das Götzental von Buchrain nach Küssnacht fahren und am Abend den gleichen Weg zurück. Es ist nicht immer einfach. Die Strasse war in letzter Zeit gefroren. Manchmal fährt Sebastian, wenn er bei mir in Buchrain übernachtet hat.»

Valérie konnte zumindest dies gut nachvollziehen.

Als sie Angela Pagani verliess, fühlte sie sich wie zerschlagen. Sie hatte es versäumt, nach ihrem Alibi zu fragen und überhaupt den Mord an Konrad Gross ausführlich zur Sprache zu bringen. Was musste diese Frau gelitten haben. Ihr eigenes Drama um Colin kam ihr in diesem Moment wie ein Fliegenpups vor.

***

Dominik Fischbacher stand unter der Bürotür, als Valérie über den Flur kam. «Stehst du schon lange hier?», fragte sie.

«Nein, ich hörte die Lifttür gehen und dachte, wenn ich Glück habe, bist du es.» Fischbacher sah sie kritisch an.

Sie kannte diesen Blick, den er immer dann aufsetzte, wenn er etwas loswerden wollte, das mit ihr zu tun hatte. Prompt kam es über seine Lippen. «Der Staatsanwalt will dich sprechen.»

Valérie nestelte an ihrer Handtasche, tat so, als suchte sie etwas. «Hat er gesagt, worum es geht?»

«Ich kann es mir vorstellen.»

«Du willst es mir aber nicht sagen.» Sie holte ein Taschentuch aus ihrer Tasche und faltete es auseinander. Eine Verlegenheitsgeste, wie sie selbst feststellte.

Was hatte Emilio Zanetti vor? Seit der Begegnung im Fitnesscenter hatte sie ihn nicht mehr gesehen. Wenn sie an ihn dachte, bekam sie Herzklopfen.

So etwas Idiotisches! Jetzt benehme ich mich schon wie ein einfältiger Backfisch.

«Ist etwas?» Fischbacher wich zur Seite.

«Ich komme gerade aus Küssnacht. Ich hatte ein langes Gespräch mit Angela Pagani, für die Gross kein Unbekannter war.»

«Ich habe es im Protokoll gelesen. Sie soll sich am Kantonsgericht Schwyz ziemlich unzimperlich benommen haben.»

«Ich denke, es stand ihr zu, sich zu wehren, nachdem an den Gerichten einiges verschlampt worden war.»

«Ehm … ich gehe davon aus, dass du im Fall Gross ermittelst.»

«Ich habe meine Ermittlungen ausgedehnt. Ist etwas dagegen einzuwenden?»

«Nein, nein, das habe ich nicht gesagt. Mich befällt das

komische Gefühl, dass die Befragungen der fast zweitausend Mitglieder der Sankt Niklausengesellschaft ins Nichts laufen. Vielleicht solltest du deine Truppe zurückpfeifen.»

«Was ist der Grund?»

«Konrad Gross wird ausnahmslos als kollegialer Mann beschrieben. Was erhoffst du dir mit diesen Befragungen? Hast du dir auch schon überlegt, was das kostet?»

«Ich ging immer davon aus, dass die Finanzen kein Thema sind, wenn es um die Ergreifung eines Täters geht.» Valérie durchquerte mit energischen Schritten ihr Büro.

«Die Überstunden nehmen drastisch zu», sagte Fischbacher.

Valérie setzte sich. «Hat sich jemand darüber beschwert? Solange der Mörder von Gross frei herumläuft, kennen wir keine Pausen. Ich glaube, das ist ganz in deinem Sinne.» Sie lächelte schwach. «Wann soll ich bei Zanetti sein?»

«Ich habe dir zwei Vorschläge auf die Mail gelegt.»

«Warum kann er mir das nicht selbst mitteilen?» Valérie stiess einen zischenden Laut aus. «Du hast mit ihm vorgängig geredet.»

«Ich mache mir Sorgen», gab Fischbacher kleinlaut zu.

«Um mich? Ich gebe niemandem Anlass, sich um mich zu sorgen.» Es gefiel ihr nicht, dass sich ihr Chef mit Zanetti über sie unterhielt. Fischbacher hatte einen Vorsprung auf den Staatsanwalt, was ihre Person betraf. Hatte Zanetti Fischbacher womöglich über sie ausgehorcht?

«Du arbeitest wieder bis zur Erschöpfung. Verfängst dich in irgendwelchen Dingen, die nicht relevant sind. Ich kenne dich inzwischen sehr gut. Es war schon im Frühling so. Sobald du einen Mord aufklären musst, kennst du die eigenen Grenzen nicht mehr.»

«Ich ahne, worauf du hinauswillst.» Valérie drehte den Bürostuhl und blickte aus dem Fenster. Von Schnee eingezuckerte Bäume säumten die Biber, die träge im Flussbett plätscherte. Über der Landschaft lag ein bleiernes Grau. «Aber glaube mir, das weiss ich selbst am besten. Entweder bin ich zu hundert Prozent bei einer Sache, oder ich lasse es sein.»

«Ich schätze deine Einstellung.» Fischbacher kniff die Lippen aufeinander.

«Du kaust doch auf etwas herum. Komm, Dominik, sag schon. Hast du an meiner Arbeit etwas zu beanstanden?»

«Dein Sohn …»

Valérie fuhr es in alle Knochen. «Was ist mit meinem Sohn?»

«Ich hatte heute einen Anruf von einem Willy Lehmann … von deinem Mann, nicht wahr?»

«Sag das noch einmal.» Valérie versuchte, sich zu beherrschen. Das war die absolute Höhe. Wie konnte Willy es wagen, die Leute an ihrem Arbeitsplatz zu belästigen? «Was wollte er?» Ihr stiess es übel auf. «Dieser alte Sack!»

«Wenn ich dir irgendwie behilflich sein kann, lasse es mich wissen.»

Valérie kniff die Lippen aufeinander. Sie wollte erst gar nicht erfahren, was Willy Fischbacher vorgelogen hatte. Sie schätzte ihren Chef so ein, dass er sich ein eigenes Bild von Willy machte.

«Ich sollte noch den Tagesrapport ins Reine tippen.»

«Ja klar, ich will dich weiter nicht stören. Und nicht vergessen: Die Termine für Zanetti habe ich dir geschickt.»

Valéries iPhone surrte. Sie erkannte Louis' Nummer auf dem Display und fuhr über den Touchscreen. «Hast du Neuigkeiten?»

«Und ob … Konrad Gross hat vor zwei Jahren eine Lebensversicherung abgeschlossen. Im Falle seines Todes erhält die Witwe eine Million Franken.»

ACHT

Einmal länger schlafen. Davon hatte Valérie seit Tagen geträumt. Immer war sie schon um fünf auf gewesen. Heute, wo sie es endlich hätte tun können, wälzte sie sich im Bett von einer zur anderen Seite, ohne den Schlaf wiederzufinden, der ihr fehlte.

Es gab keinen Grund, sich zu entspannen. Solange die Lösung des Falles in so weiter Ferne lag, hiess es, sich bei Laune zu halten.

Viel hatten sie noch nicht. Die Befragung aller Mitglieder der Sankt Niklausengesellschaft war mühsamer, als sie sich das vorgestellt hatte. Bernstein, Rosita Gross' Anwalt, hatte den Termin um weitere achtundvierzig Stunden verschoben. Rosita sei mit den Nerven völlig am Ende, hiess es. Ein Arztzeugnis lag vor. Weder aus der Forensik noch aus der Ballistik waren aussagekräftige Resultate eingetroffen. Weder waren die Spuren aus Zumsteins Geschäft noch die vom Haus in der Poststrasse ausgewertet. Also musste sich Valérie bis Montag gedulden. Übers Wochenende arbeitete dort niemand.

Sie stellte sich unter die Dusche. Den Termin mit Zanetti hatte sie auf den Montag verlegt. Es würde wieder alles zusammenkommen, war sie sich sicher. Colin war nach Zürich zurückgekehrt. Erst als Valérie am Abend nach Hause gekommen war, hatte sie seine SMS gesehen. Er teilte ihr darin mit, dass er zu seinem Vater zurückgefahren sei.

Was für ein Schock!

Valérie wollte nicht glauben, dass sich Colin bei Willy beklagt hatte. Hatte sie sich in ihrem Sohn getäuscht? War es möglich, dass er seine Eltern gegeneinander aufwiegelte? Nicht umsonst hatte Willy bei Fischbacher Zoff gemacht. Seiner Meinung nach sollten alle wissen, was für eine Rabenmutter sie war. Letztlich hatte er nicht einmal so unrecht.

«Ich bin eine unfähige Mutter!», schrie sie die Fliesen an. «Ich habe versagt.»

Zur Strafe liess sie eiskaltes Wasser über ihren Körper rinnen. Es fühlte sich wie tausend Nadelstiche an. Nach dem Abtrocknen stellte sie sich vor den Spiegel und befühlte ihre Wange. Die Narbe stand mehr ab als sonst. Am liebsten hätte Valérie sie aufgekratzt, bis sie blutete.

Die Narbe war so etwas wie ein Symbol geworden. Eine Erinnerung daran, dass da mal etwas gewesen war, das ihr Leben komplett aus der Bahn geworfen hatte. Ein Zeugnis dafür, wie brutal Menschen sein konnten. «Wenn dich ein Mann schlägt und dich physisch verletzt», hatte Katja gesagt, «kann man das nicht verzeihen. Dann muss man die Konsequenzen daraus ziehen.»

Valérie hatte die Konsequenzen daraus gezogen. Sie hatte ihr altes Leben aufgegeben und versuchte nun seit einiger Zeit, ein neues zu beginnen. Manchmal fühlte sie sich wie in einer Zwischenwelt. Nicht mehr dort und noch nicht richtig hier. Sie hatte die meisten ihrer Freunde verloren. Diese hatten sich nach der Trennung auf Willys Seite gestellt oder sich von beiden distanziert.

Ihre Scheidungspapiere lagen bereit. Es gab zwei Punkte, in denen sich die gegnerischen Parteien noch nicht einig waren – die Obhut ihres Sohnes und die Bezahlung der Alimente. Die Anwälte waren daran, dies auszuhandeln. Es würde noch eine Befragung geben, in der Valérie zwangsläufig mit Willy zusammentreffen würde. Darüber machte sie sich einstweilen keine Gedanken.

In den letzten Monaten hatte ihr Anwalt Raphael Kälin genug zusammengetragen, um Willy schlecht aussehen zu lassen.

Zudem hatte Katja ihr erzählt, sie habe ihn mit einer neuen Flamme an der Bahnhofstrasse in Zürich gesehen. Eng umschlungen seien sie gewesen und hätten sich öffentlich geküsst, dass es eine Schande war. Sie sei sicher keine zwanzig gewesen, hatte sich Katja enerviert. Typ Lolita, blond und kindlich. Sie wäre glatt als Colins Schwester durchgegangen.

Valéries Anwalt hatte endlich Beweise, dass Willy sich in den letzten Jahren einiges zuschulden hatte kommen lassen, unter anderem das Unterschlagen von Geld, das seine Firma in einen Fonds für die Flüchtlingshilfe hatte einfliessen lassen. Willy hatte einen Teil der Mittel sukzessive auf eines seiner Konti abgezweigt. Die Staatsanwaltschaft in Zürich ermittelte jetzt gegen ihn.

Valérie lächelte schadenfreudig vor sich hin und erinnerte sich daran, dass sie Katja versprochen hatte, sie anzurufen. Nach dem morgendlichen Prozedere zog sie sich an. In der Küche liess sie einen kubanischen Kaffee in die Tasse träufeln. Mit der Tasse in der Hand stellte sie sich ans Küchenfenster.

Um die Mythen vollführten die Wolken einen wilden Tanz mit Nebel, Regen und Schnee – alles schien sich um die beiden Berggipfel zu wälzen. Das Quartier schien noch zu schlafen. Als Valérie später die Post aus dem Briefkasten holte, war noch nicht einmal Frau Annen auf.

***

«Hallo, Katja. Wie wäre es mit einem Mittagessen heute in Zürich?»

«Guten Morgen, Liebes. Das ist denkbar ungünstig. Ich dachte, Colin sei bei dir?»

«Er ist wieder zu seinem Vater gefahren.»

«Mit welcher Begründung?»

«Ich bin an einem Fall, der mich fordert.»

«Und hast heute trotzdem frei?»

«Für dich hätte ich freigenommen.»

«Und für Colin?»

«Ich sagte doch, er ist abgereist. Und weisst du was? Es macht mir nicht einmal mehr viel aus.»

«Du bist verbittert.»

«Stimmt, ich bin es leid, immer nur an zweiter Stelle zu stehen. Aber ich bin nicht allein. Vielen Frauen geht es offenbar ähnlich. In meinem neusten Fall … ach, lassen wir das.»

«Dir macht doch nicht etwa der trübe Dezember etwas aus.»

«Nein, ich finde nicht mal Zeit, um daran zu denken.»

«Tue doch etwas für dein Seelenwohl. Lass dich mal verwöhnen. In Schwyz soll es schöne Hotels geben.»

«Ich bleibe lieber hier. Abrufbereit, wenn's brennt.»

«Ich kann dir auch nicht helfen.»

«Musst du auch nicht. Es war schön, einfach deine Stimme zu hören. Gibt es etwas Neues in Zürich?»

«Ich werde bald in Rente gehen.»

«Du bist noch nicht mal dreiundsechzig.»

«Gerade deswegen.»

***

Valérie setzte sich in ihrem Homeoffice ans Pult und startete den PC. Sie hätte schon lange aufräumen müssen. Mittlerweile lagen neben der Tastatur nicht nur unbezahlte Rechnungen und eingedrückte PET-Flaschen, auch unsortierte Visitenkarten, Post-its, Nagellacke und ein abgelaufenes Ticket für eine Oper in Zürich, die sie gern mit Katja besucht hätte, es aber zeitlich doch nicht geschafft hatte. Dem Bostitch fehlten die Klammern. Sie musste dringend neue besorgen. Der Taschenrechner stand kurz davor, den Geist aufzugeben, weil die Batterien am Limit liefen. Die kleine Palme von Coop hatte seit Wochen kein Wasser mehr gesehen.

Valérie loggte sich auf ihrem Computer in Biberbrugg ein. Ein paar Mails waren eingetroffen. Von verschiedenen Medienstellen gab es Anfragen. Sie wollten endlich eine Pressekonferenz, die Valérie bis anhin immer wieder hinausgeschoben hatte. Sie hatte deswegen mit Fischbacher lange debattiert. Ihr Chef verstand nicht, warum sie die Presse hinhielt. Valérie begründete es damit, dass sie zu wenige Fakten hatten, um die Bevölkerung zu informieren. Eine Kurznachricht war unmittelbar nach der Tat an die Zeitungen gelangt. Die Suche nach Zeugen, die den Umzug gefilmt oder fotografiert hatten, blieb bis anhin erfolglos. Auf Facebook kursierten Videos, auf denen das Chaos nach dem Mord zu sehen war. Sequenzen mit Gross auf dem Boden. Ob der herrschenden Dunkelheit waren Einzelheiten nicht ersichtlich. Die Kommentare dazu reichten von Mitleid bis Drohungen. Valérie hatte sich vor allem die Personen, von denen die Drohungen ausgegangen waren, näher angesehen. Eine Verbindung zu Gross hatte sich nicht herauskristallisiert.

Umso überraschter war Valérie jetzt, als sie auf den Anhang

einer Mail stiess, deren Absender eine Allerweltsadresse anzeigte. Ein englischer Name und eine sonderbare Buchstabenfolge eines exotischen Providers. In der Regel landeten solche Mails direkt im Spam-Filter.

Wenn sie die Mail anklickte, wurde der Computer im schlimmsten Fall mit einem Wurm infiziert. Valérie vertraute jedoch dem hohen Sicherheitsstandard des PCs und öffnete das Attachement.

Ein Video!

Konnte alles bedeuten. Es musste nicht zwangsläufig mit dem aktuellen Fall zu tun haben.

Noch zögerte Valérie mit dem Abspielen. Sie fand es sonderbar, dass weder ein richtiger Absender noch ein Name erwähnt waren. In der Regel brüsteten sich Zeugen damit, der Polizei einen Dienst erweisen zu können, auch wenn er in den wenigsten Fällen brauchbar war.

Valérie fuhr mit dem Cursor auf den Pfeil und drückte.

Der Film dauerte vierundfünfzig Sekunden.

Nichts anderes als Gross' Sterben war darauf zu sehen. In einer schlechten Auflösung allerdings und zum Teil verzittert, was den Hintergrund unscharf wirken liess. Der Sankt Nikolaus hob die freie Hand und winkte in die Menge. Im Moment, wo er den Kopf hob, traf ihn das Geschoss. Er wurde nach hinten katapultiert, was von der Wucht des Schusses herrührte; die Schmutzlis gingen noch ein paar Schritte weiter, bis sie offensichtlich begriffen, was los war.

Ende der Aufzeichnung.

Die letzten Sekunden von Gross' Leben. Sein Tod. Live und unzensiert. Bilder, wie Valérie sie in den Nachrichten sah. Von Menschen, die unter dem Applaus von Zuschauern geköpft wurden, abgetrennte Extremitäten nach einem Selbstmordattentat. Verstümmelte Leichen.

Der brutale Tod in der Gegenwart hatte ein alltägliches Gesicht bekommen, das nicht mehr so schnell erschreckte. Bilder, die genauso animiert sein konnten, von Künstlern erschaffen. Filme, in denen man den Unterschied zwischen Wirklichkeit und Computer-Game nicht mehr erkannte.

Valérie spielte das Video wieder und wieder ab. Stoppte dort, wo sie glaubte, etwas Wichtiges sehen zu können. Sie war nicht in der Lage, herauszufinden, ob sich Gross in Richtung Bahnhof oder bereits zur Poststrasse gedreht hatte.

Valérie griff nach ihrem iPhone und wählte Louis' Nummer.

Er tönte gut gelaunt. «Valérie? Hast du heute nicht deinen freien Tag?»

«Ich mache Ferien, wenn der Fall gelöst ist.»

«Dachte ich mir.»

«Du hoffentlich auch.»

«Ich möchte keine Schläge von dir.» Louis lachte.

Valérie überging die Bemerkung. «Habt ihr die Brüder Adrian und Patrik Hofer sowie Max Hofer, die als Schmutzlis neben Gross mitgingen, noch einmal befragt?»

«Warte mal, ich gebe die Namen ein.»

Valérie vernahm das Geräusch einer Tastatur.

«Da habe ich etwas: Felix hat die beiden nochmals befragt. Das ist in seinem Rapport vermerkt.»

«Haben sie sich dahingehend geäussert, von wo der Schuss gekommen ist?»

«Auf diese Frage konnten sie nicht antworten. Sie wussten es nicht. Sie hatten einen Schock, nachdem Gross ermordet worden war. Auch später konnten sie sich nicht daran erinnern.»

Valérie berichtete von dem sonderbaren Video. «Eventuell müssen wir die drei jungen Männer noch einmal befragen. Wenn sie den Film sehen, bekommen wir vielleicht eine brauchbare Antwort. Könntest du das übernehmen?»

«Du gehst noch immer davon aus, dass Gross aus der Richtung Poststrasse erschossen wurde? Das Labor checkt gerade die Spuren, die man in Zumsteins Modegeschäft sicherte.»

Valérie liess eine Schweigeminute verstreichen.

«Bist du noch dran?» Louis lachte wieder durchs Telefon. «Ich kann deine Gedanken förmlich sehen.»

«Bei einem Auftragsmord», sagte Valérie, den Gesprächsmodus wechselnd, «ist es schwierig, die Täterschaft zu ermitteln. Drahtzieher muss jemand sein, der so viel Geld für einen Mord lockermachen kann, dass es ihm nicht wehtut. Ich kann mir vorstellen, dass er ziemlich was hingeblättert hat.»

«Ausser der Schütze ist ein armes Schwein, der es für ein Taschengeld macht», sagte Louis.

«Wir müssen unbedingt herausfinden, ob es in der Vergangenheit ähnliche Fälle gegeben hat.»

«Vielleicht ist er ein ehemaliger Soldat aus Afghanistan.» Louis räusperte sich. «Bei mir laufen Ripol und Europol heiss. Seit heute Morgen früh suche ich nach Hinweisen zu ähnlichen Straftaten darin. Bis jetzt erfolglos.»

Valérie zog tief Luft ein und stiess sie heftig wieder aus. «Verdammt!» Sie klatschte mit ihrer Hand auf das Pult. «Im Grunde haben wir gar nichts. Nicht einmal ein brauchbares Motiv. Ich werde heute noch einmal zu Rosita Gross fahren.»

«Ohne ihren Anwalt wird sie nichts sagen.»

«Worauf wetten wir?»

«Auf ein Nachtessen.»

«Gut, auf ein Nachtessen.»

Louis' Lachen klang eine Spur zu laut. «Dann weiss ich schon jetzt, dass ich gewonnen habe. Auf ein Nachtessen bei mir wirst du dich nie einlassen.»

«Ausnahmen bestätigen die Regel. Ich würde meinen Hund als Aufpasser mitnehmen.»

«Hast du einen Hund?»

«Nein.»

Louis zögerte. «Soll ich dich begleiten?»

«Nein.»

***

«Wann können wir Papa beerdigen?» Cäcilia hatte sich zu ihrer Mutter an den Küchentisch gesetzt. Ihr Gesicht wirkte blass. Die Sommersprossen, die sich über Wangen und Kinn verteilten, liessen ein sensibles Mädchen vermuten. Die rotblonden Haare trug sie offen; Pullover und Hosen zwei Nummern zu gross. Cäcilia war oft bei Vater angeeckt. Als jüngste von drei Töchtern fühlte sie sich immer im Nachteil, was sie durch ihre Provokationen wettmachte. In der Schule hätte sie besser sein können, zumal in ihr, war ihr Vater überzeugt gewesen, sehr viel Potenzial steckte. Für Anna und Barbara bestand kein Anlass, sich unter Druck zu fühlen. Sie hatten beide eine Lehre als Detailhandelsfachfrau abgeschlossen. Anna arbeitete in einem Kleidergeschäft im Unterdorf, Barbara bei Coop. Auf Cäcilia allein lastete die Erwartung, in Vaters Fussstapfen treten zu müssen, die Matura zu machen und Rechtswissenschaften zu studieren.

Seit Vaters Tod fühlte sie sich wie befreit. Der imaginäre Strick um ihren Hals hatte sich gelockert. Sie konnte wieder atmen.

«Dein Papa ist noch in der Rechtsmedizin», sagte Rosita Gross abwesend, während sie einen Text über ihren verstorbenen Mann aufsetzte. Sie hatte dem Chefredaktor des «Freier Schweizer» versprochen, möglichst rasch etwas über Konrad zu schreiben, bevor es einem Journalisten in den Sinn kam, ihr diese Arbeit abzunehmen. Es sollte ein würdiger Nekrolog werden und nicht alles, was gewesen war, publik machen.

«Warum dauert das so lange?»

«Hast du keine Hausaufgaben?»

«Mama, was ist nur los mit dir?»

Rosita Gross hielt in ihrer Arbeit inne. «Das ist keine ernst gemeinte Frage, oder?» Sie schluckte leer. «Du, Anna und Barbara habt euren Vater verloren, ich meinen Mann.»

«Den hast du doch schon früher verloren.»

«Was willst du damit sagen?» Rosita Gross starrte auf das halb beschriebene Blatt. Sie hatte die Handschrift dem Computer vorgezogen. Auf diese Weise konnte sie ihre Gedanken besser fliessen lassen. Nicht mehr als dreitausend Anschläge hatte man von ihr verlangt, als könnte man das Leben eines bald sechzigjährigen Mannes mit dieser vorgegebenen Anzahl Buchstaben beschreiben. Was war wichtig, was durfte ausgelassen werden?

«Meinst du, ich wüsste nicht, was du am letzten Montag gemacht hast? Anstatt Papa zum Klausumzug zu begleiten, hast du –»

«Halt! Du vergreifst dich im Ton.» Rosita Gross bestrafte ihre Tochter mit einem eiskalten Blick. «Ich frage dich auch nicht, wo du dich rumgetrieben hast.»

«Ich war mit Anna und Babsi bei Tante Madeleine. Du hast

es nicht einmal für nötig befunden, uns über Papas Tod zu benachrichtigen.»

«Das kannst du mir tatsächlich vorwerfen.» Rosita Gross fingerte an ihrem Schreibstift. «Alles andere geht dich nichts an. Und jetzt lass mich weiterarbeiten.»

«Mama, ich werde das Gymnasium nicht beenden. Ich will wie Anna und Babsi eine Lehre machen.»

«Ach, das würde dir so passen, jetzt, wo dein Vater tot ist.»

Das Klingeln an der Haustür liess beide Frauen zusammenfahren.

«Erwartest du Besuch?» Rosita Gross sah ihre Tochter mit zusammengekniffenen Augen an.

Cäcilia hatte sich erhoben. Sie eilte zur Tür, riss sie auf und sah sich einer Frau gegenüber. Die Narbe auf ihrem Gesicht stach ihr ins Auge. «Hallo», sagte Cäcilia und glotzte ungeniert.

«Valérie Lehmann ist mein Name. Ich bin von der Kantonspolizei Schwyz. Ist Frau Gross da?»

«Meine Mutter schreibt.» Mit dieser Tatsache glaubte Cäcilia, die Polizistin wegweisen zu können. Mutter hatte ihr erzählt, dass sie unangenehmen Fragen ausgeliefert gewesen sei und dass sie ohne Rechtsvertreter nicht bereit sei zu reden. Überhaupt habe sie kein Bedürfnis zu reden. Man solle sie in Ruhe lassen. In so einer Situation vertrage sie die Menschen nicht. Cäcilia war ihrer Mutter gegenüber ambivalenten Gefühlen ausgesetzt. Sie spürte schon lange, dass mit ihr etwas nicht stimmte. Sie war fahrlässig geworden, vergass manchmal, den Haushalt zu machen, oder am Mittag stand kein Essen auf dem Tisch. Vielleicht hatte sie auch einfach nur genug vom Alltag, von diesem Ewiggleichen, der Monotonie einer Familienfrau, die sich selbst an letzter Stelle sah.

«Kann ich sie sprechen?»

«Kommen Sie rein.» Cäcilia wandte sich mit einer Schadenfreude um. Sie hatte das Bedürfnis, ihre Mutter zu ärgern, auch wenn es die traurige Situation nicht zuliess. «Mama, die Polizei ist da … die Polizei! Hörst du?» Und an Valérie gewandt: «Gehen Sie einfach in die Küche.»

«Danke … und Sie sind?»

«Ich bin Cäcilia. Wie Cäcilia Bartoli. Nur geht mir Singen am

Arsch vorbei.» Sie schwang ihre langen Haare in den Nacken. «Mama, ich werde mich mal auf den Weg zu Pia machen, Hausaufgaben erledigen.»

Valérie wunderte sich. In diesem Haus fand sie keine Spuren der Trauer. Alles schien seinen gewohnten Lauf zu nehmen.

«Sie haben eine hübsche Tochter», sagte sie und entschuldigte sich für die Störung.

«Sie ist ein Enfant terrible.» Rosita Gross kam um den Tisch herum. «Aber ich nehme an, dass Sie nicht wegen meiner Tochter hier sind. Und *ich* sage ohne meinen Anwalt nichts.»

«Ich kann Sie ja verstehen. Es geht mir nicht darum, Sie in irgendeiner Form anzugreifen. Ich suche den Mörder Ihres Mannes. Wenn ich erfahre, was für ein Mensch Ihr Mann gewesen ist, würde es mir leichter fallen, mir ein präzises Bild von ihm zu machen. Wer waren seine Freunde, wer seine Feinde?» Sie suchte noch immer nach einem Motiv, und ein solches liess sich am ehesten im nahen Umfeld finden. Es lag womöglich versteckt hinter den Geschichten des Alltags, unter dem Deckmantel etwelcher Äusserungen, die sie, wenn Valérie gut zuhörte, aus dem Tonfall der Stimme herauslesen könnte.

Zwischen Rosita Gross' Augenbrauen entstand eine steile Falte.

«Ihr Mann war ein Mensch der Öffentlichkeit, in der Sankt Niklausengesellschaft ein angesehenes Mitglied, bei Kindern und älteren Leuten sehr beliebt. Das ist das eine Bild, das uns im Laufe der bisherigen Ermittlungen präsentiert wurde. Erzählen Sie von seinen Freunden.»

«Ich kenne nur wenige … die meisten hatte er in der Sankt Niklausengesellschaft. Oder Hauri zum Beispiel … mit ihm ging Konrad im Sommer golfen. Er kam auch oft hierher. Ich allerdings hielt nie viel von ihm.»

«Wie heisst Hauri mit Vornamen?»

Rosita Gross setzte sich wieder. «Mike Hauri. Er hat eine Baufirma.»

Valérie notierte. «Es gibt da noch ein anderes Bild», sagte sie. «Als Richter hatte Ihr Mann nicht nur Freunde.»

«Das ist doch normal, oder?» Es war wie ein Aufschrei, als glaubte Rosita Gross selbst nicht daran, hinter den Mandaten ihres Mannes etwas abgrundtief Verwerfliches zu erkennen.

«Hat sich Ihr Mann in der letzten Zeit verändert? Hatte er Probleme, über die er sich äusserte oder die er mit Ihnen diskutierte?»

«Nein, was beruflich ablief, war zu Hause kein Thema.»

«Sie sind Heilpädagogin, nicht wahr?»

«Was hat das mit meinem Mann zu tun?»

«Sie arbeiten zu hundert Prozent?»

«Nein, nur vierzig. Das genügt. Ich habe eine Familie, drei anstrengende Mädchen, den Haushalt ...» Sie stockte. «Warum interessiert Sie das?»

Valérie ging nicht darauf ein. «Was wissen Sie über das Verhältnis zwischen Ihrem Mann und Gloria Wicki?»

«Warum Verhältnis?» Rosita Gross starrte auf den Tisch. Ihr Gesichtsausdruck hatte sich verändert. «Sie war Konrads Sekretärin.»

«Ihr Mann hat Frau Wicki vor seinem Tod angerufen. Das Gespräch dauerte eine halbe Stunde. Worüber, glauben Sie, haben sie geredet?»

«Was weiss ich? Ich kann nicht hellsehen.»

«Unmittelbar nach dem Gespräch mit Frau Wicki telefonierte Ihr Mann mit Ihnen. Dieses Gespräch allerdings war sehr kurz. Erinnern Sie sich, was er zu Ihnen gesagt hat? Worum es in der knappen Minute ging?»

«Keine Ahnung.» Rosita Gross blickte erst jetzt wieder auf. «Und überhaupt ... für solche Fragen wenden Sie sich bitte an meinen Rechtsvertreter.»

Valérie ignorierte es. «Frau Gross, ich werde den Verdacht nicht los, dass Sie mir absichtlich etwas verheimlichen. Wenn Sie jetzt nicht reden, verzögert es die ganze Angelegenheit. Und es heisst nicht, dass Sie um eine weitere Befragung kommen.»

«Sie machen mich ganz nervös, wenn Sie hier so herumstehen. Bitte setzen Sie sich an den Tisch.»

War Rosita Gross bereit, endlich zu reden?

Valérie nahm Platz. Sie sah auf den Papierbogen und auf die unleserliche Schrift.

«Etwas zu trinken?»

«Nein, danke.» Valérie liess sich ihre Überraschung nicht anmerken. Kurz streifte ihr Blick die Kücheneinrichtung. Nussbraun. Unmodern. Abgenutzt. Auf der Ablage neben dem Kochherd stapelte sich gebrauchtes Geschirr. Der Eisschrank, Typ amerikanisches Kühlmonster mit Crushed-Ice-Maschine, war mit Klebern bedeckt, die Eckbank mit einem hässlichen Blumenmuster überzogen. An der Wand hingen vergilbte Kinderzeichnungen. Valérie fand die Einrichtung an der Grenze zum guten Geschmack. Für Rosita Gross kein zwingendes Thema. Ihr Haus schien bloss der Nutzung zu dienen. Ästhetik beim Wohnen hatte keinen Platz.

«Erzählen Sie», forderte Valérie Rosita Gross auf. «Ich werde unser Gespräch weder aufzeichnen noch notieren. Damit wir uns richtig verstehen … ich bin von meinem Mann getrennt, habe einen Sohn im Alter Ihrer Töchter und muss ums Sorgerecht kämpfen.»

Rosita Gross kniff die Lippen aufeinander.

«Ich weiss, wie es sich anfühlt, wenn der eigene Mann fremdgeht, wenn er einen mit einer Jüngeren betrügt, und das im eigenen Bett. Da hat man schon mal Rachegedanken.»

Rosita Gross musterte Valérie. In ihrem Blick lag etwas Diabolisches. «Sie irren sich, Frau Kommissarin! Sie irren sich gewaltig.»

Valérie überspielte ihre Niederlage. «Mir ist bekannt, dass Ihnen nach dem Tod Ihres Mannes eine Lebensversicherung von einer Million Franken ausbezahlt wird.»

«Was ist schon eine Million?», sagte Rosita Gross emotionslos. «Früher war das noch anders. Da hatte das Geld noch wert. Als ich jung war, waren selbst hundert Franken ein kleines Vermögen. Aber heute … Würden Sie für diesen Betrag morden? Eine Million?» Rosita verzog spöttisch ihren Mund. «Ich habe ja alles, was ich brauche. Und … Konrad hat mich nie betrogen. Leider. Es wäre sonst einfacher für mich gewesen.» Sie reckte den Hals und strich sich mit ihren Fingern durchs kurze Haar. Hinter ihrer Stirn schienen sich die Gedanken zu jagen. «*Ich* war es, die meinen Mann betrogen hat.»

Valérie schloss die Augen und schwieg. Jeder Kommentar wäre falsch oder überflüssig gewesen.

Rosita Gross lehnte sich zurück. «Ich habe einen Geliebten. Seit mehr als einem Jahr. Heimlich, wenn Sie verstehen, was ich meine. Ich wollte Konrad nicht damit schaden, dass man mit dem Finger auf ihn zeigte oder dass unsere Kinder davon erfuhren.»

Die kluge Frau schweigt und geniesst.

«Wir trafen uns immer bei ihm. Am letzten Montag dachte ich, dass die Luft rein sei, damit Benjamin endlich zu mir nach Hause kommen konnte. Konrad ging schon am Vormittag aus dem Haus. Er machte Besuche im Altersheim und im Kindergarten. Er sagte mir, dass er nicht vor Dienstagmorgen zurückkomme. Wie jedes Jahr am Klaustag. Die Mädchen waren bei meiner Schwester. Auch wie jedes Jahr. Beim ‹Globus› in Luzern holte ich verschiedene Zutaten für ein aphrodisisches Nachtessen für Benjamin und mich. Benjamin traf um halb fünf hier ein. Na ja … zuerst schliefen wir miteinander … Wir hatten uns lange nicht mehr gesehen … Ich hatte in der Küche schon alles vorbereitet …» Rosita hielt inne. Sie holte Luft für den nächsten Satz. «Dann stand da auf einmal Konrad.»

«Er hat Sie in flagranti erwischt?»

«So kann man es auch sagen. Ich … wir hatten uns gerade eben entspannt …»

«Wie reagierte Ihr Mann? Explodierte er?»

«Im Gegenteil. Er verliess wortlos das Zimmer.»

«Ihr Schlafzimmer?»

«So geschmacklos bin ich nicht», empörte sich Rosita Gross. «Konrad verliess das Gästezimmer ohne ein Wort. Ich zog den Morgenmantel über und ging ihm hinterher.»

«Und Ihr Freund?»

«Dem war es auch sehr peinlich … Uns beiden war es peinlich. Ich schämte mich für meine niederen Belange, ärgerte mich darüber, unser Haus als Liebesnest missbraucht zu haben … Konrad ging ins Esszimmer. Sah dort, wie schön ich den Tisch gedeckt hatte, den Kaviar in der Eisschale. Anstatt laut zu werden, setzte er sich schweigend, nahm einen Blini nach dem andern und bestrich ihn satt mit Kaviar. Was für eine

Verschwendung! Dreihundert Franken waren im Eimer.» Rosita Gross schluckte leer, während Valérie den Sinn ihres letzten Satzes zu verstehen versuchte. «Er ass im Eiltempo; ich hatte ihn noch nie so schnell essen gesehen. Als er fertig war, spülte er das Ganze mit Wodka runter …»

Wodka! Die langstieligen Kelche, die Valérie in der Mordnacht gesehen hatte, waren Wodkagläser gewesen. Sie hätte sie doch mitnehmen sollen.

«… Währenddessen stand ich nur da», fuhr Rosita fort, «unfähig, etwas zu sagen. Benjamin hatte sich in der Zwischenzeit davongemacht. Auch … Konrad ging … etwas später.» Rosita Gross schluckte wieder. «Wortlos verliess er das Haus … als wäre nichts geschehen. Glauben Sie mir, das war schlimmer, als wenn er laut geworden wäre.»

«Wann war das?»

«Was?» Rosita Gross schüttelte verdattert den Kopf.

«Wie spät war es, als Ihr Mann wegging?»

«Schätzungsweise um sechs, Viertel nach sechs … ich kann mich auch täuschen.» Rosita warf immer wieder den Kopf hin und her. «Ich frage mich, ob sein Tod damit zu tun hat. Ob er das Unglück angezogen hat, nachdem das hier passiert war.»

«Sie wissen schon, dass ich Ihren Freund zum Kreis der Verdächtigen zählen muss.»

«Davon gehe ich aus.» Rosita Gross sah auf ihre Hände. «Obwohl ich glaube, dass Benjamin keiner Fliege etwas zuleide tun könnte. Er ist der liebevollste Mensch, den ich je kennengelernt habe.»

Das sind sie immer, dachte Valérie. Verliebtheit vernebelt die klare Sicht auf Tatsachen, verzerrt die Realität.

«Kann ich trotzdem seinen Namen und die Adresse haben?»

Rosita schrieb widerwillig eine Notiz. «Benjamin Lusti.»

«Wo haben Sie ihn kennengelernt?»

«In der Galerie am Leewasser in Brunnen anlässlich einer Lesung. Benjamin ist Schriftsteller.»

Valérie überlegte. «An der Unterwäsche Ihres Mannes wurde Fremd-DNA sichergestellt. Es handelt sich dabei um Vaginalsekrete und Sperma.»

«Oh mein Gott …» Rosita Gross wurde ganz blass. «Welche Schlüsse ziehen Sie daraus?»

«Dass Sie mir etwas verschweigen, Frau Gross.»

«Ich habe nichts mehr zu sagen.»

***

Nach dem Besuch bei Rosita Gross wusste Valérie nicht, ob sie niedergeschlagen oder euphorisch sein sollte. Einerseits fühlte sie eine gewisse Genugtuung. Soeben hatte sie mit der Frau des Richters ohne Beisein ihres Anwalts vernünftig sprechen können. Ob es daran lag, dass sie Einsicht in ihr eigenes Privatleben gegeben hatte? War sie ehrlich mit sich, hatte sie ein Gespräch von Frau zu Frau gesucht – eine Taktik, die ihr selten misslang.

Louis war ihr nun ein Nachtessen schuldig.

Trotzdem war sich Valérie nicht sicher, ob Rosita Gross die ganze Wahrheit gesagt hatte. Da war dieses Zögern gewesen, ihr veränderter Gesichtsausdruck, als sie von der DNA erfuhr. Sie würde nicht darum herumkommen, auch von Rosita eine Speichelprobe zu nehmen, wenn sie endlich den richterlichen Beschluss dafür hatte. Und die Antworten, die ihr die Frau vorenthalten hatte, würde sie bestimmt auch noch bekommen.

Valérie fuhr zurück nach Schwyz. Richard Wagner schmetterte aus dem Autoradio. «Tristan und Isolde», interpretiert von den Berliner Philharmonikern und Daniel Barenboim.

Auf der Autobahn entlang des Zugersees rief Fischbacher an. Barenboims Stimme verschwand abrupt. Das Klingeln füllte jetzt den Wagen aus.

«Wir haben die Resultate aus dem Labor.»

«Um welche handelt es sich?»

«Die Fingerabdrücke, die man im Modegeschäft sichergestellt hat … sind aktenkundig. Ich möchte, dass du morgen nach Biberbrugg kommst.»

NEUN

Frau Annen schaufelte Schnee.

In der Nacht hatte es noch einmal bis nach Schwyz hinunter geschneit. Auf dem Boden hatte sich ein zwei Zentimeter dicker Teppich ausgebreitet, den Frau Annen mit Hingabe zerstörte. Noch fielen vereinzelt Flocken. Doch über die Mythen riss der Himmel bereits auf. Valérie schritt auf ihren Wagen zu und ärgerte sich, dass sie ihn nicht in die Tiefgarage gestellt hatte.

«Sie hätten eigentlich einen Garagenplatz», fuhr Frau Annen sie an, als hätte sie Valéries Gedanken gelesen. «Die Parkplätze hier sind für Besucher gedacht.»

Die Frau war ja richtig gesprächig. Valérie grüsste sie kommentarlos, ging zu ihrem Wagen und wischte den Schnee von der Frontscheibe weg. In ihrem Rücken spürte sie, wie Frau Annen sie anstarrte. Valérie stieg ein und startete den Motor. Kaum war sie rückwärts aus dem Parkfeld gefahren, versperrte ihr Frau Annen den Weg.

Valérie öffnete das Seitenfenster. «Ist etwas?»

«Ihr Freund neulich», sagte Frau Annen, «Ihr Freund ... die Verwaltung duldet keine Untermieter.»

«Danke für den Tipp. Ich werde es mir merken.» Valérie liess den Motor aufheulen, drückte absichtlich das Gaspedal im Leerlauf.

Frau Annen machte einen Satz zur Seite und wäre beinahe in einem Schneehaufen gelandet. Sie klopfte verdattert den Schnee von den Schuhen, während sie etwas vor sich hin fauchte.

Nein, Valérie tangierte das nicht. Dass Frau Annen sie auf dem Kieker hatte, wusste sie schon lange. Grundlos, war sie der Überzeugung. Langsam fuhr sie an.

Toll, wie dieser Tag begann. Es konnte nur noch besser werden.

Fischbacher hatte sich nicht weiter zum Thema geäussert. Dies hatte eine schlaflose Nacht zur Folge gehabt. Valérie hatte den

Schlaf nicht gefunden, nachdem sie bis um ein Uhr noch ferngesehen hatte. Ein Krimi hatte sie abgelenkt. Aber danach war sie hellwach gewesen. Krimis vertrug sie einfach nicht. Wenn es nur immer so einfach wäre. In eineinhalb Stunden waren die Fälle gelöst. Anders als im Alltag der Kriminalpolizei. Da dauerte es Wochen, sogar Monate. Manchmal half auch Routine nichts. Es waren Zerreissproben, auch im Team. Es brauchte ein psychologisches Gespür, um herauszufinden, wie der Täter dachte, wie sein Gehirn funktionierte. Warum er so handelte. Was seiner Tat vorausgegangen war. Fast immer ging es um verletzte Gefühle, um Zwischenmenschliches, um Macht und Einfluss, Geld und Gier.

Bereits um halb sechs war Valérie auf gewesen, hatte einen Milchkaffee getrunken und selbstverloren in die Dunkelheit hinausgestarrt.

Advent. Früher hatte sie diese Zeit gemocht. Wenn sie an ihre Kindheit zurückdachte, durchströmte sie ein warmes Gefühl. *Maman* hatte schon am ersten Adventsonntag Weihnachtsbiscuits gebacken. Die mit Himbeerkonfitüre gefüllten Spitzbuben mochte Valérie am liebsten. In der Stube hatte es nach Tannenreisig und Kerzenwachs gerochen. Auf dem Plattenspieler liefen französische Weihnachtslieder. *Père* hatte seine selbst gemachte Krippenlandschaft aufgestellt und jedes Jahr neue Figuren dazugebastelt. Nicht selten waren auf ihnen Gesichter Bekannter zu erkennen gewesen.

Gab es diese Landschaft noch? Sie war das einzig Gute, das in der Erinnerung an *père* geblieben war.

Nach dem Tod ihrer Eltern war Valérie nie mehr in Fully gewesen, wo sie aufgewachsen war. Jedes Mal, wenn sie an diesen Verlust dachte, riss es ihr fast das Herz aus der Brust. Vor allem wegen *maman*. In den Jahren nach ihrem Tod hatte Valérie gelernt, ihr zu verzeihen. *Maman* hatte nie wirklich Schuld getragen.

In den Gängen des Sicherheitsstützpunkts Biberbrugg war es fast gespenstisch ruhig. Valérie liebte die Sonntage, an denen sie weder durch eingehende Anrufe noch durch das hektische

Treiben im Gebäude gestört wurde. An Sonntagen erledigte sie in der Regel das Administrative, das unter der Woche liegen geblieben war.

Fischbacher erwartete sie im Konferenzraum.

«Tut mir leid, wenn ich dich deines freien Sonntags beraube. Auch einen Kaffee?»

«Nein, danke. Im Übrigen hatte ich heute keine Pläne. Hätte mich mit dem Abarbeiten der Pendenzen beschäftigt oder mit dem Aufräumen des privaten Krams, was halt so anfällt, wenn man kaum noch zu Hause ist. Komm, schiess los.»

Fischbacher legte das Dossier auf den Tisch. Ihn allein zu sprechen, hatte ihr nie etwas ausgemacht, obwohl er ihr manchmal sehr nahe kam. Mal die eine Berührung an ihrer Hand, mal ein zufälliges Streifen an den Schultern. Bei Fischbacher wusste sie, dass es keine Absicht war denn viel mehr eine fast väterliche Art, obwohl er nur knapp zehn Jahre älter war als sie.

«Wir haben eine Übereinstimmung. Die Fingerabdrücke wurden vor zwei Jahren im Zusammenhang mit einem Einbruch ins Elektrogeschäft Stromer in Küssnacht sichergestellt und in die Datenbank aufgenommen.»

«Bei einem Einbruch?»

«Eigentlich sei nicht eingebrochen worden, heisst es. Der Täter hatte sich im Geschäft versteckt und nach Ladenschluss einige Gegenstände mitlaufen lassen. Abgehauen sei er durch ein Fenster.»

«Und genau der gleiche Täter war jetzt auch bei Zumstein?» Valérie krauste ihre Brauen. «Fehlte dort etwas? Soweit ich im Bilde bin, hatte der heimliche Besucher bei Zumstein nichts entwendet. Und bei Stromer?»

«Vier Taschenrechner der Marke Casio FX 82 mit Ledereinband.»

«Und das fiel den Angestellten auf?»

«Wenn die leeren Getränkedosen und Verpackungsrückstände nicht gewesen wären, wahrscheinlich nicht. Sie bemerkten die Lücke in den Regalen, wo der Abfall lag. Am Vorabend seien alle Regale aufgefüllt gewesen, steht da. Auch im System fehlten die vier Taschenrechner.»

«Was wollte er mit vier Taschenrechnern?», stellte Valérie die Frage vor allem sich selbst. «Und wer ist es?»

«Sein Name ist Claudius Mettler.»

«Wurde er gefasst?»

«Ja, am darauffolgenden Tag. Seiner Mutter fielen die neuen Rechner auf.»

«Dann wird es eine Strafanzeige gegeben haben.»

«Eine Anzeige ja, sonst wären seine Daten nicht im System.»

«Sonst nichts?»

«Nein, hier steht, dass man mildernde Umstände walten liess.»

«Weshalb mildernde Umstände?»

«Aufgrund eines geistigen Defizits des Täters.» Fischbacher räusperte sich. «Wir sollten uns diesen Mettler trotzdem mal ansehen.»

«Wir?»

«Ja, wir … ich werde mit dir nach Merlischachen fahren.»

«Moment …» Valérie überlegte. «Den Namen Stromer habe ich schon irgendwo gelesen. Liegt das Geschäft nicht am Hauptplatz in Küssnacht?»

«Du verwechselst das bestimmt. Stromer liegt ausserhalb des Dorfes. Der Geschäftsinhaber ist Erich Sidler.»

***

«Die Wurzel aus zwanzigtausendsiebenhundertsechsunddreissig ist hundertvierundvierzig.»

«Wie kommst du darauf, Claudius?»

«Robert fährt diese Nummer.»

«Der Robert? Der fährt einen BMW.»

«Mit der Nummer zwanzig sieben sechsunddreissig. Die Wurzel davon ist hundertvierundvierzig.»

«Hast du deinen Koffer schon gepackt? Du weisst, dass du heute wieder nach Seewen zurückfahren musst.»

«Drei, drei, zwei mal sechs, drei, vier …»

«Ist ja gut. Hast du auch nichts vergessen?» Susanne Mettler stand beim Fenster und liess ihren Blick über den See zu ihren Füssen schweifen. Die Rigi am gegenüberliegenden Ufer sah wie gezeichnet aus. Kalte Farben in Grau und Blau. Seit Mittag hatten sich die Wolken auch über Merlischachen gelichtet. Die Konturen der Landschaft stachen scharf hervor.

«Nein.» Claudius brummte etwas vor sich hin.

Susanne Mettler seufzte. Es war eine eigenartige Unterhaltung zwischen Mutter und Sohn. In den letzten Jahren hatte sie viel dazugelernt. Mittlerweile kannte sie die Bedeutung der Zahlen, wenn Claudius ihr etwas mitteilen wollte. *Drei* Unterhemden, *drei* Unterhosen, *sechs* Paar Socken und so weiter. Es bedurfte keines Nachfragens mehr.

Doch seit ungefähr einer Woche benahm sich Claudius wieder sonderbar, fast wie damals, als er bei Stromer die Rechner gestohlen hatte. Susanne Mettler hatte den Verdacht, dass wieder etwas in die Richtung vorgefallen sein musste. Claudius war am letzten Wochenende nicht zu Hause gewesen. Im betreuten Wohnheim in Seewen hatte er sich zwar abgemeldet, aber hier war er nie angekommen.

Erst am Montagabend war es aufgefallen, als Claudius später als sonst nach Seewen zurückkehrte. Von wo er gekommen war, war ein Rätsel. Sein Betreuer hatte Susanne Mettler angerufen und sich nach dem Verbleib ihres Sohnes erkundigt. Da erst hatte sie gewusst, dass er ausgerissen war.

Bis heute schwieg er über seinen Aufenthalt. Er hatte kein Diebesgut nach Hause gebracht. Das wäre ihr sofort aufgefallen.

Sie hatte es mit ihrem Sohn nie leicht gehabt. Relativ spät war bei ihm eine geistige Behinderung festgestellt worden, was das Leben der Familie auf eine harte Probe stellte. Eine normale Schule hatte Claudius nie besuchen können. Nach diversen Abklärungen beim Kinderarzt und in der Neurologie war er in eine Heilpädagogische Schule gekommen. Von Montag bis Freitag war er in einem Schulbus zum Unterricht abgeholt und abends wieder zurückgebracht worden. In der Entwicklung war er auf dem Stand eines Achtjährigen geblieben. Durch sich wiederholende Handlungsabläufe im Alltag hatte sich Claudius eine gewisse Selbstständigkeit anerzogen. Als er neunzehn war, nahm sich sein Vater das Leben. Das war vor zwei Jahren gewesen. In der gleichen Zeit hatte Claudius eine Hilfslehre in

St. Gallen abgeschlossen und arbeitete seither als Casserolier in einer geschützten Arbeitsstätte in Brunnen.

Jemand läutete an der Haustür.

Susanne Mettler sah auf ihre Armbanduhr. Knapp nach eins. Sie war eben erst mit dem Abwasch fertig geworden, räumte jetzt das Geschirr in den Schrank.

«Papa?», fragte Claudius.

«Papa kommt nicht mehr», sagte Susanne Mettler und ging in den Korridor. «Er ist im Himmel. Das weisst du doch.» Ob sich Claudius etwas darunter vorstellen konnte, war ihr nicht klar. Alles Abstrakte hatte bei ihm keine Bedeutung.

«Zweiunddreissig Nelkenköpfe, einundzwanzig –»

«Claudius! Ist ja gut.» Das Bild der Blumen musste er sich auf dem Friedhof verinnerlicht haben, auf dem Grab ihres Mannes, das sie einmal die Woche besuchten. Erst kürzlich hatten sie Nelken und Stechpalmen dorthin gebracht. Ein Bund weisse Nelken und grüne Zweige von Winterbeeren, die sie nicht gezählt hatte. Allem Anschein nach aber Claudius. Sie öffnete die Tür und sah sich augenblicklich einem ihr fremden Paar gegenüberstehen.

«Entschuldigen Sie die Störung», sagte die Frau und zeigte ihren Dienstausweis. «Mein Name ist Valérie Lehmann, das ist Herr Fischbacher. Wir sind von der Kantonspolizei Schwyz.»

«Ja … guten Tag.» Susanne Mettler wusste nicht recht, was sie von diesem Besuch halten sollte. Polizei, und das an einem Sonntag. Das verhiess nichts Gutes. Ein stechender Schmerz machte sich in ihrer Brust bemerkbar. «Worum geht's?»

«Wohnt bei Ihnen Claudius Mettler?»

Susanne Mettler wich von der Tür. «Das ist mein Sohn. Was wollen Sie von ihm?»

Lieber Gott! Nicht schon wieder.

«Er wird polizeilich gesucht», sagte Fischbacher.

Susanne Mettler schaute ihn skeptisch an. «Das muss ein Irrtum sein. Mein Sohn ist …» Sie stockte. «Bitte, überzeugen Sie sich selbst von ihm.» Sie bat die Polizisten ins Wohnzimmer.

Claudius hatte sich in die hinterste Ecke des Raums verkrochen, wo er jetzt kauerte und die Fremden skeptisch beobachtete. Er murmelte vor sich hin: «Vier mal fünf, mal neun, mal zwei. Dreihundertsechzig.» Er sah die fremde Frau an. «Fünfundvierzig.»

Susanne Mettler zitierte ihren Sohn her. «Claudius, komm zu mir. Die Leute tun dir nichts.» Sie wandte sich an Valérie. «Er ist Autist. Seine Welt sind die Zahlen.»

Claudius blieb in der Ecke. Valérie behielt ihn im Auge.

«Vor zwei Jahren», sagte Fischbacher, «hat er im Elektrogeschäft Stromer Rechner gestohlen.»

«Die habe ich wieder zurückgebracht», sagte sie. «Warum graben Sie alte Geschichten wieder aus?»

«Damals wurden seine Fingerabdrücke registriert.»

«Ich weiss.»

«Diese Fingerabdrücke fanden wir in einem Büro in der Bahnhofstrasse in Küssnacht», sagte Valérie.

«Aha. Und jetzt wollen Sie meinem Sohn etwas anhängen?» Susanne Mettler verschränkte abwehrend die Arme. «Bitte, Sie sehen ja, was los ist.»

«Frau Mettler», sagte Valérie, «wir wollen Sie nicht lange belästigen. Bitte beantworten Sie uns ein paar Fragen. Wo war Ihr Sohn am Montag, den 5. Dezember?»

Susanne Mettler schwieg. Was hätte sie antworten sollen? Sie hatte selbst keine Ahnung. Sollte sie lügen? Ihren Sohn schützen? «Er war in der Wohngruppe in Seewen. Sie können dort gern anrufen.»

«Das werden wir», sagte Fischbacher.

«Ich würde gern mit Claudius unter vier Augen sprechen», sagte Valérie.

«Das ist keine gute Idee», sagte Susanne Mettler. «Fremde Leute verwirren ihn.»

«Dann müssen wir ihn mitnehmen», mischte sich Fischbacher ein. «Wir haben einen erfahrenen Psychologen, der sich seiner annehmen wird.»

«Er wird sich wehren, glauben Sie mir. Claudius' Welt ist nicht greifbar. Sollte er etwas angestellt haben, ist ihm das nicht bewusst. Das war vor zwei Jahren genauso; das hat sich bis heute nicht geändert.» Susanne Mettler holte ihren Sohn aus der Ecke.

«Claudius, erinnerst du dich an den Klausabend?», fragte sie, in der Annahme, einen guten Eindruck auf die Polizisten zu machen. Vielleicht würden sie eher gehen und sie in Ruhe lassen, wenn sie sahen, dass Reden nichts half. «Warst du zufällig dort?»

Claudius erhob sich unter dem strengen Blick seiner Mutter. «Siebenundzwanzig Geisselklöpfer, vierunddreissig Iffelen, neun Fackelträger, drei Schmutzlis, neununddreissig Iffelen –»

«Stopp!» Valérie näherte sich dem jungen Mann. «Wo war der Sankt Nikolaus?»

Claudius wich zurück. Wie irre schüttelte er den Kopf. Valérie drückte ihn sanft auf das Sofa. «Du hast also den Umzug gesehen. Du warst an jenem Abend in Küssnacht. Wo hast du gestanden, als du die Iffelen gezählt hast?»

«Siebenundzwanzig Geisselklöpfer, vierunddreissig Iffelen, neun Fackelträger, drei Schmutzlis, neununddreissig Iffelen …» Claudius schlug mit seinem Kopf gegen die Rückenlehne des Sofas.

«Sie sehen doch, dass er sich nicht äussern kann», klagte Susanne Mettler. «Bitte … das war vor zwei Jahren schon so. Der Tod seines Vaters hat ihn in ein Loch gezogen. Nur sehr selten kommen bei ihm die klaren Gedanken durch, glauben Sie mir.»

Fischbacher beruhigte sie. «Claudius ist wahrscheinlich Zeuge in einem Mordfall. Wir müssen Sie zu einer Aussage vorladen.» Er reichte Susanne Mettler eine Visitenkarte. «Kommen Sie morgen um elf mit Claudius zur Kantonspolizei Schwyz. Wir versprechen Ihnen, dass wir mit Ihrem Sohn behutsam umgehen werden.»

«Ist es wegen Richter Gross?»

«Ja.»

Susanne Mettler warf die Hände über den Kopf. «Der Sankt Nikolaus, ein grosser Verlust. Ich habe es in der Zeitung gelesen.» Sie überlegte. «Claudius hat nichts damit zu tun.»

***

«Was hältst du davon?» Valérie schloss die Autotür auf. Ihre Blicke blieben an der Fassade des Einfamilienhauses hängen, das sie soeben verlassen hatten. Hinter einem der Fenster sah sie Susanne Mettler stehen. «Ein Autist, der einen Mord verübt oder etwas darüber weiss? Nein, sorry, aber das kann ich mir nicht vorstellen.»

«Wenn man ihn manipuliert.» Fischbacher setzte sich auf den Beifahrersitz.

«Gibt es Fälle in der Vergangenheit, in denen Autisten eine tragende Rolle spielten?» Valérie startete den Motor.

«Ist mir nicht bekannt.»

«Dann vergiss es.»

«Du glaubst noch immer, dass Gross von der Poststrasse aus erschossen wurde.»

«Ich bin mir sogar ziemlich sicher.» Valérie erreichte die Luzernerstrasse. Sie bog ab und fuhr Richtung Küssnacht.

«Bauchgefühl?»

«Augenmass.» Valérie lachte in ein erstauntes Gesicht.

«Hat man den Wohnungsmieter schon ausfindig gemacht?»

«Morgen weiss ich mehr.»

Die Strasse säumten graue Betonbauten. Obwohl sie seeseitig lagen, erweckten sie keinen sehr einladenden Eindruck. Die Sonne hatte sich wieder versteckt. Wie ein buckliger, schlafender Riese präsentierte sich die Rigi.

«Eine ganze Kapelle für die belgische Königin.» Fischbacher zeigte auf die Kapelle nach dem grossen Parkplatz, die eingebettet zwischen einem Park und drei Bäumen am See lag. Der Blick nach innen war offen. Ein Bogentor, nur durch eine Gittertür abgegrenzt, vermittelte etwas Sakrales. Über dem Eingang thronte eine tonfarbene Heiligenfigur. Valérie ging davon aus, dass es Königin Astrid war. Irgendwie würde es auch Sinn machen. Eine Kapelle, die als Pilgerstätte diente.

«Das Kirchlein dort? Süss.» Sie fuhr daran vorbei.

«1935 verunglückte hier Astrid von Schweden, Königin der Belgier. Zu ihren Ehren wurde ein Jahr nach dem Unfall eine Gedenkstätte errichtet.»

«Du kennst dich aus.» Valérie schmunzelte.

«Das gehört zum Allgemeinwissen.» Fischbacher wandte sich frontal ihr zu. Dazu musste er sich etwas abdrehen. «Angenommen, Claudius Mettler war Zeuge des Mordes, glaubst du, er wird uns den Tathergang schildern können?»

«Ich habe, ehrlich gesagt, keine Erfahrung mit Autisten. Ihn zu befragen, wird Henrys Job sein. Das, was wir soeben mit ihm erlebt haben, hat mir gereicht. Der Junge ist nicht greifbar. Es mag daran liegen, dass nichts von ihm kommt. Es besteht kein verbaler Austausch zwischen ihm und den Mitmenschen. So, wie ich ihn einschätze, wird er selbst seine Mutter noch nie nach etwas gefragt haben. Er lebt auf seine Art glücklich, weil Susanne Mettler ihm die unausgesprochenen Wünsche von den Lippen abliest. Sie kennt ihren Sohn. Sie ist wie sein Gehirn. Sie denkt für ihn. Wenn er zu einer Handlung fähig ist, hat das mit seinem Instinkt zu tun.»

«Du kennst dich ja doch aus.»

«Nein!»

ZEHN

Die Pinnwand im Sitzungszimmer war mit Notizen und Bildern fast komplett zugedeckt. Seit letztem Freitag waren ein paar Fotos, Skizzen und Namen dazugekommen. Namen, die auf irgendeine Verbindung mit dem Opfer hinwiesen.

Gross' Porträt prangte in der Mitte. In Stichworten war seine Vita aufgeführt.

Konrad Gross war als einziger Sohn eines Bäckers in Küssnacht aufgewachsen, hatte am Kollegium in Schwyz die Matura und anschliessend das Lizenziat in Rechtswissenschaften in Zürich abgeschlossen. Zwei Jahre hatte er in Zürich als Jurist gearbeitet, bis er den Anwalt machte. Nach einem weiteren Jahr in Bern, wo er seine Frau kennengelernt hatte, kehrte er zurück nach Küssnacht und trat dort in den Anwaltsverband ein. Hier war er zum Bezirksrichter ernannt worden. Seit rund zwanzig Jahren war er auf dem Gericht, ebenso lange Mitglied der Sankt Niklausengesellschaft gewesen. Überdies hatte er aktiv im Amadeus-Chor mitgewirkt, bis eine Krankheit am Kehlkopf ihn zum Aufhören gezwungen hatte. Während vieler Jahre hatte er diverse Projekte unterstützt, so auch den Verein Skilift Seebodenalp. Auf den ersten Blick war Gross ein geschätzter Küssnachter Bürger gewesen. In der Sankt Niklausengesellschaft sprach man einhellig gut über ihn.

Valérie war zufrieden mit ihrem Team. Jeder Mitarbeiter hatte den ihm zugeteilten Job erledigt. Die Befragungen waren im vorgesehenen Zeitrahmen mit wenigen Ausnahmen zufriedenstellend verlaufen. Die Mitglieder der Sankt Niklausengesellschaft hatten sich zum Teil in Gruppen bei den verschiedenen Polizeiposten in Küssnacht, Schwyz und Biberbrugg eingefunden. So waren die Befragungen schneller als erwartet vorangegangen.

Valérie sah gedankenverloren auf die Wand. «Ein rechtschaffener Mann», sagte sie, «der seine dunkle Seite hatte. Ich glaube, dass wir im weiteren Verlauf der Ermittlungen genau diese Seite an ihm ausleuchten müssen. Konrad Gross ist meines Erachtens ein parteiischer Richter gewesen, der die Anliegen getrennt lebender Frauen mit Füssen trat. Wir haben Kenntnis von zwei Fällen, in denen die Obhut der Kinder den Vätern zugesprochen wurde, obwohl diese Väter zu hundert Prozent arbeiten. An einem Fall bin ich dran. Den andern verfolgt Fabia. Ich gehe davon aus, dass wir noch weitere Fälle aufdecken, wenn wir lange genug graben.»

«Da gibt es noch einen aktuellen», meldete sich Louis. «Ich habe ihn bereits erwähnt. Die Tochter von Erich Sidler - ihr Name ist Tamara Sidler Hauri - befindet sich in der gleichen Situation. Sie hat ihre Kinder in erster Instanz an ihren Ex verloren, den Gerichtsentscheid jedoch angefochten und ist ans Kantonsgericht weitergezogen. Der Entscheid ist noch hängig.»

«Hm ...» Valérie tippte sich mit dem Finger an die Stirn. «Da fällt mir auf, dass Erich Sidler immer wieder auftaucht. Als Klausjäger, Vater einer von Richter Gross geschädigten Tochter und ...», sie überflog ihre Aktennotiz von gestern, «als Geschäftsinhaber, bei dem vor zwei Jahren Diebstahl aktenkundig wurde. Hier besteht eine Verbindung zu Claudius Mettler, dessen Fingerabdrücke im Modegeschäft sichergestellt wurden. Claudius konnten wir noch nicht befragen. Er ist für heute um elf in Schwyz vorgeladen.»

«Das kann auch Zufall sein», sagte Fabia, während sie ausgiebig einen Kaugummi kaute.

«Sidler hätte zumindest ein Motiv», sagte Louis.

«Auch die Frauen hätten ein Motiv.» Fabia hatte ihren Schreibblock hervorgenommen und machte ein paar Notizen.

«Aber keine Waffen», konterte Louis. «Es gibt da noch etwas: Sidler ist Mitglied des Armbrustschützenvereins Merlischachen.»

«Es ist ein ziemlicher Unterschied, ob jemand mit einer Armbrust oder einem Präzisionsgewehr schiesst», mischte sich Fischbacher ein.

«Er hat vielleicht noch andere Waffen», entgegnete Louis.

«Müsste man hier eventuell bereits eine erkennungsdienstliche Behandlung veranlassen?» Valérie warf Fischbacher einen fragenden Blick zu.

«Gehört er denn zu den Verdächtigen?»

«Es zeichnet sich je länger, desto mehr ab.» Valérie räusperte sich, weil sie nicht gewillt war, über etwas zu reden, das noch im Dunkeln lag. «Weiss man schon mehr über die Poststrasse?»

«Bis anhin negativ», vermeldete Schuler. Auch heute trug er einen flotten Anzug.

«Ich möchte, dass man dort alles noch einmal unter die Lupe nimmt. Wenn's sein muss, dreht jeden Grashalm um. Überprüft die Container in der näheren Umgebung, wenn ihr es nicht schon getan habt. Wann kommt in Küssnacht die Kehrrichtabfuhr?»

«Jeweils dienstags und freitags», sagte Fabia.

Valérie wechselte das Thema. «Ich habe eine sonderbare Mail mit einem Video im Anhang bekommen. Es zeigt eine Frequenz vom Klausumzug ... genauer, die Sequenz, als Gross erschossen wurde. Ich habe das Ganze in die IT-Abteilung geschickt.»

«Konntest du den Absender nicht zurückverfolgen?», fragte Louis, sichtlich amüsiert.

«Wenn der Absender aus dem Busch kommt, ist es schwierig.» Valérie sandte ihm ein Lächeln. «Eine erfundene Adresse, wie mir schien. In der Technik ist offenbar alles möglich.» Sie wandte sich an alle: «Was wissen wir über den Täter? Habt ihr euch schon Gedanken zum Profil gemacht?»

«Meinst du jetzt den Schützen oder den Auftraggeber?», fragte ein junger Ermittler.

«Wir müssen zuerst vom Auftraggeber ausgehen.»

Fabia streckte ihre linke Hand in die Höhe. «Der Mord geschah definitiv nicht im Affekt. Die Tat war geplant. Das zeugt von einem berechnenden Menschen, der nichts dem Zufall überlässt.»

«Genau», sagte Valérie. «Übrigens ...» Sie sah in die Runde. «Konnte der Mieter von der Wohnung an der Poststrasse schon ausfindig gemacht werden?»

«Sein Name ist Elmar Herzog», vermeldete ein Ermittler. «Viel wissen wir im Moment nicht über ihn. Der Herr scheint tatsächlich in den Ferien zu weilen. Aber wir sind dran. Maria war auch noch da und hat ihren Arbeitgeber beschrieben. Sein Name und Aussehen stimmen überein. Wir haben einen Eintrag mit Foto auf einer Social-Media-Seite gefunden. Maria hat ihn wiedererkannt. Über ihn liegt nichts vor.»

«Seit wann gehört ihm die Wohnung?»

«Laut Immobiliengesellschaft seit dem 1. Dezember.»

«Danke.» Valérie wandte sich an Fabia. «Entschuldige die Unterbrechung. Bitte sei so gut und fahre fort.»

«Er muss Gross sehr gehasst haben. Zudem hätte er einfachere Möglichkeiten gehabt, ihn zu eliminieren. Aber nein, er hat es in aller Öffentlichkeit getan. Vor Tausenden von Zeugen.» Fabia drehte sich nach Henry Vischer um, der vor sich hin sinnend am Tisch sass. «Sag du es uns. Du kennst dich besser damit aus.»

Henry Vischer streckte seinen Oberkörper gerade. «Das gehörte genauso zu seiner ausgeklügelten Taktik.»

«Bin nicht deiner Meinung», sagte Louis. «Eigentlich konnte es dem Auftraggeber egal sein, wie Gross getötet wird.»

«Er wollte eine Inszenierung», sagte Henry Vischer. «Ganz grosses Kino. Zudem war es die sicherste Art für ihn, unbemerkt zu bleiben.»

«Aber er wird sich sicher einen runterholen, wenn er erfährt, dass nach ihm gefahndet wird», spottete Louis.

Valérie strafte ihren Kollegen mit einem tadelnden Blick.

Fabia blies eine Kaugummikugel, während sie Louis zuzwinkerte.

Valérie ignorierte es. «Es muss jemand sein, der über den Verlauf des Klausumzugs im Bilde war, der wusste, wann und wo der Sankt Nikolaus auftauchte.»

«Das konnte man auf den aufgehängten Plakaten lesen», sagte Fabia. «Dort war die Umzugsroute eingezeichnet.»

Valérie wandte sich an Henry, ohne auf Fabia einzugehen. «Was können wir daraus schliessen?»

«Wer einen Mord in Auftrag gibt, pflegt Beziehungen zur Unterwelt. Es muss jemand sein, der gut vernetzt ist, der genau weiss, wo er an solche Typen gelangt oder auf welchen Plattformen sich Auftragskiller tummeln.»

«Dabei können wir die geprellten Frauen schon mal ausschliessen», sagte Fabia. «Keine Frau würde sich zu so einer Tat hinreissen lassen –»

«Dann kennst du die Frauen nicht», fuhr Louis ihr ins Wort. «Im Gegenteil, die sind noch perfider –»

«Stopp!» Valérie winkte ab. «Bevor unsere Diskussion ausartet, würde ich gern die nächsten Schritte erläutern. Louis, du bleibst weiterhin an Sidler dran. Finde heraus, ob er noch andere Waffen als die Armbrust besitzt. Kümmere dich um seine Tochter. Ich will alles über sie erfahren. Wann der erstinstanzliche Entscheid fiel, wer ihr Ex- oder Noch-Ehemann ist, ob es da einen neuen Lebenspartner gibt. Fabia, du wirst Louis begleiten.»

Valérie verteilte noch weitere Aufgabenblöcke, in denen es darum ging, Gross' Töchter ein weiteres Mal zu befragen, ebenso Angela Paganis Lebenspartner Sebastian Herger. «Prüft ihre Alibis, die Anrufe, die eine Woche vor und bis zum Tag, als der Klausumzug stattfand, getätigt wurden. Ich selbst werde mich um elf um Claudius Mettler kümmern. Henry, ich bitte dich, dabei zu sein.» Valérie drückte die Mine des Schreibstifts in die Versenkung. «Die Pressekonferenz ist auf Dienstagabend, sechs Uhr, im Hotel zum Hirschen in Küssnacht angesetzt. Noch Fragen?»

Niemand meldete sich.

«Ach ja, damit ich es nicht vergesse: Morgen nach der Pressekonferenz möchte ich lückenlos alle Rapporte auf meinem Tisch haben. Danke für eure Aufmerksamkeit.»

***

Daniel Schürch, Susanne Mettlers Nachbar, hatte sich bereit erklärt, mit ihr und Claudius nach Schwyz zu fahren. Schürch war pensioniert, verwitwet und froh, ab und zu ein Amt zu erhalten und damit unter Leute zu kommen.

Sie hatten sich schon oft zum Kaffee getroffen. Daraus war eine Freundschaft entstanden. Allerdings hatte Susanne Mettler selten über ihren Sohn gesprochen. Dass mit Claudius etwas nicht stimmte, hatte Schürch bald gemerkt. Oft stand der Junge einfach nur da und schaute in den Himmel. Einmal hatte Schürch ihn gefragt, was er dort oben in den Wolken sehe. Claudius hatte nur gelächelt, «Zugvögel» gesagt und eine Zahl genannt, die Schürch mit nichts in Verbindung bringen konnte. Susanne Mettler hatte ihm später erklärt, dass Claudius die Vögel am Himmel gezählt habe. Schürch war der Meinung gewesen, dass Claudius sicher gut in Rechnen sei, und riet ihr, ihren Sohn zu fördern.

«Weil er Vögel zählt?» Susanne Mettler hatte nur gelacht.

«Vielleicht ist er wirklich ein Zahlengenie.»

«Meinst du, ich hätte das nicht abgeklärt? Ich war mit ihm bei verschiedenen Spezialisten. Er ist Autist mit einem geringen IQ und keinen besonderen Fähigkeiten. Kein Rain Man.»

«Heute gäbe es Möglichkeiten, ihn dort abzuholen, wo er ist.»

«Er lebt in einer andern Welt. Die verstehen wir nicht.» Damit war für sie das Thema erledigt.

Schürch fuhr seinen Wagen, einen grauen Subaru Kombi, aus der Garage und wartete. Wenn er Susanne unterstützte, war das nicht aus dem Grund, weil er Claudius mochte. Der Junge war ihm unheimlich. Doch für Susanne empfand er viel Sympathie. Ihr so seltenes Lachen brachte sein Herz zum Hüpfen. Für sie hätte er alles getan. Kurz vor halb elf entdeckte Schürch sie unter dem Türrahmen des Haupteingangs. Sie schien völlig verstört. Schürch verliess den Wagen.

«Ist Claudius bei dir?», rief sie ihm von Weitem zu.

«Nein, ich bin erst seit wenigen Minuten hier. Ich dachte, er sei schon längst parat?» Schürch schritt auf den Eingang zu.

«Nach dem Frühstück verschwand er in sein Zimmer. Danach habe ich ihn nicht mehr gesehen. Seine Winterjacke hängt noch da.» Susanne zeigte auf die Garderobe. «Er wird doch nicht schon wieder eine Eselei angestellt haben. Manchmal weiss ich wirklich nicht, was ich noch tun kann, um ihn zur Vernunft zu bringen.»

«Hast du im Wohnheim angerufen?»

«Gestern schon. Ich musste Claudius ja abmelden.»

«Vielleicht ist er dorthin zurückgekehrt.»

«Nach dem Frühstück? Unmöglich.»

«Er hat doch ein Handy. Hast du ihn angerufen?»

«Sicher, aber er geht nicht ran.» Susanne tigerte vom Haus

nach draussen und wieder hinein. «Ich rufe die Polizei an. Es muss etwas passiert sein.»

***

Valérie kehrte in ihr Büro zurück, bevor sie sich auf den Weg nach Schwyz zur Befragung machte. Um zwei hatte sie mit dem Staatsanwalt einen Termin. Sie wollte vorbereitet sein. Die Speichelproben standen noch aus. Bis anhin hatte der Richter kein grünes Licht gegeben. Valérie fragte sich, was ihn davon abhielt. Sie überflog die Rapporte, die man ihr aufs Pult gelegt hatte. Zwei Stapel waren es. Allein die Berichte über die Mitglieder der Sankt Niklausengesellschaft machten drei Viertel davon aus.

Valérie lehnte sich erschöpft zurück. Sie griff nach der Schublade am Korpus, öffnete sie und holte eine Packung Aspirin heraus. Seit heute Morgen plagten sie Kopfschmerzen. Sie hatte in den letzten Nächten zu wenig geschlafen. Ihre Konzentration liess nach. Und heute hatte sie eine Besprechung mit Zanetti. Sie wollte ihn nicht in dieser miserablen Verfassung sehen. Plötzlich hatte sie kein Bedürfnis mehr, ihn zu sehen. Dass sich zwischen ihnen beiden etwas anbahnen könnte, machte ihr Angst.

Als Willy sie zum wiederholten Mal betrogen hatte, schwor sie sich, nie mehr Gefühle der Verliebtheit an sich herankommen zu lassen, schon gar nicht Liebe. Sie vertrug den Schmerz nicht, der damit einherging. Sie schottete sich davon ab, was Emotionen auszulösen vermochte. Ein gebranntes Kind scheut das Feuer.

Um halb elf machte sie sich auf den Weg nach Schwyz. Es war bitterkalt. Die Strasse über Rothenthurm und Sattel lag stellenweise unter einer Eisschicht. Valérie erinnerte sich nicht, wann es das letzte Mal im Dezember so kalt gewesen war. Bis Sattel kam sie gut voran; danach stand sie wegen eines Unfalls im Stau. Sie vernahm es über den Verkehrsfunk. Auf der Höhe Erli wendete sie und fuhr zurück zur Abzweigung Steinerbergstrasse. Sie passierte eine ländliche Gegend, wo mehr Schnee lag als anderswo. Die Strasse führte sie an einsamen Bauernhöfen vorbei, an allein stehenden Häuschen, am Weiler Ecce Homo, wo Valérie in die Steinerstrasse abzweigte. Nach einem Gehöft gelangte sie in die Rossbergstrasse. Danach war es vorbei mit der Orientierung. Erst das Navigationsgerät führte sie ins nächste Dorf – der Technik sei Dank.

Der Ort lag verschlafen da. Wie ein Spielzeugdorf, das jemand aus der Mottenkiste hervorgeholt und vergebens versucht hatte, es zu entstauben. Das Zentrum schien nicht von heute zu sein, übte jedoch eine ganz besondere Faszination auf Valérie aus. Bilder aus Fully wurden präsent. Vom Idyll, wo man sich beim Namen kannte. Wo im Herbst das ganze Dorf bei der Weinlese gewesen, wo eine Ernte noch gefeiert worden war. Mit Wein und Gesang und einem opulenten Essen bis in die Nacht hinein.

Das iPhone klingelte über die Freisprechanlage. Valérie erkannte Louis' Nummer.

«Ich bin unterwegs», sagte sie, bevor er sich äussern konnte.

«Wo bist du jetzt?»

«In so einem Kaff. Musste die Schlagstrasse umfahren. Ein Transporter liegt quer.»

«Bist du etwa in Steinen?»

Valérie suchte nach einer Ortstafel. Sie blickte auf die elektronische Karte auf den Armaturen. «Ja, hier steht Steinen. Ein ziemlich verträumter Ort. Man kann auch kaum kreuzen.» Sie musste wegen eines ihr entgegenkommenden Autos anhalten. «Zudem scheint es hier keinen Schneepflug zu geben. Es wird für mich eine Glückssache sein, pünktlich vor Ort zu sein.»

«Du brauchst dich nicht zu beeilen. Deshalb rufe ich nämlich an. Claudius Mettler wird vermisst.»

«Wie vermisst?» Valérie fuhr im ersten Gang an, schaltete sofort in den dritten.

«Seine Mutter hat uns angerufen. Ihr Sohn sei seit dem Frühstück verschwunden. Spurlos, wie sie sagte.»

«Ist das schon mal vorgekommen?» Sie erreichte eine Brücke.

«Keine Ahnung. Aber ich habe mir erlaubt, eine Fahndung herauszugeben.»

«Ist das nicht verfrüht?» Valérie fand es unangebracht. «Eine Vermisstenmeldung hätte in diesem Fall auch gereicht.» Sie räusperte sich. «Wenn er ein Mobiltelefon hat, könnte man ihn orten.»

«Frau Mettler sagte, er habe eines. Trotzdem ist eine Ortung nicht möglich, wenn dieses nicht aktiviert ist. Wir haben es bereits versucht.»

«Dann informiert auch gleich die Medien. Hast du ein Foto von Claudius?»

«Daniel Schürch, ein Bekannter von Frau Mettler, wird uns eines mailen. Du kannst wieder umkehren.»

«Das würde dir so passen.» Valérie lachte auf. «Jetzt, wo ich die verborgenen Winkel des Kantons Schwyz endlich kennenlerne. Steinen, sagtest du? Ein reizendes Dorf.»

Louis ignorierte es. «Hast du nicht einen Termin beim Staatsanwalt?»

«Ja, um zwei.»

«Nimm dich bloss in Acht vor dem.»

«Was willst du damit sagen?»

«Man weiss nicht recht, weshalb er von Lugano hierhergekommen ist.»

«Bist du etwa eifersüchtig?»

Louis brach die Verbindung ab.

Valérie vernahm nur noch das Freizeichen und ärgerte sich. Warum reagierte er so pikiert? Von Louis wusste sie wenig. Obwohl er, wie sie vermutete, ein Mensch war, der bei einem Nachtessen und Kerzenschein sein ganzes Leben offenbaren würde. Doch zu so einem Nachtessen war es bis heute nicht gekommen. Das würde sich wohl ändern, wenn sie Louis' Wettschulden einlöste.

Valérie fuhr den gleichen Weg zurück, auf dem sie hergekommen war. Kurz nach elf traf sie in Biberbrugg ein. Auf dem Flur zu ihrem Büro kreuzte sie Henry. «Du bist noch immer da?», begrüsste sie ihn mit einem Schalk in der Stimme. «Ich dachte, du hättest heute Unterricht im Kollegi.»

«Ich habe die Stunden abgetauscht, weil man mich hier dringender braucht.»

«Wegen Claudius etwa?»

«Louis hat mir mitgeteilt, dass er verschwunden sei.»

«Was schliesst du daraus?»

«Ich habe den Jungen nicht persönlich kennengelernt. Ich kenne nur das, was über ihn in den Akten steht. Fischbacher hat sie mir ausgehändigt.» Henry liess seine Hände in der Jackentasche verschwinden.

«Meinst du, er hat etwas gesehen, was mit dem Mord an Gross zu tun hat?»

«Ich glaube eher, dass ihn die Mitteilung, ihn auf der Kapo sprechen zu wollen, durcheinandergebracht hat. Ich gehe mal davon aus, dass das Wort Polizei nichts Positives in ihm auslöste. Er wurde ja schon einmal verhaftet.»

«Er ist Autist. Wörter haben für ihn kaum eine Bedeutung.»

«Ich denke eher, dass er unter dem Asperger-Syndrom leidet. So wie Frau Mettler ihn mir beschrieb, ist es ein Fall von atypischem Autismus.»

«Du hast mit ihr gesprochen?»

«Heute Vormittag. Louis verwies mich gleich an sie, nachdem ihr Sohn verschwunden war. Frau Mettler hat mir Einsicht in seine Krankenakte versprochen.»

«Und was erwartest du?»

«Falls er wirklich etwas mit dem Mord an Gross zu tun hat, möchte ich begreifen, weshalb.»

«Jetzt siehst du ihn bereits als Täter. Die Spurensicherung spricht eine andere Sprache. In Zumsteins Büro wurden keine Schmauchspuren gefunden.»

«Dort, wo du vermutest, es könnte geschossen worden sein, auch nicht.»

«Wir müssen den Bericht von der Forensik abwarten.» Valérie überlegte. Sie war es nicht gewohnt, so lange auf eine Auswertung zu warten. Sie hätte Schuler Dampf machen sollen. «Claudius könnte den Mord an Gross schlimmstenfalls gesehen haben. Ist Fischbacher im Haus?»

«Ich sah ihn kurz auf dem Flur», sagte Henry.

«Und wohin ist er gegangen?»

«Keine Ahnung.»

Valérie schloss die Tür zu ihrem Büro auf. «Ich sollte mich noch vorbereiten. Wir sehen uns spätestens morgen zum Rapport.» Sie sah Henry nach, wie er Richtung Aufzug verschwand.

Sie ging ins Büro, setzte sich an ihr Pult und rief auf Fischbachers Mobiltelefon an.

«Valérie, dich wollte ich auch gleich sprechen.»

«Ich nehme an, die Resultate sind endlich eingetroffen.»

«Ja, sind sie.»

«Und, wo stehen wir?»

«Ich möchte das in einer ausserordentlichen Sitzung heute Nachmittag mit deinem Team ansehen.»

«Du kannst mich schon mal aufklären.»

Fischbacher liess ein Räuspern vernehmen. «Du hast … mit deinen Vermutungen richtiggelegen. Konrad Gross wurde aus der Poststrasse erschossen. In der Forensik wurden winzige Rückstände von Schmauch und Pulverpartikeln gefunden.»

«Das heisst, dass aus dem Fenster der halb leeren Wohnung geschossen wurde.»

«Richtig. Dank dieses Resultats konnten die Ballistiker ihrerseits mit der Arbeit fortfahren. Zudem hat uns Dr. Stieffel den endgültigen Bericht aus der Rechtsmedizin geschickt. Hier steht, dass Gross an den Folgen eines Schusses in die linke Lungenhälfte gestorben ist.»

Valérie glaubte, sich verhört zu haben. «Ein Lungenschuss? Das heisst, er hat noch eine Weile gelebt.»

«Das ändert wohl nichts.»

«Das Projektil hat ihm die Lunge zerfetzt. Was für ein grausamer Tod …» Valérie überlegte. «Warum war das vorher nicht klar? Wir wussten relativ schnell, was Gross vor seinem Tod gegessen hatte. Und jetzt das …»

«Genau diese Frage habe ich Stieffel auch gestellt. Er wand sich aus der Verantwortung, indem er einer neu eingestellten Sekretärin die Schuld in die Schuhe schob. Sie hätte nur die Hälfte der Resultate geschickt.»

«Wer's glaubt, wird selig.» Valérie vermutete eher eine gezielte Rache gegen sie. Stieffel hatte ihre Abfuhr im Sommer noch nicht verdaut.

***

Es war eine sonderbare Situation. Valérie betrat Zanettis Büro und hatte das Gefühl, bei Jole von Reding einzutreten. Es war *ihr* Teppich, der unter dem Pult lag, *ihre* Bilder, die sie, was immer der Grund sein mochte, noch nicht abmontiert hatte. Abstrakte Gemälde mit viel Farbe, undefinierbaren Pinselstrichen und Klecksen. Nur die Rosen fehlten.

Und der Geruch war anders.

«Kommen Sie, setzen Sie sich.» Emilio Zanetti erhob sich und folgte ihrem Blick. «Der Perser kommt noch weg. Ich bin kein Fan von Teppichen. Ehrlich gesagt, hatte ich es vergessen.»

«Kennen Sie Jole von Reding?» Mit irgendetwas musste Valérie ein Gespräch beginnen.

«Sie wurde mir vorgestellt, als sie das Büro räumte.» Zanetti schmunzelte. «Eigentlich wollte ich nicht ihr Erbe antreten, nur den Job.» Er deutete auf die Bilder. «Die hingegen gefallen mir. Ich mag Farben. Frau von Reding wollte die Bilder noch abholen. Bis jetzt hat sie es nicht getan.»

Valérie wäre es auch lieber gewesen, Zanetti hätte sich von denen getrennt. Spürte sie so etwas wie Eifersucht? Es wurmte sie, dass der Staatsanwalt Joles Eigentum hütete. Sie liess es unkommentiert. Womöglich hätte er sich gefragt, weshalb ihr so viel daran lag.

Ja, es störte sie. Zanetti war nicht von Reding. War da vielleicht schon etwas zwischen ihnen beiden gewesen? Jole liess nichts anbrennen, das wusste Valérie. Im Gegensatz zu ihr lebte Jole ihre Erotik sehr freizügig aus. Waren die Bilder ein Andenken an eine leidenschaftliche Nacht?

«Woran denken Sie?» Zanetti runzelte die Stirn. «Wenn Sie so angestrengt überlegen, flössen Sie mir Unbehagen ein.»

Valérie schüttelte den Kopf. «Sie wollten mich sehen.»

Zanetti wies auf den Besucherstuhl. «Bitte sehr, nehmen Sie Platz. Haben Sie sich letzthin im Training noch ausgepowert?»

«Nicht genug.» Valérie setzte sich zögernd. Es war ihr nicht recht, dass Zanetti nun auch noch dieses Thema anschnitt. Das war ihr zu nah. Dabei wollte er wahrscheinlich nur nett sein. «Ich brauche den Sport als Ausgleich zu meiner kopflastigen Arbeit.»

«Ja, das sehe ich auch so. Sport befreit den Kopf, nebst all den andern Annehmlichkeiten, die man sonst noch erfährt, wenn man im Training war.»

Keine Ahnung, was er damit meinte.

«Sie sind gut in Form», sagte Valérie und bereute es gleich wieder.

«Sie aber auch», erwiderte Zanetti, während er sie mit diesen blauen Augen ansah.

Genau das hatte sie vermeiden wollen. «Wir sollten den Fall Gross besprechen. Ich nehme an, dass ich deswegen hier bin.» Sie setzte eine ernste Miene auf.

«Ja, natürlich.» Zanetti räusperte sich. Er schlug ein Dossier auf. «Ich habe Ihre Berichte gelesen, soweit es meine Zeit zuliess. Wir haben da noch etwas am Laufen, das uns ganz schön auf Trab hält.»

«Ich habe davon gehört», sagte Valérie. «Die Sache mit dem Wohnheim für Asylsuchende bei Einsiedeln, das vorletzte Woche gebrannt hat. Zum Glück sind keine Menschen zu Schaden gekommen. Es hätte schlimmer ausgehen können.»

«Es ist schlimm genug, wie sich das Ganze entwickelt. Die Bevölkerung hat Angst.»

«Es fehlt an Aufklärung. Alles, was fremd ist, wirkt für viele bedrohlich, hauptsächlich in den ländlichen Gegenden.»

«Es ist bedenklich, wie sehr sich die Politik nach rechts entwickelt.» Zanetti musterte sie interessiert. «Wie denken Sie darüber?»

Valérie nickte nur. Mit ihrer neutralen Einstellung zur Politik war sie bis jetzt gut gefahren. Das wollte sie auf keinen Fall ändern, auch jetzt nicht, als Zanetti versuchte, ihre Meinung dazu zu erzwingen.

«Das wird in der Zukunft wohl noch zunehmen. Die einheimische Bevölkerung glaubt, dass sie im Stich gelassen wird. Das nutzen rechts orientierte Gruppierungen aus. Sie wollen Bürgerwehren ...» Zanetti winkte ab. «Die Brandermittler sind jetzt dran. Bis heute ist allerdings nicht geklärt, ob es Brandstiftung war.»

Valérie starrte auf den Schreibstift in Zanettis Hand. Er hat schöne Hände. Ihre Gedanken verselbstständigten sich. Sie musste sich zusammenreissen. Es durfte nicht sein, dass sie seinem Charme erlag. «Also, Sie wollten mit mir über Gross reden …»

«Mir fällt auf, wie sehr Sie auf die Klausjäger fixiert sind –»

«Wenn das so rüberkommt, tut es mir leid. Mit tausendneunhundert Mitgliedern bei der Sankt Niklausengesellschaft scheint es auf den ersten Blick so. Ich bemühe mich, sämtliche Verdachtsmomente auszuleuchten.»

«Sie haben mich nicht ausreden lassen. Tendenziell neigen Sie aber eher dazu, das Motiv im Zusammenhang mit den drei Frauen zu sehen, die ihre Kinder im erstinstanzlichen Entscheid an die Männer verloren haben. Ist das so?»

Valérie holte tief Luft. «In diesem Zusammenhang nehme ich das Wort Motiv vorsichtig in den Mund.»

«Sie gehen aber davon aus, dass Richter Gross durch einen Auftragskiller erschossen wurde.»

Verdammt! Warum fühlte sie sich in seiner Gegenwart so angespannt? Sie erhob sich. Sie würde gleich explodieren. Zwei Gegensätze kollidierten miteinander. Sie spürte sehr viel Sympathie für Zanetti, andererseits auch Abneigung. War ihm überhaupt bewusst, dass er mit ihr spielte? Hatte er bemerkt, wie unsicher sie sich in seiner Anwesenheit fühlte? Wenn ja, spannte er sie auf die Folter? Offenbar wollte er ihre Reaktion testen. Oder sie verunsichern?

«Ich verfolge gerade drei Spuren.» Sie schob den Besucherstuhl unter das Pult. «In diesem Zusammenhang bräuchte ich eine richterliche Verfügung für eine Speichelprobe bei folgenden Personen …» Valérie legte ein A 4-Blatt hin. «Rosita Gross und Benjamin Lusti … Das ist ihr Freund. Er war an dem Abend, als Richter Gross kurz nach Hause kam, vor Ort. Sie können es auf Seite siebenunddreissig in meinen Akten nachlesen. Dann –»

Zanetti hob die rechte Hand. «Sie hätten den Richter selbst damit konfrontieren können.»

«Der scheint zu schlafen.»

«Ach so?» Zanetti schmunzelte. «Sie bekommen selbstverständlich die richterliche Anordnung. Sie können mir die Liste mit den Namen hierlassen. Ich werde das gleich selbst in die Hand nehmen und den Richter sprechen.» Er setzte ein kümmerliches Lächeln auf. «Wenn ich Sie vorhin brüskiert habe, war das nicht meine Absicht. Wie kann ich es wiedergutmachen?»

«Indem Sie mir die Verfügung gleich mitgeben.» Valérie hielt seinem Blick stand, verfolgte, wie Zanetti wortlos das Blatt mit den Namen an sich nahm. Wie er auf dem PC schrieb, die Namen einsetzte, die Datei abspeicherte, den Drucker aktivierte und das Dokument ausdruckte. Er nahm den Papierbogen, las den Text darauf noch einmal durch. «Zufrieden? Heute Abend wird sie unterzeichnet in Ihrem Ablagefach liegen. Reicht das zeitlich?»

«Ja, das reicht.» Sie sah ihm an, dass ihn etwas umtrieb, als er kurz ihre Hand streifte, die zu schnell nach dem Papier gegriffen hatte. «Was?»

Zanetti räusperte sich. «Ich hätte einen Wunsch an Sie, in der Hoffnung, Sie schlagen ihn mir nicht aus.»

«Ja?» Sie hatte die Worte verloren, sie, die sonst so Schlagfertige.

«Ich würde Sie morgen Abend gern zum Nachtessen einladen.»

Valérie griff verlegen nach ihrem iPhone, fuhr über den Touchscreen und öffnete den Kalender. «Morgen Abend findet die Pressekonferenz in Küssnacht statt. Tut mir leid ...»

«Um welche Zeit?»

«Um sechs.»

«Ich werde uns einen Tisch im Hotel Rössli reservieren.»

Valérie war es nicht recht. «Das ‹Rössli› liegt gleich neben dem ‹Hirschen›. Ich glaube, das ist keine gute Idee.»

«Ich werde schon vor Ort sein, wenn Sie die Presse vom Hals haben.» Offenbar duldete er keine Widerrede.

ELF

«Die Polizei hat Fremd-DNA auf dem Körper meines Mannes gefunden.» Verkrampft hielt Rosita Gross den Telefonhörer in der Hand. «Du weisst, was das bedeutet, Benjamin.»

«Ich habe überhaupt kein Bedürfnis, in etwas hineingezogen zu werden, das mich nichts angeht.» Benjamin Lusti klang alles andere als nett. Seine sanfte Stimme, die sie so sehr an ihm mochte, war verschwunden. Kein Wunder: So ungehalten wie heute hatte sie noch nie mit ihm gesprochen. Jetzt konterte er. Zeigte er jetzt sein wahres Gesicht?

Rosita Gross sah aus dem Fenster. Der Vierwaldstättersee präsentierte sich heute von seiner schönen Seite. Die Wiese unterhalb ihres Hauses lag eingezuckert da. Bäume und Sträucher wirkten durch die Kälte wie konserviert. Und mittendrin beherrschte die Bläue des Wassers diese fast kitschige Szenerie. In einer anderen Situation hätte Rosita ihre Staffelei hervorgeholt und mit dem Malen begonnen. Sie liebte Landschaftsbilder. Malen war ein Ausgleich zum turbulenten Familienleben mit drei pubertierenden Töchtern, dem Haushalt, ihrem Job, einem anstrengenden Ehemann und dem Spagat zwischen all dem und ihrem Freund. Doch diesen Stress hatte sie sich selbst zuzuschreiben.

Würde es jetzt besser werden? Jetzt, wo Konrad tot war?

«Ich will damit nur sagen, dass die Polizei auch auf dich zukommen wird.»

«Rosita, verflixt noch mal. Ich habe nichts damit zu tun.»

«Wir hätten vorsichtiger sein sollen», sagte Rosita Gross. Wie im Zeitraffer verfolgte das Bild sie, das sich ihnen geboten hatte, als Konrad die Tür des Gästezimmers öffnete und auf das Bett sah, wo sie gerade ihren Höhepunkt genossen. Was war ihm durch den Kopf gegangen? Sie war aufgesprungen, hatte nach ihrem Morgenmantel gegriffen und war Konrad hinterher in die Küche gefolgt.

«Es war deine Idee, Rosita. Erinnerst du dich, wie ich dagegen war, in euer trautes Heim zu kommen?»

«Trautes Heim. Was ist daran so vertraut?»

«Hättest du nur auf mich gehört. Jetzt ist dein Herr Gemahl tot.»

«Vielleicht wäre es besser, du stellst dich freiwillig.»

«Was soll ich? Sorry, aber bist du nicht ganz bei Trost? Willst du mir einen Mord anhängen?»

«Nur du weisst, wie es um meine finanzielle Lage steht, Benjamin ... ich meine, du mit deiner akuten Geldnot. Hast wohl gedacht, dir eine reiche Witwe angeln zu können.»

«Warum Witwe? Als wir uns kennenlernten, warst du keine Witwe.»

Sie tat so, als hätte sie es nicht gehört. «Und überhaupt: Ich weiss über deine Liaison mit Desirée Bescheid ...»

«Bist du jetzt von allen guten Geistern verlassen? Du solltest einen Arzt konsultieren. Du bist völlig von der Rolle. Ich kann es ja verstehen. Dein Kartenhaus droht einzustürzen. Vielleicht hast *du* deinen Mann auf dem Gewissen. So emotionslos, wie du dich gibst. Das würde dir so passen: Deinen Geliebten ans Messer liefern, während du deine Zukunft ohne Männer planst.»

«Ach, Benjamin, deine Phantasie droht mit dir durchzugehen. Deshalb bist du Schriftsteller geworden. Ich kenne deine Vorlieben für Mordgeschichten ...»

«Rosita, ich werde zu dir kommen. Was ist nur aus dir geworden? Es kann doch nicht sein, dass eine Woche dich so sehr verändert hat. Ich kann es nicht glauben. Erst lagen wir uns noch in den Armen. Du hast mir gesagt, wie sehr du mich liebst. Wir hatten Pläne. Jetzt greifst du Dinge aus der Luft, die so nicht existieren. Ich kenne keine Desirée.»

«Stell dich der Polizei, Benjamin!» Rosita spürte ihr Zittern bis zu den Fingerspitzen. «Frau Lehmann von der Kripo war hier. Wenn du dich meldest und ihr sagst, wie es in Wirklichkeit gewesen ist, wirkt sich das bestimmt positiv auf die Haft aus.»

«Rosita! Was quasselst du da?»

Sie gab ein scharfes Zischen von sich. «Du hast mir oft gesagt, dass du Konrad den Hals umdrehst, wenn du ihn siehst.»

«Rosita, das war nur so dahingesagt. Du weisst auch, in welchem Zusammenhang. Du warst es doch, die ihn abgrundtief hasste. Du wolltest doch, dass er aus deinem Leben verschwindet. Schon vergessen? Bitte, mach nicht alles noch schlimmer, als es schon ist. Und ich schwöre dir bei allem, was mir heilig ist, dass ich nichts mit dem Mord zu tun habe.»

«Ich glaube dir nicht.»

«Aber warum nicht? Warum ziehst du unsere Beziehung in den Schmutz?» Benjamin klang verzweifelt.

«Du hast dein wahres Gesicht gezeigt. Seit dem Tod meines Mannes hast du dich kein einziges Mal nach mir erkundigt. Das ist doch sehr verdächtig, findest du nicht? Du wolltest offensichtlich, dass man dich nicht mit mir in Verbindung bringt.»

«Ich wusste doch nicht, wie ich darauf reagieren sollte. Mensch, Rosita … warum tust du mir das an? Wir lieben uns doch.»

«Das möchtest du wohl. Da war nie etwas. Das war bloss Sex und nichts anderes. Ich will, dass du dich der Polizei stellst, sonst tue ich es.» Rosita schlug den Telefonhörer auf die Station zurück.

***

Valérie fuhr zusammen mit einem Kollegen von der Streife nach Küssnacht. Der frühe Morgen versank in Nebel und Dunkelheit. Kalt und unangenehm war die Luft. Um halb acht parkte sie den Wagen auf dem Parkfeld vor dem Gschweighusweg.

Sie fuhr nicht gern im beschrifteten Polizeiwagen. Es war nicht zu umgehen gewesen. Sie brauchte Platz, und den bot ihr TT nicht. Sie verliess das Auto.

Ihr Begleiter folgte ihr. Sie schritten auf das Haus zu, in dem Angela Pagani und ihre Kinder über den Mittag wohnten. Zur Hangseite lag die Wohnung im Erdgeschoss. Im Esszimmer, in das sie durch das seitlich angebrachte Fenster Einblick erhielten, brannte Licht, das nur schwach den Vorplatz erhellte.

Valérie klingelte.

Wenig später kam ein Mann über die Treppe, öffnete die Haustür und trat ins Freie.

Valérie stellte sich vor ihn und zeigte ihm ihre Dienstmarke. «Valérie Lehmann von der Kantonspolizei Schwyz. Das ist mein Kollege Stefan Maurer. Guten Morgen, Herr Herger.»

Der Mann wandte sich unvermittelt um, sah nach hinten, in der Annahme, *er* sei nicht gemeint.

«Ich rede mit Ihnen.» Valérie musterte ihn.

Mann mit Anzug, Krawatte, Wintermantel. Gepflegt bis zu den Schuhsohlen. Versicherungsagent, ging ihr bei seinem Anblick durch den Kopf. Treuhänder sei er, hatte Louis gesagt. Herger stellte seinen Aktenkoffer ab.

«Entschuldigen Sie bitte. Ich war nicht ganz bei der Sache. Angela hat mich schon darauf vorbereitet, dass Sie mich möglicherweise besuchen kommen. Nur ist der Zeitpunkt heute denkbar ungünstig. Ich habe einen Termin bei einem Kunden.» Er streckte seine rechte Hand zum Gruss aus.

«Dann müssen Sie den Termin verschieben», sagte Valérie. «Wir müssen Sie leider bitten, mitzukommen.»

«Hören Sie, ich kann um ein Uhr bei Ihnen sein. Es ist wirklich wichtig, dass ich den Termin einhalte.» Er verzog seinen Mund. «Haben Sie eine amtliche Vorladung?»

«Die habe ich.» Valérie überreichte ihm einen Papierbogen.

Sie kannte kein Pardon. Die letzten Tage hatten sie frustriert. Sie wollte jetzt vorwärtsmachen, etwelchen Verdacht aus dem Weg räumen. Die Zeit drängte. Die Medien wollten endlich ein Statement. Sie brauchte Stoff. Wollte Motive, Indizien, Zeugen.

Noch immer glaubte sie, von ihrem ersten Bauchgefühl nicht getäuscht worden zu sein: Angela Pagani war eine Schlüsselfigur und alle, die mit ihr in Verbindung standen. Ihre Kinder waren zu jung, um sie zu befragen. Aber Sebastian Herger konnte womöglich Licht ins Dunkel bringen. Sie hatte ihn studiert, sich in seine Lage versetzt, ohne herauszufinden, was sich hinter seiner freundlichen Fassade verbarg. Wer war der Mann, der quasi einer fünffachen Mutter verfiel? Nach allem, was er in der Zwischenzeit über Angela erfahren hatte, hätte er die Beziehung zu ihr beenden können. Warum hatte er den komplizierten Weg gewählt, wenn es tausend einfachere gab? Er sah gut aus, war sympathisch, hatte ein sicheres Auftreten. Er hätte jede haben können. Warum ausgerechnet eine Frau mit einer so dramatischen Vergangenheit?

Wohl war ihr nicht, als sie auf Hergers Mitkommen beharrte. Fast tat er ihr ein wenig leid, als er sich in den Streifenwagen setzte.

«Kann ich wenigstens noch telefonieren?», fragte er und suchte nach seinem Mobiltelefon. «Ich versuche, den Termin zu verschieben.»

«Bitte, zwei Minuten», sagte Maurer und setzte sich neben Herger auf den Rücksitz.

Valérie sah zur Hausfassade. Hinter einem Fenster bewegte sich der Vorhang. Sie glaubte die Umrisse der Diva zu erkennen, die sie neulich bei den Briefkästen getroffen hatte.

Valérie fuhr zurück nach Schwyz, wo sie am Morgen mit der Arbeit begonnen hatte. Bei der Kapo angekommen, führte sie Herger gleich ins Vernehmungszimmer. Keine Minute wollte sie verlieren.

«Herr Herger», begann sie, «Sie werden als Zeuge vernommen.»

«Es fällt mir schwer ...»

«... weil Sie nichts mit Angela Pagani zu tun haben wollen?» Valérie testete Hergers Reaktion.

«Nein, so war das nicht gemeint.»

«Sie haben Ihrer Lebenspartnerin aus der Patsche geholfen.»

«Das erachte ich als meine Pflicht.»

«Als Sie Angela Pagani kennenlernten, war Ihnen bewusst, in welcher Misere sie steckte?»

«Sie war eben erst aus St. Moritz nach Küssnacht gezogen, als ich mich auf eine Beziehung mit ihr einliess.» Herger hatte den Kopf abgewandt. Valérie fielen die Silberfäden in seinem sonst schwarzen Haar auf. «Ich hatte schon früher ein Auge auf die Frau geworfen. Aber sie war ja verheiratet. Das Glück lag auf meiner Seite, als sie nach Küssnacht zog. Glauben Sie mir, ich wurde schon oft darauf angesprochen, weshalb ich ausgerechnet Angela an meiner Seite haben wollte. Frau mit fünf Kindern … aber ich liebe diese Frau. Alles andere ist Nebensache. … und nein, ich hatte damals keine Ahnung, worauf ich mich einliess.»

«Als Frau Pagani nach dem Gerichtsentscheid in Küssnacht ihre Kinder an den Mann verlor, waren Sie da schon mit ihr zusammen?»

«Ja, ich bekam das ganze Trauerspiel mit.»

«Wie reagierte Frau Pagani darauf?»

«Was erwarten Sie? Sie war verzweifelt, weinte viel. Sie suchte nach Lösungen. Ihr Anwalt riet ihr, den Entscheid anzufechten. Sie wissen auch, dass das nichts bringt. Da kommt einem schon mal der Verdacht auf, dass das Rechtssystem Fehler hat.»

«Inwiefern?»

«Es kann doch nicht sein, dass man einer Mutter, die die Betreuung und Erziehung zu hundert Prozent ausgeübt hat, die Kinder wegnimmt. Das sieht doch ein Blinder, dass da etwas nicht mit rechten Dingen zugeht. Da kommt zwangsläufig der Verdacht auf, dass der Richter seinen Job nicht korrekt ausübt.»

«Was meinen Sie damit?» Valérie fiel seine zunehmende Nervosität auf.

«Ich meine gar nichts.»

«Was ging Ihnen durch den Kopf, als Sie vom erstinstanzlichen Entscheid erfuhren?»

Herger druckste herum. «Ich muss aufpassen, was ich sage. Nicht wahr? Mein Geständnis, wie ich darüber dachte, könnte womöglich falsch interpretiert werden.»

«Nicht, wenn Sie die Wahrheit sagen.»

«Die kennen Sie ja nicht.» Herger setzte ein schnippisches Lächeln auf, das so gar nicht zu seiner anständigen Art passte.

Valérie ballte ihre Hände zu Fäusten. «Was ging Ihnen durch den Kopf?»

«Ich kannte Konrad Gross nicht persönlich. Angela erzählte mir, dass er ein eingebildeter Kerl sei, der sie nicht ernst nahm. Er habe es geradezu genossen, sie vor ihrem Nochehemann zu demütigen. Da kam bei mir die Galle hoch, ist doch normal.»

«Hegten Sie Gedanken, den Kerl zu bestrafen?»

«Nein. Auch wenn eine Situation verfahren ist, bin ich nicht der Typ, der die Probleme mit Fäusten aus der Welt schafft. Ich suchte, zusammen mit Angela, nach Lösungen. Zum Glück arbeitete die Zeit für uns. Und dank Angelas cleverem Anwalt konnten wir eine Lücke in unserem Rechtsstaat ausnutzen, um die Kinder auch nach dem negativen Entscheid am Obergericht doch noch bei uns zu behalten. Wir haben in der Zwischenzeit ein Haus Im Boden gemietet. Dort werden wir in ein paar Tagen einziehen.»

Valérie stutzte. «Sie haben Ihre Wohnung am Gschweighusweg aber erst auf Ende Januar gekündigt.»

«Vertraglich kann man Ende Dezember keine Wohnungen kündigen.»

«Ausser Sie hätten einen Nachmieter.»

«Dazu reichte meine Zeit nicht.»

«Dann müssen Sie noch eine ganze Monatsmiete dafür bezahlen? Wie geht das mit Ihrem Budget auf?»

«Für Angela tue ich alles. Geld ist nicht wichtig.»

«Aber Sie hätten allen Grund gehabt, auf Gross zornig zu sein. Schliesslich hatte er Angela und Ihnen die Steine in den Weg gelegt. Das geht doch nicht spurlos an einem vorbei. Da verspürt man doch Rache …»

«Wollen Sie mir etwas anhängen?» Herger warf seinen Kopf zurück. «Noch einmal: Für mich gibt es immer Lösungen. Diese muss man allerdings in aller Ruhe angehen und dabei einen klaren Kopf behalten.»

Valérie gab nicht locker. «Mit einem geplanten Mord zum Beispiel?»

Herger blieb ruhig. «Ich weiss, Sie tun nur Ihre Pflicht. Aber glauben Sie mir, das beeindruckt mich nicht. Hatten Sie nicht gesagt, dass ich als Zeuge hier bin?»

«Ach ja?»

Herger schwieg, und Valérie wurde klar, dass sie mit diesem Katz-und-Maus-Spiel aufhören musste. Nichts gab ihr ein Recht, ihn dermassen zu behandeln. Andererseits kam sie so nicht weiter. Hergers Beherrschtheit provozierte sie. Es war, als würde sie ihre Rolle der kalkulierten Ermittlerin tauschen. Herger war ihr überlegen; sie fragte sich, weshalb. «Wir wollen die Befragung hier unterbrechen», sagte sie. Taktisch war es klüger, die noch offenen Fragen zu einem späteren Zeitpunkt zu stellen. «Wir machen eine Pause.» Valérie stiess Luft aus. Sie musste hier raus. Zu nahe, das Ganze, zu aufwühlend.

«Ich hoffe sehr, dass ich zu einer christlichen Zeit hier wieder draussen bin.» Herger lehnte sich zurück und verschränkte die Arme. «Sie haben mir meinen Arbeitstag ziemlich durcheinandergebracht.»

«Das tut mir leid … Ich bin gleich wieder zurück.»

Als Valérie im Flur stand, schwindelte ihr. Weshalb hatte sie sich von Herger dermassen in die Enge treiben lassen? Seine übertriebene Selbstsicherheit war es wohl. Da steckte mehr dahinter, dachte sie. Sie musste unbedingt in Erfahrung bringen, wie er finanziell dastand. Als Treuhänder würde er niemals so viel verdienen, um zwei Haushalte zu finanzieren. Und hatte Angela Pagani nicht gesagt, ihr Freund greife ihr finanziell unter die Arme? Dies wiederum relativierte Valéries Verdacht, Herger könnte den Mord an Gross in Auftrag gegeben haben. So skrupellos schätzte sie ihn nicht ein. Und so viel Geld würde er nicht haben.

Täuschte sie sich?

Kriege sind teuer. Auftragsmorde ebenso.

Etwas wollte ihr nicht aus dem Kopf. Vielleicht war er der Todesschütze.

Valérie ging nach draussen Luft schnappen. Sie warf einen Blick über die Bahnhofstrasse hinüber zur Storchengasse, wo ein Lkw ein Wendemanöver vollzog. Dahinter hatte sich eine Autokolonne gebildet.

Vor dem Haupteingang stiess sie auf Louis.

Er rauchte. «Oh, deinem Gesichtsausdruck nach zu urteilen, läuft es nicht besonders.» Er stiess Rauch aus.

«Ich stecke im Dilemma.» Valérie hauchte in ihre kalten Hände. «Die Pressekonferenz von heute Abend liegt mir auf dem Magen. Bis jetzt haben wir sie immer wieder hinausgezögert, weil wir so wenige Anhaltspunkte haben. Ich bin auch heute nicht klüger, was das betrifft. Die Medien wollen endlich Antworten. Ich weiss echt nicht, was ich denen sagen soll.»

«Warum du?» Louis drückte mit dem Schuh den Zigarettenstummel auf der Treppe aus. «Das ist doch Sache des Kommunikationsbeauftragten.»

«Der ist krank. Dominik hat mich gebeten, Rede und Antwort zu stehen.»

«Hmm … Lass sie doch einfach fragen. Mit dieser Methode sind wir noch immer gut gefahren.»

«Sie könnten heikle Fragen stellen. Und auf solche habe ich absolut keinen Bock.» Valérie sah ihren Kollegen eindringlich an. «Wie weit bist du mit Sidler?»

«Ich erwarte ihn morgen. Felix und Kurt werden ihn abholen.»

«Ist das nötig?»

«Ja. Er gehört zu unseren Verdächtigen.»

«Bei Herger bin ich mir nicht sicher.» Valérie hielt inne, überlegte sich, ob sie Louis auf die verlorene Wette ansprechen sollte, liess es aber sein. Er würde bestimmt von allein auf sie zukommen. «Er benimmt sich sehr sonderbar. Er ist die Ruhe selbst. Ich weiss nicht, wie ich es deuten soll. Etwas brodelt unter der Oberfläche. Er macht mir etwas vor.»

Mit gemischten Gefühlen kehrte sie zurück zu Herger.

Dieser sass vornübergesunken auf dem Stuhl. Valérie setzte sich wieder.

«Bevor ich Sie gehen lasse, brauche ich noch ein paar Angaben über Sie.»

«Wollen Sie Fichen über mich anlegen?» Herger versuchte ein Lachen, das ihm misslang.

«Ihr Arbeitgeber?»

«Ich bin selbstständig.» Er kramte eine Visitenkarte hervor. «Herger Treuhand GmbH. Ich habe auch in der Ostschweiz, insbesondere im Engadin, Kunden. Falls Sie mein Know-how einmal benötigen sollten …»

Valérie kommentierte es nicht. «Seit wann?»

«Seit vier Jahren.»

«Wo haben Sie vorher gearbeitet?»

Herger nannte den Namen einer Immobiliengesellschaft in Luzern.

«Zivilstand?»

«Sie eiern in der Gegend herum. Müsste das nicht oben stehen?»

«Zivilstand?» Valérie bebte.

«Geschieden.»

«Haben Sie Kinder?»

«Nein.»

«Wie ist das Verhältnis zu den Kindern Ihrer Lebenspartnerin?»

«Gut.»

«Können Sie mir das näher beschreiben.»

«Ich bin ein Freund.»

«Freund?» Valérie betonte das Wort. Freund war ein dehnbarer Begriff. Er konnte alles bedeuten.

«Welche abscheulichen Gedanken auch immer Sie haben», sagte Herger, «für Angelas Kinder bin ich kein Vaterersatz, aber vor allem für ihre Söhne so etwas wie eine männliche Bezugsperson. Ich bin stolz darauf, dass sie mich akzeptieren. War's das?»

Valérie liess sich ihren Ärger nicht anmerken. «Ja, das war's vorläufig. Sie können gehen. Aber halten Sie sich zu unserer Verfügung. Noch etwas: Wir brauchen eine Speichelprobe von Ihnen.»

«Ich sehe nicht ein, weshalb.»

Valérie legte die richterliche Bescheinigung mit Hergers Namen auf den Tisch. «Tut mir leid.»

«Das ging aber schnell.» Herger erhob sich. «Wo soll ich hin?»

«Ich werde Sie begleiten.»

Es klopfte. Die Tür ging auf, und ein Bote brachte einen Briefumschlag. Er war an sie persönlich gerichtet. Sie riss den Umschlag auf und entnahm ihm einen Papierbogen. Sie faltete ihn auseinander und las die Zeilen:

Hiermit möchte ich eine Anzeige erstatten. Es betrifft dies Benjamin Lusti, den Liebhaber meiner Mutter. Er hat meinen Vater auf dem Gewissen.
Anna Gross

***

Die Medienleute hatten sich bereits um halb sechs im Hotel zum Hirschen in Küssnacht eingefunden, wo die Pressekonferenz stattfand. Vertreten waren die meisten der Schweizer Zeitungen und Fernsehstationen. Ein süddeutscher Fernsehsender war dabei. Bereits im Foyer herrschte ein Gedränge, dass Valérie dachte, sie hätte gescheiter einen grösseren Raum reserviert. Es war Fabias Idee gewesen. Sie kannte den Besitzer von früher und hatte gewusst, dass er neben der Rezeption einen Allzweckraum besass. Zwei Tische waren schon aufgestellt. Die Mitarbeiter trugen Stühle herbei.

Valérie betrachtete die verschiedenen Pokale in der Vitrine an der Wand. Sie waren beschriftet und trugen den Namen ihrer Besitzer. Es gab welche vom Schützenverein und von lokalen Sportgrössen. Für was auch immer diese Leute ausgezeichnet worden waren, ihre Trophäen schienen hinter dem Glas zu verstauben.

Valérie hatte ihren Wagen auf dem grossen Parkplatz beim Seeplatz abgestellt und war danach wie eine Gejagte über Umwege zum Hotel Hirschen gelangt. Sie wollte auf keinen Fall mit dem Staatsanwalt zusammentreffen, der sich womöglich schon im Dorf aufhielt.

Wann hatte sie das letzte Mal mit einem Mann zu Abend gegessen? Das waren gefühlte hundert Jahre her. Dass auch ein Mittagessen sie vor plumpen Annäherungsversuchen nicht verschonte, hatte Valérie beim Gerichtsmediziner erfahren.

Emilio Zanetti! Der war anders. Kein Mann, der sie mit seinen Blicken auszog. Der sie zwar ungeniert ansah, doch mit klaren blauen Augen, in denen sie eine Sehnsucht zu erkennen glaubte.

Valérie war aufgeregt. Was wusste sie von diesem Mann,

der nicht lockergelassen hatte, bis sie ihm die Zusage gab. Im «Rössli» würde sie jedermann mit dem Staatsanwalt sehen, unter anderem auch Fischbacher, den sie als sensitiven Mann einschätzte. Und Louis erst. Seit sie in Schwyz arbeitete, hatte er sie im Visier, ärgerte sie mit dummen Sprüchen, aber ihn nahm sie nicht ernst. Sonst wäre sie die Wette mit ihm auch nicht eingegangen. Louis war ein Kumpel. So sah sie das. Er aber nicht. Wenn Louis erfuhr, dass sie sich ausserhalb der Arbeitszeit mit Zanetti traf, würde er nicht lockerlassen, um die Hintergründe zu erfahren. Valérie konnte es sich nicht leisten, Mittelpunkt interner Intrigen zu werden. Und für die würde mit grosser Sicherheit Louis sorgen.

Emilio!

Der Name schmolz auf ihrer Zunge wie Schokolade.

Vielleicht ging sie einfach nicht hin. Sie würde danach sicher eine Ausrede finden, warum sie ihn versetzt hatte.

Sie starrte lange auf einen Pokal mit dem versilberten Schild.

«Was denkst du?» Louis stand plötzlich neben ihr. «Werden unsere Namen auch irgendwann verewigt?»

«Dazu müssten wir es erst verdienen.»

«Was ist los mit dir?» Louis musterte sie eindringlich. «Wenn dir die Pressekonferenz auf dem Magen liegt, lass sie mich leiten.»

«Ich bin vorbereitet.»

«Es hat aber mal anders geklungen.»

Valérie starrte Louis an. «Wollen wir nicht endlich das Kriegsbeil begraben?»

«Ich führe keinen Krieg gegen dich. Es ist wohl eher umgekehrt.»

Valérie liess ihn stehen.

Auf der Schwelle zum Foyer stiess sie auf Fischbacher. Er hatte sich richtig toll herausgeputzt. Er trug einen dunklen Anzug mit Hemd und Krawatte.

«Valérie, hast du kurz Zeit?»

Sie sah auf ihre Armbanduhr. «Noch eine Viertelstunde.»

«Ich habe den endgültigen Bericht von der Ballistik.»

«Ach, das trifft sich ja gut. Wollen wir uns dort drüben hinsetzen?» Sie schritt voraus zur Bar-Theke, die gegenüber der Rezeption lag. Ein Kellner füllte Getränke in den Kühlschrank auf, bedachte seine Gäste jedoch mit keinem Blick.

Valérie und Fischbacher setzten sich auf die Hocker.

Fischbacher legte Dokumente auf den Tresen. «Um diesen Waffentyp handelt es sich.» Er zeigte mit dem Finger auf die Bezeichnung.

Valérie pfiff leise durch die Zähne, während sie ihre Mappe zwischen die Füsse stellte. «Eine Spezialanfertigung.»

«Ich denke, das solltest du vor der Pressekonferenz wissen.»

«Das vereinfacht die Sache nicht unbedingt.»

«Nein, tut es nicht. Vor allem, wenn wir bedenken, wo die Waffe möglicherweise herkommt.»

«Woher?»

«Es ist nur eine Spekulation.»

«Woher?»

«Sie könnte vom ukrainischen Schwarzmarkt stammen.»

«Wird dem nachgegangen?»

«Selbstverständlich.»

Valérie griff in ihre Mappe und entnahm ihr Anna Gross' Schreiben. «Hier, das könnte ein Motiv sein. Die Staatsanwaltschaft hat ein Ermittlungsverfahren gegen Benjamin Lusti eingeleitet.»

***

Valérie sass prominent in der Mitte. Flankiert wurde sie von Louis und Fischbacher zur Linken und von Schuler und seinem Assistenten zur Rechten. Eine Vielzahl an Mikrofonen war vor den Tischen aufgebaut. Die Logos der verschiedenen Medienstationen leuchteten miteinander um die Wette.

Um sechs waren alle Sitzplätze belegt. Die Presseleute sassen mit Schreibblock und Stift sowie Aufnahmegeräten ausgerüstet in den Reihen. Valérie sah einige bekannte Gesichter: Helen Bättig vom «Bote der Urschweiz» und Jörg Kehlmann von der «Neuen Luzerner Zeitung». Der Journalist des «Freier Schweizer», dessen Namen sie vergessen hatte, sass ganz vorn. Sein

Vollbart war ihr in Erinnerung geblieben. Valérie begrüsste die Anwesenden und liess eine Schweigeminute verstreichen. Sie bedankte sich, dass die Medien es mit wenigen Ausnahmen unterlassen hatten, mit ketzerischen Schlagzeilen im Fall Konrad Gross aufzuwarten. Eine einzige Zeitung hatte sich nicht daran gehalten – aber das war allgemein bekannt. Der Redaktor des Boulevardblatts war zu spät eingetroffen und musste sich ganz hinten mit einem Stehplatz begnügen. Valérie registrierte dies mit Genugtuung. Doch sie hatte es nicht anders erwartet, dass gerade dieser Mann mit der ersten Frage aufwartete.

«Paul Moser ist mein Name.» Er nannte den Namen der Zeitung, die er vertrat. «Wie kommt es, dass unsere Leser bis heute nicht erfahren haben, was die Polizei in diesem Fall unternimmt?»

«Wir ziehen fundierte Informationen der Klatschpresse vor.» Valérie verspürte grosse Lust, den Zeitungsfritzen in seine Schranken zu weisen. «Bis heute war nicht klar, in welche Richtung die Ermittlungen gehen.»

«Und heute ist es klar?» Moser hatte so eine Art an sich, die Valérie verabscheute.

«Wir sind hier, um Ihre Fragen zu beantworten.» Sie wandte sich an alle. «Darf ich bitten, sie den Begebenheiten angepasst zu stellen?»

Moser setzte ein breites Grinsen auf, hielt sich jedoch zurück.

«Gibt es Verdächtige?», ertönte eine Stimme in der dritten Reihe.

«Im Moment ermitteln wir in verschiedene Richtungen.»

«Das heisst, es gibt welche.»

«Wann können wir mit konkreten Resultaten rechnen?»

«Wir hoffen, so bald als möglich», äusserte sich Valérie.

«Wurde die Tatwaffe schon gefunden?»

«Nein.» Valérie blätterte in ihrem Dossier. Sie wusste, was als Nächstes kam und dass sie die Frage eingehender erläutern musste.

«Weiss man, um welchen Waffentyp es sich handelt?»

Valérie las. «Gemäss Bericht von unseren Ballistikern handelt es sich um die Präzisionswaffe Blaser R 93 Long Range

Sportler 2 ... Es ist anzunehmen, dass sie mit einem Zielfernrohr ausgerüstet war ... wahrscheinlich eine Spezialanfertigung mit Nachtsichtvorrichtung.»

Im Saal wurde es eine Weile ganz still.

«Wie kann man so etwas herausfinden, wenn die Tatwaffe fehlt?», fragte Bättig.

«Die Ballistiker konnten es aufgrund des Projektils, der Distanz und des Einschusswinkels eruieren.» Mittlerweile gab es Computerprogramme, um diese Arbeit zu erleichtern. Doch das sagte Valérie nicht.

«Kann jedermann mit so einem Gewehr schiessen?»

«Grundsätzlich schon. Doch die Distanz zwischen dem Ort der Schussabgabe und dem Opfer, die Lichtverhältnisse an diesem Abend und die präzise Anvisierung weisen auf einen erfahrenen Schützen hin.»

«Sie gehen von einem professionellen Killer aus?», fragte Kehlmann.

«Zum jetzigen Zeitpunkt ... ja.»

«Ein Auftragskiller also», fasste Moser zusammen.

Warum konnte dieser Typ nicht einfach den Mund halten? Valérie sah bereits die Überschrift seiner Schlagzeilen: «Scharfschütze killt Sankt Nikolaus».

«Wir erhoffen uns mit den Medienberichten Hinweise aus der Bevölkerung», fuhr Valérie fort, obwohl sie selbst nicht daran glaubte. «Schlimmstenfalls müssen wir von einem Auftragsmord ausgehen.»

«Und wann rechnen Sie mit der Auflösung des Falles?», fragte der Journalist von der «Neuen Zürcher Zeitung».

«Sie können übermorgen auf der Titelseite schon mal Platz reservieren.» Valérie setzte ein kaum wahrnehmbares Lächeln auf. «Wir arbeiten mit Hochdruck.»

Jemand aus der vordersten Reihe streckte die Hand in die Höhe. «Ist es wahr, dass ein Behinderter in die Tat involviert ist?»

Valérie schluckte leer. «Woher auch immer Sie diese Infos haben, sie sind haltlos. Zudem muss ich Sie korrigieren. Man spricht nicht von Behinderten, sondern von Menschen mit einer Behinderung ...» Sie sah Fischbacher an, erwartete ein

Nicken und wandte sich wieder den Medienleuten zu. «Mit allem Nachdruck, vermeiden Sie aufgrund von Spekulationen, falsche Infos herauszugeben. Sache ist, dass am 5. Dezember um zwanzig vor neun Bezirksrichter Konrad Gross in der Bahnhofstrasse in Küssnacht erschossen wurde. Er war im Klausumzug als Sankt Nikolaus unterwegs. Die Ermittlungen laufen seither auf Hochtouren. Noch sind wir mit der Zeugenbefragung nicht ganz fertig.»

«Von wo aus wurde geschossen?», fragte jemand.

«Das ist Gegenstand der laufenden Ermittlungen.»

«Der Täter hat einen öffentlichen Platz gewählt. Müssen wir in Zukunft mit solchen … Anschlägen rechnen? Müssen die Sicherheitsvorkehrungen verschärft werden?»

«Nach dem heutigen Stand der Dinge können wir davon ausgehen, dass es etwas Einmaliges war.»

«Könnte es Nachahmer geben?»

Genau das hatte Valérie befürchtet, dass die Fragen eine Eigendynamik entwickelten. «Das ist weit hergeholt», sagte sie.

«Kann man einen Zusammenhang mit den Asylanten ausschliessen?» Moser wieder. «Küssnacht hat ja auch welche, die man am liebsten in die Pampa schicken würde.»

Valérie fixierte Moser mit eiskaltem Blick. «Kein Kommentar.»

Sie gab das Wort an Franz Schuler weiter. Sie, für ihren Teil, glaubte fertig zu sein. «Sollte es noch Fragen geben, was den Kriminaltechnischen Dienst betrifft, bitte, meine Damen und Herren …»

Ein Raunen breitete sich im Saal aus. Valérie ahnte, dass die Mehrheit der hier Anwesenden mit ihren Ausführungen nicht zufrieden war. Sie schlug ihren Schnellhefter zu.

Ihr Blick blieb an der hinteren Wand hängen. Dort stand Emilio Zanetti.

Er musste unbemerkt hereingekommen sein.

Valérie wusste nicht, wohin schauen. Er verfolgt mich, sinnierte sie. Er kontrolliert mich. Ein Kribbeln durchdrang ihren Körper.

Sie suchte den Augenkontakt mit Fischbacher, der sich auf

Schulers Antworten konzentrierte. Die Fragen, die von den Medienleuten an ihn gerichtet wurden, bekam sie nur am Rande mit.

«Was ist?», fragte Louis leise und stupste sie in die Seite. «Es ist bald zu Ende. Mir tut der Arsch auch schon weh vom langen Sitzen.» Seine Miene blieb ernst, während er einen kichernden Laut von sich gab.

Valérie musste sich zusammenreissen, um nicht laut herauszulachen. Dieser Louis, der war einfach nicht zu retten. Sie versuchte, nicht in Zanettis Richtung zu sehen.

Schuler beendete seine Informationen, worauf Fischbacher das Schlusswort sprach.

Valérie blieb sitzen, als die Hälfte der Medienleute den Raum schon verlassen hatte. Zanetti war genauso verschwunden, wie er aufgetaucht war.

«Kommst du noch auf einen Drink mit an die Bar?» Louis holte ein Zigarettenpäckchen aus der Jackentasche. «Ich gehe nur noch schnell eine rauchen.» Er sah Valérie erwartungsvoll an. «Du wartest doch auf mich.» Er warf einen Blick auf sein iPhone. «Es ist erst sieben Uhr. Oder fährst du nochmals nach Biberbrugg?»

«Du, ich habe schon was vor heute. Wir sehen uns morgen.» Valérie wandte sich um und steuerte Fischbacher an.

«Was hatte Zanetti hier zu suchen?» Fischbacher runzelte die Stirn. «Weisst *du* es?»

«Keine Ahnung», sagte Valérie. «Ich habe ihn nicht bemerkt.» Dabei hatte ein Blick von ihm genügt, um sie aufzuwühlen und eine Energie in ihr freizusetzen, die sie in den letzten Jahren nie mehr gespürt hatte.

«Fährst du zurück?»

Valérie zog sich den Mantel über. «Ich habe noch zu tun. Ich –»

«Schon gut.» Fischbacher winkte ab. «Ich eigentlich auch …» Er überlegte. «Wir gehen nachher ins ‹Rössli› etwas Kleines essen. Kommst du auch?»

Valérie zuckte unmerklich zusammen. Genau so etwas hatte sie befürchtet. «Danke, ein andermal vielleicht.»

Ihr iPhone vibrierte. Eine SMS war eingetroffen. Sie traute ihren Augen nicht. «Zu viel los im rössli. gehen wir tanzen? lg ez:»

Dabei verspürte sie enormen Hunger. Seit dem Frühstück hatte sie nichts Richtiges mehr gegessen.

Tanzen?

Hatte Zanetti sich verschrieben? Das konnte nicht sein Ernst sein. Sie verschwand in den Toiletten, erfrischte sich etwas und kämmte ihre Haare. Die Narbe deckte sie mit Puder ab, den sie für den Notfall mit sich trug. Befand sie sich im Stress, drückte die rote Strieme mehr durch als sonst. Heute war ein Notfall. Zanetti wollte sie keinen Anlass geben, sie darauf anzusprechen. Sie roch an sich. Trotz des langen Arbeitstages bemerkte sie nichts Störendes. Sie warf ihrem Spiegelbild einen kritischen Blick zu.

«Ich bin Valérie mit Ecken und Kanten und einer fiesen Narbe im Gesicht. Wer mich nicht will, wie ich bin, soll es sein lassen.»

Sie erschrak über sich selbst. Kein Zweifel: Für Emilio Zanetti wollte sie schön sein, sich von ihrer attraktivsten Seite zeigen. Sie war sich nicht sicher, ob ihr das gelingen würde.

Die Vibration ihres iPhones riss sie aus den Gedanken. Sie erkannte Fabias Nummer.

«Hallo, wo bist du?»

«Noch in Küssnacht. Gerade eben ging die Pressekonferenz zu Ende.»

«Und, wie war sie?»

«Die immer gleichen Fragen. Man könnte einen Katalog herausgeben.» Valérie lächelte. «Wo steckst du?»

«Hm … zu Hause …»

«Was ist los? Du tönst … irgendwie bedrückt.»

«Könntest du mir einen Gefallen tun?»

«Wenn ich keine Windeln wechseln muss, ja … warum nicht?»

«Genau darum geht's.»

«Wie bitte?» Valérie sah ihr Date bereits bachab gehen, noch bevor sie eine Antwort bekam.

«Mein Mann hatte einen Blinddarmdurchbruch. Er wird gerade operiert. Der Arzt will, dass ich ins Spital fahre. Aber ich habe niemanden für meine Kleine … da dachte ich, bis meine Mutter aus dem Muotathal da wäre …»

Valérie stiess unhörbar Luft aus. «Jetzt beruhige dich.» Sie sah auf ihre Armbanduhr. «Ich werde in zwanzig Minuten bei dir sein.»

«Danke, das ist superlieb von dir.»

«Ist doch selbstverständlich.»

ZWÖLF

Hinter einem der hohen schmalen Fenster lag Valéries Büro, das sie nutzte, wenn sie in Schwyz arbeitete. Sie liebte den grosszügigen Raum, die Weite überhaupt in diesem Haus. Es war das Gegenteil vom SSB in Biberbrugg, wo sie die meiste Arbeitszeit verbrachte. Lag der Sicherheitsstützpunkt in ländlicher Gegend, prägte der barocke Bau an der Bahnhofstrasse hier das Ortsbild vom alten Schwyz. Grau und schwer stand es da, hatte so manchen Stürmen getrotzt und dem Zahn der Zeit die Stirn geboten.

Jemand klopfte.

«Benjamin Lusti ist jetzt da.» Louis streckte die Nase durch den Türspalt.

Fabia, die gerade ihren Rapport des Vortags vorbeigebracht hatte, stiess einen Schrei aus. «Benjamin Lusti? *Der* Lusti? Ich habe alle seine Krimis gelesen.»

«Wann kommst denn du zum Lesen?», fragte Valérie. Sie wandte sich an Louis. «Wohin hast du den Schriftsteller gebracht?»

«Er wartet im Vernehmungsraum», sagte Louis. Er zog seine Jacke aus. Ein rot-blau gemustertes Hemd kam zum Vorschein.

Valérie sah ihn schmunzelnd an.

«Was ist?»

«Ein neues Hemd?»

«Ja, genau. Vom Vorausverkauf. Gefällt es dir?»

«Es passt. Holzfällerlook.» Valérie grinste. «Ich werde mich mal diesem Lusti annehmen.»

«Ich bin gerade an seinem letzten Werk», ereiferte sich Fabia. «‹Witwentango› heisst es und ist der absolute Wahnsinn. Die Szene mit der Handtasche ist genial.»

«Ist er so berühmt?», wunderte sich Valérie, die den Namen zum ersten Mal in Zusammenhang mit Rosita Gross gehört hatte.

«Ja, zumindest in der Zentralschweiz. Ein Insidertipp.»

Valérie fasste es nicht. Da war sie am Abend zuvor nach Schwyz gerast, nachdem sie Emilio Zanetti hatte enttäuschen müssen. Er hatte es verstanden, zumindest war es so rübergekommen. In Fabias Wohnung angekommen, hatte sie genau eine Stunde und fünf Minuten auf die kleine Olivia aufgepasst, bis Fabia zurückkam und ihr mitteilte, dass ihr Mann den Umständen entsprechend wohlauf sei und sie jetzt wieder gehen könne.

Für Valérie aber war der Abend gelaufen. So unbeschwert wie Fabia hätte sie auch wieder einmal sein wollen.

Fabia verliess das Büro. «Bin gleich wieder zurück.»

«Was ist in *die* gefahren?» Louis sah kopfschüttelnd seiner Kollegin nach. Er wandte sich an Valérie. «Apropos Lusti: Soll ich ihn vernehmen?»

«Nein, das ist mein Job. Hast du nicht gesagt, du erwartest heute Erich Sidler?»

«Um neun, das stimmt.»

«Dann überlasse ich dir vorerst Sidler. Ich möchte ihn später sprechen.»

Fabia kehrte zurück. Über ihren Kopf schwang sie ein Buch. «Das ist er: ‹Witwentango› von Benjamin Lusti.» Ausser Atem blätterte sie die Seiten durch. «Und hier, das müsst ihr euch anhören.» Fabia las eine Textpassage: *«Maja griff erneut nach der Tasche. ‹Darf ich mal? Hmm … die fühlt sich sehr geschmeidig an. Was hast du mit dem restlichen Material gemacht?› ‹Eingefroren.› ‹Und mit dem Abfall?› ‹In Ameisensäure aufgelöst. Er schwimmt jetzt irgendwo in der Limmat. Hat mich einen halben Tag gekostet, bis ich eine geeignete Stelle fand, wo ich nicht auffiel.› ‹Gibt es niemanden, der ihn vermisst? Eine Freundin? Die Eltern?› ‹Bis die es merken, dass er verschwunden ist, hat er die Nordsee bereits erreicht. Er wollte schon immer ein seemännisches Begräbnis. Das habe ich ihm nun ermöglicht …›»* Fabia lächelte. «Ich liebe seine Krimis.»

Weder Valérie noch Louis sagten etwas.

«Was ist?» Fabia schlug den Buchdeckel zu. «Aha, so ist das. Klar, ich … sorry, das passt nicht …»

«Eher nicht», fand Valérie. «Trotzdem könntest du mir das Buch dalassen. Was hat die Protagonistin mit der Leiche gemacht?»

«Ach, so ist das. Du interessierst dich also doch.» Fabia schmunzelte. «Sie hat sie gehäutet und als Tasche verarbeitet. Sie war Kürschnerin von Beruf.»

«Dieser Lusti scheint eine sehr schräge Phantasie zu haben.»

«Wie bist du auf ihn gekommen?», fragte Louis an Valérie gewandt.

«Er ist Rosita Gross' Geliebter.» Valérie griff nach dem Krimi, schaute sich das Cover an, drehte das Buch und las den Text auf der Rückseite. Witwentango und ein Schriftsteller, der aus der Sicht einer Frau schrieb. Welche morbiden Gedanken hatten ihn dazu bewogen? «Zudem hat ihn Gross' älteste Tochter schwer belastet.»

***

Erich Sidler ahnte, was ihm blühte. Nachdem ihm seine Frau vor einer Woche die Leviten gelesen hatte, zog er sich zum Arbeiten zurück. Er hatte ja nur die Wahrheit gesagt. Die ganze verdammte Wahrheit. Dass Konrad, dieser Grosskotz, seinem Mädchen das Leben schwer gemacht hatte. Ausgerechnet seiner Tamara. Sie hatte es nicht verdient. Sie war eine Vollblutmutter, hatte sogar auf ihren Beruf als Restaurateurin verzichtet, um für ihre Kinder rund um die Uhr da zu sein. Gross hatte die Frechheit gehabt, ihr selbst das vorzuwerfen, und Gründe gefunden, ihr die Kinder wegzunehmen. Sidler war sich sicher, Tamaras Mann, dieser Macho, hatte Gross mit Geld gefügig gemacht. Von irgendwoher musste er die Mittel gehabt haben, um als Zweitwagen einen Bentley zu fahren. Der Lohn eines Richters allein genügte da nicht, zumal er eine anspruchsvolle Frau und drei Töchter hatte, ein eigenes Pferd und ein Haus und sich jedes Jahr mit der ganzen Familie Ferien in Luxusdestinationen leistete. Das war allgemein bekannt. Gewiss gab es noch ein Appartement auf Mallorca.

Die Rolle als Sankt Nikolaus, fand Sidler, war ihm nicht auf den Leib geschnitten, wie es die andern gern sahen. Unter dem roten Mantel hatte er seinen beschissenen Charakter versteckt. Hatte wohl geglaubt, vor dem Herrgott eine bessere Falle zu machen, wenn er den Kindern und Alten Geschenke brachte und sonntags in der ersten Bankreihe der Kirche sass. Sidler hatte ihn gehasst. Gross hatte sein Mädchen in die Verzweiflung getrieben.

Jetzt war er tot. Es gab doch noch so etwas wie Gerechtigkeit.

Sidler wippte mit dem Fuss. Er schaffte es nicht, ruhig zu sitzen. Schon gar nicht hier bei der Polizei. Sie waren am Morgen bei ihm zu Hause gewesen, hatten ihm eine richterliche Bescheinigung unter die Nase gehalten und ihn gebeten, mitzukommen. Noch beim Anziehen der Winterjacke hatte Bernadette ihm eine Standpauke gehalten, doch mehr zur Abschreckung der Polizisten als aus anderen Gründen. Als Sidler im Streifenwagen sass, war er froh, seiner Frau entkommen zu sein.

«Was denken unsere Nachbarn, wenn sie dich in Handschellen sehen?», hatte sie gelästert.

«Warum Handschellen?», hatte er sich gewundert.

Zum Glück waren ihm diese erspart geblieben.

Louis Camenzind, Typ Indianer mit asiatischem Einschlag, betrat den Raum. Wenn er seine Haare länger getragen hätte, wäre er glatt als Double von Winnetou durchgegangen. Sidler vermied eine Bemerkung. Dieser junge Ermittler tat nur seinen Job. Er installierte ein Aufnahmegerät, das die besten Tage hinter sich hatte. Sidler hätte ihm am liebsten einen Prospekt über die modernen Diktafone hiergelassen. Aber er konnte sich etwa vorstellen, dass die Polizei bei der Anschaffung zeitgemässer Geräte sparte.

Sidler musste seinen Namen, das Geburtsdatum und einige Dinge nennen, die von Wichtigkeit schienen. Louis hatte den Laptop aufgeklappt und tippte seine Angaben auf die Tastatur.

«Doppelt genäht hält wohl besser», brachte Sidler die Bemerkung an.

«Wie meinen Sie das?» Louis blickte auf.

«Sie nehmen mich ja auf. Oder ist das eine Attrappe?» Jetzt hatte er es doch getan, den Polizist auf das alte Gerät anzusprechen. Aber das war bei ihm eine *déformation professionelle*. Er lebte schliesslich vom Verkauf technischer Geräte und sah immer eine Gelegenheit, um sein Verkaufstalent unter Beweis zu stellen.

Louis schaute ihn nur an. «Wie würden Sie Ihr Verhältnis zu Konrad Gross beschreiben?»

Da war sie schon, die erste perfide Frage. Sidler war kein Mensch, der sich zurückhalten konnte. Wer ihn fragte, nach was auch immer, musste früher oder später damit rechnen, eine Wahrheit zu hören, die er gar nicht hören wollte. Er war jedoch intelligent genug und antwortete nur, was er sich zumuten durfte. Ein einziges falsches Wort, und die Polizei würde es verkehrt auslegen.

«Wir sind beide seit Jahren in der Sankt Niklausengesellschaft.»

«Und ausserhalb? Hatten Sie mit Konrad Gross zu tun?»

Ich hätte ihm die Eier eingetreten, wenn ich ihm allein begegnet wäre. «Er hat bei mir schon eingekauft. Das ist schon eine Weile her.» Wäre er in der letzten Zeit in sein Geschäft gekommen, hätte er ihm eines über den Schädel gehauen. Diesem bornierten Klaus.

«Da bestand nie eine Freundschaft?»

Wie auch? «Keine Busenfreundschaft, wenn Sie das meinen. Man sah sich, grüsste sich. Mehr war da nicht.» Sidler überlegte, dass er ihn in letzter Zeit nie gegrüsst hatte, auch wenn er ihn sah.

«Vor zwei Jahren wurde bei Ihnen eingebrochen. Was können Sie mir dazu sagen?»

Aha, der Winnetou hat seine Aufgaben gemacht. «Was hat das mit Ihrem Fall zu tun?»

«Beantworten Sie mir bitte die Frage.»

«Das ist nicht ganz korrekt, dass bei mir eingebrochen wurde. Der Dieb war schon im Geschäft, als er die Taschenrechner mitlaufen liess.»

Louis las aus einem Ringheft, das er neben den Laptop gelegt hatte. «Sie machten eine Anzeige. Der Dieb wurde verhaftet. Sie legten dann ein gutes Wort für ihn ein, damit es zu keiner Strafverfolgung kam.»

Warum ritt dieser Kerl auf dem Thema herum? «Das ist richtig. Beim Täter», Sidler malte Gänsefüsschen in die Luft, «handelte es sich um Claudius Mettler. Er ist ein wenig ballaballa.» Er fuchtelte vor seinem Gesicht. «Autist eben ...»

«Haben Sie Kontakt zu Claudius Mettler?»

Achtung! Fangfrage.

«Kontakt kann man nicht sagen. Claudius besucht mich manchmal im Laden. Er mag mich …» Hoppla, das hätte er lieber nicht gesagt.

Prompt kam Camenzind mit der passenden Frage. «Er mag Sie? Wie soll ich das verstehen?»

«Er hat ja sonst niemanden.»

«Vorhin sagten Sie, dass Sie nicht unbedingt Kontakt mit ihm pflegen.»

Sidler streckte seinen Rücken. Dieser Polizist drehte ihm die Wörter im Mund um. «Worum geht es? Klären Sie mich auf.»

Louis ging nicht darauf ein. «Würden Sie Claudius zutrauen, dass er sich erneut in ein Geschäft geschlichen hat?»

«Warum? Hat er das?»

«Beantworten Sie mir die Frage.»

War ja klar. Die Polypen hatten Claudius' Versteck während des Klausumzugs entdeckt und seine Fingerabdrücke sichergestellt. «Ich weiss nicht, wovon Sie reden.»

Louis sah sein Gegenüber eindringlich an. «Ich kann mich auch klarer ausdrücken. Haben Sie Claudius damit beauftragt, in Zumsteins Geschäft einzudringen?»

«Warum hätte ich das tun sollen?» Sidler knetete seine Finger. «Sie pokern, oder?»

«Machen wir eine Pause.» Louis erhob sich, ging zur Tür, öffnete sie und beauftragte den uniformierten Polizisten davor, Sidler Gesellschaft zu leisten.

***

Valérie legte den Krimi auf den Tisch.

«Sie lesen meine Krimis? Muss ich mich geehrt fühlen?»

Benjamin Lusti sah anders aus, als Valérie ihn sich vorgestellt hatte. Kriminalschriftsteller, dachte sie, seien immer schwarz gekleidet, hätten ungepflegte Haare und trügen saloppe Anzüge, damit jedermann sah: Hier kommt jemand, der unterscheidet sich von der Masse. Der schreibt, was andere lesen. Der hat

Talent, wovon viele nur träumen. Lusti trug ein weisses Hemd und neue Jeans. Valérie erkannte es am steif wirkenden Stoff und dem feinen Glanz, der in der Regel nach dem ersten Waschgang verschwindet. Seine Haare waren braun und kurz, sein Gesicht rasiert, und als er sich setzte, streifte der herbe Geruch eines Aftershaves ihre Nase. Ihn mit Rosita Gross in intimer Zweisamkeit zu sehen, fiel ihr allerdings schwer. Lusti war um einiges jünger als Rosita Gross, schätzungsweise fünfzehn Jahre; dennoch für Valéries Gusto eine Spur zu bieder. Ein Paar, das nicht zusammenpasste.

«Sie sind freiwillig hierhergekommen.»

«Nicht ganz. Ich dachte, bevor Rosita Zoff macht, melde ich mich lieber selbst.»

«Warum hätte sie Zoff machen sollen?»

«Sie will mir den Mord an ihrem Mann in die Schuhe schieben.»

«Ach ...» Valérie erinnerte sich an ihr letztes Gespräch mit Rosita Gross. Sie hatte in keinem Satz erwähnt, dass sie Lusti als Täter sah. Im Gegenteil: Sie hatte ihn als sanften Typ beschrieben. «Gab es Streit zwischen Ihnen?»

Lusti sah Valérie mit gerunzelter Stirn an. «Ich weiss nicht, was in meine Freundin gefahren ist. Seit ihr Mann tot ist, hat sie sich verändert. Sie wirft mir vor, ich würde es nur auf ihr Geld absehen.»

«Sehen Sie es denn auf ihr Geld ab?» Valérie musterte Lusti eindringlich.

«Blödsinn! Ich verdiene genug.»

«Ihr Bankkonto beweist das Gegenteil. Sie leben ziemlich am Limit.»

«Ich bin eben ein Lebenskünstler ...» Lusti stutzte. «Sie kennen mein Konto?»

«Im Rahmen der Ermittlungen hatten wir Einblick.»

«Werde ich jetzt beschuldigt?»

Lusti gehörte zum Kreis der Verdächtigen. Dass er aus freien Stücken zur Polizei gekommen war, änderte nichts am Vorverfahren. Valérie hatte bereits eine richterliche Verfügung für eine Wohnungsdurchsuchung bekommen. Zudem wurde sein

Telefon überwacht, und Auskünfte von Banken und Schuldnerregistern wurden eingeholt.

«Gemäss Aussagen einer Zeugin sind Sie vom Verdacht, Gross erschossen zu haben, nicht ausgeschlossen. Sie haben ein Motiv.»

«Aha.» Lusti überlegte. Er strich sich die Jeans glatt, blickte eine Weile auf diese Stelle, als würde er dort etwas sehen, das ihn zutiefst schockierte. «Ein Motiv ... das ist ja interessant ... Was haben Sie gesagt? Es gibt eine Zeugin?» Lustis Lachen klang verbittert. «Ich kann mir etwa vorstellen, wer. Anna hat uns mal gesehen und hat wohl ihre eigene Version erfunden.»

«Die nicht aus der Luft gegriffen zu sein scheint», fügte Valérie an. «Armer Schriftsteller angelt sich reiche Witwe.»

«Pah ... das sind die gleichen Worte, die schon Rosita verwendet hat. Ich korrigiere: Konrad Gross hat noch gelebt, als ich Rosita kennenlernte.»

Valérie überging es. «Besitzen Sie Waffen?»

«Ha ...» Lusti rutschte auf dem Stuhl nach vorn. «In meinem Kopf eine ganze Menge. Ich habe jeden Waffentyp studiert. Das gehört zu meiner Recherche, bevor ich einen neuen Krimi zu schreiben beginne.»

Valéries strenger Blick schüchterte ihn ein. «Sie wissen, dass das gegen Sie verwendet werden kann.»

«Das war jetzt nicht sehr klug von mir.»

Valérie entdeckte einen sich vergrössernden Schweissfleck unter seinen Armen. «Ich muss Sie leider bitten, uns eine Speichelprobe abzugeben.»

«Was soll das? Ich kannte Gross nicht persönlich.»

«Das schliesst eine Straftat nicht aus.»

Lusti wurde aufsässig. «Ich verweigere es. Das ist ein Eingriff in meine Privatsphäre.»

«Sie als Kriminalschriftsteller müssten wissen, warum man den genetischen Fingerabdruck nimmt.» Valérie blieb ruhig.

«Ja klar. Jetzt kreiden Sie mir mein Schreiben an.» Er zögerte.

Valérie überreichte ihm einen Papierbogen. «Hier, wir haben ein Vorverfahren gegen Sie eingeleitet. Wir sind befugt –»

«Was haben Sie?» Lusti sprang vom Stuhl auf. Es gab ein

schepperndes Geräusch. «Sie haben nichts gegen mich in der Hand, absolut nichts. Und was immer Anna gesagt hat, die lügt.»

«Im Rahmen dieses Verfahrens sind wir befugt, eine Untersuchung einzuleiten.»

«Ich bin aus freien Stücken hier.» Lusti war aufgebracht. «Ich versichere Ihnen, dass ich diese Demütigung in einem meiner nächsten Krimis erwähne. Sie müssen wissen, dass ich in meinen Romanen gewisse Missstände in der Schweiz aufdecke ...»

Valérie griff nach dem iPhone und stellte Schulers Nummer ein. «Hallo, Franz, bist du zufällig in Schwyz?»

«Nein, warum sollte ich?»

«Ich werde dir gleich jemanden für die Speichelprobe nach Schindellegi schicken. Sein Name ist Benjamin Lusti.» Valérie notierte die Adresse des KTD.

«Das wird Konsequenzen haben», sagte Lusti.

«Wir tun nur unsere Pflicht.» Valérie überreichte ihm einen Zettel. «Wenden Sie sich dort an Franz Schuler.»

«Sie kommen nicht mit?»

«Nein. Das wird mein Kollege übernehmen. Sie müssen nichts befürchten, falls Sie unschuldig sind.» Valérie sagte dies mit einer komplett ruhigen Selbstverständlichkeit.

Auf dem Flur traf Valérie auf Louis.

«Timing, oder?» Er holte eine Zigarette hervor. «Leistest du mir Gesellschaft?»

Sie stiegen die Treppe runter, traten vor die Tür. Der Verkehr auf der Bahnhofstrasse hatte zugenommen. In gleichmässiger Monotonie fuhren Personenwagen und Busse vorbei.

«Kommst du gut voran?», fragte Valérie.

«Sidler verschweigt mir etwas.» Louis zündete die Zigarette an, inhalierte tief. «Er weiss etwas über Claudius Mettler. Ich denke, dass er ihm nähersteht, als er zugeben will.» Er stiess den Rauch aus. «Bist du mit Lusti fertig?»

«Ein komischer Kerl. Kommt hierher, weil er befürchtet, Rosita Gross könnte ihn anzeigen. Dass Anna es bereits getan hat, bringt ihn aus der Fassung.»

«Wir werden sehen, was die DNA bringt.»

«Wo befindet sich Sidler?»

«In Zimmer elf. Du kannst ihn gern weiter befragen.»

«Hat sich schon etwas bei der Suche nach Claudius Mettler ergeben?»

«Bis anhin nicht.» Louis drückte die halb abgebrannte Zigarette auf dem Boden aus. «Willst du mit Sidler weitermachen?»

«Das war so ausgemacht. Tauschen wir also. Ich geh dann mal wieder.»

Valérie betrat das Gebäude. Letzte Nacht, nachdem sie die Verabredung mit Zanetti endgültig gestrichen und gegen die Müdigkeit angekämpft hatte, las sie noch einmal die Berichte durch, die ihr von Küssnacht übermittelt worden waren. Die Polizei hatte endlich Einsicht in Gross' Akten erhalten. Die Gerichtsurteile des letzten halben Jahres, in denen zuungunsten von Frauen entschieden worden war, hatten Valérie besonders interessiert. Sie war auf drei Namen gestossen, wovon sie zwei kannte: Angela Pagani und Tamara Sidler Hauri.

Valérie stiess die Tür auf.

Sidler war über ihr Erscheinen nicht sehr erfreut. «Wo ist Ihr Kollege?»

«Ich löse ihn ab.»

«Aha ... ist das eure Taktik? Der eine leistet die Vorarbeit, bis er nicht mehr weiterweiss, dann kommt der zweite zum Einsatz. Ich habe alles gesagt, was es zu sagen gab.»

Valérie setzte sich und schlug einen Schnellhefter auf. «Herr Sidler. Am 17. November dieses Jahres haben Sie Konrad Gross bedroht.»

«Da verstehen Sie etwas falsch.» Sidler kratzte sich am Hinterkopf. «Bedrohen würde ich dem nicht sagen. Ich habe ihm meine Meinung gesagt.» Sidler zeigte auf den Hefter. «Sie können sicher nachlesen, dass ich mich bei ihm beschwert habe, weil er seinen Job nicht richtig machte. Meine Tochter Tamara lebt getrennt. Ihr Nochehemann ist ein zugewanderter Baulöwe aus dem Luzernischen. In der Zwischenzeit bepflastert er halb Küssnacht mit seinen Hütten. Er hat Geld, Einfluss und Macht. Dass Hauri die Kinder zugesprochen wurden, ist Gross zu verdanken.

Hauri hatte ihm dazumal das Haus am Seemattweg gebaut. Er ging dort ein und aus. Zudem waren sie enge Golffreunde. Das stinkt doch zum Himmel. Ich sage Ihnen, dieser Gross war korrupt. Da nutzte auch das Sankt Nikolausgewand nichts mehr, um seinen miesen Charakter zu verbergen.»

«Sie wissen schon, dass Ihre Aussage gegen Sie verwendet werden kann.» Valérie verwies ihn auf seine Rechte.

«Zum Teufel damit! Ich habe Gross nicht umgebracht. Ich mache mir meine Hände nicht schmutzig, schon gar nicht an einem Pseudo-Heiligen. Aber ich hoffe, dass Tamaras Fall neu aufgerollt wird. Ich würde es ihr wünschen. Gross hat sie gedemütigt. Hat sich von diesem Hauri einschleimen und sein Hirn vernebeln lassen … und soll ich Ihnen sagen, weshalb? Hauri hat sich den Entscheid bei Gross erkauft …»

«Es gibt keine Beweise, dass es so war.» Valérie hob beschwichtigend die Hand. «Sagen Sie mir, wo Sie am 5. Dezember zwischen halb acht und Viertel vor neun waren.»

Sidler wirkte verdattert. «Um acht an der Seebodenstrasse. Ich stellte mich mit meiner Treichel ein. Es gibt Zeugen.»

«Diese Zeugen, Herr Sidler, wollen gesehen haben, wie Sie die Parade kurz vor acht verliessen. Erst um Viertel vor neun, nachdem der Zug gestoppt hatte, seien Sie im ‹Adler› wieder aufgetaucht. Wo waren Sie zwischen acht und Viertel vor neun?»

«Warum bohren Sie, wenn Sie es schon wissen?» Sidler lehnte sich zurück, schlug die Beine übereinander und schniefte in die Hand. Er brachte es nicht fertig, seine Nervosität zu verbergen.

«Ich möchte es aus Ihrem Mund hören.»

«Es war idiotisch von mir … verdammt, eine blöde Idee …»

Jemand klopfte an die Tür. Sidler verstummte.

«Ja?» Valérie ärgerte es.

Louis trat ins Zimmer. «Kannst du kommen?»

«Ungern.» Valérie warf Sidler einen die Situation abschätzenden Blick zu. Die Wahrscheinlichkeit, dass sie die Wahrheit erfuhr, rückte durch Louis' Störung in weite Ferne. Sie spürte, wie Sidler sich wie eine schlechte Miesmuschel im Tomatensud verschloss.

«Was ist?», fuhr Valérie Louis vor der Tür an. «Du bist zu einem denkbar ungünstigen Moment erschienen. Ich hätte Sidler bald so weit gehabt.»

«Tut mir leid. Aber Claudius Mettler wurde gefunden. Ich dachte, es sei wichtig.»

Valérie beruhigte sich etwas. «Wo hat man ihn aufgegriffen?»

«Das ist es ja. In Sidlers Geschäft.»

«Wann?»

«Vor einer Stunde.»

«Und wo war er vorher?»

«Er will es uns nicht sagen.»

«War abzusehen. Wer hat ihn gefunden?»

«Einer von Sidlers Mitarbeitern.»

«Wo ist Claudius jetzt?»

«Bei Henry.»

«Henry ist hier? Ich dachte, er hätte heute Unterricht im Kollegi.»

«Ich habe ihn aufgeboten.»

«Gut, ich werde zu ihm gehen.» Valérie überlegte. «Sidler muss warten.»

***

Eins achtzig gross, dünn wie ein Spargel, blonde gelockte Haare, Schirmermütze, Jeans und Sweatshirt mit Kapuze und der Aufschrift «Real Madrid». So präsentierte sich Claudius Mettler im Zimmer, in das Henry Vischer ihn geführt hatte. Er umklammerte eine Videokamera der Marke Panasonic und warf den Kopf von vorn nach hinten – eine stereotype Bewegung, die Valérie bekannt vorkam.

Valérie begrüsste Henry, wechselte mit ihm ein paar Worte und wandte sich darauf an Claudius. «Mein Name ist Valérie. Wir haben uns schon einmal gesehen. Erinnern Sie sich?»

«Fünfundvierzig.» In Claudius' Blick lag jenes unergründliche Geheimnis, das bereits Louis zur Verzweiflung gebracht hatte.

«Ich bin noch nicht so alt.» Valérie lächelte. Sie fand nicht heraus, ob Claudius nur durch sie hindurch sah oder sie tatsächlich wahrnahm.

«Fünfundvierzig», wiederholte er. «Fünf Knöpfe, neun Schritte.»

Damit konnte Valérie nichts anfangen. «Wurde seine Mutter schon benachrichtigt?» Sie wandte sich an Henry.

«Sie ist auf dem Weg hierher», sagte Henry. «Wir sollten jedoch nicht auf sie warten. Wenn du etwas von Claudius erfahren willst, so muss das unter Ausschluss seiner Mutter geschehen.»

«In welcher Verfassung ist er?» Valérie fröstelte. Claudius' Augen schienen leblos, kalt, als würde er in eine ferne Welt blicken. Oder in seine eigene eingeschränkte. Seine Bewegungen waren etwas weniger geworden. Offenbar war er durch Valérie abgelenkt.

«Er befindet sich ganz in sich selbst», sagte Henry und bestätigte ihren Verdacht. «Es dürfte schwierig sein, ihn zu öffnen.

«Was ist das für eine Kamera?»

«Gemäss Sidlers Angestelltem hatte er sie schon in den Händen, als er im Geschäft stand.»

«Und niemand weiss, wo er vorher war?» Valérie sah auf Claudius' Sweatshirt. «Trug er keine Jacke?»

«Nein, das fiel auch dem Angestellten auf.»

«Die Temperaturen liegen im Minusbereich. Er wird sich wohl kaum lange draussen aufgehalten haben.»

«Claudius hat kein Empfinden, was warm und kalt betrifft.»

«Das heisst, dass er schmerzunempfindlich ist?»

«Bis zu einem gewissen Grad.»

Valérie setzte sich neben Claudius. Sie deutete auf die Kamera. «Ist das Ihre?»

Claudius' Kopfbewegungen wurden wieder stärker. «Siebenundzwanzig Geisselklöpfer, vierunddreissig Iffelen, neun Fackelträger, drei Schmutzlis, neununddreissig Iffelen …»

«Das kommt mir bekannt vor.» Valérie sah Henry an. «Hat es etwas mit dieser Kamera zu tun?»

«Möglich.»

«Mehr sagst du nicht dazu? Du bist der Profi, Henry. Umsonst hat dich Louis nicht hergebeten.» Sie stutzte. «Moment …

wenn das die Kamera mit dem Film ist, dessen Sequenz mir zugeschickt wurde, müssen wir das sofort checken.»

«Ich glaube nicht, dass Claudius fähig ist, eine Filmsequenz zu mailen.»

«Ich muss auf Nummer sicher gehen.»

Henry sprach beruhigend auf Claudius ein, versuchte, ihm die Kamera zu entnehmen. Er wehrte sich, gab gutturale Laute von sich, während es Valérie durch Mark und Bein fuhr. Es dauerte eine Weile, bis Claudius widerstrebend die Kamera aus der Hand gab.

Valérie beauftragte einen Kollegen, sie in die IT-Abteilung zu bringen.

Nach dem Mittagessen war jeglicher Zweifel aus dem Weg geräumt. Von Claudius' Camcorder wurde eine SD-Speicherkarte mit dreissigminütigem Bildmaterial des Klausumzugs sichergestellt. Der Vergleich mit Valéries Mail bestätigte ihre Vermutung: Die Filmsequenz entstammte der Speicherkarte. Daran, dass Claudius den Film geschnitten hatte, glaubten weder Valérie noch Henry.

«Wer hat Ihnen die Kamera geschenkt?» Henry versuchte, ein Gespräch mit Claudius in Gang zu bringen. Während er sich in Geduld übte, rief Valérie Franz Schuler vom KTD an und erkundigte sich nach dem Mobiltelefon, das man – im Gegensatz zur Kamera – dem jungen Mann sofort hatte abnehmen können.

«Ich hätte mich auch gleich gemeldet», sagte Schuler. «Auf dem Handy sind zwei Nummern, die er immer wieder angerufen hat und von denen aus er angerufen wurde. Eine Nummer ist die von Frau Mettler, also von seiner Mutter ... die andere von Erich Sidler.»

Valérie durchfuhr ein Schauer. «Mit wem hatte Claudius am 5. Dezember Kontakt?»

«An diesem Tag hat er mehrmals mit Sidler telefoniert. Wir konnten die Anrufe bis in den November zurückverfolgen. Claudius hatte einen regen Austausch mit ihm geführt. Und jetzt halte dich fest: Auch um zwanzig vor acht am 5. Dezember rief er Sidler an. Dann war Pause. Das letzte Gespräch führte er eine Stunde später. Es dauerte eine Minute und vierzig Sekunden.»

Valérie bedankte sich.

Langsam fügten sich die Puzzleteile aneinander. Allmählich entstand ein Bild, das von einem Mordmotiv weit entfernt lag, jedoch sehr nahe an einer Tragödie.

Hatte Sidler Claudius damit beauftragt, den Klausumzug zu filmen? Hatte er ihm Zumsteins Geschäft als Standort empfohlen, oder war Claudius aus freien Stücken dorthinein gelangt? War es bloss Zufall gewesen, dass genau an diesem Abend Konrad Gross erschossen worden war?

Je tiefer Valérie wühlte, umso suspekter erschien ihr alles.

Sie liess Henry mit Claudius allein und kehrte zurück zu Sidler.

Dieser war über den Tisch eingenickt. Er schrak hoch, als Valérie den Raum betrat. «Wird auch langsam Zeit», beschwerte er sich. «Ich habe nicht vor, auf der Polizei Wurzeln zu schlagen. Zudem sind Ihre Stühle hier verdammt unbequem.»

«Herr Sidler, Sie kommen nicht mehr darum herum, mir alles zu erzählen, was sich am 5. Dezember zwischen acht und Viertel vor neun zugetragen hat. Wir wissen jetzt, dass Claudius Mettler Sie um zwanzig vor acht angerufen hatte. Kurz darauf verliessen Sie die Parade. Wohin gingen Sie?»

Sidler kratzte sich am Nacken und räusperte sich ein paarmal. Valérie glaubte, ihren Geduldsfaden reissen zu hören.

«Es ist richtig, dass Claudius mich anrief. Er erzählte mir, dass er sich am Samstag zuvor in Zumsteins Geschäft geschlichen habe –»

«Wie kommt es, dass sich Claudius so klar ausdrücken konnte?»

«Ich habe nicht gesagt, dass er sich gut äusserte. Aber mittlerweile kenne ich seine Laute und die zusammenhangslosen Floskeln, wenn er etwas erklären will, das ihm wichtig erscheint.»

«Sie gingen also hin.»

«Ich versuchte, in die Bahnhofstrasse zu gelangen. Ich wollte

Claudius zur Vernunft bringen. Ich wusste ja nicht, dass er von Zumsteins Büro aus filmen wollte. Er muss es sich schon Tage zuvor in den Kopf gesetzt haben. Verdammt! Ich hätte es wissen müssen.» Sidler griff sich genervt an den Kopf. «Es gab kein Durchkommen. Die Leute standen dicht beieinander. Da brach ich die Übung ab und ging zurück. Auf der Höhe des ‹Adlers› angekommen, stoppte der Umzug. Ich schloss mich dann meinen Kollegen an und ging mich aufwärmen.»

«Woher hatte Claudius die Kamera?»

«Von mir. Ich wollte ihm eine Freude machen. Ich dachte nicht, dass er einen solchen Narren daran fressen würde.»

«Aber Sie beauftragten ihn, den Klausumzug zu filmen.»

«Beauftragen wäre übertrieben. Ich lehrte ihn, die Kamera zu handhaben, und sah, wie glücklich es ihn machte. Claudius ist ein armer Kerl. Ich bin halt so ... ich kann nicht anders, als die schwächsten Glieder unserer Gesellschaft zu unterstützen. Wir unterhielten uns über den Klausumzug. Ich sagte, dass er ein schönes Motiv gäbe.»

Da nahm er den Mund ganz schön voll. Valérie verkniff sich ein Schmunzeln. «Bleibt die Frage, wo Claudius während der letzten zwei Tage war.»

Sidler wirkte je länger, desto nervöser. Er hielt eine Wahrheit zurück; nur der Grund war nicht klar. Glaubte er, mit dem Reden sich noch mehr in Ungereimtheiten zu verstricken?

«Bei mir und Bernadette», sagte er zögernd. «Meine Frau steht ganz zu mir.»

«Sie wussten, dass wir Claudius suchen, und haben ihn bei sich wohnen lassen?»

«Er sollte sich bei uns etwas erholen. Er war völlig durch den Wind.»

«Er hat bei Ihnen geschlafen? Sie haben ihn verpflegt und ihn in Ihrer Wohnung versteckt, obwohl Sie wussten, dass er gesucht wird?»

«Wie hätte ich es wissen sollen?»

«Sie haben den ‹Boten der Urschweiz› abonniert und sicher den Zeugenaufruf gelesen.»

«Sie ... warum wissen Sie, dass ich diese Zeitung abonniert habe?» Sidler fuhr sich mit der Hand über den Mund. Er schwitzte.

«Das sind die rudimentärsten Dinge, denen wir nachgehen.»

«Ohne richterlichen Beschluss?»

«Den braucht es nicht dazu.» Valérie beherrschte sich. «Also haben Sie es gewusst.»

«Verdammt, ja.»

«Noch eine letzte Frage: Haben Sie mir die Videosequenz geschickt?»

«Ja, habe ich. Keine Ahnung, welcher Teufel mich geritten hatte.»

Valérie stiess Atem aus. «Ihnen ist bewusst, dass wir Sie rechtlich zur Verantwortung ziehen können? Sie haben uns unter dem Aspekt falscher Tatsachen und einem fingierten Absender eine Mail zukommen lassen. Sie haben einen Verdächtigen versteckt …»

Sidler hob die Arme. «Ist ja gut, ist ja gut … das können Sie mir tatsächlich ankreiden. Aber mit einem Verbrechen habe ich deswegen noch lange nichts zu tun.»

DREIZEHN

«Erklären Sie mir, wie Ihre DNA an Gross' Unterwäsche kommt?»

«Erklären Sie es mir.»

«Wie bitte?»

«Keine Ahnung.»

«Hatten Sie mit Konrad Gross eine sexuelle Beziehung?»

«Soll das ein Witz sein? Ich habe Gross nicht persönlich gekannt, geschweige denn ihn angefasst. Ich bin nicht schwul.»

Vor einer halben Stunde hatte man Benjamin Lusti in eines der Vernehmungszimmer gebracht, nachdem die Resultate aus dem Labor eingetroffen waren. Die Abgleiche mit der Datenbank hatten zwei Übereinstimmungen mit der DNA ergeben, die bei Gross sichergestellt worden waren.

Im Nebenzimmer wartete bereits die andere Person. Als Valérie den Bericht gelesen hatte, war ihr nicht ganz klar, wie es zu dieser doch sehr fragwürdigen Konformität gekommen war. Valérie wollte es von den betroffenen Personen gleich selbst erfahren.

«Was geschah an dem Abend, als Konrad Gross Sie und Rosita Gross überraschte?»

Lusti verschränkte die Arme hinter seinem Kopf und streckte die Beine von sich. «Es gibt zwei Dinge in meinem Leben, an die ich mich nicht erinnern will, der Todeskampf meines Vaters, als der Krebs ihn besiegte, und die Szene mit Rosita, als ihr Mann uns sozusagen auf frischer Tat ertappte.»

«Wie reagierten Sie, als Sie Gross unter der Tür stehen sahen?»

«Ich habe doch gesagt, dass ich mich nicht daran erinnern will.»

«Bringen Sie es hinter sich», forderte Valérie ihn auf. «Was geschah?»

«Ich drehte mich zur Seite, versteckte mein Gesicht … ein normaler Reflex, nicht wahr? Oder wie würden Sie in so einer Situation reagieren? Ich war im Haus von Rositas Mann, splitterfasernackt. Ich blamierte mich, wäre am liebsten im Boden versunken.»

«Waren Sie sich Ihrer Schuld bewusst? Immerhin liessen Sie sich mit einer verheirateten Frau ein, zerstörten eine Familie, Kinder –»

«Sind Sie von gestern?», fuhr Lusti Valérie an. «Was denken Sie, was da draussen abläuft? Heute ist alles Lug und Trug. Die Anzahl ehrlicher Menschen können Sie an einer Hand abzählen. Die Welt ist schlecht geworden. Aber das muss ich Ihnen nicht sagen … Warum sollte ausgerechnet ich ein schlechtes Gewissen haben? Ich liebe diese Frau … aber wir hätten uns unter keinen Umständen bei ihr sehen sollen.»

«Gross muss etwas geahnt haben. Darum kam er zurück.»

«Es war mein Fehler. Rosita und ich hätten uns weiterhin nur bei mir treffen sollen. Aber sie wollte mir unbedingt zeigen, wie sie so lebt – mit Mann und Kindern und so … Mir war von vornherein nicht wohl dabei.»

«Wohin gingen Sie, als Sie Gross' Haus verliessen?»

«Ich fuhr nach Brunnen. Dort wohne ich.»

«Kann das jemand bezeugen?»

«Ich weiss nicht, wer mich gesehen haben könnte. Ich fuhr über die Breitenstrasse aus dem Seemattweg hinaus. Der Seeplatz war ja gesperrt.»

«Um welche Zeit war das?»

«Schätzungsweise um sechs.»

Nachdem Valérie Lusti weggeschickt hatte, wechselte sie das Zimmer. Nebenan wartete Rosita Gross. Sie sah erschöpft und übernächtigt aus. Unter ihren dunklen Augen lagen Schatten. Da konnte auch ihr Make-up nichts dagegen ausrichten. Ihr sandfarbenes Kostüm unterstrich ihre Blässe.

Valérie setzte sich. «Haben Sie am Abend des 5. Dezember mit Ihrem Mann geschlafen?»

Rosita Gross schluckte leer, wurde verlegen. «Warum hätte ich das tun sollen? Ich war mit Benjamin …» Sie riss ihre Augen auf. «Oh mein Gott!»

«Schildern Sie mir den Abend, nachdem Ihr Mann den Kaviar mit den Blinis gegessen hatte.»

«Konrad ging weg, sagte ich doch schon …»

«Das ist aber nicht die Wahrheit. Das Labor sagt etwas anderes.»

Valérie wartete.

Rosita Gross hüllte sich in Schweigen. Unablässig kaute sie auf der Unterlippe, bis sie blutete.

So verging eine kleine Ewigkeit. Vor dem Fenster verzog sich der Nebel und machte einem blassen Stück Himmel Platz. Ein Düsenjet zerschnitt das Blau.

«Das wollen Sie nicht hören», beendete Rosita Gross die Stille. Sie tupfte mit einem Taschentuch über die Lippen, versuchte, das Unausweichliche hinauszuzögern.

«Wir werden die Wahrheit so oder so erfahren. Was ist geschehen?»

«Also gut … Konrad ging, aber wesentlich später. Und ja, ich habe Sie angelogen. Tut mir leid. Ich schämte mich so. Nach dem Verzehr von Kaviar und Blinis stürzte sich Konrad auf mich. Ich hatte keine Ahnung, was er von mir wollte. Mich schlagen? Mich anspucken? Mich aus dem Haus werfen? Ich hätte es verdient.» Rosita Gross liess ein paar Sekunden verstreichen, in denen sie theatralisch die Arme hob. «Er riss mich ins Schlafzimmer und den Morgenmantel von meinem Leib. Er warf mich aufs Bett … Sie können sich etwa vorstellen, was geschah.»

«Sagen Sie es mir», forderte Valérie sie auf.

Rosita Gross' Augen waren nur noch zwei schwarze Löcher. «Konrad fühlte sich provoziert. Er wollte von mir dasselbe, was Benjamin und ich … Mir ist es völlig schleierhaft, dass ihn das dermassen erregte …»

«Er hat Sie vergewaltigt?» Valérie fragte sich, ob sie das Motiv für den Mord an Gross soeben gefunden hatte.

«Wie man's nimmt. Es war vielleicht nicht gerade in gegenseitigem Einvernehmen. Aber ich dachte mir, dass sich Konrad wieder beruhigen würde, wenn ich es zuliess …»

Valérie lehnte sich konsterniert zurück. Schweigend sah sie Rosita Gross an. Sie kannte das Phänomen. Die Frauen opferten ihren Körper, um verbalen Attacken, Demütigungen und womöglich Schlägen vorzubeugen, um ihre Männer zu beschwichtigen, wenn sie ausser Rand und Band gerieten. Jetzt war klar, weshalb die DNA von Lusti auf Gross' Unterwäsche und Körper gelangt war.

«Besitzen Sie eine Waffe?»

Rosita Gross griff sich mit dem Finger an den Kopf. «Nein! Um Himmels willen, nein.»

«Haben Sie den Mord an Ihrem Mann in Auftrag gegeben?» Im Moment der Fragestellung erkannte Valérie die Unverhältnismässigkeit und dass eine Tat im Affekt schon zeitlich nicht hinkam. Der Mord an Gross war geplant worden. Wahrscheinlich Tage im Voraus.

War es möglich, dass Rosita Gross das ganze Drama heraufbeschworen hatte?

Valérie erhob sich und liess Rosita Gross warten. Auf dem Flur rief sie Fabia an und verlangte von ihr, ein Protokoll mit Rosita Gross' Aussage zu erstellen. «Frau Gross soll es unterschreiben, bevor sie geht.»

Sie selbst kehrte in ihr Büro zurück. Nicht sicher, ob sie den heutigen Tag noch würde durchstehen können.

Sie trank einen doppelten Espresso und bereitete sich für die Teamsitzung am frühen Nachmittag vor. Wenigstens konnten ein paar Verdächtige ausgeschlossen werden. Dies trug jedoch nichts zu Valéries Zufriedenheit bei. Sie hatte damit gerechnet, dass sie heute einen grossen Schritt weiterkommen würde. Anstatt dessen stagnierten die Ermittlungen. Wenn sie Verdächtigungen aus dem Weg räumen konnte, setzte sie das noch lange nicht mit dem Verbuchen eines Erfolgs gleich.

Hatte sie etwas übersehen?

Vielleicht musste sie dort weitermachen, wo ihr Bauchgefühl sie hingeführt hatte – bei den Frauen.

Tamara Sidler Hauri und Angela Pagani. Den Namen der dritten Frau kannte sie noch nicht.

Fabia streckte den Kopf in Valéries Büro und fuchtelte mit einem Papier vor ihrer Nase herum. «Hast du gewusst, dass die Pagani-Kinder einen Beistand haben?»

«Wie bist du zu dieser Information gekommen?»

«Stand in einer der Akten aus Gross' Büro.»

Valérie fuhr sich mit den Händen übers Gesicht. «Du erinnerst mich daran, dass ich von solchen Akten auch noch eine ganze Menge bei meinen Pendenzen liegen habe. Hast du zufällig auch etwas über Tamara Sidler Hauri gefunden? Und über die andere Frau, die unsere Kollegin erwähnte?»

«Ennia Markovic ... war mit einem Kroaten verheiratet. Hausfrau, zwei Kinder. Richter Gross hatte entschieden, dass die Kinder zum Vater kommen. Dieser ist zurzeit in Kroatien. Die Kinder hat er mitgenommen. Gemäss seinem Arbeitgeber wird er nach Weihnachten wieder in die Schweiz zurückkehren. Ennia ist in der Psychiatrischen Klinik.»

«Hat sie einen neuen Lebenspartner?»

«Nein, ist mir nicht bekannt. Ich forschte in Zug weiter. Ennia Markovic sei nicht ansprechbar. Nach Gross' Entscheid habe sie sich umbringen wollen. Sie wird noch einige Zeit in der Klinik bleiben müssen, da sie noch immer suizidgefährdet ist. Sie sei schon früher sehr labil gewesen.»

«Wie bist du bloss an diese Daten gekommen? In der Regel halten sich Ärzte zurück, wenn es um gesundheitliche Fragen geht. Sie berufen sich aufs Arztgeheimnis.»

«Ja, das ist so. Es hat auch einige Zeit gedauert, um die zuständige Ärztin mit meinem Charme zu überzeugen.» Fabia lächelte. «Ehrlich gesagt, habe ich meine Beziehungen spielen lassen.»

Valérie liess es dabei bewenden.

«Wer sind ihre Eltern? Hat sie Geschwister?»

«Die Eltern leben in Immensee. Sind rechtschaffene Leute, so auch Ennias beiden Brüder. Der eine ist Gymilehrer, der andere arbeitet auf der Kantonalbank. Es gibt keine dunklen Flecke in ihrer Vergangenheit. Keine Vorstrafen, nichts, nada.»

«Und die nehmen das einfach so hin?»

«Ennias Eltern pflegen ein gutes Verhältnis zu ihrem Ex-Schwiegersohn, schon der Enkelkinder wegen. Es macht eher den Anschein, dass sie auf der Seite des Kindsvaters stehen.»

Valérie bedankte sich. «Also können wir die schon mal ausschliessen. Wie sieht es mit Tamara Sidler Hauri aus?»

«Sie hat unsere Vorladung.»

«Okay. Ich werde heute noch einmal nach Küssnacht fahren.»

***

Ein beschrifteter Camion eines Umzugsunternehmens versperrte die Zufahrt zu den Parkplätzen. Muskulöse Männer trugen Möbel aus Hergers Wohnung heran und verräumten sie im Wagen.

Denkbar ungünstig, jetzt mit Sebastian Herger und Angela Pagani zu sprechen, dachte Valérie. Vergebens hatte sie nach einem Abstellplatz für ihren TT gesucht. Sie parkte zwei Häuser weiter in Richtung See, der etwa zweihundert Meter entfernt war, ging zurück und wartete unter der Tür, bis sie Herger und Angela Pagani entdeckte. Sie trugen Wäschekörbe heraus.

«Sie schon wieder?» Auf Hergers Gesicht spiegelte sich Unmut. «Sie sehen, was hier los ist. Wir ziehen um. Oder wollen Sie gleich mit anpacken?»

Valérie liess es sich nicht zweimal sagen und nahm Angela Pagani den Korb ab. «Wir müssen uns noch einmal unterhalten, Frau Pagani.» Sie stellte den Korb auf den Platz vor den Briefkästen.

«Kann das nicht warten?» Angela Pagani warf einen fragenden Blick ihrem Freund zu, der kopfschüttelnd auf den abgestellten Korb starrte.

«Bringen wir es doch hinter uns», sagte Valérie. «Können wir uns in der Küche hinsetzen?»

«Die Stühle sind schon im Wagen.» Pagani blieb unschlüssig stehen.

«Nun geh schon», sagte Herger, stellte seinen Korb auf den andern und trug beide über den Weg.

Valérie folgte Angela Pagani ins Haus. Auf der Treppe begegnete ihnen die Diva von neulich. Ihr rotes Rüschenkleid hatte sie gegen ein blaues, nicht minder kitschiges eingetauscht. Sie sagte nichts, schaute nur. Vergass sogar zu grüssen.

«Es sieht nicht mehr sehr einladend aus», entschuldigte sich Pagani.

«Das muss es nicht. Was ich zu klären habe, braucht kein Ambiente.» Valérie lehnte in der Küche an den Kühlschrank und verschränkte die Arme. «Warum haben Ihre Kinder einen Beistand?»

Paganis Augen waren unvermindert auf Valérie gerichtet. «Ich dachte, Sie suchen einen Mörder?»

«Wir müssen alles in Erwägung ziehen, selbst die Tatsache, dass Sie Ihre Kinder auch in zweiter Instanz an Ihren Mann verloren. Gab es Beanstandungen, dass Sie den Kindern nicht gewachsen sind?»

Angela Pagani stiess Luft aus. «Francesco hätte es gern gesehen. Aber diesen Gefallen tat ich ihm nicht. Daraufhin mobilisierte er die Kindes- und Erwachsenenschutzbehörde – eine weitere Erniedrigung. Meine Kinder wurden daraufhin einzeln befragt, sie wurden mit Tests geplagt, mussten blöde Spiele spielen und Zeichnungen anfertigen. Sie wurden regelrecht in die Mangel genommen. Ein Psychologe wertete alles aus und kam zu dem Schluss, dass meine Kinder Unterstützung brauchen. Francesco suchte nach Mitteln, um mich fertigzumachen und mich als unfähige Mutter hinzustellen. Alles, was er gegen mich unternahm, wurde in erster Linie von Konrad Gross unterstützt.» Pagani baute sich selbstbewusst vor Valérie auf. «Sehe ich so aus, als würde ich meine Kinder im Stich lassen, als wäre ich nicht fähig, sie zu lieben und zu erziehen?»

Auf den ersten Blick nicht. Doch Valérie wusste, dass man nicht grundlos einen Beistand herbeizog. Da musste etwas vorgefallen sein, das diesen Schritt rechtfertigte. Es fiel ihr schwer, Angelas Wesen zu fassen. Die Frau wirkte einerseits sehr fragil, andererseits strahlte sie eine enorme Kraft aus. Und dazwischen lag dieses Unergründliche. Dass die Frau in letzter Zeit aufs Massivste seelisch verletzt worden war, las Valérie in ihren Augen. Sie trugen etwas Melancholisches in sich.

War Angela Pagani am Ende eine Rachegöttin?

Undurchschaubar, aber hinterhältig? Mit lächelndem Gesicht das Messer in der Hand? Die Pistole entsichert, das Ziel im Visier, den Killer angeheuert? Jetzt, wo sie auf gutem Weg war, ihre Kinder behalten zu können, sann sie auf Rache.

Richter Gross sollte eliminiert werden. Er, der ihr das ganze Elend eingebrockt hatte. Seinetwegen hatte sie viel Geld verloren, den Glauben an die Justiz, ihre Wurzeln, die sie erst kürzlich in Küssnacht neu geschlagen hatte.

War sie als Mutter fähig, einen Mord in Auftrag zu geben?

Oder Sebastian Herger?

Valérie warf einen Blick durch das schmale Seitenfenster. Dort schritt er über den Weg. Zufriedenheit auf seinem Gesicht, ein neckisches Lächeln. Alles war im Lot. Er würde mit der Frau, die er liebte, zusammenziehen.

Würde er auch morden? Aus Liebe zu ihr?

Valérie stiess sich vom Kühlschrank ab. Sie musste mit Herger unter vier Augen sprechen. Lag des Rätsels Lösung bei ihm?

«Ich werde Sie nicht mehr länger belästigen, Frau Pagani. Ziehen Sie erst einmal in aller Ruhe um. Ich werde Sie morgen im neuen Heim besuchen.»

Herger stand plötzlich in der Küche. «Wir sollten vorwärtsmachen. Zeit ist Geld.»

«Morgen komme ich wieder, Herr Herger.»

«Ist der Fall noch nicht abgeschlossen?»

«Ich wäre sonst kaum hier.»

«Sie verdächtigen noch immer Angela? … Oder mich?»

«Hätte ich denn einen Grund?»

Herger wandte sich ab. «Komm, Angie, machen wir weiter.»

***

Als Valérie in der Rubiswilstrasse ankam, hatte sie einen intensiven Arbeitstag hinter sich. Das Briefing am Nachmittag hatte sich in die Länge gezogen. Fischbacher war der Grund gewesen. Er hatte darauf bestanden, sämtliche Akten von Gross ohne Verzögerung durchzusehen – und dies während seiner Anwesenheit im Konferenzraum. Valérie war deswegen fast mit ihm in Streit geraten.

Es gab weit mehr Frauen als angenommen, die der Richter denunziert hatte. Eine ganze Palette von möglichen Drahtzieherinnen tauchte auf. Gross hatte die Gerichtsentscheide mit dem Vermerk abgelegt, dass es ihm gelungen sei, das Recht der Väter gegen die hedonistischen Mütter auszuloten. Valérie hatte es zuerst nicht für möglich gehalten.

Konrad Gross entpuppte sich immer mehr als Psychopath. Kein Wunder, dass die Frauen ihn gehasst hatten.

Ein Blick zu den Mythen. Sie wirkten imposanter denn je. Zwei Felspyramiden, die sich vor einem lila Himmel abzeichneten.

Valérie zog sich aus, warf die schmutzigen Kleider in den Wäschekorb und stellte sich unter die Dusche. Wieder einmal Tannhäuser – der Sängerkrieg auf Wartburg. Sie hatte den CD-Player schon länger nicht mehr benutzt. Heute wollte sie sich mit Richard Wagner auf einen besinnlichen Winterabend einstimmen. Auf ein Käseplättchen und Rotwein.

Nicht nur die Dusche begann zu spuken, aus dieser spritzte bloss eiskaltes Wasser; auch Wagner schien ein anderer zu sein. Pure Gitarrenklänge, eine soulige Frauenstimme. Valérie musste laut herauslachen.

Colin! Das konnte nur Colin gewesen sein.

Valérie entnahm dem Player die CD. «Four Five Seconds» von Rihanna, Kanye West und Paul McCartney. Das also war die Musik, die sich ihr Sohn anhörte. Ein unbeschreibliches Gefühl durchströmte sie. Vielleicht sollte sie wieder Kontakt zu ihm aufnehmen. Er hatte den ersten Schritt getan. Es war ein gutes Zeichen.

Valérie duschte kalt und ohne Musik im Hintergrund. Aus dem gemütlichen Abend wurde wohl nichts. Sie würde sich warm anziehen und eine Pizzeria suchen gehen. Eine warme Mahlzeit würde ihr wohl besser tun.

Die Türglocke liess sie zusammenfahren. Wer konnte das sein? Die Wohnung in der Rubiswilstrasse diente als Rückzugsrefugium. Hier wollte sie, ausser von Colin und Katja, von niemandem gestört werden. Sie stellte die Brause ab, griff nach dem extragrossen Badetuch und schlang es um sich. Mit nassen Füssen tappte sie durch den Korridor. Hinter der Tür blieb sie stehen.

Sie unterliess es, durch den Spion zu sehen. Sie drehte den Schlüssel, öffnete die Tür.

Ihr stockte der Atem.

***

Tamara Sidler Hauri gehörte nicht zu den Dorfschönheiten. Und trotzdem umgab sie eine Aura, die Louis aus der Fassung brachte. Dieses Weib! Muskulös und gesund. Ihre Wangen glänzten. Aufrecht und stolz war ihr Gang.

Louis führte sie ins Vernehmungszimmer der Kapo Schwyz. Er konnte es nicht vermeiden, ihr auf den Allerwertesten zu blicken. Verdammt, warum trug sie diesen engen Rock? Dazu Pumps; für die Jahreszeit nicht angepasst. Unter ihrer Bluse zeichnete sich eine pralle Oberweite ab. Ein Büstenhalter schien wohl überflüssig.

Louis setzte sich schwer schluckend, während sein Blick auf sein Gegenüber gerichtet war.

Er schluckte wiederholt. «Frau Hauri –»

«Sidler Hauri», korrigierte sie. «Mein Name ist Tamara Sidler Hauri, mit Betonung auf Sidler. Meine Kinder tragen denselben Namen. Ich hatte darauf bestanden. Heute ist es ja möglich, im Gegensatz zu Vaters Generation, wo nur der Herr des Hauses etwas zu sagen hatte. Heute hat sich das zum Glück geändert.»

Louis nickte konsterniert. Es gelang ihm nicht, seine Fragen zu stellen. Tamara plauderte munter drauflos, während sie in ihrer Handtasche wühlte. «Ich bin seit einem halben Jahr getrennt. Die Ehe funktionierte nicht mehr. Keine Ahnung, warum.» Sie entnahm der Tasche ein Aspirin, schälte dieses aus dem Papier und steckte es in den Mund. «Seit heute Morgen plagen mich Kopfschmerzen. Wird wohl das Wetter sein.» Sie kaute ausgiebig. «Gut, vielleicht weiss ich, warum. Wir haben uns voneinander entfremdet. Kein Feuer mehr. Nichts. Ich weiss nicht, weshalb die Männer sich gehen lassen, kaum sind sie verheiratet. Meiner hat sich zu sicher gefühlt und mich dabei vernachlässigt. Seine Geschäfte waren ihm wichtiger. Anstatt den Kopf in den Sand zu stecken, habe ich mich selbstständig gemacht. Ich besitze eine Dessous-Boutique in der Bahnhofstrasse. Selbstständigkeit ist das einzig Erstrebenswerte im Leben. Mein Geschäft läuft gut –»

«Ich muss Ihnen ein paar Fragen stellen.» Louis fragte sich, warum sie selbst von ihren gepriesenen Dessous keinen Gebrauch machte.

«Ja natürlich.» Tamara Sidler streckte ihren Rücken durch. «Es geht um Richter Gross. Vater hat mir davon erzählt. Und jetzt wollen Sie von mir wissen, ob ich diesem Kerl etwas angetan habe. Ha … Ich hatte ihm zigmal den Hals umgedreht, selbstverständlich nur in meinen wildesten Phantasien. Sein Entscheid, mir die Kinder wegzunehmen, war eine Frechheit sondergleichen. Der Kerl hatte ja keine Ahnung.»

«Leben Sie in einer neuen Beziehung?»

«Nein. Im Moment habe ich echt genug von Männern. Ohne sie lebt es sich ganz ordentlich. Und für meine Kinder werde ich weiterkämpfen. Der Entscheid ist jetzt beim Kantonsgericht.»

«Wo waren Sie am 5. Dezember zwischen acht und neun?»

«Ich stand mit meinen Kindern an der Strasse im Unterdorf und wartete, wie viele andere Zuschauer auch, auf den Klausumzug.»

«Wussten Sie, dass Konrad Gross als Sankt Nikolaus mitmarschierte?»

«Keine Ahnung … echt, nein. Das kam mir erst zu Ohren, als er das Zeitliche gesegnet hatte.»

«Wie reagierten Sie auf diese Hiobsbotschaft?»

«Wollen Sie meine ehrliche Meinung hören? Ich dachte, jetzt hat's den Richtigen erwischt.» Tamara setzte ein bitterböses Lächeln auf. «Macht mich das nun verdächtig? Ich habe gelesen, dass Gross von einem Auftragsmörder erschossen worden sei. Vielleicht hatte Gross ja noch mehr Dreck am Stecken, als die Polizei glaubt. Wenn sich jemand bemüht, ihn durch eine Drittperson zu eliminieren, geht es vielleicht um weit mehr als um parteiische Gerichtsentscheide gegen Frauen. Aber das muss ich Ihnen nicht sagen. Dem sind Sie sicher schon längst nachgegangen.»

Louis räusperte sich. Langsam nervte ihn die Dame. Zudem

kam er sich vor, als bewegte er sich im Kreis. Diese Befragung brachte nichts. Es war nur vergeudete Zeit.

Später liess er sich Zeit mit dem Protokoll. Tamara Sidler wartete geduldig, bis er es geschrieben hatte, überflog es und setzte ihre Unterschrift darunter.

Sie ging, wie sie gekommen war. Eine Frau, die wusste, was sie wollte. Die anders war, als ihr Vater sie sah.

***

Es war wie ein Aufprall, eine Explosion im Zeitraffer, ein Sturm. Zwei Körper, die sich trafen, verschlungene Arme, Hände überall. Geöffnete Lippen. Zungen im Spiel der Begierde. Diese Atemlosigkeit.

Das Badetuch fiel zu Boden; Valérie klatschte mit dem Rücken an die Wand. Er presste seinen Körper gegen sie, griff fiebrig nach ihren Brüsten. Sie öffnete seinen Gurt, schob mit flinken Bewegungen seine Jeans über die Hüfte. Fuhr mit ihren Händen in seine Boxershorts.

Alles an ihm pulsierte, war prall und archaisch.

Er hob sie auf. Sie schlang ihre Beine um ihn. Registrierte diese Wildheit. Wollte ihn haben. Jetzt.

Sie warf ihren Kopf zurück, spürte sein Eindringen, ihre und seine Erregung. Die Sehnsucht, welche nicht aufhören wollte zu brennen. Sie umklammerte ihn, liess ihn nicht mehr los. Sie schaukelten erst langsam. Hungrig. Daraus entstand ein Ritt, der ihre Sinne durcheinanderbrachte. Sie waren nur noch Körper, nur noch Hitze. Gewalt.

Wie ein Blitz schoss es aus ihrer Mitte. Unaufhaltsam, nicht enden wollend. Sie verströmten, waren Insel und Meer – waren eins. Sie bebte, glaubte zu sterben, unterzugehen in seiner Kraft.

Langsam glitt sie von ihm, presste ihre Arme gegen die Wand. Er küsste sie, fuhr mit der Zunge über ihre Narbe. Sie liess es geschehen. Genoss den Augenblick.

Es fühlte sich wie ein Wiedergeborenwerden an.

VIERZEHN

Valérie erwachte, weil etwas sie in der Nase kitzelte. Im Zimmer war es dunkel.

Und anders als sonst.

Sachte streckte sie den rechten Arm aus, ertastete einen warmen Körper. Er lag noch da. Ihr Herz pochte. Sofort durchfuhr sie dieser süsse Schmerz. Er begann in der Brust, breitete sich über den Bauch nach unten aus. Erregte sie.

Sie hatte mit ihm geschlafen. Einmal, zweimal, unzählige Male. Immer wieder hatten sie sich gefunden. Ihr war nicht bewusst gewesen, wie ausgehungert ihr Körper war, wie einsam ihre Seele. Er hatte ihr die Sehnsucht gestillt, auf eine Art, die sie noch nie mit einem Mann erfahren hatte.

Emilio Zanetti – der Fremde aus Lugano – hatte ihr Herz erobert. In der letzten Nacht.

Es machte ihr Angst.

Sachte, damit sie ihn nicht weckte, schob sie die Decke zurück, erhob sich und schlich ins Badezimmer. Lange sah sie sich im Spiegel an. Da sah ihr eine andere Frau entgegen, eine mit geröteten Wangen, glänzenden schwarzen Augen und diesem verschwörerischen, wenngleich entspannten Lächeln auf dem Gesicht.

Lasse dich niemals mit einem Arbeitskollegen ein!

Sie hatten gegen alle Regeln verstossen.

Einmal ist keinmal!

Aber er lag in ihrem Bett. Sie würde sich nicht einfach davonschleichen können. Keine Tür hinter sich schliessen und den schlafenden Mann als etwas Einmaliges, etwas Vergangenes ansehen, das sich niemals wiederholen würde. Sie würde ihn auch nicht einfach aus der Wohnung werfen können. Obwohl sie jetzt daran dachte. Zwei Körper waren aufeinandergeprallt. Zwei Erwachsene hatten sich gegenseitig befriedigt. Was war schon dabei? Es würde vorübergehen. Ein Souvenir bliebe zurück wie ein Rosenduft, der sich allmählich verflüchtigte. Valérie würde sich an dieses Fluidum erinnern, wenn sie zum Beispiel die Musik hörte, die während des Liebesspiels an ihrem Ohr gewesen war. Nicht Tannhäuser. Nicht Wagner. Emilio hatte seine eigene Musik mitgebracht. Etwas Afrikanisches.

Valérie duschte sich. Ihr Körper fühlte sich weicher an, lebendiger als je zuvor. Trotzdem kamen jetzt Zweifel, ob es richtig gewesen war, ihren niederen Bedürfnissen zu erliegen. Sie war Polizistin, hatte einen Fall zu lösen, musste einen klaren Kopf behalten, durfte sich nicht von einem körperlichen Ausnahmezustand ablenken lassen.

Doch gerade dies war jetzt geschehen: Valérie glaubte zu schweben. Sie würde Emilio nicht einfach gehen lassen. Da war weit mehr gewesen als etwas, das sich niemals wiederholen würde. Sie wünschte sich sogar, dass es immer so bliebe.

Das Klingeln ihres iPhones riss sie abrupt aus dem vergeistigten Zustand. Triefnass griff sie danach.

«Lehmann.» Sie hatte nicht auf das Display gesehen. Hörte jetzt nur eine vertraute Stimme. Sie hatte ihr in der letzten Nacht Dinge ins Ohr geflüstert, bei denen sie nicht sicher war, sie jemals zuvor gehört zu haben.

«Du, ich bin nicht aus der Welt.» Valérie klemmte das iPhone zwischen Wange und Schulter und trocknete sich ab.

Da stand er bereits unter der Tür. «Guten Morgen.»

Sie wusste nicht, wie sie seinen Gesichtsausdruck deuten sollte. Seine Augen blieben lange an ihrem Gesicht haften. Sah er ihre Narbe erst jetzt? Hatten der Abend und die Nacht ihre wahre Identität für ihn verfälscht? Realisierte er, dass sie eine Vergangenheit hatte, die ihre untrüglichen Spuren hinterlassen hatten? Dass sie einen Rucksack trug, den sie gern einfach in eine Ecke gestellt hätte?

«Was ist?» Sie klang nicht mehr sehr euphorisch.

«Ein Toter auf der A 4, ein Unfall mit Fahrerflucht. Ich muss jetzt weg.»

Valérie lächelte, nicht sicher, ob sie traurig oder froh sein sollte. «Das ist unser Job. Da bleibt wenig Zeit für Privates.»

«Wir werden uns wiedersehen. Es war sehr schön mit dir.» Er hauchte ihr einen Kuss auf die Wange.

Sie schloss die Augen, genoss diesen Augenblick, Emilios Atem, diese kurze, aber nachhaltige Zärtlichkeit. Sie würde den ganzen Tag davon zehren.

Nach dem Duschen ging er, fand nicht einmal mehr Zeit, um mit ihr einen Kaffee zu trinken.

«Wir hören voneinander.»

Als die Tür ins Schloss fiel, hatte Valérie das Gefühl, die Hälfte ihres Selbst verloren zu haben.

***

Zuerst nach Biberbrugg, dann nach Küssnacht. So sah ihr heutiges Programm aus.

Louis fing sie vor dem SSB ab. Er stand bereits unter der Tür, in seiner Hand einen Schnellhefter, den er Valérie unmittelbar um die Nase strich. «Oha, was ist denn mit dir los? Du wirkst irgendwie verändert.» Er musterte sie kritisch. Als sie nichts erwiderte, sagte er, dass er soeben etwas erfahren habe, das mit ihrem Fall zu tun haben könnte. «Jetzt halt dich fest!»

«Louis, spann mich nicht auf die Folter. Ich habe keine Zeit für solche Spielchen.» Nach Lachen war ihr nicht zumute, obwohl sie vor Euphorie fast überschäumte. Sie drückte sich an ihm vorbei in den Korridor.

«Sebastian Herger hat eine Anzeige am Hals.»

Valérie blieb abrupt stehen. «Weshalb?»

«Er wird beschuldigt, die Mädchen von Angela Pagani sexuell genötigt zu haben.»

«Was?» Valérie stiess heftig Atem aus. «Und warum erfahre ich das erst jetzt?»

«Die Anzeige lag bei Richter Gross.»

«Was … was lag bei Richter Gross?»

«Hier, lies selbst.»

Valérie blätterte die Dokumente durch. «Das liegt drei Wochen zurück. Herger wohnte ja bis Oktober im Kanton Luzern. Ist das der Grund, weshalb die Kinder einen Beistand haben? Allerdings …», Valérie überlegte, «wäre etwas Wahres dran, hätte die Kindes- und Erwachsenenschutzbehörde doch sofort reagieren müssen.» Sie strich sich nervös über die Narbe. «Unglaublich, das alles …»

«Das konnten wir ja nicht ahnen.» Louis warf einen Blick auf den Parkplatz, auf dem ein Schneeräumfahrzeug einen Schneehaufen wegschaufelte.

Eine unnatürliche Hitze schoss durch Valéries Körper. «Und die Kinder bleiben inzwischen weiterem Ungemach ausgesetzt.» Sie sträubte sich, hier eine Verbindung zu sehen. Und doch wurmte es sie. Wenn die ganze Angelegenheit bei Richter Gross gelandet war und Herger davon erfahren hatte, hätte er ein Motiv. Vielleicht dachte er, mit Gross' Tod würde sich alles verzögern, sogar liegen bleiben und nicht mehr beachtet werden.

«Die Anzeige hat Francesco Pagani erstattet», sagte Louis.

«Eine Anzeige wegen Kindsmissbrauch ist kein harmloses Delikt», sagte Valérie. «Hier steht, dass Pagani eine eidesstattliche Erklärung abgegeben hat. In einem solchen Fall wird unverzüglich die Staatsanwaltschaft eingeschaltet. Sie muss Anklage erheben. Ich gehe davon aus, dass diese Anklage bei Richter Gross landete … wäre demzufolge auch ein Motiv.»

«Die dann wohl auf seinem Pult liegen geblieben ist», sagte Louis.

«Die Sache wird sich zwar hinausgezogen, aber nicht aus der Welt geschafft haben. Wer auch immer von der Staatsanwaltschaft den Fall behandelte, wird ihn nach Gross' Tod einem andern Richter vorlegen.» Valérie schlug ihrem Kollegen anerkennend auf die Schulter. «Danke, Louis, das wirft meines Erachtens ein anderes Licht auf unseren Fall. Ich werde beim Richter Haft beantragen. Wir werden heute Sebastian Herger festnehmen. Treffen wir uns in Küssnacht?»

«Ich muss noch etwas erledigen, kann aber in einer Stunde dort sein. Im Boden, oder?»

***

Einheimische bezeichneten das Quartier als «Gummel-Dörfli». Fabia, Küssnachts Insiderspezialistin, hatte ihr den Namen verraten. Wahrscheinlich habe es damit zu tun, dass der ehemalige

Landbesitzer ein Kartoffelbauer gewesen sei. Aber so genau wusste sie es nicht. Ihre Schwiegereltern erinnerten sich an schöne Obstplantagen, aber nicht an Kartoffelfelder.

Im Boden lag geschützt zwischen in Hufeisenform angeordneten Wohnblöcken. Die Reiheneinfamilienhäuser sahen alle gleich aus. Je drei Einheiten gab es, mit drei Etagen, zwei Balkonen und einem Garten, der zu Nachbars Grundstück durch Sträucher abgegrenzt war. Valérie fielen die farbigen Türen auf. Sie verglich sie mit einem Bienenhaus, dachte, dass sie der Kleinkinder wegen so bemalt waren. Sie betrat den schmalen Weg, der zu Angela Paganis neuem Zuhause führte. Neben dem Eingang stand bereits ein beleuchtetes Tannenbäumchen im Schutze des Vordaches. Valérie wollte gerade die Klingel drücken, als ihr iPhone vibrierte. Sie holte es aus der Tasche, fuhr über den Touchscreen.

«Ich bin's, Louis. Du, ich verspäte mich ein wenig. Bist du schon dort?»

«Ja, ich bin hier.» Valérie betrachtete den Sims des Küchenfensters, auf dem ein aus Polyresin gefertigter Engel sass. «Wie lange, rechnest du, brauchst du noch?» Sie entfernte sich von der Eingangstür. Sie ging ein Stück des Weges Richtung Spielplatz. Dieser lag verlassen da. Eine Katze streunte zwischen dem Sandkasten und dem Kletterbaum. Valérie warf einen Blick auf das Haus gegenüber. Die Kellerfenster waren mit Gitterstäben vermacht. Sie entdeckte einen Gemüsegarten, der noch nicht umgestochen war, zwei Kaninchen in einer Umzäunung. Sie fror und kehrte zurück. «Ich werde schon mal reingehen.»

«Bist du sicher?»

«Noch wissen die beiden nicht, dass wir Kenntnis von der Anzeige haben.»

Sie überlegte. Die Erfahrung zeigte, dass eine Anzeige schnell gemacht war. Sie kannte Leute, die aufgrund kleiner Streitigkeiten Anzeige erstatteten. Valérie besah sich die Häuserzeile. Ein Nachbar, der zu Unzeiten Musik hörte, ein Hund, der auf fremdem Terrain seinen Kuchen setzte – es gab immer Gründe für eine Anzeige. «Bitte beeil dich!»

«In zehn Minuten.»

«Danke, Louis.»
Sie drückte ihn weg und läutete.

Angela Pagani sah entspannt aus, als sie die Tür öffnete. «Wir haben Sie bereits erwartet. Bitte treten Sie ein. Sebastian ist auch hier. Er will möglichst schnell alle Gemälde aufhängen. Typisch Mann, eben. Sebastian ist ein Perfektionist. Will alles immer gleich erledigt haben. Nun ja, mir ist es recht so.»

Valérie nickte wortlos und trat ein. Sie erkannte zum Teil die Möbel wieder, die sie schon am Gschweighusweg gesehen hatte. Ein paar Kartons standen herum – das übliche Bild nach einem Umzug. Linksseitig lag die Küche, abgetrennt durch eine Art Bar-Theke. Wohn- und Essraum flossen ineinander über. Ein robuster Mosaiktisch und gusseiserne Stühle wirkten etwas fremd. Diese Sitzgarnitur hätte besser in einen Garten gepasst. Gelbe Ledersofas standen neben der Fensterfront. Darauf lag eine Anzahl farbiger Kissen.

Valérie setzte sich erst, als Sebastian Herger über die Treppe von der oberen Etage kam. In der Hand trug er eine Werkzeugkiste. Er stellte sie neben den Küchentisch. «So, oben sind die Bilder an der Wand, der Spiegel hängt auch schon. Jetzt können wir guten Gewissens ein paar Tage freimachen, nach diesem Stress hier … Ach, Frau Lehmann.»

«Guten Tag, Herr Herger … Wo soll es denn hingehen?»

«Wenn wir hier fertig eingerichtet sind, ins Engadin. Habe noch zu tun. Angie und ihre Kinder werden nachkommen. Über die Feiertage soll es schön sein. Schon die Zwillinge sind echte Skikanonen.»

Auch er sah gut gelaunt aus. Da hatten sich zwei Menschen gefunden, die glücklich miteinander waren. Glücklich, weil Gross tot war? Sofort war dieser Gedanke da.

Es gab auf einmal noch mehr Fragen.

Auf dem Weg hierher hatte Valérie Kontakt zum Beistand der Pagani-Kinder aufgenommen. Sie hatte einen Termin am kommenden Montag vereinbart. Sie hätte gern vorgängig mit ihm gesprochen, um zu erfahren, was er von Sebastian Herger hielt.

Sie würde sich gedulden müssen und sich zuerst ein eigenes

Bild von dem Mann machen, der nicht mehr von Angela Paganis Seite wich. Ein Bild, das sich seit dem Morgen verfinstert hatte.

Abgründe hatten sich aufgetan, mit denen Valérie nicht gerechnet hatte.

«Wir haben keine Geheimnisse voreinander», sagte Herger, nachdem Valérie ihm vorgeschlagen hatte, ihn allein zu sprechen. «Sie können mich fragen, wenn Sie die Antwort nicht scheuen.»

Hatten sie sich etwa schon untereinander abgesprochen?

Valérie fuhr mit ihrer Hand über das Mosaik. Sie spürte Unebenheiten unter ihren Fingern, ein Korn, das sich in den Fugen verfangen hatte. Sie wandte sich an Angela Pagani. «Wie reagierte Ihr Mann, als er von Ihrem neuen Partner erfuhr?»

Pagani warf ihrem Freund einen fragenden Blick zu. «Mit weiteren Sanktionen. Er strich die Alimente. Er fand, dass es nun nicht mehr seine Aufgabe sei, mich finanziell zu unterstützen, nachdem ich ihn bereits wie eine Weihnachtsgans ausgenommen hätte.»

«Ich hatte Einsicht in Ihre Akte, Frau Pagani. Es ist ein ziemlich hoher Betrag, den Sie bis anhin für sich und Ihre Kinder bekommen haben.»

«Den Verhältnissen angepasst», sagte Angela lapidar. «Eigentlich könnte es noch mehr sein. Meine Kinder hatten in St. Moritz ein ziemlich luxuriöses Leben. Sie bekamen alles, was sie sich wünschten. Manchmal auch Dinge, die nicht auf der Wunschliste standen. Francesco sagte immer, es solle ihnen an nichts fehlen. Wie schnell hat er doch seine Meinung geändert.»

Herger äusserte sich nicht dazu. Valérie beobachtete ihn. Es war ihm offensichtlich nicht recht, dass Angelas Mann zur Sprache kam.

«Francesco zahlt aber nur, wie es ihm gerade passt», fuhr Angela Pagani fort. «Mein Anwalt muss noch immer an jedem Monatsanfang die Gegenpartei darauf aufmerksam machen, dass Francesco endlich die Alimente bezahlen soll. Zudem habe ich kein schlechtes Gewissen. Wir hatten Gütertrennung. Ich verzichtete zugunsten meiner Kinder auf ein Erbe. Ich habe nichts.»

«Dann hätten Sie es sich vorher überlegen sollen.»

«Ich arbeitete nebst dem Beruf als Familienfrau sehr viel für meinen Mann, erledigte all seinen administrativen Kram, war immer abrufbereit, wenn er mich in seinem Geschäft brauchte. Ich diente ihm als billige Arbeitskraft. Glauben Sie, ich hätte nur einen roten Cent dafür erhalten? Zudem musste ich betteln, damit ich mein Haushaltsgeld bekam. Ich durfte mir nie etwas kaufen, ohne dass Francesco seinen Senf dazugab. Er kontrollierte mich, wo er konnte …» Pagani hielt inne. «Nein, ich habe kein schlechtes Gewissen. Ich mache mir aber auch keine Illusionen. Vielleicht werde ich nie das bekommen, was mir zusteht und was ich über die Jahre verdient hätte …»

«Sie hatten auf Richter Gross gehofft, dass er Ihren Mann durchschaut», sagte Valérie, «und wurden enttäuscht.»

«Das ist richtig. Ich setzte wirklich grosse Hoffnungen in ihn. Wir verloren sehr viel Geld, Sebastian und ich. Francesco führte Krieg gegen mich. Als er erfuhr, dass ich mit Sebastian liiert bin, drehte er komplett durch. Ging es am Anfang nur um die Frau, die ihn verlassen und die Kinder mitgenommen hatte, gab es plötzlich einen Nebenbuhler. Den bekämpft er seither mit allen Mitteln.» Angela sah Herger an. «Willst du es Frau Lehmann erzählen?»

Es war Herger nicht recht, das sah Valérie ihm an. «Geht es um die Anklage wegen Kindsmissbrauchs?», half sie nach. Ohne es zu wollen, hatte sie diesen Vorstoss gewagt.

«Anklage?» Herger zuckte zusammen. «Es ist erst … eine Anzeige … Warum wissen Sie davon?»

«Wir ermitteln. Da bleibt uns nichts verborgen. Den entsprechenden Strafantrag haben wir in Gross' Akten gefunden. Die Anklage stand –»

«Sie müssen mir glauben, dass ich weder Vanessa noch Viola je berührt habe», unterbrach Herger sie. «Mir wird schlecht, wenn ich nur daran denke, dass es Männer gibt, die so etwas tun …»

«Meistens sind es Männer aus dem Bekannten- oder Verwandtenkreis», provozierte Valérie.

Pagani fuhr mit der Hand über den Tisch. «Das ist alles erfunden. Sebastian hat meine Mädchen nie angerührt. Das müssen Sie uns glauben.»

«Man muss schon eine abartige Phantasie haben», enervierte sich Herger, «um jemandem einen Missbrauch anzuhängen, der erst noch aus der Luft gegriffen ist. Pagani wollte mir damit schaden, das ist offensichtlich. Ich bin … *angeklagt*? …» Er tat so, als hörte er dies zum ersten Mal. «Auch wenn ich unschuldig bin, wird es in meinem Leben immer einen schwarzen Fleck geben. Kindsmissbrauch ist etwas vom Schlimmsten …»

«Die Anklage lag bei Richter Gross. Sie hätten ein Motiv gehabt, ihn umzubringen.»

«Von dieser Anklage wusste ich noch nichts. Aber ich musste davon ausgehen, dass es eine geben würde. Angelas Mann hatte damit gedroht. Eine solche Anschuldigung kann man nicht im Raum stehen lassen. War abzusehen, dass die Richter reagieren.» Herger senkte resigniert den Kopf. «Unglaublich, aber wahr. Nach all dem, was ich schon habe durchmachen müssen, wird mir nun auch noch ein Mord angehängt. Warum hätte ich Gross umbringen sollen? Wäre nicht viel mehr Francesco Pagani die Zielscheibe gewesen?»

Valérie sah auf ihre Uhr. Louis würde bald eintreffen.

«Soll ich uns einen Kaffee machen?» Angela Pagani erhob sich, ging zur Kaffeemaschine und bereitete drei Tassen Kaffee zu, ohne die Antwort abgewartet zu haben. Augenscheinlich wurde ihr die Unterhaltung zu anstrengend.

Eine angespannte Situation.

«Kindsmissbrauch ist nicht das Einzige, was mir Pagani vorwirft», sagte Herger. «Er suchte in meiner Vergangenheit nach Verfehlungen. Er stocherte in Dingen, die längst verjährt sind. Zwei Monate lang hatte ich mal den Führerausweis weg, weil ich zu schnell unterwegs gewesen war. Das steht jetzt in der Anklageschrift gegen Angela. Es wirft kein gutes Bild auf sie, wenn sie mit einem Kriminellen», Herger deutete Anführungs- und Schlusszeichen an, «liiert ist. Wir sind gezwungen, uns zur Wehr zu setzen. Angela hat immer geschwiegen. Das ist ihr zum Verhängnis geworden. Hätte sie damals geredet, wäre alles anders gekommen.»

Angela Pagani brachte den Kaffee zum Tisch. Sie stellte auch noch einen Teller mit Weihnachtsgebäck hin.

Bestechung, dachte Valérie und griff nach einem Zimtstern.

Louis kam mit fünf Minuten Verspätung.

«Aha, Verstärkung», sagte Herger, als er Louis hereingelassen hatte. «Nett von Ihnen, dass Sie in ziviler Kleidung erscheinen. Es würde keinen sehr guten Eindruck erwecken, wenn man die Polizei hier schon wieder bei uns sieht.»

Valérie erhob sich. Den Kaffee liess sie stehen. Sie warf Louis einen fragenden Blick zu.

Du oder ich?

Louis zückte seinen Ausweis und den Haftbefehl des Richters. «Herr Herger, wir müssen Sie leider festnehmen. Es besteht der dringende Verdacht, Konrad Gross getötet oder den Mord an ihm in Auftrag gegeben zu haben. Sie haben das Recht zu schweigen.»

Über Hergers Gesicht zog eine gespenstische Blässe. Angela Pagani sprang auf ihn zu, umarmte ihn, küsste ihn wie eine Verrückte. «Es wird alles gut, Sebastian. Es ist alles ein grosses Missverständnis.» Ihre Augen funkelten. «Das ist völlig haltlos.» Ihre Stimme hatte an Festigkeit verloren, als sie Valérie ansah.

«Lass gut sein», sagte Herger, und Valérie glaubte, in seinen Augen Resignation zu erkennen.

«Geht die Polizei mit anständigen Bürgern jetzt so um?» Angela Pagani liess nicht locker. «Sie kennen unsere Geschichte, wir haben sie Ihnen offen dargelegt. Wir hätten auch schweigen können.»

«Tut mir leid.» Valérie fühlte sich schäbig. Sie ging hinter Louis und Herger zur Tür.

Niemand schien von ihnen Notiz zu nehmen, als sie über den Weg zwischen den Häusern schritten, um sich anschliessend in Louis' Wagen zu setzen. Valérie würde ihren TT auf dem Parkplatz stehen lassen und irgendwann morgen abholen.

Wohl war ihr nicht dabei. Möglicherweise hatten sie den Falschen festgenommen.

Valérie sass im Wagen auf dem Rücksitz. Neben ihr Herger. Von dem einst stattlichen Mann, den sie zum ersten Mal in Anzug und Krawatte gesehen hatte, war nichts als ein eingesunkener Körper geblieben. Ein versteinertes Gesicht, aus dem jegliche Farbe gewichen war. Er schwieg, war in seine Gedanken versunken.

Valérie zweifelte immer mehr, ob diese Festnahme gerechtfertigt war.

***

«Man hat Sebastian Herger festgenommen.»

Angela Pagani hatte lange mit sich selbst gefochten, ob sie die Nachricht ihrem Nochehemann übermitteln sollte. Sie hatte eine SMS schreiben wollen, eine E-Mail. Doch sie hatte in der Vergangenheit gelernt, nichts schriftlich zu verfassen, was später gegen sie verwendet werden konnte.

Auf der andern Seite der Leitung blieb es vorerst ruhig. Sie hörte nur ein stossweises Atmen.

«Hast du's kapiert? Sebastian wurde festgenommen.»

«Das beruhigt mich.»

«Ist das alles, was du dazu zu sagen hast? Jetzt hast du endlich dein Ziel erreicht. Und du sagst, dass es dich beruhigt? Ich hätte zumindest eine Lobeshymne von dir erwartet ...»

«Wie geht es meinen Mädchen?»

War das jetzt eine Anspielung auf den Missbrauch? Angela hatte bis heute nicht herausgefunden, was für diese Anzeige ausschlaggebend gewesen war. Sie ahnte, dass Francesco ihren Mädchen, unter Drohungen, eine völlig aus der Luft gegriffene Aussage erzwungen hatte. Sebastian solle Vanessa und Viola berührt haben. Wo berührt? Das stand nicht da. Und sie hatte es versäumt, mit den Mädchen zu reden. Vielleicht hatte sie ihre Mädchen mit einer entsprechenden Frage auch nicht schockieren wollen. Sie wusste es nicht. Nein, sie vertraute Sebastian. Er war ein zärtlicher und verständnisvoller Mann. Es gab keinen Grund, ihm etwas anzulasten.

«Dann hoffe ich doch», sagte Francesco, «dass er möglichst hart verurteilt wird und lange im Knast schmort.»

«Du hast mich noch gar nicht gefragt, weshalb die Polizei ihn mitgenommen hat.»

«Ich gehe davon aus, es ist wegen meiner Anzeige ...»

«Die offensichtlich auf deinem Mist gewachsen ist … Aber da liegst du komplett falsch. Richter Gross wurde ermordet. Der Mann, den du finanziell geködert hast.»

«Du wirst anmassend, Mädchen.» Er hatte es noch nicht verlernt, ihr Mädchen zu sagen, Angelischen oder Häschen, immer etwas in der Verkleinerungsform. Heute machte es ihr nichts mehr aus. «Gross wurde umgebracht? Ach so, von deinem neuen Heini, nehme ich an.»

«Er wird beschuldigt …»

«Und warum rufst du mich an?»

«Ich dachte, du solltest es wissen.» Angela Pagani drückte die Verbindung weg. Ihre Hände zitterten, als sie den Telefonhörer auf die Station zurücklegte.

***

«Emilio, ich glaube, wir waren zu voreilig.»

Valérie stand im Büro des Staatsanwalts und blickte auf den Mann, der an seinem Pult sass und mit dem Schreibstift auf einen Papierblock kritzelte. Ein Mont-Blanc-Tintenschreiber; sie erkannte ihn am Schriftzug.

Wäre sie ihm in der letzten Nacht nicht so nahegekommen, hätte sie jetzt anders auf ihn reagiert. Wäre selbstsicherer vor ihm aufgetreten, hätte ihre Bedenken, was Herger betraf, deutlich vehementer geäussert. Kein lautes Wort war angebracht. Emilio hatte sie bei ihrem Vorhaben unterstützt, als sie am Morgen beim Richter den Haftbefehl beantragte.

Stand er womöglich unter Druck des Justizdepartements?

Konrad Gross hatte zwar in einem Provinznest gearbeitet, aber er war über die Kantonsgrenze hinaus bekannt gewesen.

«Setz dich doch.»

«Ich bleibe lieber stehen. Ich bin heute als Ermittlerin hier und nicht als …» Sie stockte.

«Freundin?» Emilio lächelte. Es lag so viel Zärtlichkeit in seinem Blick, dass es ihr unangenehm wurde. «Du siehst schön aus, wenn du dich enervierst.»

«Und wenn nicht?»

Verdammt! Sie hätte einfach den Mund halten sollen. Ihr Inneres brodelte, würde gleich überkochen. Sie lernte eine ganze andere Seite an sich kennen. Sie begehrte diesen Mann, dass es schmerzte. Das wollte sie ihm nicht zeigen. Auf gar keinen Fall.

«Warum hast du mich nicht zurückgepfiffen? Ich leite zwar die Ermittlungen, aber ... Es hätte an mir gelegen ...» Weiter sprach sie nicht. Zanettis Augen durchbohrten sie.

«Die Fakten liegen auf dem Tisch. Das Motiv steht fest. Aufgrund der strafprozessrechtlichen Grundlage hatte ich keine andere Wahl ... du würdest es wahrscheinlich als Gefahr in Verzug ansehen.» Er lächelte sie wieder an. «Holen wir heute Abend unser Nachtessen nach?»

«Emilio, bitte. Betrachte meine Anwesenheit rein dienstlich. Ist das der einzige Grund?»

Zanetti lehnte sich zurück und schlug ein Bein über das andere. «Es ist ein Anfang. Das, was gegen Herger vorliegt, reicht aus, um Anklage gegen ihn zu erheben. Das hast du schon richtig gesehen. Zudem hat er kein glaubhaftes Alibi für diese Zeit. Er sei in Morschach gewesen, heisst es. Doch es gibt keine Tickets für das Bad, in dem er angeblich gewesen sein soll. Schon deswegen musste ich die Massnahme zu einer Festnahme beim zuständigen Richter beantragen.» Zanetti setzte eine ernste Miene auf. «Es war der einzig plausible Schritt.»

«Du gehst doch nicht etwa davon aus, dass Herger der Schütze ist?»

«Auch diese Möglichkeit dürfen wir nicht ausser Betracht lassen.»

«Ich bin mir einfach nicht mehr sicher. Ich glaube, dass ich heute einen gravierenden Fehler gemacht habe. Bevor Louis eintraf, hatte ich mich mit Herger unterhalten. Er sagte mir, dass es wegen Kindsmissbrauchs eine Anzeige gegen ihn gebe. Hätte er darüber gesprochen, wenn er schuldig ist? Aber das eine hat mit dem andern nichts zu tun. Herger scheint selbst ein Opfer zu sein. Und so, wie ich Angela Pagani einschätze, würde es ihr auffallen, wenn ihr Lebenspartner sich an ihren Kindern vergreift.»

«Hm … meistens wollen diese Frauen die Wahrheit nicht erkennen.»

«Für Angela Pagani lege ich die Hand ins Feuer.»

«Weil sie dir sympathisch ist?»

Valérie schwieg. Zanetti hatte sie durchschaut. Sie würde nicht unvoreingenommen an dem Fall weiterarbeiten können, wenn sie Parallelen zu ihrer gescheiterten Ehe zog. Doch sie traute sich zu, in die menschliche Psyche zu blicken und zwischen Gut und Böse unterscheiden zu können.

«Vielleicht. Diese Frau hat sehr viel durchgemacht. Jetzt hat sie einen Freund, der sie in ihrer Not unterstützt, der sie liebt, ihren Kindern ein guter Kamerad ist. Auf der andern Seite gibt es einen Mann, der über alle Mittel verfügt, seine Frau zu quälen. Ich habe mich noch nicht mit ihm befasst. Das würde wahrscheinlich zu weit gehen.»

«Wirst du die Vernehmung führen?» Zanetti erhob sich, kam um das Pult herum.

Valérie wich instinktiv einen Schritt zurück. Ihr Begehren wuchs ins Unermessliche. «Nein, das wird Louis Camenzind tun.»

Zanetti nickte wortlos. Er führte Valérie zur Tür.

«Sehen wir uns heute Abend?», fragte Valérie.

«Wenn du es willst.»

«Ja, ich will es.» Sie wandte sich um, verliess das Büro und verschwand über den Korridor, ohne sich noch einmal umzudrehen.

***

«Katja, ich habe gegen meine Prinzipien verstossen.»

«Was für Prinzipien?»

«Mich jemals wieder mit einem Mann einzulassen.»

«Und jetzt hast du's doch getan. Ist das nicht wunderbar? Du bist verliebt. Ich höre es aus deiner Stimme. Wer ist es?»

«Ich weiss nicht, was ich davon halten soll.»

«Mensch, Valérie. Du bist noch nicht mal fünfundvierzig. Du steckst in der Blüte des Lebens, und du weisst nicht, was du davon halten sollst?»

«Es geht zu schnell für mich.»

«Lass mich raten: Du kennst ihn kaum, und schon seid ihr zusammen im Bett gelandet.»

«Durchschaut.»

«Wer ist es?»

«Der Neue.»

«Der Staatsanwalt?»

«Wie kommst du auf den?»

«Ich kenne dich doch. Wenn ein Mann, dann einer, der dich fordert.»

«Du sprichst von ihm, als würdest du ihn kennen.»

«Ich höre dich reden und ziehe meine eigenen Schlüsse. Letzthin war er *das* Thema.»

«Er ist erst seit Juli bei uns. Da tauchen Fragen auf, warum er hierher nach Schwyz gekommen ist, in die Provinz. Ausgerechnet er. Er beherrscht fünf Sprachen in Wort und Schrift. Nebst Italienisch und Deutsch spricht er Französisch, Englisch und Albanisch.»

«In Kanton Schwyz leben sehr viele Kosovo-Albaner.»

«Meinst du deswegen?»

«Wäre ja möglich.»

«Staatsanwälte küsst man nicht, heisst es doch.»

«Lass es doch einfach geschehen. Was vergibst du dir dabei?»

«Ich habe Angst vor einer Bindung.»

«Geniesse den Augenblick. Über Bindung könnt ihr später reden.»

«Du änderst dich wohl nie.»

«Ich ändere mich ständig. Nur so bleibt man am Leben. Das solltest du dir merken.»

FÜNFZEHN

«Louis, wir haben ein Problem.»

«Worum geht's?»

«Ich bekam soeben einen anonymen Anruf.» Valérie war auf dem Weg zur Strehlgasse. Im Fitnesscenter hatte sie sich mit Zanetti verabredet. Nachdem sie die Nacht zusammen verbracht hatten, war er nach Hause gefahren. Er müsse noch etwas erledigen, hatte er gesagt. Was, hatte sie allerdings nicht erfahren. Dann war dieser Anruf gekommen. Fischbacher wollte sie nicht damit behelligen, er hätte womöglich an ihrem Verstand gezweifelt.

«Einen anonymen Anruf? Und wo liegt jetzt das Problem?» Louis schien sie nicht ernst zu nehmen. Valérie bedauerte ihren Entschluss. Es war nicht ihre Art, einen wie Louis einzuweihen. Und trotzdem musste sie es jetzt tun.

«Daniel Christen von der Einsatzzentrale hat ihn an mich weitergeleitet. Einen Mann unbestimmten Alters und Dialekts. Er sagte weder seinen Namen noch warum er mich sprechen wollte. Ich gehe davon aus, dass er seine Stimme verfälscht hat.»

«Was jetzt?»

«Er sagte, dass er wisse, wo Gross' Mörder steckt.»

«Hat er gesagt, wo?» Louis genoss es offensichtlich, mit ihrer momentanen Verunsicherung zu spielen.

«Nein. Mich beschleicht das ungute Gefühl, dass wir den falschen Mann festgenommen haben. Ich hätte mich durchsetzen sollen.»

«Der Richter hat entschieden, nachdem es fast eindeutig gewesen war.»

«Bei Lusti war das auch der Fall.»

«Nun haben wir zwei potenziell Verdächtige», sagte Louis trocken. «Lieber zwei als keinen. Die Presse lauert uns noch immer auf. Wir können sie endlich beruhigen. Herger sitzt in U-Haft. Ich werde ihn heute vernehmen.»

«Verdammt, Louis! Wir haben den Falschen.»

Louis gab sich ungehalten. «Es war deine Entscheidung, Valérie, *deine* Entscheidung.»

Warum beharrte er so darauf? Hatte auch er den Fehler eingesehen und wollte ihn jetzt auf sie abwälzen?

«Ich habe mich geirrt.»

«Das glaube ich nicht. Du bist dir doch deiner Sache immer sehr sicher.» Da war sie schon, diese Anspielung.

«Man kann sich auch mal täuschen.»

«Herger hat seinen Anwalt eingeschaltet», wechselte Louis das Thema, als wollte er von diesem kuriosen Anruf ablenken.

«Damit mussten wir rechnen.» Valérie parkte in der Tiefgarage neben dem «One».

«Ein anonymer Anrufer also. Wie kommt er zu deinem Namen?»

«Keine Ahnung.»

«Meinst du, da ist etwas dran?»

«Christen hat mir versprochen, sofort die IT-Abteilung einzuschalten, um den Anruf zurückzuverfolgen.»

«Vielleicht hat sich jemand einen Jux erlaubt.»

«Dann hat er eine makabre Vorstellung davon.» Valérie verabschiedete sich und drückte Louis weg. Es war ein Fehler, ihn einzuweihen.

Am Samstagnachmittag war das Fitnesscenter von den hartgesottenen Kerlen belegt. Sämtliche Kraftmaschinen waren besetzt. Die Luft war geschwängert von Schweiss und Testosteron. Unter Gestöhn und Geächze wurden Gewichte gestemmt und gezogen. Metallische Geräusche breiteten sich im Raum aus, das Aneinanderschlagen von Eisenstangen. Ein Fernseher lief und zeigte den ersten Lauf eines Riesenslaloms in Garmisch-Partenkirchen. Der Reporter übertönte alles.

Valérie liess sich nicht ablenken. Sie stülpte sich den Kopfhörer über und begann mit ihrer Aufwärmrunde auf dem Crosstrainer. Richard Wagner begleitete sie auch diesmal. Doch sie kam nicht richtig in Schwung. Bereits nach fünf Minuten hatte sie einen so hohen Puls, als hätte sie einen Marathon auf den Grossen Mythen zurückgelegt. Nicht nur Hergers Festnahme beschäftigte sie, sondern die Art, wie sie zustande gekommen war. Sie musste noch einmal mit Zanetti reden.

Wo war er überhaupt?

Er hatte ihr versprochen, um zwei vor Ort zu sein. Jetzt war halb drei, und er war noch nicht da.

Wie hatte sie auch so schnell seinem Charme verfallen können? Was wusste sie denn über ihn? Schon zigmal hatte sie sich diese Fragen gestellt. Wollte ihn darauf ansprechen, erfahren, was vor der Zeit in Schwyz gewesen war. Weshalb er Lugano verlassen hatte und in die Provinz gezogen war. Sie sah es als ihr gutes Recht, über den Mann Bescheid zu wissen, mit dem sie seit Neustem ihr Bett teilte. Er war nicht auf die Idee gekommen, sie zu sich nach Hause einzuladen. Warum eigentlich nicht? Verbarg er etwas vor ihr? Gab es eine Vergangenheit, die er noch nicht bewältigt hatte?

Eine Frau?

Fünfundvierzig war er. Zu attraktiv, um allein zu leben.

Eine mollige Dame in pinkfarbenen Leggings stupste sie am Arm und deutete ihr, dass sie den Kopfhörer abnehmen solle. Valérie hob den linken Teil an. «Ja, was ist?»

«Kann ich auf die Tretmaschine, wenn du fertig bist?» Pink Lady zupfte an ihrem eng anliegenden Shirt, das ihre Speckrollen unvorteilhaft zur Geltung brachte. «Alle andern sind besetzt. Und du hast die Maschine schon am längsten in Beschlag genommen.»

Valérie verdrehte ihre Augen. Sie hatte die Frau noch nie zuvor gesehen.

«Wenn Sie sich etwas gedulden, ich bin gleich so weit.» Valérie siezte sie absichtlich. Sie spürte, dass sie heute keine Ausdauer hatte, und hüpfte vom Gerät.

«Du musst die Handgriffe noch reinigen», fauchte die Frau sie an.

Valérie hätte ihr am liebsten den ganzen Desinfektionseimer über den Kopf gestülpt. Sie liess sich Zeit mit der Reinigung und sah sich um. Vor dem Spiegel stählten zwei Typen ihren Bizeps.

Valérie stemmte später selbst ein paar Kilogramm. Von Zanetti noch keine Spur.

Es muss etwas geschehen sein. Oder hatte er sie versetzt? Wie konnte sie auch so naiv sein und glauben, dass ein Mann es ernst mit ihr meinte. Sie erinnerte sich an den Gerichtsmediziner und war versucht, zwischen ihm und Zanetti Parallelen zu sehen. Je länger sie darüber grübelte, desto mehr kam sie zu der Erkenntnis, dass sie einmal mehr von einem Mann hereingelegt worden war.

Sie hatte sich noch nie Gedanken darüber gemacht, ob ihre Narbe jemanden abstossen könnte. Doch plötzlich stand sie im Mittelpunkt. Auf einmal sah sie diese als Verunstaltung auf ihren ansonsten harmonischen Gesichtszügen. Wer wollte schon eine Narbe küssen? Oder hatte ihn die Leidenschaft erschreckt? Sie hatte sich nicht mehr unter Kontrolle gehabt. Er doch auch nicht. Was war es dann? Unmöglich, dass ihr Körper der Grund war. Wenn sie sich im Spiegel vor sich betrachtete, liess sie selbst die jüngeren Frauen blass aussehen. Sie strahlte Kraft aus, hatte weibliche Formen. Nicht zu viel, auch nicht zu wenig. Sie trug Kleidergrösse achtunddreissig bei einem Meter fünfundsiebzig.

Jetzt fange ich schon wieder mit Selbstzweifeln an, kaum war ich mit einem Mann zusammen.

Sie tauschte die Sechs-Kilogramm-Hanteln gegen schwerere. Der Kerl neben ihr musterte sie kritisch, während er ihr doppeltes Körpergewicht stemmte. Pass auf, dass du richtig atmest, sonst sprengt es dir die Brust, dachte sie sarkastisch. Sie prustete los, gab auf und legte die Hanteln zurück. Sie musste niemandem etwas beweisen.

***

Luzia hatte den Tisch, der Adventszeit angepasst, gedeckt. Ein roter Läufer, Tannenzweige und goldene Kerzen. Sie wollte Suppe mit Käse und Brot servieren. Dazu einen Wein. Zur Nachspeise gab es Apfelschnitz mit Zimt. Stroganoff werde sie morgen Sonntag kochen, hatte Luzia ihn vertröstet. Da hätten sich ihre vier Söhne angemeldet. Fischbacher liess sich seine Enttäuschung nicht anmerken. Nicht der Söhne wegen, aber des Verzichts auf das Stroganoff. Er war gerade daran, den Schwedenofen anzufeuern, als das Telefon im Flur klingelte.

«Das ist sicher Rolf», hörte er Luzia rufen. «Könntest du mal rangehen?»

Fischbacher griff nach der Festnetzstation und nahm den Hörer zur Hand.

«Daniel Christen von der Einsatzzentrale. Sorry, wenn ich störe. Da ist jemand auf der Leitung, der dich unbedingt sprechen will.»

«Guten Abend, Dani. Du störst überhaupt nicht.» Fischbacher dachte das Gegenteil. «Hat er gesagt, worum es geht?»

«Nein. Kein Name, keine Nummer. Nur der Wunsch, mit dir verbunden zu werden. Ich fragte ihn nach dem Grund. Er wollte ihn mir nicht sagen. Ich versuchte, ihn abzuwimmeln. Aber er sagte, dass es absolut dringend sei ...»

«Okay, stell mal durch.»

Unterdrückt, dachte Fischbacher. Kein gutes Zeichen. Er meldete sich.

Die Stimme klang verzerrt. «Den Mörder findet ihr in Küssnacht.» Im Hintergrund gab es undefinierbare Geräusche.

Nur dieser Satz. Bevor sich Fischbacher nach dem Namen erkundigen konnte, hatte der Fremde aufgelegt.

Fischbacher fragte sich, ob er diesen Anruf ernst nehmen sollte. An einen entspannten Abend mit Luzia war nicht mehr zu denken. Postwendend stellte er die Nummer der Einsatzzentrale ein. Es liess ihm keine Ruhe. Er war einfach zu sensibilisiert, um den Anruf als Scherz abzutun.

Christen meldete sich.

«Habt ihr die Nummer zurückverfolgt?»

«Nein. Keine Chance. Prepaidkarte, vermute ich, ein neues Handy. Gibt's ein Problem?»

«Ich weiss nicht, was ich davon halten soll», sagte Fischbacher. Das Ganze klang zwar nach einem Lausbubenstreich. Trotzdem war nicht auszuschliessen, dass etwas Ernstes dahintersteckte. «Wir müssen allen Ungereimtheiten nachgehen, was im Zusammenhang mit Gross' Fall zu tun hat. Besteht eine Möglichkeit, den Anruf doch noch zurückzuverfolgen?»

Christen bekundete seine Überraschung. «Warum rufst du mich an? Das ist Sache der IT-Abteilung.» Er zögerte. «Also, lass gut sein. Ich werde es in die Hand nehmen. Valérie hatte ebenfalls einen anonymen Anruf erhalten heute Morgen. Bis jetzt konnten wir ihn nicht lokalisieren.»

«Valérie, hast du gesagt? Warum weiss ich nichts davon?»

«Warum so gereizt? Das hat schon seine Richtigkeit.»

«Wir hätten eher reagieren können.» Fischbacher schniefte. «Ich bin nervös, was diesen Fall betrifft.» Er wollte nicht zugeben, dass er in letzter Zeit schlecht schlief. Die Tötungsdelikte im Kanton Schwyz hielten sich im Rahmen, die täglichen Scharmützel hatten jedoch zugenommen. Die Entwicklung gefiel ihm nicht. Eigentlich war es das, was ihm Bauchweh machte. Und die Tatsache, dass sie nebst den üblichen Delikten einen verzwickten Fall zu lösen hatten.

«Wir bekommen dauernd irgendwelche Anrufe. Wie kann ich wissen, dass es den Fall Gross betrifft?»

Fischbacher beruhigte sich ein wenig.

«Wer war das?» Luzia kam aus der Küche. Sie trug ein Tablett mit Geschirr und Brot an den Tisch.

«Daniel. Er lässt dich grüssen.»

«Ich meine, vorher ...» Sie schenkte Wein in die Gläser ein.

«Ein anonymer Anrufer. Ich weiss nur nicht, wie er zu meinem Namen gekommen ist.»

«Hat es mit eurem Fall zu tun?»

Fischbacher ging nicht darauf ein.

«Dominik, sag schon ... ist es wegen dieses Falls?»

Er griff sich an den Kopf. «Ich möchte nicht darüber reden.»

Luzia ging zurück in die Küche. Sie holte den Suppentopf. «Der geht dir ziemlich an die Nieren.»

«Das ist die Müdigkeit. Ich sollte wieder einmal Ferien machen.»

Kaum sass Fischbacher am Tisch, läutete das Telefon erneut. Noch bevor Luzia ihn zurückhalten konnte, sprang er auf.

«Was ist denn heute los!» Luzia schöpfte Suppe und liess ihren Mann dabei nicht aus den Augen. «Du solltest dich wirklich einmal erholen. Du bist ja bald ein Wrack.»

Fischbacher nahm den Hörer zur Hand. Er meldete sich mit seinem vollen Namen an. Er kannte die Nummer nicht.

«Zanetti am Apparat.»

«Ciao, Emilio. Wie geht's?» Fischbacher gab sich Mühe, locker zu klingen.

Zanetti war kurz angebunden. «Können wir reden?»

«Ist es so dringend? Ich bin gerade beim Abendessen.»

Zanetti machte keine Anstalten, sich für die Störung zu entschuldigen. «Ich hatte heute Nachmittag eine Sitzung mit dem Vorsteher des Sicherheitsdepartements.»

Fischbacher stiess Luft aus. «Mit Regierungsrat Auf der Maur? Hat er dich kontaktiert?»

«Allerdings.»

«Und was war so dringend, dass er sich an dich gewandt hat?»

«Er sieht der Entwicklung im Fall Gross mit Skepsis entgegen.»

«Wir haben zwei Hauptverdächtige.»

«Gerade deswegen. Zwei Verdächtige würden von einer Verunsicherung der Polizei herrühren, ist er überzeugt.»

«Ich nehme an, du hast die Begründung erläutert, was die Festnahmen von Sebastian Herger und Benjamin Lusti betrifft. Dazu hätte ich noch eine Frage –»

«Dazu will ich mich nicht äussern», fuhr Zanetti ihm ins Wort. «Auf der Maur wurde von zwei Presseleuten aufs Massivste angegriffen, und das nach der Pressekonferenz vom letzten Dienstag. Das gefällt mir gar nicht. Wenn die Presse der Ansicht ist, dass die Polizei ihren Job nicht richtig macht, und es womöglich an die grosse Glocke hängt, wirft das ein schlechtes Licht auf eure Berufsgattung. Es ist ja nicht so, dass wir bloss einen Toten haben … wir haben einen toten Bezirksrichter …»

«Einen toten Sankt Nikolaus», präzisierte Fischbacher.

«Wobei ich nicht glaube, dass der Schuss dem Sankt Nikolaus denn vielmehr dem Richter gegolten hat. Ich möchte den Fall möglichst schnell ad acta legen – gelöst, bevor er zu einem Politikum wird.»

«Das ist er wahrscheinlich schon längst. Es ist doch immer dasselbe. Ich wüsste nicht, was wir versäumt haben. Aber diesem Auf der Maur hätte ich es zuletzt zugetraut, dass er sich von der Presse angreifen lässt.» Fischbacher lehnte sich an die Wand. Der

Geruch der Suppe streifte seine Nase. Steinpilzcrème. Vergeblich versuchte er, einen Blick auf den Tisch zu werfen. Luzia hatte die Tür zugestossen. «Worum ging es konkret?»

«Um die renitente Gruppe von Ausländern in Küssnacht. Du weisst, wie das ist, wenn die Journalisten auf eigene Faust recherchieren. Da kann es schon mal ausarten. Und wo suchen sie den Sündenbock? Bei den Ausländern.»

«So an den Haaren herbeigezogen ist das nicht. Die Gruppe ist allgemein bekannt. Wir behalten sie seit dem Vorfall im Schulhaus Ebnet im Auge. Aber ich wüsste nicht, weshalb sie einen Richter hätten umbringen sollen. Da waren Profis am Werk, Erwachsene und nicht Halbwüchsige wie diese vorbestraften –»

«Das war mein erster Fall in Schwyz», unterbrach Zanetti, «die Schlägerei auf dem Pausenplatz. Vierzehn Jugendliche waren damals involviert. Drei von ihnen drangen vorab in die geschlossene Turnhalle ein und entwendeten Baseballschläger.»

«Ich erinnere mich. Es gab eine Schlägerei und zwei Verletzte. Zwei von den Jugendlichen, ein Albaner und ein Schweizer mit Migrationshintergrund, wurden verhaftet.»

«Die Jugendlichen sind wieder frei.»

«Von der Entlassung aus der Untersuchungshaft habe ich Kenntnis.»

«Die Presse will einen Zusammenhang zur Ermordung von Gross sehen.»

«Das ist doch völlig aus der Luft gegriffen. Die machen Stimmung gegen Ausländer.»

«Das ist auch meine Meinung.»

«Soll ich mit Auf der Maur reden?» Fischbacher passte es nicht. Er kannte Auf der Maur. Im Frühling standen Wahlen an. Möglicherweise wollte er sich mit seiner Aktion ins beste Licht rücken.

«Ist nicht nötig.» Zanetti zögerte auf einmal. «Ich wollte dich einfach darüber orientieren.»

«Vorher hat's noch anders geklungen.» Fischbacher wusste nicht, was er davon halten sollte. «Wir haben eine neue Spur.» Er wartete auf Zanettis Reaktion.

Dieser äusserte sich nicht.

«Zwei anonyme Anrufe gingen heute bei unseren Leuten ein. Daniel Christen ist dran. Ich hoffe, dass wir möglichst schnell an die Daten kommen …»

Auf der andern Seite der Leitung blieb es ruhig.

«Ist noch etwas?» Fischbacher hätte jetzt wirklich gern gegessen. Die Suppe war am Erkalten, Luzia wahrscheinlich auch. Er hätte es verstanden.

«Nein, es ist nichts mehr …», kam es kleinlaut zurück.

Fischbacher war sich da nicht so sicher.

***

«Kein Anruf. Kein Lebenszeichen. Das macht mich verrückt, Katja.»

«Er wird seine Gründe haben.»

«Ich weiss nicht, ob ich enttäuscht sein soll.»

«Vielleicht hast du zu viel erwartet.»

«Ich habe gar nichts erwartet.»

«Anscheinend schon, sonst würdest du dich nicht so aufregen.»

«Ich leide unter der *maladie d'amour.* Emilio geht mir dauernd durch den Kopf. Mein erster Gedanke am Morgen ist bei ihm, noch bevor ich die Augen öffne. Seit er mich berührt hat, glaube ich zu verbrennen. Ich hätte nicht gedacht, dass ich das noch einmal erlebe …»

«Das sind die Endorphine. Pass auf, dass sie dir den Verstand nicht ganz ausschalten.»

«Das ist es ja, ich bin auf dem besten Weg dazu.»

SECHZEHN

Flammendes Orange, rote Beeren, gelbe Astern und Farn. Valérie blickte geradewegs in einen bunten Herbststrauss.

«Willst du mich bestechen?» Sofort war dieses Begehren wieder da.

«Nein, mich entschuldigen.» Zanetti betrat unaufgefordert den Flur. «Es ist unverzeihlich, ich weiss. Aber gestern kam mir die Zeit abhanden. Kaum war ich zu Hause, musste ich beim Regierungsrat vorsprechen. Die Sitzung bei ihm dauerte eine Ewigkeit.»

«An einem Samstag?» Valérie zweifelte. «Einen ganzen Tag lang?»

«Du kennst Auf der Maur nicht. Er ist ein fordernder Mensch. Ich musste mit ihm essen gehen.»

«Du hättest mich danach anrufen können.» Da war plötzlich dieses Gefühl wie von einem nagenden Ungeheuer in ihrem Bauch. Eifersucht auf Auf der Maur, der ihr die Zeit mit Emilio gestohlen hatte. Nicht der geringste Gedanke, dass dieses Treffen wichtig gewesen sein könnte. Emotionen bedrohten ihren Verstand. Sie hätte schreien können.

«Dann war es bereits zu spät. Tut mir wirklich leid …»

«Eine SMS schicken … eine Mail. Ich bin mehr oder weniger immer online.»

Zanetti ging in die Küche, legte den Blumenstrauss auf die Ablage. «Komm, lass dich umarmen.»

Verflogen war der Ärger. Er musste seine Gründe gehabt haben, sie nicht anzurufen. Sie hatte kein Recht, dies in Frage zu stellen. Valérie und er hatten wohl die Nacht zusammen verbracht. Kein Grund, Anspruch auf ihn zu haben.

Er trug sie ins Schlafzimmer. Sie liess es geschehen, als er sie auszog. Da war nichts Heftiges mehr. Ein zärtliches Spiel bloss, als würden sie erst jetzt einander entdecken, nach der zügellosen Leidenschaft ihrer ersten Begegnung.

Valérie sass einerseits wie auf Nadeln. Den Sonntag hatte sie dafür vorgesehen, endlich ihren Papierstoss im Büro abzuarbeiten. Zudem sollte sie die letzten Rapporte ins Reine tippen. In der Regel erledigte sie es gleich. Sie war in Verzug geraten. Auch deswegen war sie unter Druck. Ihre ansonsten gewissenhafte Arbeit zerbröckelte im Angesicht dieser Umstände, die sie ihrer erhöhten Libido zuschrieb.

Andererseits genoss sie den Nachmittag mit Emilio. Valérie stand in der Küche und stellte die Blumen in die Vase, während er den Tisch deckte. Ein Sonntagsbrunch war genau das Richtige, was sie jetzt brauchten, nachdem sie eine Ewigkeit die Finger nicht hatten voneinander lassen können.

«Kaffee?» Emilio rasterte den Kolben an der Maschine ein. «Ich mag italienische Kaffeemaschinen. Ich hatte auch eine in Lugano, nicht so eine schicke in Schwarz, aber eine ganz passable in Silber.»

«Hatte?» Valérie warf ihm ein Lächeln zu. Wie er dastand, mit diesem überweiten Shirt und den Trainerhosen – so ganz anders, als sie es sich von ihm gewohnt war. Offensichtlich war ihm wohl in ihrer Wohnung. «Hast du sie nicht mitgenommen?»

«Sie war ein Geschenk von jemandem, den ich aus meinen Gedanken gestrichen habe.»

«Möchtest du darüber reden?» Valérie sagte es so dahin. Emilio sollte nicht auf die Idee kommen, sie wolle ihn aushorchen.

«Nicht von meiner Mutter.» Er schmunzelte.

«Aber von einer deiner zahlreichen Verehrerinnen?»

Zanetti seufzte theatralisch. «Wie schätzt du mich ein? Ich hatte schon lange keine Beziehung mehr.»

«Das nehme ich dir nicht ab.»

«Ich war genauso ausgehungert wie du.» Plötzlich stand er neben ihr. «Vielleicht erzählst du mir mal etwas aus *deiner* Vergangenheit, aus *deinem* Leben.» Er drückte sie sanft.

«Vergangenheit? Die ist vorbei. Ich lebe jetzt.» War ja klar, dass diese Gegenwartsbesessenheit mit den Liebesnächten erst richtig in Schwung gekommen war. Mit Emilio schien alles Vergangene an Bedeutung zu verlieren. Valérie stellte die Vase auf den gedeckten Tisch. Ihre Nase versank eine Weile in den Blütenblättern. «Ein wunderschöner Blumenstrauss. Danke, das ist sehr lieb von dir.» Sie wandte sich an Zanetti. «Das Jetzt zählt. Ich habe dich getroffen. *Du* bist das Leben.» Im gleichen Atemzug dachte sie, dass sie sich wie ein alberner Teenager aufführte.

«Ich fühle mich geschmeichelt.» Zanetti setzte sich. «Die Gegenwart existiert nur, wenn wir auch die Vergangenheit zulassen. Sie ist Teil von uns, hat unseren Charakter geprägt.»

«Die Vergangenheit lässt sich nicht ändern, wohl aber die Gegenwart.» Valérie griff nach einem Brötchen. «Wer hat dir die Kaffeemaschine geschenkt?»

«Aha, also doch neugierig. Die Kaffeemaschine ist Vergangenheit …»

«Wer?»

«Du lässt wohl nicht locker.» Er rührte den Kaffee um. «Von einer italienischen Familie. Ich sollte ihre Rechte vertreten.»

«Und? Hast du sie vertreten?»

«Bis zu einem gewissen Grad.»

«Was heisst das?»

«Ich konnte die Arbeit nicht mehr mit meinem Gewissen vereinbaren.»

Valérie strich schweigend Butter auf das Brötchen. Das war vielleicht der Grund, weshalb er in die Innerschweiz gezogen war.

«Ich hatte keinen leichten Job in Lugano. Ich hielt mich dauernd in einem Grenzbereich auf … es war eine grosse Belastung.»

«Du musst nicht darüber sprechen, wenn du nicht willst.»

«Es gibt hoffentlich keine Geheimnisse zwischen uns. Aber ja, lass uns ein andermal darüber reden.» Er setzte ein Lächeln auf. «Wie geht es deinem Sohn?»

Valérie rollte die Augen. «Er will Polizist werden. Er macht gerade eine Lehre als Informatiker. Noch lebt er bei seinem Vater. Es kann sein, dass er bald bei mir wohnt.» Sie hielt inne, blickte Zanetti lange an. «Hättest du etwas dagegen?» Es hätte ihr egal sein können. Sie kannte diesen Mann noch nicht sehr lange. Es ging ihn nichts an. Trotzdem dachte sie jetzt, es sei wichtig. Was war nur in sie gefahren?

«Was für eine Frage», sagte Zanetti. «Ich mag Kinder.»

«Colin ist fünfzehn, ein junger Mann.»

«Ich werde mich bestimmt gut mit ihm verstehen, wenn er nach dir kommt.» Er griff nach ihren Händen. «Warum hast du den Job in Zürich aufgegeben?»

«Es war ähnlich wie bei dir. Ich wollte ein neues Leben beginnen.» Valérie kniff die Lippen aufeinander. War sie überhaupt gewillt, in ihre Vergangenheit Einblick zu gewähren? Jetzt, wo alles so harmonisch verlief? Sie hatte im letzten halben Jahr viel Distanz dazugewonnen. Allmählich normalisierte sich ihr Leben wieder, fügte sich in geordnetere Bahnen ein. Auch sie selbst war etwas zur Ruhe gekommen. Wenn der Name Willy Lehmann fiel, machte ihr das nicht mehr viel aus.

Ja, Emilio hatte recht. Das Gewesene war Teil von ihr. Auch ihre Herkunft. Plötzlich verspürte sie das Bedürfnis, darüber zu reden. «Ich wuchs im Unterwallis auf. In einem kleinen Dorf unweit von Martigny. Meine Eltern waren einfache Weinbauern. Sie bewohnten ein Häuschen inmitten der Rebberge. Obwohl sie sonst nicht viel hatten, ermöglichten sie mir eine gute Ausbildung. Ich besuchte das Gymnasium in Lausanne und studierte in Genf Rechtswissenschaften. In der Freizeit arbeitete ich im Gastgewerbe und gab Nachhilfeunterricht in Deutsch und Englisch.»

«Leben deine Eltern noch?»

«Nein. Sie starben bei einem … Unfall.» Hatte er ihr Zögern bemerkt? Es schauderte sie noch immer, wenn sie daran dachte.

«Das tut mir leid.» Zanetti hielt ihre Hand. «Ein trauriger Verlust.»

«Das ist lange her. Es war im selben Jahr, als ich das Lizenziat erwarb.» Valérie stockte. «Damals war ich mit meinem Mann bereits ein Jahr zusammen. Er wollte mich nach Zürich holen, sobald ich mit dem Studium fertig war. Du siehst, ich war jung und unerfahren, als ich heiratete.» Es klang, als müsste sie sich rechtfertigen.

Zanetti überhörte es. «Wie kam es zu diesem Unfall?»

«Eine traurige Sache. Ich hatte mir deswegen lange Vorwürfe gemacht … Es war meine Schuld … Mein Vater … er verunfallte, er …»

«Was?»

«Er fuhr mit dem Auto gegen eine Mauer. Mutter war sofort tot. Vater verstarb auf dem Weg ins Spital.»

Mehr wollte sie nicht dazu sagen.

SIEBZEHN

Elia Casanova wohnte an der Luzernerstrasse in Küssnacht, in der Nähe des Bootshafens. Valérie parkte ihren Wagen vor dem China-Restaurant, neben einem vergoldeten dickbauchigen Buddha, der den Eingang zum Lokal zierte. Noch herrschte dunkle Nacht. An roten Stofflampen bewegten sich Fransen im Wind. Warmes Licht zeichnete die Konturen der Fassaden weich. Aus einem offenen Fenster duftete es nach Zitronengras und Sesamöl. Valérie kam es wie im Fernen Osten vor. Das war der Geruch von Ferien.

Es war Casanovas Wunsch gewesen, sie zu so früher Stunde zu treffen, weil er später Termine hatte. Von der nahen Kirchturmuhr schlug die Glocke die volle siebte Stunde. Valérie ging die Strasse entlang. Die Häuserblöcke lagen direkt am See, waren älteren Jahrgangs. Valérie suchte nach der Nummer und gelangte in einen Seiteneingang. «E. Casanova» – ein defektes Namensschild. Die Feuchtigkeit, die vom See her kam, hatte ihre untrüglichen Spuren hinterlassen. Es roch nach Schimmel. Valérie betätigte die Klingel. Sie drückte die Tür auf und ging über eine Treppe nach oben. Wenig später stand sie in Casanovas Wohnung.

Bescheiden war sie, einfach möbliert. Ein Sofa, zwei Fauteuils, ein Salontischchen, ein englisches Buffet mit Spiegel – das Wertvollste in diesem Raum. Ansonsten ein Wohnzimmer ohne jeglichen Schnickschnack. Sogar die Vorhänge fehlten. Valérie setzte sich auf ein durchgesessenes Sofa, das Generationen überdauert zu haben schien.

Casanova tischte Kaffee auf. Er war ein Mann um die fünfzig und sprach Bündner Dialekt. Er trug Jeans, eine Art Umhang in Violett und die Haare über die Ohren – er sah aus wie ein Costa-Cordalis-Verschnitt. Valérie fiel es schwer, ihn zuzuordnen. Im weitesten Sinn erinnerte er sie an Schramm. Auch er war mager und hatte den Hang zum Alternativen, was seine Bekleidung betraf. Damit, ihn als Beistand zu sehen, hatte sie Mühe. Sein langsames Sprechen liess den Schluss zu, dass man ihn kaum aus der Ruhe zu bringen vermochte.

«Wann wurden Sie als Beistand für die Pagani-Kinder eingesetzt?» Valérie warf zwei Stück Zucker in die Kaffeetasse, rührte den Kaffee um.

«Relativ kurzfristig.» Casanova holte eine Mappe aus dem Buffet, das sich als Lager diverser Akten entpuppte. «Seit September dieses Jahres. Vorher betreute mein Kollege Kaspar Vogel die Familie Pagani.» Er entnahm der Mappe einen Papierbogen und legte ihn auf den Tisch.

«Ist das üblich, dass die Beistandschaft von verschiedenen Personen ausgeübt wird?» Valérie warf einen Blick auf das Dokument, welches das Amt des Mentors für die Pagani-Kinder bescheinigte. Das Datum der Übernahme stimmte mit Casanovas Aussage überein.

«Nur, wenn es Unstimmigkeiten gibt.»

«Und diese hat es bei Angela Pagani gegeben?»

«Nicht Frau Pagani war das Problem, sondern ihr Mann Francesco.»

Valérie horchte auf.

«Er reichte eine Beschwerde ein und pochte gleichzeitig auf eine einstweilige Verfügung, Vogel ganz von seinem Job als Beistand zu entbinden.»

«Eine massive Vorgehensweise. Worum ging es da?»

«Pagani glaubte, Vogel sei parteiisch und würde sich nur um das Wohl seiner Nochehefrau sorgen.»

«War es so?»

«Dazu kann ich nichts sagen. Ich habe den Wechsel akzeptiert. Vogel war darüber nicht unglücklich.»

«Aber?» Valérie sah Casanova an, dass ihm noch etwas auf der Zunge lag.

«Ich habe den Vater der Kinder, also Francesco Pagani, in der Zwischenzeit auch kennengelernt. Er ist ein sehr schwieriger Mensch.»

«Und Sie kommen klar mit ihm?»

«Es ist nicht leicht», wich Casanova aus.

«Hatten Sie schon Kontakt mit Sebastian Herger?»

«Sebastian Herger?» Casanovas Augen drückten Erstaunen aus. Er schien nicht ganz bei der Sache zu sein.

«Der neue Lebenspartner von Angela Pagani.»

«Ach ja, der ... Er macht mir einen guten Eindruck. Er geht Frau Pagani zur Hand, wo er kann.»

«Sie sind zusammengezogen.»

«Ich weiss.»

«Dann sind Sie auch wegen der Anzeige des sexuellen Missbrauchs im Bild?»

«Ja ... ich habe Kenntnis davon.»

«Was war Ihr erster Gedanke, als Sie davon erfuhren?»

«Dass diese Anschuldigung völlig aus der Luft gegriffen ist. Glauben Sie mir, ich verfüge über genug Menschenkenntnisse. Schliesslich habe ich eine jahrelange Erfahrung als Beistand und Vormund. Herger ist ein sanftmütiger und gewissenhafter Mensch. Im Gegensatz zu Pagani, den ich als Schlitzohr einstufe.»

«Was meinen Sie mit Schlitzohr?»

«Ein Mensch, der alles unternimmt, um seine Gegner zu diskreditieren.»

«Was können Sie mir über diese Anzeige sagen?»

«Ich bekam den Auftrag, die beiden Mädchen zu befragen.»

«Wusste die Mutter von dieser Befragung?»

«Ja, doch sie verweigerte sie.»

«Was ich nachvollziehen kann.» Valérie hielt inne. Sie versuchte, sich die Zwillingsmädchen vor Augen zu führen. Sie hatte nicht den Eindruck, dass mit ihnen etwas nicht stimmte. Im Gegenteil: Sie schienen ihrem Alter weit voraus. «Die Mädchen sind erst sieben», sagte sie und überlegte. «Die Mutter ist einer Aufforderung des Richters also nicht gefolgt.»

«Das ist richtig. Ich musste beim Richter ein gutes Wort einlegen, sonst wäre er mit gröberem Geschütz gegen Frau Pagani vorgegangen. Die Mädchen sind für ihr Alter sehr aufgeweckt. Glauben Sie mir, ich habe oft mit missbrauchten Kindern zu tun. Bei Viola und Vanessa besteht nicht der geringste Verdacht, dass sie missbraucht wurden. Deshalb bin ich mit dem Richter auch angeeckt.»

«Die Mädchen werden nicht befragt?»

«Ja und nein … die Befragung wurde verschoben. Doch bis ein neuer Richter sie anordnet, wird es wohl eine Weile dauern.»

«Was heisst das?»

«Der Richter, der den Fall bearbeitete, ist jetzt tot.»

Valérie durchfuhr ein stechender Schmerz unterhalb der Brust. «Ich weiss, Bezirksrichter Gross!»

«Ja, Herr Gross.»

Immer wieder Gross!

Valérie kam es vor, als hätte dieser Richter seine Abneigung gegenüber Angela Pagani mit seinen Machtansprüchen geltend gemacht. Letztlich war Angela das Opfer. Sie, ihre Kinder und wahrscheinlich auch ihr neuer Lebenspartner.

Das waren offensichtliche Motive. Vor allem für Angela Pagani. Schliesslich auch für Herger.

«Wurde der Gesundheitszustand der Mädchen von einem Arzt überprüft?»

Casanova winkte ab. «Nein, das war nicht vonnöten.»

«Und warum nicht?» Valérie überlegte sich, dass Gross mit Sicherheit diesen ersten Schritt angeordnet hätte. Er musste ja Beweise haben. Wenn die Staatsanwaltschaft Anklage erhob, musste er sofort die nötigen Schritte einleiten. «Wusste Frau Pagani überhaupt, dass Richter Gross an diesem Fall dran war?»

«Ja, sie wusste es», bestätigte Casanova ihre Befürchtungen.

«Hatte sie Kontakt mit ihm?»

Casanova erhob sich, schritt zum Fenster und liess seine Blicke in die Dämmerung wandern. Valérie trat neben ihn. Allmählich schälte sich ein neuer Tag aus dem Schwarz der späten Nacht. Der See nahm Konturen an. Am andern Ufer wurden Häuser sichtbar, weiter oben der flach abfallende Rücken der Rigi.

«Sie pflegte keinen Kontakt mehr zu ihm», sagte Casanova. «Frau Pagani war nicht gut auf ihn zu sprechen. Seinetwegen hatte sie die Kinder fast verloren. Auch wegen Schwegler. Heute ist mir klar, dass das Bezirksgericht wie auch das Kantonsgericht eklatante Fehler begangen haben. Es lief von Anfang an alles falsch.»

«Denken Sie, dass sich Richter Gross bestechen liess?»

«Das kann ich mir nicht vorstellen.» Casanova wandte sich vom Fenster ab mit jener Gleichgültigkeit, die er schon beim Hingehen gezeigt hatte. «Ich möchte mich dazu nicht weiter äussern. Ich auf jeden Fall habe meine Arbeit im Rahmen meiner Möglichkeiten getan.»

Valérie war nicht wohl bei dieser Sache. Es gab drei verschiedene Stränge, die bei Richter Gross zusammenführten – sein Gerichtsentscheid, die Anzeige gegen Herger und nun dies: Angela wollte verhindern, dass ihre Mädchen einer Befragung ausgesetzt wurden, die sie womöglich traumatisiert hätte. Ein Muttertier schützt ihre Jungen. Sollten diese angegriffen werden, würde es, ohne zu zögern, zubeissen.

Auf dem Weg zurück nach Biberbrugg versuchte Valérie, eine Verbindung zwischen Angela Pagani, Herger, Gross und einem unbekannten Vierten herzustellen. Mit dem Fremden, der genug finanzielle Mittel besass, einen Mord in Auftrag zu geben.

Was war vor Gross' Tod genau abgelaufen?

Hatte sie den Teufel im Detail übersehen?

Immer wieder ging sie die verschiedenen Möglichkeiten durch. Gross einerseits, Angela und ihre Familie andererseits. Gross da, Herger dort. Gross, der entschied, wo die Kinder aufwachsen würden. Gross, der die Anklage, welche die Staatsanwaltschaft gegen Herger erhoben hatte, bearbeitete. Gross, der eine Befragung der Zwillinge angeordnet hatte.

Mit Gross' Tod würde sich alles in die Länge ziehen – ein möglicher Haftantrag gegen Herger und die Befragung der Mädchen.

Nur hinausschieben. Nicht verhindern.

Da setzte Valérie das grosse Fragezeichen. Entweder dachten die Betroffenen nicht über den Horizont hinaus, oder es ging um etwas anderes. Lag sie komplett falsch?

***

Die Vernehmung mit Anna Gross stand um halb zehn Uhr auf dem Programm. Valérie war ihr noch nie begegnet. Umso überraschter war sie, als sie die junge Frau über den Flur kommen sah. Fabia hatte ihre Ankunft angemeldet, Valérie darauf ihr Büro verlassen, um Anna Gross im Vernehmungszimmer in Empfang zu nehmen.

Anna war ihrer Mutter wie aus dem Gesicht geschnitten. Kurze Haare, fast schwarze Augen, mager. Sie trug ein dunkelblaues Deux-Pièces, den hellen Wintermantel hatte sie sich über den Arm gelegt sowie eine Tasche in hellem Leder. Sie verstand es sogar, mit den High Heels sicheren Schrittes zu gehen. Ein gewagtes Unterfangen bei dieser Absatzhöhe.

Valérie führte sie in den Raum. «Bitte setzen Sie sich.»

Louis hatte Anna schon mal befragt. Danach war es zu Lustis unmittelbarer Festnahme gekommen. Sie hatte darauf beharrt, den Freund ihrer Mutter mit Gross' Ermordung in Zusammenhang zu sehen. Sie habe Beweise. Valérie zweifelte an dieser Vorgehensweise. Aber Louis war der Meinung gewesen, dass man Lusti ohne Verzögerung in U-Haft nehmen müsse, nachdem Anna gegen ihn ausgesagt hatte. Auch Fischbacher war damit einverstanden gewesen.

Allerdings hatte sich Anna schon bei Louis widersprochen. Valérie rechnete mit einer schwierigen Einvernahme.

Sie setzte das Aufnahmegerät in Betrieb. «Anna, ich darf Sie doch beim Vornamen nennen?»

Anna legte ihre Arme auf den Tisch. Valérie entdeckte an ihrer linken Hand einen vergoldeten Ring mit einem rot eingefassten Stein und stutzte. Er kam ihr bekannt vor. «Klar dürfen Sie das. Ich bin zwar schon neunzehn.» Sie lächelte ein wenig. Für eine Neunzehnjährige wirkte sie sehr reif.

«Sie beschuldigen Benjamin Lusti des Mordes an Ihrem Vater. Sie wissen schon, dass eine Falschaussage Sie ins Gefängnis bringen kann.»

«Ich sage nichts Falsches. Alles, was ich schon Ihrem Kollegen gesagt habe, ist die Wahrheit.»

«Viel war es nicht.» Valérie hatte das Protokoll gelesen.

«Wann haben Sie Benjamin Lusti zum ersten Mal gesehen?»

«In der Galerie am Leewasser in Brunnen. Ich war mit meiner Mutter dort.»

Davon hatte Rosita Gross nichts erwähnt. «Was taten Sie dort?»

«Ja, was wohl? Wir waren an einer Lesung. Benjamin Lusti las aus seinen bescheuerten Krimis.»

«Warum gingen Sie hin, wenn Ihnen die Krimis nicht gefallen?»

«Meiner Mutter zuliebe?» Anna sah sie mit ihren grossen schwarzen Augen mitleidheischend an.

«Wann fanden Sie heraus, dass Lusti eine Liaison mit Ihrer Mutter begann?»

«Ich wusste es von Anfang an. Lusti hatte sich bereits in Brunnen an meine Mutter herangemacht. Es war echt peinlich. Meine Mutter fühlte sich gebauchpinselt durch seine Anwesenheit. Und stellen Sie sich vor, sie kaufte alle seine Bücher.»

«Haben Sie die Bücher gelesen?»

«Nein, das tue ich mir nicht an. Ich meine, ich habe jeweils die ersten zwei Seiten gelesen, aber zu mehr war ich nicht fähig. Ich lese keinen Schrott.»

«Sie scheinen emotional ziemlich aufgewühlt.»

«Na, hören Sie mal, Lusti hat unsere Familie zerstört.»

«Wie war das Verhältnis zu Ihrem Vater?»

Anna räusperte sich und fuhr mit ihren Armen hinter den Kopf. Sie war verdattert, hatte diese Frage wohl nicht erwartet. «Nicht besonders gut. Er glaubte immer, uns Mädchen wie kleine Kinder behandeln zu müssen. Ich verliess auch relativ früh mein Elternhaus. Wich meinem Vater aus, wo ich konnte. Das heisst aber nicht, dass ich ihn nicht liebte. Er war mein Vater. Oder lieben Sie Ihren Vater nicht?»

Valérie fuhr zusammen. Sie hatte sich diese Frage auch immer gestellt und war zu dem Schluss gekommen, dass man einen Vater durchwegs hassen konnte, egal, wie nah er einem stand. Oder gerade deswegen.

«Fahren Sie fort», sagte Valérie.

«Mit Mutter hatte ich ein gutes Einvernehmen, bis zu diesem Abend in Brunnen. Auch wenn Vater sie nicht mehr begehrte wie früher, ist das doch kein Grund, sich mit einem Bubi einzulassen. Lusti hat es nur auf das Geld meiner Mutter abgesehen.

Dachte sicher, sie würde seine Sponsorin werden. Sein letztes Buch hat sie jedenfalls finanziert. Sie weiss nicht, dass ich es weiss.»

«Vielleicht hat sie es aus Liebe getan», brachte Valérie die Bemerkung an.

«So ein Quatsch. Aus Liebe, pah ... meine Mutter ist schon fünfzig. Wie soll ein junger Mann eine Alte lieben? Oder umgekehrt? Vielleicht hat er es ja im Bett gebracht ... meine Mutter stand wohl auf junge Hengste ... Aber das kann doch unmöglich Liebe sein. Meine Mutter hat wohl Angst vor dem Altwerden und wollte es noch mal so richtig wissen ...» Anna enervierte sich zusehends.

«Bis anhin äusserten Sie bloss den Verdacht, dass Lusti etwas mit dem Mord an Ihrem Vater zu tun hat. Haben Sie Beweise?»

«Ich habe gehört, wie er zu meiner Mutter sagte, dass er dieses Arschloch eigenhändig zur Strecke bringe. Er habe Beziehungen zur Mafia.»

Grobes Geschütz. Valérie wusste nicht, was sie damit anfangen sollte. Lusti war Kriminalschriftsteller. Eine solche Aussage konnte alles bedeuten. Musste nicht zwangsläufig mit einem realen Mord etwas zu tun haben. Hatte sich Anna einfach etwas zusammengereimt?

«Wann war das? Wann hat Lusti dies zu Ihrer Mutter gesagt?»

«Das war eine Woche vor dem Klausumzug. Ich sah die beiden im Buchhaus Stocker im ‹Mythen Center›. Sie schauten gerade Bücher an. Ich nehme an, seine. Ich schlich mich in den Laden und belauschte sie.»

«Ist es nicht einfach so, dass Sie da etwas aus der Luft greifen?»

Annas Augen blitzten. «Nein, ich bin mir sicher, Lusti hat es in die Tat umgesetzt.»

Valérie las in Louis' Rapport. «Hier steht, dass sich Lusti in der kriminellen Unterwelt auskenne. Ich zitiere: ‹Lusti sagte, dass er meinen Vater umbringen werde. Er wisse, wen er dafür anheuern werde.› Ende des Zitats. Ihre beiden Aussagen sind sehr verschieden, Anna.»

«Aber der Sinn ist derselbe. Lusti wollte meinen Vater töten.»

«Wissen Sie, was ich glaube? Sie selbst hatten sich in Benjamin

Lusti verguckt. Als Sie merkten, dass er sich an Ihre Mutter heranmachte, wollten Sie Rache.» Valérie holte einen Brief aus ihrem Plastikmäppchen. «Kennen Sie dieses Schreiben?»

Annas Gesicht verfinsterte sich. Sie schluckte ein paarmal leer. Sie griff nach dem Brief, tat so, als würde sie lesen, und schob ihn über den Tisch wieder zurück. «Nein … warum sollte ich?»

«Es ist ein Schreiben an Benjamin Lusti, datiert auf den Tag nach Ihrem Besuch in der Galerie am Leewasser in Brunnen …»

«Halt! Sie kennen das Datum? Ich auf jeden Fall nicht …»

Valérie schmunzelte. «Nicht umsonst gibt es Suchmaschinen.»

Dünkte es sie, oder sackte Anna in sich zusammen?

«Ich zitiere: ‹Lieber Herr Lusti, ich bin ein bekennender Fan von Ihnen. Nicht nur Ihre Bücher, auch Sie persönlich finde ich toll. Ich würde Sie gern wiedersehen. Ich umarme Sie, Ihre Anna Gross.› Ende des Zitats.»

«Wo… woher haben Sie dieses Schreiben?» Annas Selbstsicherheit war verschwunden. Ihre Lippen zitterten.

«Wir haben Lustis Wohnung durchsucht. Unter anderem ist dieser Brief zum Vorschein gekommen, fein säuberlich abgelegt unter seiner Fanpost. Auf dem Couvert ist der Stempel der Küssnachter Post. Es gibt nur eine Anna Gross in Küssnacht.»

«Ja und?» Anna hatte sich gefasst. «Was heisst das schon?»

«Es ist leider noch nicht alles.» Valérie legte einen Asservatenbeutel auf den Tisch. «Diese zwei Ringhälften haben wir ebenfalls bei Herrn Lusti gefunden. Sie enthalten zwei Initialen: A und B.» Sie zeigte auf den Ring an Annas Finger. «Er ist das Gegenstück zu dem, den Sie tragen. Anna und Benjamin? Warum haben Sie den Ring durchtrennt?»

Anna vermochte ihr Zittern nicht mehr unter Kontrolle zu halten. «… Es … es ist symbolisch … gemeint.»

«Weil er Ihre Liebe nicht erwidert hat?»

«Er hätte mich schon noch lieben gelernt.» Anna strich sich mit der Hand über die Augen. «Bestimmt hätte er es getan.»

Valérie tat sie ein wenig leid, wie sie dasass und an ihre Träume glaubte, die sich aufgelöst hatten wie der Morgennebel über dem See. «Wann haben Sie Lusti den Ring geschickt?»

«Kurz nach der Lesung … als ich im Klaren war, dass er mit meiner Mutter ein Verhältnis hat.»

«Hat er darauf reagiert?»

«Nein.»

«Hatten Sie je eine Beziehung mit ihm?»

«Nein, aber es hätte eine werden können … dann wollte er meine Mutter … und nicht mich.»

«Und da dachten Sie, ihm eins auszuwischen, indem Sie den Ring durchtrennten. Symbolisch, sagten Sie.»

Anna senkte den Kopf, starrte auf das Pult. «Ja, ich schenkte ihm den kaputten Ring. Er sollte wissen, dass er mich gedemütigt hat.»

«Da war aber nie etwas.»

«Was wissen denn Sie!»

«Und jetzt glauben Sie, sich an ihm ein zweites Mal rächen zu können, wenn Sie ihm den Mord an Ihrem Vater anhängen?»

«Ich … nein, so war es nicht …»

«Ich muss Sie darauf aufmerksam machen, dass alles, was Sie jetzt sagen, gegen Sie verwendet werden kann. Aufgrund Ihrer Falschaussage werden wir gegen Sie ermitteln müssen.»

Anna brach zusammen. Aus ihrem wilden Schluchzen wurde ein heftiges Weinen. Die Tränen traten wie Sturzbäche aus ihren Augen und verwischten ihr sorgfältig aufgepinseltes Make-up.

Valérie griff zum Telefon und rief Schuler an. «Ich werde dir gleich jemanden für den Erkennungsdienst vorbeischicken.»

***

In fünf Tagen war Heiligabend. Valérie hatte noch keine Geschenke. Jetzt musste sie sich nicht nur für Colin und Katja, sondern auch für Emilio etwas Originelles einfallen lassen. Wie jedes Jahr war ihr der Kaufrausch vor den Festtagen ein Gräuel. Auf Kommando schenken hatte ihr noch nie gelegen. Und falls sie in diesem Jahr nichts unter dem Weihnachtsbaum liegen hatte, wäre ihr Fall die willkommene Ausrede. Ein gemeinsames Nachtessen würde sie gewiss noch organisieren können. Doch das hatte noch ein wenig Zeit.

Benjamin Lusti konnte aus der Untersuchungshaft entlassen werden. Es gab weder Beweise noch Indizien gegen ihn. Seine Aussage stand der von Anna Gross gegenüber. Zudem hatte man eine Frau in Gross' Nachbarschaft gefunden, die Lusti endgültig entlastete. Sie hatte ausgesagt, dass sie den Schriftsteller, dessen Bücher sie las, um zehn nach sechs an diesem verhängnisvollen Abend über die Breitenstrasse habe fahren sehen. An der Grepperstrasse habe sie ihn rechts abzweigen sehen. Auf der Strecke Gersau-Brunnen war er in eine Geschwindigkeitskontrolle geraten. Die Verkehrspolizei Schwyz hatte die entsprechende Aufnahme geschickt. Lusti war um achtzehn Uhr sechsundfünfzig auf der Geraden in der Nähe des Strandbades Kindli geblitzt worden. Warum er dies zu seiner Verteidigung nicht selbst gesagt hatte, blieb allerdings ein Rätsel.

Auch Herger befand sich wieder auf freiem Fuss. Die Anklage wegen Kindsmissbrauch und der damit verbundene Verdacht, Konrad Gross deswegen getötet zu haben, hatten letztlich doch nicht ausgereicht, ihn dem Haftrichter vorzuführen.

Eine Schlappe für Valérie. Eine Niederlage, die schmerzte. Sie hatte nie wirklich daran geglaubt, dass Lusti und Herger schuldig waren. Sie hätte jedoch intervenieren müssen. Verstand nicht, weshalb auf den oberen Etagen solchermassen Druck ausgeübt wurde. Jetzt hatten sie kostbare Zeit verloren. Zeit, die sie besser dafür eingesetzt hätten, den wirklichen Auftraggeber zu finden.

All das ging Valérie durch den Kopf, als sie sich auf den Weg zum Konferenzraum machte. Sie hatte zum täglichen Briefing eingeladen, wollte den Stand der Dinge neu besprechen, sich anhören, was Wichtiges zutage gekommen war. Es würde nicht leicht werden.

Die Stimmung war gedrückt. Fischbacher sass vornübergebeugt am Tisch, Louis schrieb, während Fabia sich leise mit Henry unterhielt. Der Rest der Ermittler sass einfach nur da. Schuler und die Leute des KTD fehlten. Heute ging es einzig darum, wie man im Fall Konrad Gross weitermachen wollte.

Sie waren in einer Sackgasse gelandet. Die Stunde null war

da. Sie mussten wieder von vorn beginnen. Dies laut zu äussern, getraute sich Valérie nicht. Sie stellte sich vor den Flipchart, überblickte die Runde, sah in müde Gesichter.

Am Schluss war noch Erich Sidler geblieben. Valérie sah ihn jedoch in der Rolle des Lückenbüssers. Die Polizei gab ungern zu, dass sie sich bei allen drei Verdächtigen getäuscht hatte.

Sidler war zwar Mitglied des Armbrustschützenvereins Merlischachen, besass jedoch keine weiteren Waffen. Er hatte einen tadellosen Leumund. Im Vorstrafenregister existierten keine Einträge. Die Verbindung zu Claudius Mettler war freundschaftlicher Natur, genauso, wie Sidler gesagt hatte. Er unterstützte den jungen Mann, war so etwas wie ein Vaterersatz. Ein Mann, der seinen Schützling in die Schranken wies und es nicht verstehen konnte, weshalb Claudius immer mal wieder über die Stränge schlug, wenn er sich etwas in den Kopf gesetzt hatte. Zumstein hatte von einer Anzeige abgesehen, als er vom Gebrechen des jungen Mannes erfuhr.

«Gleich vorweg», sagte Valérie. Sie spürte die Erschöpfung. Sie hatte in der letzten Nacht kaum geschlafen. Ihre Gefühle waren in Aufruhr, der Druck im Team hatte noch zugenommen. Sie allein fühlte sich dafür verantwortlich. Ihr Verstand liess sie im Stich, die schnelle Auffassungsgabe stellte sich nicht ein. Sie dachte, an eine Wand zu blicken. Die Sicht auf das Dahinter war ihr verwehrt. Trotzdem musste sie mögliche Optionen ausschöpfen. «Heute Morgen kehrte Niklaus Schwegler, der Kantonsrichter, aus den Ferien zurück. Ich will wissen, weshalb er die Anzeige gegen unbekannt zurückgezogen hat.» Sie wandte sich an Louis. «Könntest du das übernehmen?»

«Sorry, was hast du soeben gesagt?»

Fabia boxte ihrem Kollegen in die Seite. «Dass du Niklaus Schwegler befragen sollst.»

«Was ist eigentlich mit den anonymen Anrufen?», fragte Louis. «Geriet hier schon etwas in Bewegung?»

Valérie räusperte sich. «Darauf wollte ich gerade zu sprechen kommen.»

«Ist mir etwas entgangen?» Fabia blickte in die Runde.

«Am Samstag bekamen Dominik und ich einen sonderbaren

Anruf. Die Stimme war verzerrt, die Nummer unterdrückt. Bis anhin konnten die Anrufe nicht zurückverfolgt werden.»

«Worum ging es?», fragte Fabia.

«Wir bekamen Hinweise, dass Gross' Mörder aus Küssnacht stammt.»

«Warum bleibt der Anrufer anonym, wenn er etwas darüber weiss?», warf Louis die Frage auf.

Henry meldete sich zu Wort. «Das könnte darauf hindeuten, dass der Anrufer selbst der Täter ist.»

«Ist ja klar, der Psychologe spricht», motzte Louis. «Warum sollte er sich melden? Er könnte doch einfach nur seine verdammte Fresse halten.»

Valérie warf ihm einen kalten Blick zu. Louis' Art ging ihr manchmal gehörig auf den Keks. Doch es lag nicht bloss an Louis' Verhalten; in der gesamten Abteilung lagen die Nerven vor einer Zerreissprobe. Die dunkle Jahreszeit hatte selbst bei der Polizei ihre Tücken.

Henry nahm keine Notiz von diesem Seitenhieb. «Wir dürfen von einem Mann ausgehen, der unsere Ermittlungen akribisch verfolgt. Er macht sich ein Spiel daraus, uns an der Nase herumzuführen. Er ist ein hochgradiger Psychopath ...»

«Sprechen wir jetzt vom Auftraggeber oder vom Mörder?», fragte Fabia.

«Vom Auftraggeber. Er verfügt über Macht und Geld. Alles, was ihm nicht passt, versucht er, aus der Welt zu schaffen. Er tritt als gepflegter Herr auf. Niemand ahnt den Wolf im Schafspelz –»

«War das jetzt dein Täterprofil?», provozierte Louis.

«Lass ihn bitte ausreden», bat Valérie.

Henry winkte ab.

Fabia hob ihre Hand. «Ist das jetzt zu hundert Prozent erwiesen, dass wir es mit einem Auftragsmord zu tun haben?»

«Die Indizien sprechen für sich.»

«Nur nützen die uns nichts», sagte Louis. «Der Fall hat einige Schweinereien ans Licht gebracht. Aber Gross' Mörder läuft noch immer frei rum.»

«Wir kennen die Waffe, mit der Gross erschossen wurde», sagte Valérie. «Die Präzisionswaffe, Typ Blaser R 93 Long Range

Sportler 2. Gemäss Ripol wurde dieser Waffentyp letztmals bei einem Verbrechen im Allgäu verwendet. Das war in diesem Sommer. Ein Einheimischer hatte einen Asylbewerber erschossen. Der Täter wurde gefasst. Er befindet sich seither im Vollzug, die Waffe wurde beschlagnahmt. Ansonsten dient eine solche Waffe den Jägern beim Abschuss des Wildes. Es gibt verschiedene Schiesssportvereine, in denen mit ebensolchen Waffen geschossen wird. Sie sind registriert. Die Besitzer wurden gesamtschweizerisch eruiert. Was den Schwarzhandel betrifft, haben wir bislang wenig Handhabe. Möglicherweise stammt die Waffe aus der Ukraine. Aber wir suchen die Nadel im Heuhaufen.» Sie liess ihre Blicke über die Tischreihen schweifen, während sie nach einem Dokument griff. «Leider fand man im und um das Haus an der Poststrasse keine Patronenhülse. Und das wenige, das wir an Spuren vor Ort sichergestellt haben, bringt leider auch kein Licht ins Dunkel. Wir müssen auf die Resultate der IT-Abteilung warten.»

Valéries iPhone surrte. Sie griff danach, erkannte keine Nummer, wollte den Anruf schon ignorieren; sie überlegte es sich anders. «Das könnte er wieder sein», sagte sie und warf Fischbacher einen fragenden Blick zu. Sie fuhr über den Touchscreen und meldete sich.

Wieder die verzerrte Stimme. Valérie schloss die Augen, konzentrierte sich. «Der Schütze hält sich heute in der Gesslerburg auf.»

Wer kannte ihre Nummer?

Valérie schluckte leer. «Das war er. Dieselbe Stimme. Seit dem ersten Anruf geht sie mir nicht mehr aus dem Kopf.»

«Was für ein Zufall», spottete Louis. «Es muss jemand sein, der uns kennt … vor allem dich.»

Valérie liess es unkommentiert. «Weiss jemand, wo sich die Gesslerburg befindet?»

«Klar doch. Auf der Strecke Küssnacht-Seebodenalp. Die Burg ist eine Ruine und gehört zu den Kulturgütern von Küssnacht. Wilhelm Tell, die Hohle Gasse in Immensee … durch diese Hohle Gasse muss er kommen … der Tell –»

«Der Schütze soll sich dort aufhalten», unterbrach Valérie sie.

«Nicht dein Ernst.» Louis streckte seinen Rücken durch. «Und was schliesst du daraus?»

«Dass eine Einheit dort hochgeht.»

«Wann? Hat er eine Zeit genannt?»

«Nein, nur dass es heute sein soll …»

In Fischbacher kam Bewegung. «Mir gefällt das nicht.»

«Ich weiss, dein Budget. Das hält mich aber nicht davon ab, dieser Spur nachzugehen. Ich möchte mir nicht den Vorwurf machen müssen, nichts unternommen zu haben.» Sie schob die Blätter ihres Dossiers zusammen. «Louis, du fährst gleich anschliessend zu Schwegler nach Schwyz. Fabia, du gehst mit. Ich werde mit unserer Sondereinheit zu dieser Gesslerburg fahren.»

«Kennst du den Weg?», fragte Fabia besorgt.

«Mein Navi kennt ihn.»

ACHTZEHN

Sie ging zwar nicht davon aus, Gross' Mörder zu begegnen, dennoch musste sie um jeden Preis hierhin. Um halb zwei waren sie vor Ort: Valérie und die Sondereinheit «Luchs», bestehend aus zehn Mann. Max Schilliger, der Leiter der Einheit, hatte darauf bestanden, dass Valérie in einem der Busse, mit denen sie hingefahren waren, warten sollte. Als sie sich weigerte, befahl er ihr, sich des Einsatzes wegen angemessen auszustatten, eine kugelsichere Weste anzuziehen und sich im Schatten seiner Männer zu bewegen. Das Wetter hatte umgeschlagen. Der Nebel hüllte die Häuser entlang der Strasse komplett ein. Weit und breit kein Mensch in Sicht.

An der Gabelung Seebodenstrasse/Sigisrütiweg, am Eingang des Weges, der zur Burgruine führte, befand sich eine stillgelegte Mühle. Sie erinnerte an eine längst vergangene Zeit. Der Nebel verwischte auch hier die Konturen, liess alles gespenstisch wirken. Wie die Kulisse eines düsteren Theaters, das Mühlrad als Requisit. Nur hie und da erschien eine Lücke am Himmel, durch die sich die kalte Dezembersonne einen Weg bahnte, für einen kurzen Moment die Gegend aufleuchten liess und ihr etwas Magisches einhauchte.

Schilliger besprach den Einsatz. Seine Männer bildeten drei Gruppen, die über den Weg und beiderseitig durch den Wald bis zur Ruine hochgehen sollten. Valérie bekam die Order, unmittelbar hinter Schilliger zu gehen.

Valérie stieg im Schutz der Männer den Waldweg hoch, wo sich bei jedem Schritt Splitt löste. Sie hatte ihre Glock entsichert, trug sie im Anschlag. Sie wusste nicht, was sie weiter oben erwartete. Sie fühlte sich unwohl. Es lag an dieser schlechten Sicht, die jetzt wieder keine zwanzig Meter betrug und sich durch die Windungen des Geländes noch mehr reduzierte. Der Waldboden war glitschig vom Niederschlag der letzten Nacht. Die kahlen Bäume ächzten im Wind. Einsam standen Tannen im fahlen Grün. Die Natur hatte ihr Leichenhemd übergezogen.

Kaum aus dem Wald heraus, tauchte die erste Mauer in der Lichtung auf. Sedimentgestein, unregelmässig aufeinander geschichtet, einst von der Rigi abgetragen. Verdorrte Grasbüschel in den Fugen, Moossporen. Aussparungen, die auf ein Fenster hindeuteten, auf Schiessscharten. Von den Fassaden war wenig zu erkennen, eine Andeutung von dem, was früher einmal ein Gebäude gewesen war. Ein Schutzbau inmitten eines Waldes, der in den letzten Jahren von seiner Dichte verloren hatte. Hier ein paar Stufen in felsigen Boden eingeschlagen, aufgeschichtete Steine, die ein Tor ins Innere andeuteten, dort eine leise Ahnung davon, dass da ein Turm gestanden hatte. Richtige Wände, ein Giebeldach und Fenster, aus denen man wohl eine phänomenale Aussicht über ganz Küssnacht hätte geniessen können. Der ehemalige Sitz des Vogts und habsburgischen Staatsbeamten Hermann Gessler, nach der Legende von Friedrich Schiller.

Valérie setzte einen Fuss vor den andern. Der Nebel stieg erneut hoch wie Gischtzähne, die sich in die Mauern gruben. Ein Sonnenstrahl drang wiederum durch das aufgewühlte Meer. Einen Augenblick lang sah es aus, als würde die Klarheit über dem Nebel das Düstere besiegen. Schon schwappte eine neue Welle über die Ruine.

Valérie gelangte hinter Schilliger auf eine Fläche, wo noch Schnee lag. Schemenhaft war eine Feuerstelle zu erkennen, ein Grillrost über akkurat ausgelegten Gesteinsbrocken, die an etwas Prähistorisches erinnerten. Erstarrt war die Luft, kein Laut zu vernehmen, ausser dem Rauschen eines Mäusebussards im Gleitflug. Irgendwo dort, wo der Boden mit dem Himmel verschmolz.

Hier oben war die Welt eine andere, der Horizont verschwunden, ebenso die Fixpunkte, an denen man sich hätte orientieren können. Nur die Schatten der Männer, die sich behände Richtung Innenmauern bewegten. Die Elitepolizisten in schwarzen Anzügen, schweren Stiefeln und Helmen. Die Maschinenpistolen im Anschlag, die Finger am Abzug, stiessen sie Richtung Mauern vor. Sie erinnerten an ein Kampfgeschwader, an einen Schwarm unheimlicher Krieger in einer fernen Welt.

Wie in Zeitlupe und fast geräuschlos trieben sie voran, hielten Ausschau nach einem Verdächtigen, nach dem Täter, der den Sankt Nikolaus auf dem Gewissen hatte, wollte man dem Anrufer trauen.

Vielleicht hatte sie überreagiert, in ihrer Verzweiflung die falsche Entscheidung getroffen. Sie könnten diesen Ausflug als Übung archivieren, sollte er später einmal zur Sprache kommen. Sie hörte bereits die Buhrufe ihrer Kollegen, die diese Handlungsweise als übertrieben abtaten. Sie hatte nichts in der Hand, was die Aktion rechtfertigte, mit Ausnahme dreier anonymer Anrufe einer Person, die die Polizei womöglich veralberte.

Valérie blieb ein wenig zurück, hielt den Weg unter ihr im Visier. Den Weg, der genauso in einem Vakuum endete wie alles andere. Nichts deutete darauf hin, dass hier jemand war, der nicht hierhergehörte. Zu abgelegen, zu unwirtlich in dieser Jahreszeit. Kein Platz zum Verweilen. Ein Ort, wo sich nicht einmal Fuchs und Hase Gute Nacht sagten.

Valérie hielt inne. Sie starrte auf den Boden. Sie entdeckte fremde Spuren von grobem Profil. Abdrücke von Laufsohlen. Sie gingen Richtung Rigi, wenn Valérie mit ihrer Vermutung richtiglag. Sie bückte sich, besah sich die Abdrücke aus der Nähe. Winterstiefel, durchfuhr es sie. Mindestgrösse achtundvierzig. Die mussten einem Riesen gehören. Ein Profil, das sich stark von den Schuhsohlen der Luchse unterschied. Hatte das niemand bemerkt?

«Max», flüsterte sie. Doch ihre Stimme ging unter. Laut reden wollte sie nicht.

Vielleicht hatte Max die Spuren auch gesehen. Er bückte sich vor ihr und sah auf den Boden. Dieses Bild prägte sich ihr ein.

Erneut schälte sich ein scheuer Sonnenstrahl aus dem Grau der Bäume. Eine Luftspiegelung, die kurz anhielt. Die Sicht wurde einen Moment sehr klar, als hätte jemand im Himmel einen Trichter durch das Wolkenband geschoben. Valérie dachte an ein biblisches Motiv in der Sekunde, als etwas über ihr aufblitzte und ein Schuss die Stille durchbrach.

***

Niklaus Schwegler wohnte im Hinteren Steisteg in Schwyz, in einem ruhigen Quartier, wo es ausnahmslos Häuserblöcke gab. Louis parkte neben einem schmutzigen Schneehaufen, den die Gemeinde noch nicht abgetragen hatte. Er war allein hierhergefahren, nachdem er Fabia ins Büro verknurrt hatte. Er wollte sie einfach nicht dabeihaben. Würde man ihn später danach fragen, fände er sicher eine Ausrede.

Kinder machten sich wieder auf den Weg zur Schule. Sie bewarfen einander mit Schneebällen. Louis wehrte einen ab und ärgerte sich über die unerzogenen Bengel. Kinder? Er würde nie welche haben. Auch dann nicht, wenn er die Frau fürs Leben endlich finden würde. Er war Single, seit Monaten schon. Die Frauen, die er gern näher kennengelernt hätte, waren vergeben oder wollten nichts von ihm wissen. Dabei fand er sich durchwegs attraktiv. Sein Vater war Schweizer, seine Mutter Thailänderin – ein explosives Gemisch, was sich in seinem Äussern zeigte. Mit Ausnahme des starken Körpers kam er ganz nach seiner Mutter. Auch den Charakter hatte er von ihr. Zu zart manchmal, zu feinfühlig, was er durch seinen oft unangebrachten Humor wettmachte. Wer mochte schon ein Weichei? Manchmal litt er darunter, ein Fremder im eigenen Land zu sein. In der Innerschweiz, wo man ihn der Hautfarbe wegen noch immer als Exoten ansah. Als Eindringling in ein Land, das den echten Schweizern vorbehalten zu sein schien. Die Abneigung gegen ihn schrie ihm oft entgegen.

Louis erreichte den Eingang, ging eine Treppe hoch und läutete. Er kannte die Wohnung. Er hatte Schwegler schon aufgesucht, nachdem dieser die Anzeige erstattet hatte, und alles Erforderliche aufgenommen, die Verletzungen angesehen, sich nach Zeugen erkundigt, ein Protokoll erstellt, den Rapport. Er musste ein weiteres Mal läuten, bis Schwegler selbst unter dem Türrahmen stand.

«Ja?» Charismatisch, stattlich, braun gebrannt: So präsentierte sich der Kantonsrichter. Vom Überfall auf ihn war nichts mehr zu sehen. Die Verletzungen im Gesicht waren verheilt. «Kennen wir uns nicht?» Er lachte auf. «Ha … Sie kommen mir bekannt vor.»

«Louis Camenzind ist mein Name. Kantonspolizei Schwyz, Abteilung Leib und Leben.»

«Ja klar … jetzt erinnere ich mich. Was gibt's, dass Sie mich am letzten Tag meiner Ferien stören?»

«Es geht um den Überfall auf Sie –»

«Wie bitte? Ich dachte, das wäre erledigt. Hören Sie, ich und meine Frau sind gerade eben aus den Ferien zurück. Ist diese leidige Geschichte vom November noch nicht vom Tisch? … Ich meinerseits habe mich damals klar ausgedrückt.»

«Wir müssen den Fall wieder aufnehmen.»

«Kommen Sie rein.» Schwegler schloss die Tür hinter ihm. «Gehen Sie voraus ins Wohnzimmer. Ich werde meiner Frau nur schnell sagen, dass wir Besuch haben.»

Modernstes Design, kühle Farben, eine Hightech-Musikanlage in Chromstahl – ein Wohnraum wie aus dem Möbelkatalog. Louis setzte sich auf eines der weissen Ledersofas. An der Wand hinter dem hellen Lacksidebord hing ein Bild von Kandinsky, ein Original, nahm Louis an. Er pfiff leise durch die Zähne. Er müsste ein Leben lang rackern, um sich nur annähernd etwas so Teures zu leisten.

«Was also ist Sache?» Schwegler brachte eine Flasche Mineral und zwei Gläser und stellte alles auf den quadratischen Salontisch.

«Sie haben sicher davon gehört, dass Bezirksrichter Konrad Gross ermordet wurde.»

Schwegler zuckte zusammen. Sein Erstaunen war nicht gespielt. «Nein, das wusste ich nicht. In den Ferien lese ich weder Zeitungen noch Mails. Das Telefon war ausser Betrieb. Und die Post der letzten Wochen habe ich noch nicht durchgesehen. Was sagten Sie soeben? Gross ist tot?»

«Kannten Sie ihn gut?»

Schwegler strich sich über sein Gesicht, das ein wenig wie Pergament aussah und auf das sich die Falten wie Hieroglyphen eingemeisselt hatten. Sein Entsetzen war ihm in die Augen geschrieben. «Ob ich ihn gut kannte? Im Rahmen unserer Arbeit. Nichts Persönliches allerdings. Ich lernte ihn mal an einer Veranstaltung in Schwyz kennen. Ihn und seine Frau …

Roswitha hiess sie, glaube ich. Ist schon lange her. Wie konnte das passieren?»

Als Louis mit dem Berichten fertig war, erhob sich Schwegler. «Und jetzt sehen Sie einen Zusammenhang zum Angriff auf meine Person? Das ist weit hergeholt.»

«Als Sie damals die Anzeige wegen Körperverletzung zurückzogen, gaben Sie keine Begründung dafür an. Weshalb nicht?»

«Weil ich überreagiert hatte. In unserem Metier sind solche Attacken Alltag.»

«Die verbalen vielleicht, aber nicht die physischen …»

Schwegler setzte sich wieder. «Man muss relativieren. Nachdem ich mich vom ersten Schrecken erholt hatte, sah ich alles nicht mehr so schlimm. Ausser ein paar Schrammen im Gesicht und Prellungen am Oberschenkel hatte ich nichts. Und wie Sie sehen, trage ich keine Spuren mehr. Ich konnte mir das Prozedere schon meiner Arbeit wegen nicht leisten. Ich habe schlicht keine Zeit. Zudem …», er strich sich mit beiden Händen über die Schläfen, «habe ich mich in den Ferien bestens erholt. Ich war in Mauritius. Da sollten Sie auch mal hin. Es ist ein Inselstaat im Südwesten des Indischen Ozeans. Knapp tausend Kilometer östlich von Madagaskar. Zurzeit ist dort Sommer, und es ist friedlich in jeder Hinsicht. Nirgends gibt es so viele verschiedene Menschenrassen und Religionen wie auf dieser Insel. Sie leben in schönster Eintracht neben- und miteinander. Wenn religiöse Feste gefeiert werden, gehen dort alle hin … Ach ja, das interessiert Sie wohl nicht, wenn ich mir Ihr Gesicht ansehe …»

Louis hätte sich solche Ferien schon seines Budgets wegen nicht leisten können. Darüber zu sprechen, hätte seine Not offenbart. Er kannte nur Bangkok und dort auch nur das Quartier, in dem seine Mutter aufgewachsen war, und die angrenzenden, überdies die touristischen Plätze, an denen man in der Stadt nicht vorbeikam, ohne einen Augenschein von ihnen zu nehmen. Er kannte die Tempel und den Buddhismus.

«Erinnern Sie sich an den Fall Pagani?», fragte er.

«Pagani … Pagani …» Schwegler verzog seinen Mund, als hätte er in eine Zitrone gebissen. «Nein, dieser Name sagt mir nichts.»

«Angela Pagani war im September dieses Jahres zusammen

mit ihren vier Kindern auf dem Kantonsgericht. Sie haben Sie auf dem Flur empfangen.»

«Ach ja, da fällt es mir wieder ein. Sie war bei mir. Ziemlich aufgebracht. Wir Richter können es nicht verhindern, wenn die Emotionen manchmal hochgehen.»

«Sie haben ihr die Kinder trotzdem weggenommen.»

«Nach dem erstinstanzlichen Entscheid gab es keine neuen Erkenntnisse. Vielleicht hat es ihr Anwalt versäumt, das Gericht eines Besseren zu belehren. Wir halten uns an die Fakten.»

«Das heisst, dass Sie den Entscheid von Bezirksrichter Gross quasi absegneten.»

«Das ist eine infame Unterstellung.» Schwegler griff nach dem Glas, nicht gewillt, weitere Worte zu verlieren. «Was wollen Sie von mir wissen?»

«Könnten Sie sich vorstellen, dass Angela Pagani Richter Gross ermorden liess? Wäre es möglich, dass der Unbekannte, der Sie angegriffen hat, von ihr angeheuert wurde? Immerhin haben Sie sich mit der Frau mehr als eine Stunde unterhalten.»

«Sie sind gut informiert.» Schwegler setzte ein verzerrtes Lächeln auf. «Nein, das traue ich der Frau nicht zu.»

«Hat Frau Pagani Sie persönlich bedroht?»

«Nein, ich erinnere mich nicht. Sie hatte ihre Kinder dabei. Ich denke, dass sie sich schon ihretwegen zurückhielt.»

«Kommt Ihnen sonst noch jemand in den Sinn, der in einer ähnlichen Situation die Nerven hätte verlieren können?»

«Nein. Ich muss zuerst über die Akten. Und jetzt lassen Sie mich richtig zu Hause ankommen.»

«Eine Frage noch, dann sind Sie mich los: Was hat der Angreifer zu Ihnen gesagt?»

«Das steht doch im Protokoll.»

«Ich würde es gern noch einmal von Ihnen hören.»

«Er faselte etwas von Frauenfeindlichkeit und Monster … Hören Sie, ich weiss es echt nicht mehr.»

«Nach dem, was in Küssnacht passiert ist, werden wir Ihnen Personenschutz geben müssen», sagte Louis. «Ich bitte Sie, das Haus nicht mehr zu verlassen, bis jemand von uns vor Ihrer Tür patrouilliert.»

«Das kann aber nicht Ihr Ernst sein.»

Louis erhob sich. «Mit allem Nachdruck: Befolgen Sie meine Anordnung.»

***

Der Schmerz traf sie wie eine Faust.

Valérie fiel rückwärts in den Schneematsch. Der Schuss und ihr darauffolgender dumpfer Schrei hatten Max Schilliger, der keine zwei Meter vor ihr ging, in höchste Alarmbereitschaft versetzt, ebenso die andern Polizisten. Plötzlich wurden die Männer unruhig.

«Bleib liegen!», fuhr Schilliger Valérie an und duckte sich noch tiefer, nachdem er sich vor sie hingekauert hatte.

Sie krümmte sich, bekam kaum noch Luft. «Meine Lunge …» Es fühlte sich an, als hätte ihr jemand mit einem Korsett den Brustkorb zerquetscht. Sie hob verzweifelt die Arme in die Höhe – ein Reflex. Das war ein Fehler.

Fast unmittelbar nach dem ersten folgte ein zweiter Schuss.

«Verdammte Scheisse!» Schilliger zog den Kopf ein. «Gebt uns Deckung!»

Das zweite Geschoss traf sie in den rechten Oberarm und katapultierte sie noch einmal ein Stück nach hinten. Sie fühlte sich wie ein verwundetes Tier, dem man den Gnadenschuss gegeben hatte. Ein letztes Aufbäumen vor dem endgültigen Fall.

Valérie spürte, wie es um sie herum dunkel wurde. Da war ein Taubheitsgefühl. Da war Schmerz. Blut. Angst. Warm rann es aus ihr heraus, durchtränkte ihre Unterwäsche. Ihr Körper glühte, wurde von tausend Nadeln durchbohrt. Ihr Verstand wehrte sich gegen das Unausweichliche. Sie nahm den Himmel über sich wahr, das milchige Grau, das genauso unten hätte sein können. Oben und unten wie zerflossen, ohne jegliche Kontur. Der Schmerz in ihrem Arm, den sie etwas Fremdem zuordnete. Ein Schmerz, der sie in diesem Moment an Dinge erinnerte, die weit in der Vergangenheit lagen und gerade jetzt so präsent wurden wie nie zuvor.

Es war damals genauso ein Schmerz gewesen. Nicht physischer Natur. Aber ihre Seele hatte es aus der Brust gerissen. Von da an war das Urvertrauen aus ihrem Leben verschwunden. Bilder, die sie vergessen und verdrängt hatte. Wie ein Flash tauchten sie vor ihrem inneren geistigen Auge auf.

Sie kämpfte dagegen an, nicht in Ohnmacht zu fallen. Wo waren ihre Kollegen? Wo war Max? Sie sah nichts mehr. Nicht den Nebel, der von Neuem über sie hereinbrach und die Sicht dezimierte.

«Hat jemand einen verdammten Verband?» Schilliger lag neben ihr, hielt ihren Arm. «Bringt mir einen Strick oder ein Seil. Irgendetwas ... Sie wurde angeschossen.» Seine Stimme ganz nah an Valéries Ohr. Er sprach beruhigend auf sie ein, während seine Augen stetig in Bewegung waren. «Bleib wach! Valérie, du sollst nicht wegtauchen. Erzähl mir etwas. Oder zähl auf hundert. Tausend ... zähl die Sterne!»

Ja, da waren Sterne. Glühende, kleine Lichtpunkte. Wie von etwas angezogen, bewegten sie sich auf ein Zentrum zu, das vor nicht langer Zeit ihre Gedanken beherrscht hatte und jetzt in ein schwarzes Loch verschwand.

Fünf Polizisten hatten sie eingekreist, suchten das Gelände mit den Augen ab. Richteten ihre Waffen gegen die Nebelwand, die sich wieder geschlossen hatte wie ein Vorhang vor einem verwunschenen Garten.

Schilliger zog ein Messer aus dem Gurt, schnitt Valéries Jacke durch, trennte den Ärmel ab. Er drückte mit der Hand auf die Wunde, versuchte, den Blutstrom zu stoppen. «Vermaledeite Scheisse. Er hat die Hauptschlagader getroffen, dieser Kretin. Bringt ihn her. Ich will ihn lebend.»

Valérie konnte den Reflex, zu husten, nicht unterdrücken. Es fühlte sich wie eine Explosion an. Ihre Lungen schmerzten, ihr Körper stand in Flammen.

«Es wird Hilfe kommen», hörte sie jemanden sagen. «Wir haben die Ambulanz bestellt, Verstärkung angefordert.»

«Halte jetzt durch», sagte Schilliger. «Bleib bei mir.»

Sie zitterte und fror. Erst jetzt verlor sie das Bewusstsein.

Schilliger riss den Gurt aus seiner Hose. Er band damit Valéries Arm ab. Dann legte er ihr mit äusserster Präzision einen

Druckverband an. Valérie aus der Bewusstlosigkeit zu holen, misslang ihm allerdings. Ihr Gesicht wirkte fahl unter den Schweisstropfen, die sich trotz der Kälte gebildet hatten.

Die Luchse strömten aus, durchforsteten die Gesslerburg, drangen in den umliegenden Wald ein, folgten den Spuren im Schnee. Der Schütze schien wie vom Erdboden verschwunden. Unklar war, wie Valérie ins Schussfeld hatte geraten können. Hatte der Schütze auf sie gezielt? Es nur auf sie abgesehen? Hatte sie sich als Zielscheibe geradezu angeboten? Bei dieser miserablen Sicht?

Der Nebel erschwerte die Suche. Die Ruine war von den Luchsen jetzt komplett umstellt. Der Weg zurück zur Mühle blockiert. Der Schütze würde es schwer haben, hier heil herauszukommen, sollte er es nicht über einen andern Weg schaffen.

Sie durchbrachen das Gehölz, stoppten, lauschten, versuchten, aus den Tiefen des Nebelschlundes etwas wahrzunehmen, ein verdächtiges Geräusch, Schritte.

Da war nichts.

Schilliger ging voraus, nachdem er Valérie erstversorgt hatte. Zwei Kollegen blieben bei ihr zurück.

Immer undurchdringlicher wurde der Nebel. Schilliger griff nach seinem Kompass. Er zeigte südwestliche Richtung an. Der Wald lichtete sich ein wenig. Da war ein Weg, der in eine Strasse mündete. Die Umrisse eines Hauses wurden sichtbar, ein zweites Gebäude wie ein Schemen. Ein Bauernhof. Niemand da. Das Areal schien stillzustehen wie auf einer Fotografie.

Schilliger schlich die Hausmauer entlang. Er erreichte einen Platz mit einem Brunnen, einem Wasserrohr, um das sich Eis gebildet hatte. Er ging weiter, kam zu einem Tor. Hinter ihm folgten zwei Kollegen. Schilliger hob die Hand, zitierte die Kollegen schweigend an seine Seite.

Totenstille. Zu still.

Ein Geräusch liess ihn aufhorchen. Seine Sinne waren wach, sein Körper angespannt. Er atmete kaum, sah in die Dunkelheit, roch Heu, Kuhdung. Er tappte weiter. Seine MP entsichert nach vorn gerichtet. Die Attacke von vorhin hätte nicht geschehen dürfen. Kurz kam ihm der Gedanke, dass er eine Gruppe von

Anfängern bei sich hatte und nicht die top ausgebildete Eliteeinheit, die er sich gewohnt war.

Dieser verdammte Nebel hatte ihnen einen Streich gespielt. Als hätte der Anrufer es darauf angelegt. Der Täter würde warten, bis sich eine günstige Gelegenheit abzeichnete, um aus seinem Versteck hervorzukommen, die Waffe auf das Ziel zu richten und abzudrücken. Er war im Vorteil, konnte abwarten, bis die Glastropfenwand löchrig wurde, oben auf der Mauer. Für niemanden sichtbar. Aber er hatte sie im Visier. Jeden Einzelnen von ihnen. Hatte der Schuss nur zufällig Valérie getroffen? Er musste ein Profi sein.

Es war der Bruchteil einer Sekunde, als Schilliger sich geistesgegenwärtig auf die Seite fallen liess. Schon peitschte ein Schuss an seinem Ohr vorbei. Noch einer. Es folgte ein Schusswechsel, bis Schilliger realisierte, dass auch hinter ihm geschossen wurde.

Ein Schrei durchdrang die Stille. Etwas fiel zu Boden. Es hörte sich wie ein Mehlsack an.

Dann ein Kollege: «Wir haben ihn! Er ist getroffen.»

«Keine Bewegung!», rief ein anderer.

«Waffe gesichert!»

Schilliger sprang auf. Näherte sich einem landwirtschaftlichen Gefährt, an dessen Rad der Schütze lag, ausser Gefecht jetzt, wimmernd mit geschundenem Gesicht. Man verband ihm die Augen und legte ihm Handschellen an.

Der Schütze stöhnte wie irre und fluchte in einer fremden Sprache.

Schilliger entnahm seiner Jacke ein Funkgerät, drückte die Taste. «An alle: Wir haben den gesuchten Schützen. Wir befinden uns südwestlich vom Tatort. Wir brauchen die Ambulanz zur Gesslerburg, auf das stillgelegte Gehöft …» Er schluckte leer. «Weiss jemand, wie es Valérie Lehmann geht?»

«Sie wurde soeben von der Ambulanz abgeholt. Sie ist in guten Händen.»

Schilliger atmete auf. Er sah auf den zuckenden Körper am Rad mit dem groben Profil. Seine Kollegen hatten ihm die Waffe abgenommen, Typ Blaser R 93 Long Range Sportler 2, ein Mobiltelefon, ein Stellmesser. Einen dunkelblauen Pass.

Schilliger blickte in die vor Schmerz verzerrte Visage. Die Verletzung hatte den Kerl in ein hechelndes Monster verwandelt. Schilliger schnaubte. «Ich nehme Sie fest wegen des dringenden Verdachts, eine Polizistin lebensbedrohlich verletzt zu haben und des illegalen Waffenbesitzes. Sie haben das Recht zu schweigen.»

***

Der Festgenommene wurde zur erkennungsdienstlichen Abteilung in Biberbrugg gebracht. Man nahm ihm die Fingerabdrücke. Er musste eine Speichelprobe abgeben. Er wurde von allen Seiten fotografiert – das ganze Programm.

Vladimir Schewtschenko, ukrainischer Staatsbürger, fünfundvierzig, ledig. Er war im März vor zwei Jahren mit einer Gruppe von Asylsuchenden aus Donezk ins Land gekommen. Das Migrationsamt hatte zwar seine Personalien aufgenommen, doch vergessen, sie auf der Datenbank abzugleichen. Weder waren Fingerabdrücke genommen, noch war gecheckt worden, ob er international zur Fahndung ausgeschrieben war.

«Das wird noch ein Nachspiel haben», hatte Fischbacher gedroht, als er davon erfuhr.

Schewtschenko lebte von der Flüchtlingshilfe, besass eine Aufenthaltsbewilligung N und wartete in einem laufenden Verfahren darauf, als Flüchtling anerkannt zu werden.

Er war ein gescheiterter Mann ohne Perspektiven, der einmal der Freiwilligenmiliz angehört hatte, die die ukrainischen Regierungsmitglieder als Terroristen bezeichnete. Auf sein Konto gingen neun Tote und zwei Vergewaltigungen. Das stand bis kurz vor der Vernehmung fest, nachdem Fischbacher bei der ukrainischen Botschaft Druck gemacht hatte.

Jetzt sass Schewtschenko im Vernehmungszimmer gegenüber Louis und Fabia, neben ihm ein Rechtsvertreter. In Handschellen, einem verbundenen Bein und einem Glas Wasser vor sich. Der Schuss hatte ihn nur gestreift. Eine Fleischwunde, die schnell verarztet war.

Valérie war der Grund, weshalb es auf dem SSB ziemlich unzimperlich zu- und herging. Die Schutzweste hatte sie zwar vor dem tödlichen Schuss in die Brust gerettet. Sie trug ein paar Prellungen davon. Ihr rechter Arm war jedoch schwer verletzt. Die Kugel hatte ihren Oberarmknochen zersplittert, die Blutbahn durchtrennt. Der Blutverlust war enorm. Gerade eben wurde sie im Kantonsspital Schwyz notoperiert.

Louis drückte die Sprechtaste des Aufnahmegeräts. «Ersteinvernahme im Fall Konrad Gross mit dem mutmasslichen Täter. Heute ist Montag, der 19. Dezember.» Er nannte die Jahreszahl. «Anwesend sind Vladimir Schewtschenko, Pflichtverteidiger Pius Oberholzer, Polizeiwachtmeister Fabia Ulrich und Leutnant Louis Camenzind. Es ist jetzt siebzehn Uhr fünfundvierzig …» Louis hatte keine Minute gezögert, als Fischbacher die Vernehmung anordnete.

Auf Schewtschenkos Gesicht war nicht die kleinste Regung zu sehen. Sein Blick war kalt, die platt gedrückte Nase mit Pickeln übersät. Hohe Wangenknochen betonten seine furchteinflössende Physiognomie.

Louis lagen die ersten Auswertungen zum Mobiltelefon des Täters bereits vor. Die Anrufe an Valérie und Dominik waren nicht von diesem Gerät aus gegangen. Sollte Schewtschenko Gross' Mörder sein, hatte sein Auftraggeber ihn aus unbekanntem Grund der Polizei ans Messer geliefert. Schewtschenko war mehrmals von einem anonymen Anrufer angewählt worden. Die IT-Leute hatten diesen bislang nicht zurückverfolgen können. Sie mussten sich gedulden, bis er sich wieder meldete.

«Wer hat Sie zur Gesslerburg geschickt?», fragte Louis, obwohl er nicht mit einer Antwort rechnete.

Schewtschenko glotzte ihn nur an. Seine Augen sahen aus wie tot. Dunkle Löcher wie ein Tor zur Hölle. Des Teufels Lakai in Handschellen und zusammengebundenen Fesseln.

«Es ist Ihre alleinige Entscheidung. Sie können reden und die Wahrheit sagen oder alle Schuld auf sich laden. Wir wissen, dass Sie nur der ausführende Teil eines Komplotts sind. Ihr Auftraggeber, Herr Schewtschenko, hat Sie absichtlich in die Falle gelockt. Oder wussten Sie, dass die Polizei nach Immensee ausrücken würde? Bekamen Sie den Auftrag, eine weitere Person zu eliminieren?»

Schewtschenko schwieg.
«Spricht er überhaupt unsere Sprache?», warf Fabia die Frage auf.
«Wenn er sie nicht spricht, versteht er sie. Gemäss Akte lebt er seit zwei Jahren in der Schweiz. Bislang wurde ihm hier nichts angelastet. Er hatte einen Asylantrag gestellt, der bis anhin nicht bewilligt wurde.»
«Warum wurde er noch nicht ausgeschafft?»
«Du weisst, wie lange das dauert.»
«Lassen Sie mich mit ihm sprechen», unterbrach Oberholzer die Vernehmung, die zu stagnieren drohte.
«Sie sind nur geduldet.» Louis liess sich nicht beeindrucken, auch wenn Oberholzer jetzt intervenierte. «Wir haben es mit einem kaltblütigen Mörder zu tun.»
«Er könnte in Notwehr gehandelt haben. Er sagte mir, dass man zuerst auf ihn geschossen habe.»
Louis stellte sich vor, wie er an die Decke fuhr. Sein Kopf schien zu platzen. «Meine Kollegin liegt schwer verletzt im Spital. Sie hatte Glück im Unglück. Sie könnte tot sein. Schewtschenko hatte sie, ohne mit der Wimper zu zucken, abgeknallt. Wir haben die Aussage eines unmittelbaren Zeugen.» Louis liess seine Faust auf den Tisch krachen. «Er schoss noch ein zweites Mal. Das war vorsätzlich. Und Sie gehen davon aus, dass er in Notwehr geschossen hat?»
«Mein Mandant sagt, dass der Nebel sehr dicht gewesen sei. Er habe nicht gesehen, wohin er schoss. Er sei zuerst angegriffen worden, da habe er sich bloss zur Wehr gesetzt.»
Louis wandte sich an Fabia. «Bin ich im falschen Film? Sag du's mir.»
Fabia legte ihrem Kollegen beruhigend die Hand auf die Schultern. Louis stiess sie weg und wandte sich wieder an Schewtschenko. «Wer hat Sie zum Mord an Konrad Gross angestiftet? Wer schickte Sie zur Gesslerburg?»
Oberholzer sah seinen Mandanten eindringlich an und kam zu dem Schluss, dass dieser die Aussage verweigere.
Es hatte keinen Sinn. Der Ukrainer sass wie versteinert da.
Louis spürte, wie er allmählich seine Nerven verlor. Nicht

aus dem Grund, weil ihn Schewtschenko zur Weissglut brachte. Es waren die Gedanken an Valérie. Er hatte versagt. Er hätte sie begleiten sollen, auch wenn es nicht ihr Wunsch gewesen war. Er hätte an ihrer Seite sein sollen. Er hatte es nicht getan, weil er nicht an diesen anonymen Anruf geglaubt hatte. Fast hätte er sie noch belächelt. Ihren Entschluss, unverzüglich zur Burg zu fahren, als Laune abgetan. Wie konnte er nur so fahrlässig sein? Wenn Valérie Entscheidungen fällte, musste etwas dran sein. Er hätte es wissen müssen. Ihr vertrauen.

Er hatte noch nicht erfahren, ob ihre Operation gut verlaufen war.

Er atmete heftig aus, schluckte seinen Kloss im Hals runter. Andererseits war sie von einer erfahrenen Truppe begleitet worden. Von Profis, die nichts dem Zufall überliessen.

Louis beugte sich vornüber, blickte mit zusammengekniffenen Augen in Schewtschenkos monströse Fratze.

«Ich werde die Wahrheit schon noch aus dir herausbekommen.» Er erhob sich, schritt zur Tür, öffnete diese und rief in den Flur. «Schewtschenko soll unverzüglich dem Haftrichter vorgeführt werden.»

***

Fischbacher und Zanetti sassen im Konferenzraum. Nach dem Vorfall bei der Gesslerburg berieten sie sich, wie sie weitermachen wollten. Regierungsrat Auf der Maur hatte unmittelbar nach Valéries Einlieferung ins Spital davon erfahren und wollte bis am nächsten Morgen ein Statement.

«Schewtschenko macht nicht den Eindruck, dass er sprechen wird.» Fischbacher hatte zwei Tassen Kaffee auf den Tisch gestellt. «Manchmal wünschte ich mir, wir hätten mehr Möglichkeiten, solche Typen zum Reden zu bringen.»

«Prügel?» Zanetti griff nach der Zuckerdose.

«Genau, Prügel … oder Folter. Wir fassen sie mit Handschuhen an, obwohl sie härtere Massnahmen verdient hätten. Selbst im Vollzug werden sie noch gehätschelt.» Fischbacher verschränkte die Arme. «Man sollte sie in ein Loch stecken und nicht in die feudalen Gefängniszellen, die bald mit allen Annehmlichkeiten ausgestattet sind. Sie sollten spüren, weshalb sie eingebuchtet wurden …»

«Alles in Ordnung mit dir?» Zanettis Stimme klang besorgt.

«Ja, ja … alles okay.» Fischbacher hielt sich zurück.

Nichts war in Ordnung. Der Anschlag auf seine Kollegin ging nicht spurlos an ihm vorbei. Es war ein Schock gewesen. Er hatte Valérie in ihrem Entschluss bestärkt, zur Gesslerburg zu fahren, obwohl er an dem anonymen Tipp gezweifelt hatte. Wenigstens hatte er sie überzeugen können, die Eliteeinheit einzuschalten, denn es war ihm bei dem Gedanken, dass Valérie schutzlos dort hochging, nicht geheuer gewesen. Vielleicht wäre sie jedoch vorsichtiger gewesen, wenn sie sich nicht in falscher Sicherheit gewähnt hätte. Wie hatte das nur geschehen können!

«Wir müssen uns etwas einfallen lassen, wie wir an den Auftraggeber kommen», sagte Fischbacher nach langem Zögern.

«Wer weiss alles davon, dass der Ukrainer in U-Haft ist?» Zanetti schob die Dose über den Tisch. «Auch Zucker?»

«Ja, gern. Bis jetzt ist nichts nach aussen gedrungen. Mein Team hat absolute Nachrichtensperre.»

«Wir sollten uns überlegen, dem Unbekannten eine Falle zu stellen.»

«Wie kommst du auf diese Idee?» Fischbacher rührte Zucker in den Kaffee. Jede Idee war ihm willkommen, wenn man den wahren Täter endlich aus dem Verkehr ziehen konnte. Doch er hatte den Glauben an die Auflösung des Falles verloren. Seit dem Angriff auf Valérie war seine Überzeugung geschwunden, dass es bald zu Ende sein würde. Ihr Gegner schien ihnen haushoch überlegen zu sein. Hatte er es zuerst nur auf Gross abgesehen, diente plötzlich eine seiner Kolleginnen als Ziel. Oder die Polizei. Vielleicht durfte man nicht mehr von einem Einzeltäter ausgehen.

«Ich bringe den Verdacht nicht los», sagte Zanetti, «dass er Schewtschenko absichtlich in die Falle laufen liess. Wir können ihn jedoch aus dem Versteck locken, indem wir mit einer Falschmeldung an die Öffentlichkeit gelangen.»

Fischbacher nippte an der Kaffeetasse. Er blickte den Staatsanwalt erstaunt an. «Und woran hast du gedacht?»

«Wir informieren die Zeitungen über die versuchte Tötung von Valérie Lehmann.» Zanetti wusste, dass dies ein gewagtes Unterfangen war. Doch für Valérie würde er alles tun. Bei ihrem Namen zog sich sein Herz zusammen. Er hatte Angst um sie gehabt, oben bei der Gesslerburg. Er war gerade eingetroffen, als man Valérie mit der Ambulanz abholte. Sie war nicht ansprechbar gewesen, hatte auf der Bahre gelegen, blass und fremd. Da hatte er gespürt, was sie ihm bedeutete. Er liebte diese Frau. Eine völlig neue Erfahrung, in der ihn die Liebe wie ein Blitz getroffen hatte. «Zeitgleich soll eine Fahndung nach Schewtschenko raus. Wir lassen die Bevölkerung wissen, dass der Ukrainer nicht gefasst wurde.»

«Du willst eine fingierte Nachricht veröffentlichen?»

«Genau. Möglichst alle nationalen Medien sollen morgen damit an die Öffentlichkeit. Es ist der einzige Weg, den Auftraggeber aus der Defensive zu locken.»

«Aber er wird nicht einfach bei uns hereinspazieren, wenn du das meinst.»

«Ich bin mir sicher, er wird sich bei Schewtschenko melden. Er muss ja davon ausgegangen sein, dass er beim Einsatz bei der Gesslerburg getötet wurde. Umsonst hatte er den Ukrainer nicht in diese Falle gelockt.»

«Ich verstehe … per Handy.»

«Genau. Wenn wir den Anruf bekommen, können wir ihn vielleicht orten.»

NEUNZEHN

Sie glaubte, ihre Augen zu öffnen, und spürte, dass sie sie geschlossen hielt. Sie bewegte die Füsse und nahm nur ein leichtes Zucken wahr. Ihr Körper schoss wie ein Komet durchs All. Millionen von Sternen flogen ihr entgegen, doch sie wurde nicht getroffen. Sie selbst war einer dieser Sterne, der von innen heraus glühte. Sie spürte ein Brennen. Schlimmer noch als Feuer.

«Frau Lehmann? Sind Sie wach?»

Die Stimme kam von weit her, aus einer anderen Galaxie. Valérie fühlte sich auf einmal sehr leicht. Wie eine Feder tanzte sie im Wind. Die Hitze war verschwunden. Kühl wurde es und schön. Sie schwebte über eine Wiese voller Blumen und Schmetterlingen. Erinnerungen an Fully im Sommer, der Duft nach Kohl, der über die Wiesen vor ihrem Haus geweht hatte. *Maman* auf der Bank mit diesem verlorenen Blick, der alles gesehen und doch nicht wahrgenommen hatte.

«Frau Lehmann, hallihallo … Sie sind im Schwyzer Spital. Sie wurden operiert. Sie befinden sich jetzt im Aufwachraum. Sie haben geschlafen und sollten jetzt versuchen, schön wach zu werden …»

Es klang wie das Herunterlesen einer Verpackungsbeilage.

Als Erstes sah sie den Infusionsständer. Dann ihren Arm. Schmale Schläuche, die an ihm befestigt waren. Blut, das durch diese Schläuche floss. Einen Verband.

«Ich bin Nathalie Hermann. Ich bin die zuständige Pflegerin.» Eine Pflegerin mit Humor.

Valéries Blick blieb an den Schläuchen haften. Diese verschwanden irgendwo in ihren Körper wie elektrische Kabel, die Valérie mit Strom versorgten. Die sie am Funktionieren hielten. Deshalb atmete sie wahrscheinlich, spürte ihre Beine und einen heftigen Harndrang. Der Gedanke an eine Herz-Lungen-Maschine, an eine künstliche Beatmung. Valérie griff instinktiv an ihre Nase und den Mund. Sie hatte den realen

Bezug verloren. Alles kam ihr unwirklich vor. Wie ein Traum, aus dem sie gleich erwachen würde.

«Das ist von der Operation», erklärte Nathalie. «Da läuft noch Blut und Sekret von der Wunde ab. Seien Sie unbesorgt.»

Konnte man unbesorgt sein, wenn man in einem Spitalbett aufwachte?

«Mir ist schlecht.» Valérie glaubte, sich übergeben zu müssen.

«Das wird schon wieder.» Nathalie strich ihr wie beiläufig über den gesunden Arm.

Den andern spürte Valérie nicht wirklich. Ein dumpfer Schmerz, der wie eine Welle heranrollte. Ihr Magen rebellierte. Ihre Magensäfte stiessen auf, liessen einen ätzenden Geschmack im Mund zurück. Wie ein Klumpen fühlte sich ihr Körper an. In ihrem Brustbein schien eine Lanze zu stecken.

«Mir ist … schlecht.» Sie wusste nicht, ob sie es nur dachte oder aussprach.

Nathalie nahm keine Notiz davon.

Maman war immer dagegen gewesen, wenn Valérie mit ihrem Freund Philippe Nachtwanderungen auf den Creux de Branson unternahm. Im Sommer fast jedes Wochenende. Der Weg war beschwerlich, das letzte Teilstück verlief parallel zu einer Felswand. Diese war kaum gesichert, auch in keinem Reiseführer erwähnt. Kein Strick zum Festhalten. Sie hatten sich komplett auf ihr gutes Schuhwerk und ihren Orientierungssinn verlassen müssen. Manchmal das Aufflammen eines Feuerzeugs. Oder der fast volle Mond spendete genug Licht. Um Mitternacht hatten sie jeweils das Hochplateau erreicht, wo sie im Massenlager den Rest der Nacht verbrachten. Eng umschlungen in den Armen des andern. Und morgens wanderten sie zum Lac Supérieur, um dort zu baden. Immer zur selben Zeit, als wäre es ihr ganz persönliches Ritual gewesen. Nach dem Schwimmen lagen sie auf den warmen Steinen und schmiedeten Zukunftspläne. Am letzten Tag hatte Philippe ihr einen Heiratsantrag gemacht, nachdem sich ihre Körper zum ersten Mal ganz gefunden hatten. Da waren sie gerade mal siebzehn gewesen. Sie hatten sich ewige Treue geschworen: Philippe Roduit, Sohn eines Weinhändlers aus dem Nachbardorf Saxon, und Valérie, die einzige Tochter von Maurice und Charlotte Bender. Sie waren zusammen aufgewachsen, hatten bis zur neunten Klasse die gleiche Schule besucht, waren sich näher gewesen als ein Geschwisterpaar. Sie hatten sich ein Leben ohne den andern gar nicht mehr vorstellen können.

Der Sonntag am See über Fully war der letzte gemeinsame gewesen. Eine Woche später hatte Valérie Fully und Philippe verlassen.

Sie musste geschlafen haben. Als sie erwachte, standen Ärzte an ihrem Bett. Ihre Wahrnehmungen hatten sich intensiviert. Die Schmerzen auch.

«Wir werden ihr als Erstes zwei Einheiten von dem Morphin intravenös verabreichen», sagte jemand. Ein Weisskittel.

«Haben Sie Schmerzen?»

«Ja», wollte sie sagen und brachte nichts heraus. Die Zunge lag schwer in ihrem Gaumen.

«Frau Lehmann, wir haben Ihnen eine Kugel aus dem Arm geholt, nachdem Sie angeschossen worden waren. Sie erlitten eine Schussfraktur. Ihre Armschlagader wurde dabei verletzt. Die Operation ist gut verlaufen. Sie sind eine robuste Frau.» Der Arzt lächelte, als er das sagte. «Sie werden eine Weile bei uns bleiben müssen, bis der Knochen zusammengewachsen und die Wunde verheilt ist.»

Kugel. Schussfraktur. Armschlagader.

Was war geschehen?

Das Letzte, woran Valérie sich erinnerte, waren Spuren im Schnee. Nebel, der Mauern umwaberte. Max Schilliger, der neben ihr ging. Der Fundus ihrer Gedanken wie ein Puzzleteil von einem Bild, das sie von vornherein falsch zusammengesetzt hatte. Weil ihr eine Vorlage fehlte.

Diese Leichtigkeit im Augenblick des Blutverlusts.

Einmal war sie noch bei Bewusstsein gewesen, als man ihr die Sauerstoffmaske überstülpte. Da hatte sie an den Tod gedacht und sich unglaublich leicht gefühlt.

Jetzt war nur mehr der Schmerz, der ihre Sinne betäubte. Ein Arm dennoch fast leblos an ihrem Körper. Eine Extremität, die nicht ihr gehörte.

Nathalie schraubte einen der Infusionseingänge an ihrem Handgelenk auf, injizierte ein Medikament. «Gegen die Schmerzen», sagte sie, als die Männer in den weissen Kitteln verschwunden waren.

Die Müdigkeit übermannte Valérie erneut.

«Sie hatten eine Vollnarkose», sagte Nathalie.

Ja, dachte Valérie. Davor hatte sie schon immer grosse Angst gehabt. Sie fühlte sich, als hätte man ihr einen Teil des Lebens gestohlen. Vom Zustand während der Anästhesie war nichts in der Erinnerung geblieben. Nicht mal ein Traum. Sie hätte sterben können, ohne es zu merken.

Sie kippte wieder weg. Wurde von Halluzinationen geplagt. Alles an ihr war schwer. Etwas zog sie hinunter. Fühlte sich wie Blei an den Füssen an.

Doch da war dieser ungebändigte Wille, der sie zurück ins Leben zerrte.

Nicht aufgeben! Nicht schwach werden! Sie hatte gelernt, ihrem Schicksal die Stirn zu bieten.

***

Louis und Tobias Müller von der IT-Abteilung hatten den ganzen Tag auf dem SSB verbracht. Fischbacher hatte sie darüber informiert, dass seit sechs Uhr früh schweizweit eine Falschmeldung im Umlauf war. «Zeitungen, Radio- und Fernsehstationen sind informiert. Stündlich wird darüber gesendet … mit der genauen Beschreibung des Täters. Beten wir, dass der Auftraggeber diese Nachricht hört, sieht oder liest.» Fischbacher legte die Boulevardzeitung auf den Tisch. «Ich mag diese Sensationspresse nicht, zu stark auf Effekthascherei ausgerichtet … Aber Schewtschenko hat es auf die Titelseite gebracht. Ein computeranimiertes Foto. Sieht aus wie ein echtes Fahndungsbild, das mit Hilfe von angeblichen Zeugen angefertigt wurde.»

Das Warten war vergebens. Bis zur Stunde geschah nichts. Louis zweifelte, dass der Auftraggeber ins Netz gehen könnte. Die Stunden wurden lang, die Nerven waren strapaziert.

Sie sassen an einem der Tische im Konferenzraum, eine Flasche Wasser vor sich, belegte Brote und jede Menge Kaffee in einem Thermoskrug. Schewtschenkos Mobiltelefon lag daneben. Der Strafantrag war gestellt, die Fangschaltung aktiviert. Jetzt hiess es noch einmal warten.

Sie geduldeten sich, hielten die Stellung. Zwei Kollegen, die sich nur vom Sehen kannten. Sie brüteten vor sich hin, waren zusammengerückt in diesem Raum, dessen Wände mit abscheulichen Tatortbildern überklebt waren, von Notizen und Skizzen. Jetzt hielten sich die Männer gegenseitig wach, erzählten aus ihrem Leben, von ihrer Ausbildung und davon, was aus ihnen geworden wäre, hätten sie einen anderen Weg eingeschlagen als den des Ermittlers. Tobias war Informatiker, dreissig und seit fünf Jahren bei der Schwyzer Polizei. Er hätte sich nie etwas anderes vorstellen können, als bei der Polizei zu arbeiten. Schon als Junge hatte er davon geträumt.

Louis hatte sich beim Spital erkundigt, wie es Valérie ging, und hatte kaum eine richtige Auskunft bekommen. Umso überraschter war er gewesen, als Emilio Zanetti auf der Abteilung verlauten liess, dass die Operation gut verlaufen, Valérie jedoch auf die Intensivstation verlegt worden sei. Besuche seien im Moment nicht gestattet.

Louis ärgerte es. Warum wusste dieser Zanetti mehr als er? Wenn jemand etwas zuerst erfahren sollte, so war das Fischbacher, der Kripochef. Irgendetwas war da im Busch. Louis würde es noch herausfinden.

Die Nacht zog sich in die Länge. Als die Dämmerung hereinbrach, waren der Thermoskrug leer und die Brote verzehrt.

Fabia war soeben zu ihren Kollegen gestossen. Sie brachte frischen Kaffee und Gipfeli und eine gute Nachricht. Valérie habe die Nacht den Umständen entsprechend zufriedenstellend überstanden. Wer ihr das erzählt habe, wollte Louis wissen, während er mit dem Daumen über «Annehmen» strich. Emilio Zanetti! War ja klar.

Um sieben nach acht dann der Anruf.

Das mit dem Mobiltelefon gekoppelte Aufnahmegerät schaltete automatisch ein.

Ein stossweises Atmen …

«*Privit!* … Vladimir?»

Verdammt! Der sprach ukrainisch. Was jetzt?

«*Tak.*» Louis lächelte Fabia an, die ihn mit grossen Augen anstarrte. In der Leitung vernahm er nur wieder ein heftiges Atmen.

Dann war die Verbindung weg.

Louis biss sich auf die Lippen. «Scheisse! Scheisse! Scheisse!»

Hatte er seine einzige Chance vertan?

«Was meinst du, hat die Zeit gereicht?»

«Kaum», antwortete Tobias. «Zu kurz.»

Sekunden später ein erneuter Anruf.

Louis strich über den Touchscreen. Räusperte sich.

«Vladimir Schewtschenko?» Eine Stimme, die einem Bariton näher war als einem Bass.

Louis musste den Anrufer hinhalten. Was sollte er sagen?

«*Ya … ne … rosmovlyayu … ukrayinsykoyu … movoyu.*» Das war bereits der zweite Fehler. Louis hätte sich ohrfeigen können.

«Wer redet da?», kam es überrascht und spontan herüber. Das klang nicht ukrainisch und verriet auf eine gewisse Weise die Unsicherheit des Anrufers.

Louis ging davon aus, dass er seinen Satz nicht verstanden hatte, der falschen Betonung oder der fehlerhaften Verbindung wegen. «Vladimir Schewtschenko», sagte er in der Überzeugung, das Richtige zu tun.

Das Freizeichen ertönte. Der Fremde hatte die Verbindung abgebrochen, als hätte er etwas von dem falschen Spiel gemerkt.

«*Do pobatshennya*», sagte Louis, das sich wie ein Fluchen anhörte. Er wandte sich an Tobias. «Und, hat die Zeit gereicht?»

«Ich hoffe es.»

«Hoffen nützt mir nichts.»

«Das war einsame Spitze», prustete Fabia drauflos. «Wo hast du Russisch gelernt?»

«Das war Ukrainisch.»

«Wo also … sag schon.»

«Das gehört zum Allgemeinwissen.»

«Bluffer! Glaubst du, es war der Auftraggeber?»

«Das allerdings weiss ich nicht. Aber sollte er meinen Schwindel bemerkt haben, wird er es sich nicht lange überlegen, sich in Sicherheit zu bringen. Es war vielleicht taktisch nicht sehr klug von mir.»

«Warum meinst du?»

«Der sprach kein Ukrainisch. Dem Dialekt nach war er ein Schweizer. Ein Ostschweizer oder so.» Louis liess sich von Fabia eine Tasse Kaffee einschenken. «Wenn wir Glück haben, kann der Anruf lokalisiert werden. Warten wir's ab.»

ZWANZIG

Sie spürte seine Hand, bevor sie ihn sah.

Emilio!

«Ich sehe scheusslich aus.» Valérie schämte sich ihrer Stimme, die belegt klang.

«Ich liebe dich so, wie du bist.» Zanetti beugte sich über ihr Gesicht und hauchte ihr einen Kuss auf die Wange. «Wie geht es dir? Ich wollte dich gestern schon besuchen. Aber es hiess, keine Fremden.»

«Du bist nicht fremd.» Valérie griff nach seiner Hand. «Erst heute Morgen wurde ich von der Intensivstation hierher verlegt. Gestern hatte ich kollabiert, wegen der Medikamente. Ich hatte einen extremen Blutdruckabfall. Jetzt bin ich in diesem Einzelzimmer, obwohl ich nicht privat versichert bin.»

«Ich weiss», sagte Zanetti.

Sie sah ihn überrascht an. «Du hast doch nicht etwa …»

«Es soll dir hier an nichts fehlen.»

Valérie atmete heftig aus. «Emilio, wir kennen uns kaum, und jetzt übernimmst du mein Upgrade?»

«Ja, das wollte ich damit sagen. Ich übernehme die Kosten.»

«Das geht doch nicht. Die Versicherungen sind in dieser Hinsicht sehr streng.»

«Reden wir nicht mehr darüber», sagte er mit einem scheuen Lächeln. «Ich glaube, wir kennen uns schon ein wenig. Wie geht's deinem Arm?»

«Er schmerzt wie die Hölle. Ich vertrage die Medikamente nicht … Hat man den Schützen gefasst?»

«Er sitzt in U-Haft. Er wurde bei einem Schusswechsel angeschossen. Er wird seine gerechte Strafe bekommen.»

«Wer ist es?»

«Das sollte dich jetzt nicht interessieren. Zuerst musst du wieder gesund werden und zu Kräften kommen.»

«Hat er Gross umgebracht?»

«Davon gehen wir aus. Es ist dieselbe Waffe, mit der er auch auf dich geschossen hat. Wir können von Glück reden, dass das Projektil nur deinen Arm getroffen hat. Ein Schuss aus einer solch kurzen Distanz hat eine fatale Wirkung. Es hat dich buchstäblich nach hinten geschleudert, dich … beinahe zerfetzt …»

«Ich erinnere mich nicht. Hat er geredet?»

Zanetti schritt im Zimmer auf und ab. Er sah durch das Fenster in die graue Trostlosigkeit. Die Mythen waren verschwunden, eine kompakte Wolkendecke lag über Schwyz. «Bislang nicht. Wir konnten mit Hilfe einer Fangschaltung einen Anruf auf sein Handy zurückverfolgen.»

«Und?» Valérie zog sich mit der linken Hand am Triangel hoch. «Weiss man schon mehr?» Sie musterte Zanetti argwöhnisch. «Da ist noch etwas. Ich sehe es dir an. Sind Namen bekannt?»

«Wir wissen, wer der Schütze ist.»

«Sag schon …» Valérie sank erschöpft ins Kissen zurück. «In zwei Tagen bin ich hier wieder draussen.» So sicher war sie sich nicht. Ihre Wunde schmerzte. Sie fühlte sich kraftlos und schwach. Das ganze Aufbautraining im Fitnesscenter war dahin. Es würde Wochen dauern, bis sie wieder einigermassen fit und auf der Ebene ihrer Ausdauer war. Doch über ihre Bedenken wollte sie sich nicht äussern.

«Ich weiss, du bist eine zähe Frau.» Zanetti strich ihr übers Gesicht, über die Narbe, den Mund. «Zuerst wirst du zur Reha gehen müssen. Erst dann möchte ich dich wieder an der Arbeit sehen.»

«Solange der Fall Gross nicht restlos geklärt ist, werde ich nicht ausruhen. Komm … wer ist es?»

«Vladimir Schewtschenko. Er ist ukrainischer Staatsbürger, lebt aber seit zwei Jahren in der Schweiz.»

«Vorstrafen?»

«Er war vor seiner Flucht im August desselben Jahres Mitglied der Freiwilligenmiliz der prorussischen Separatisten. Er schloss sich dann einer Gruppe von Flüchtlingen an und verliess das Land über Rumänien, Ungarn und Österreich und erreichte nach knapp einem Monat die Schweiz.»

«Warum stand das nicht im Europol?»

«Das Migrationsamt hat es versäumt, bei ihm die erforderlichen Kontrollen durchzuführen. Schewtschenko muss dies skrupellos ausgenutzt haben. Anstatt ins Auffanglager zu gehen, ist er sozusagen durch eine Hintertür verschwunden.»

«Ist er denn als Flüchtling anerkannt?» Valérie zweifelte daran.

«Schwyz hat ihn sozusagen aufgenommen. Fragen wurden keine mehr gestellt. Schewtschenko fiel bis anhin nicht negativ auf …»

«Hat er geredet?»

«Nein. Heute Nachmittag wird er ein weiteres Mal verhört.»

«Gibt es etwas, das ich wissen müsste?»

Zanetti küsste sie wieder.

«Sag schon …»

«Louis sprach mit dem mutmasslichen Drahtzieher. Viel hatte er nicht aus ihm herausbekommen. Wir wissen nur, dass er kein Ausländer ist. Er sprach schweizerdeutsch.»

«Dialekt?»

Emilio kniff die Lippen aufeinander. «Das Gespräch wurde aufgenommen, sofern man mit zwei, drei Wörtern von einem Gespräch reden kann.»

Valérie setzte sich erneut auf und verzog sogleich ihren Mund. Der Schmerz im Arm bohrte sich wie tausend glühende Nadeln in ihr Gehirn. Nachdem sie das Morphin nicht vertragen hatte, versorgte man sie jetzt mit anderen Schmerzmedikamenten, die jedoch eine geringere Wirkung hatten.

«Kann ich mir das Gespräch anhören?»

«Mein Liebes, du bist nicht im Dienst und bis Ende Januar krankgeschrieben.»

«Mein Gehirn ist noch sehr intakt. Wenn du mir Schreibblock und Stift bringst, kann ich sogar schreiben.»

«Mit links?» Zanetti lachte.

«Ja, genau … mit links. Ich gehörte zu den wenigen, die als Linkshänderin in der Schule rechts schreiben musste. Links habe ich allerdings nie verlernt.»

«Du bist eine Wahnsinnsfrau!»

Wie gut ihr der Mann tat, spürte sie erst jetzt. Seine blosse Anwesenheit liess sie zu Kräften kommen. Als man ihr später das Mittagessen brachte, ass sie fast den ganzen Teller leer und wunderte sich selbst darüber, wie sie die Mahlzeit vertrug.

Sie hatte ein Ziel: das Spital möglichst schnell zu verlassen.

Zanetti hatte sich nach einer Stunde verabschiedet. Valérie rief Colin an. Als sie ihn nicht erreichte, sprach sie ihm auf Band. Katja wollte sie nicht unnötig in Sorge versetzen. Valérie wusste, wie ausgelastet sie in ihrem Beruf gerade war.

Sie wählte Louis' Nummer.

***

Während des zweiten Verhörs mit Schewtschenko war zusätzlich Fischbacher anwesend.

Der Ukrainer sass auf einem Stuhl in der Nähe der Wand. Flankiert von zwei Polizisten in Uniform.

Ohne Waffe kam er Louis allerdings wie ein nichtssagendes Würstchen vor, obwohl er von der Statur her das Doppelte von Louis umfasste. Louis taxierte ihn mit einem abschätzigen Blick. Alles in ihm sträubte sich. Er musste sich zusammenreissen, damit er seine Nerven nicht verlor.

«Herr Schewtschenko. Heute Morgen früh bekamen wir von Ihrem Auftraggeber einen Anruf. Offenbar vergassen Sie, sich gestern bei ihm zu melden.»

Meinte Louis es nur, oder kam in Schewtschenkos Augen Bewegung?

«Mister Unbekannt will Sie heute in Zürich treffen, um Ihnen das Geld zu übergeben», bluffte Louis. Er hatte lange überlegt, wie er den Ukrainer zum Sprechen brachte, und kam zu der Überzeugung, dass das Erwähnen von Geld ihm die Zunge lösen würde.

Schewtschenko rutschte auf dem Stuhl umher. Seine in Fesseln gelegten Füsse erschwerten es, sich zu bewegen. Diese Sicherheitsvorkehrungen waren Vorschrift, auch wenn es ein Verhältnisblödsinn war, wie Louis fand.

«Sie dürfen uns jetzt die Wahrheit sagen.» Noch war er ruhig.

«Das ist gelogen», sagte Schewtschenko. «Dieses Schwein hat mich an der Nase herumgeführt. Nichts Geld. Nicht genug. Nicht das, was abgemacht war.»

«Hört, hört.» Louis sah sich nach Fischbacher um. «Vladimir kann plötzlich sprechen. Er hat ja doch ein Maul. Schwein, haben Sie gesagt? Dann sind Sie in bester Gesellschaft.» Er baute sich vor dem Ukrainer auf. «Ihr Auftraggeber hat Sie also versetzt. Sie haben noch nicht alles kassiert. Das wäre doch ein Grund, uns endlich die Wahrheit zu sagen. Das könnte sich positiv auf den Prozess auswirken. Oder wollen Sie den Rest Ihres Lebens in den Knast? Wegen Mordes und versuchten Totschlags? Vielleicht werden Sie ausgewiesen und in ein ukrainisches Gefängnis verlegt. Oder Sie können den Knast hier nach guter Führung schon frühzeitig verlassen, und man wird Sie dann sofort ausweisen. Ihr Asylgesuch wäre augenblicklich vom Tisch. Keine Alimente mehr fürs Schmarotzen, keine Anlaufstelle, wenn es Ihnen beschissen geht …»

Fischbacher räusperte sich. Von da an wusste Louis, dass er sich zusammenreissen musste. Er zog tief Luft ein. «Wäre es das wert? Und Ihr Auftraggeber läuft frei rum, kann sich alle Annehmlichkeiten des Lebens leisten, während Sie für ihn die Strafe absitzen …»

Schewtschenkos Gesicht versteinerte sich wieder. «Ich kenne ihn nicht.»

«Haben Sie das Gefühl, er würde Sie aus der Haft herausholen? Ist es das, was Sie zögern lässt? Wir haben oft mit solchen Kerlen zu tun, glauben Sie mir. Die lügen das Blaue vom Himmel, lassen ihre Lakaien die Drecksarbeit erledigen, während sie ihr Leben in Freiheit geniessen.» Louis näherte sich provokativ Schewtschenkos Gesicht. «Wer hat Ihnen den Auftrag erteilt, Richter Gross zu töten? Wer schickte Sie zur Gesslerburg, um auch den zweiten Teil der Abmachung zu erfüllen, falls es eine gab?»

Keine Regung. Nicht der kleinste Wimpernschlag. Schewtschenko sass da, als wäre er kein lebendiger Mensch, sondern dessen Abbild, in Wachs gefertigt, wie eine Figur in Madame Tussauds Kabinett.

Louis sah bereits seine Hand in diese Visage fahren, eine geballte Faust auf dem Weg zur Nase. Er konnte sich im letzten Moment beherrschen, als Fischbacher sich erneut hinter seinem Rücken räusperte.

«Lassen Sie mich mit meinem Mandanten reden», versuchte Oberholzer, die angespannte Situation zu entschärfen. Es machte den Anschein, dass er noch kaum ein Wort mit ihm gesprochen hatte.

Louis wandte sich nach ihm um. Er starrte ihn an. Ihn, mit der Windfrisur, dem schmalen Oberlippenbart und der grossen Brille, die in sein Gesicht passte wie die Faust aufs Auge. «Dazu hatten Sie die ganze Nacht schon Zeit. Ich weiss auch nicht, weshalb Sie hier sind. Als Pflichtverteidiger, hat man mir gesagt. Wie können Sie sich auf das Niveau eines Mörders herunterlassen?» Louis hob die Hand. «Nein, sagen Sie jetzt nichts. Sie tun nur Ihren Job. Sie fassen diese Kreatur mit Handschuhen an, während meine Kollegin im Spital um ihr Leben kämpft. Wissen Sie was? …» Louis' rechter Zeigefinger bewegte sich rasend schnell vor Oberholzers Nase. «Wir beenden hier das Verhör. Aber ich schwöre, dass ich es morgen früh um fünf fortsetzen werde. Und das jede Stunde, bis ich die Wahrheit kenne … wenn es sein muss, die ganze darauffolgende Nacht. Und nein, es wird weder zu essen noch zu trinken geben. Ich werde den Typen hier hungern lassen, bis er es nicht mehr aushält. Ich werde ihm die Wahrheit aus seiner verdammten Fresse prügeln …» Louis schnaubte, warf zuerst Oberholzer, der nicht zu Wort hatte kommen können, dann Fischbacher einen zornigen Blick zu und verliess den Raum.

Er war zu weit gegangen. Eindeutig zu weit. Er würde keine Entschuldigung anbringen können für das, was er soeben geleistet und aufs Kläglichste vermasselt hatte. Sein Chef persönlich würde ihn, mit Verdacht auf Amtspflichtverletzung, vor die Aufsichtsbehörde ziehen und Anzeige erstatten. Er würde nicht nur mit einem Verweis rechnen müssen, sondern mit einem Verfahren. Dann würde seine Karriere bei der Polizei endgültig der Vergangenheit angehören, noch bevor er sie richtig begonnen hatte.

Draussen auf dem Flur holte er eine lose Zigarette aus der Jackentasche. Seine Hände zitterten, als er sie anzündete, ungeachtet dessen, dass im ganzen Gebäude Rauchverbot war. Er stellte sich vor, wie Fischbacher sich mit Oberholzer unterhielt, sich womöglich für ihn entschuldigte und ihm das Versprechen gab, für Camenzind einen Ersatz zu suchen.

Die Zigarette war bereits halb abgebrannt, als die Tür aufging und die beiden uniformierten Polizisten mit Schewtschenko im Schlepptau auf dem Flur erschienen. Auf Schewtschenkos Gesicht erschien ein hinterhältiges, perfides Grinsen. Hinter ihnen folgte Oberholzer. Ging grusslos an ihm vorbei und verschwand in der Richtung, in der der Lift lag.

Fischbacher trat wenig später vor die Tür.

Louis ahnte, was kommen würde. Eine Rüge, die keine Widerrede duldete, und die Aufforderung, Pistole und Polizeiausweis auf der Stelle abzugeben. Heute, am 21. Dezember, würde er seinen Job verlieren. Und er hatte es sich selbst zu verdanken.

Fischbacher legte ihm kameradschaftlich die Hand auf die Schulter. «Du solltest jetzt Feierabend machen. Dieser Fall fordert uns alle. Es bringt nichts, wenn wir zulassen, dass unsere Nerven reissen. Geh nach Hause, Louis, und schlaf mal dein Manko aus.»

Louis öffnete schweigend das Fenster und schnippte die Zigarettenkippe weg. Es brachte nichts, Fischbachers Vorschlag zu kommentieren. Er hätte es auch nicht gewagt, nachdem er ihm seine Loyalität bewiesen hatte. Sein Chef wusste, worum es ging. Sie befanden sich in einer Ausnahmesituation. Sie würden zusammenhalten, egal, in welcher Stellung in der polizeilichen Hierarchie sie sich befanden.

Louis wollte jetzt mit Valérie sprechen, da er wusste, dass sich ihr Gesundheitszustand gebessert hatte. Da konnte ihn auch Fischbacher nicht davon abhalten. Es war nicht lange geheim geblieben, dass Staatsanwalt Zanetti seiner Kollegin als Erster einen Besuch abgestattet hatte. Ob dies rein dienstlicher Natur war oder eventuell etwas Persönliches, sogar Privates dahintersteckte, würde Louis sicher in Erfahrung bringen. Auf dem Weg zum Spital sah er, dass Valérie ihn heute schon gesucht hatte. Drei Anrufe in Abwesenheit. Es musste etwas Dringendes sein, wenn sie ihn dreimal anrief.

Am Kiosk in der Empfangshalle kaufte er eine Orchidee in einem billigen Übertopf. Etwas Besseres gab es hier nicht. Er erkundigte sich nach Valéries Zimmernummer und wurde in die vierte Etage geschickt.

Louis stand vor der Tür und wartete. Falls Valérie nicht allein drin war, wäre es ihm peinlich. Zudem hatte er kein Bedürfnis, Zanetti hier anzutreffen. Bestimmt hatte er in der Zwischenzeit vernommen, was während des Verhörs mit Schewtschenko abgelaufen war. Louis klopfte, stiess zaghaft die Tür auf und trat ein.

Valérie sass aufrecht im Bett. Sie war allein, was die ganze Sache vereinfachte.

Über ihr Gesicht huschte ein Lächeln. «Louis, schön, dass du da bist.»

Meinte sie es wirklich ernst? Er drückte ihr etwas verlegen den Topf mit der Orchidee in die Hand. «Sorry, ich wusste ja nicht, ob du Schokolade isst.»

«Danke, die ist sehr schön.» Valérie zeigte mit der linken Hand zum Bord neben dem Fenster. «Kannst sie gern dorthin stellen.»

Louis war beruhigt. Er hatte ein Bund roter Rosen erwartet, Lilien oder sonst etwas Teures, das schon da stand. Ein Zeichen dafür, dass es jemanden gab, der Valérie verehrte und liebte. Vielleicht waren Louis' Bedenken, was Zanetti betraf, unbegründet. Valérie war genauso ein einsamer Mensch wie er.

«Weisst du schon, wann du nach Hause darfst?»

«Die wollen mich eine ganze Weile hierbehalten.» Valérie sank ins Kissen zurück. «Die Operation sei schwierig gewesen, hat man mir mitgeteilt, der Oberarmknochen zersplittert ...»

«Kein Wunder. Das Projektil wurde uns ausgehändigt. Die Ballistiker reden von einer Winchestermunition, 9mm-Kaliber ... dasselbe Geschoss, wie es Gross getroffen hatte.»

«Ja, und da war noch die Armschlagader ...» Valérie setzte ein Lächeln auf. «Ich darf mich kaum bewegen. Für mich ist es die Hölle.»

«Wenn du gesund werden willst, musst du den Rat der Ärzte befolgen.»

«Bring mir Arbeit!»

«Nicht dein Ernst.» Louis zog einen Stuhl ans Bett und setzte sich. «Wir sind ein grosses Stück weiter.» Er erzählte von den Verhören; dass er dabei die Nerven verloren hatte, erwähnte er nicht.

«Hast du die Kassette hier?»

«Welche Kassette?»

«Die mit dem Anruf.»

«Da ist nicht so viel drauf», wich Louis aus. «Anhand der Stimme konnten wir den Auftraggeber nicht ausfindig machen.»

«Was hat die Fangschaltung gebracht?»

Louis suchte in der Innentasche seiner Jacke. Er holte einen zusammengefalteten Bogen Papier daraus hervor. «Das ist die Kopie des Berichts. Er beinhaltet nicht viel, zu wenig für eine Fahndung. Der Anruf kam von einem Mobiltelefon mit Prepaidkarte ...»

Valérie las den Text und stutzte. «Das ist eine ganze Menge. Langsam geht mir ein Licht auf ... Louis, bring mir meinen Laptop. Erkundige dich, ob ich einen WLAN-Anschluss bekomme. Ich werde vom Bett aus recherchieren.»

Louis griff sich an die Stirn. «Vor zwei Tagen bist du knapp dem Tod entronnen. Du musst dich jetzt erholen. Ich werde dir bestimmt keinen Laptop bringen. Das kannst du gleich vergessen. Ich will nicht verantwortlich sein, sollte sich die Heilung deines Arms verzögern ... Nein! Definitiv nicht!»

«Er wird immer mehr Vorsprung bekommen.»

«Man hat Schwegler unter Polizeischutz gestellt.»

«Du lenkst vom Thema ab.»

«Er wird rund um die Uhr bewacht.»

«Louis! Hörst du mir überhaupt zu? Er wird Vorsprung bekommen ...»

«Wer?»

«Derjenige, der dem Ukrainer den Auftrag erteilt hat. Ich nehme an, er weiss in der Zwischenzeit, dass … wie heisst er schon wieder?»

«Du meinst Schewtschenko?»

«Ja, dass Schewtschenko inhaftiert wurde. Er wird ihm nicht trauen, dass er den Mund hält.»

«Vielleicht ahnt er etwas von meinen Methoden …»

«Genau das ist es, was mich beunruhigt. Ich mache mir Sorgen um dich, Louis. Mittlerweile kenne ich dein cholerisches Temperament, auch wenn du glaubst, es im Griff zu haben.»

Louis schluckte leer. Er konnte sich nicht vorstellen, dass Valérie etwas von seinen Ausrastern erfahren hatte. Aber sie musste ihn verdammt gut kennen. Sie beobachtete ihn in seinem Tun. Das war es. Sollte er ihr deswegen grollen? Fischbacher hatte bewiesen, dass er zu ihm hielt. Wie war es mit Valérie? Er durfte ihr keinen Anlass geben, auf ihm herumzuhacken.

«Also gut, ich habe es mir anders überlegt. Du wirst deinen Laptop bekommen.»

***

Die Besprechung auf dem SSB war auf den späten Nachmittag verschoben worden. Schewtschenkos Verhaftung und der anonyme Anrufer hatten erste Priorität. Die Ermittlungen im Fall des betagten Ehepaares, das am Vorabend in Seewen überfallen und ausgeraubt worden war, hatte Fischbacher kurzfristig in eine andere Abteilung verschoben und Louis mit Valéries Ermittlungsleitung beauftragt.

Louis verlor vorerst ein paar Worte über Valéries Gesundheitszustand. Er verschwieg, dass Valérie vom Krankenbett aus weiterrecherchieren wollte. Das war ihrer beider Geheimnis. Zudem glaubte er nicht unbedingt daran, dass sie dort weiterkam, wo er stagnierte.

Erich Sidler hatte er noch lange nicht aus dem Kreis der Verdächtigen gestrichen. Wenn es hart auf hart kam, würde er ihn mit dem Ukrainer konfrontieren.

Nachdem er seiner Truppe die Aufgabenblöcke verteilt hatte, ging Louis auf die Etage zurück, wo sein Büro lag. Er verharrte dort vor der Tür, bis er sicher war, dass ihm niemand gefolgt war. Er schloss Valéries Bürotür vis-à-vis mit dem Schlüssel auf, den sie ihm im Spital überreicht hatte.

Die Unordnung auf ihrem Pult überraschte ihn nicht. Valérie gehörte zu den Menschen, die selbst im Chaos ein System hatten. Louis lächelte, als er nach ihrem Laptop griff, der unter einem Stapel Klarsichtmäppchen und dem Dossier eines verjährten Falls lag. Dabei fiel sein Blick auf eine Notiz neben einer gebrauchten Kaffeetasse. Er nahm den Zettel zur Hand. Eine Telefonnummer, eine Adresse und ein Name.

Louis spürte einen heftigen Stich im Brustbereich. Es war nicht der Name, der ihn aufregte. Weder die Adresse noch die Telefonnummer. Es war die Zeichnung, die ihn irritierte: zwei Herzen und Amors Pfeil. Kein Zweifel: Louis hielt eine Liebeserklärung in der Hand – von diesem Zanetti!

Am Abend kehrte Louis nach Schwyz ins Spital zurück.

Noch immer stand nur seine Orchidee auf dem Fensterbord im Zimmer. Der Staatsanwalt war allem Anschein nach noch nicht wieder aufgetaucht. Auch sonst schien Valérie keinen Besuch gehabt zu haben. Louis brachte ihr den Laptop. Er hatte es eilig. Keine Minute länger als nötig wollte er in diesem Zimmer bleiben. Zanetti würde heute Abend vorbeikommen. Er spürte es in den Fingerspitzen.

Er konnte den Kerl nicht ausstehen.

Verletzte Eitelkeit, hätte Fabia gesagt, wenn sie seine Gedanken gekannt hätte.

«Bist du im Stress?» Valérie war soeben mit dem Nachtessen fertig geworden. Auf dem Teller waren eine Scheibe Brot und ein Stück Käse zurückgeblieben.

«Wir haben noch andere Fälle als den von Gross», wich Louis aus. «Aber den WLAN-Anschluss hast du.» Er holte einen Zettel aus seiner Jackentasche. «Hier, der Code wurde mir am Empfang ausgehändigt. Somit habe ich heute mein Soll erfüllt.»

«Danke, du bist ein Schatz!»

Das hatte sie ihm noch nie gesagt. Er durfte dies allerdings auch nicht zu stark bewerten.

«Musst du schon wieder gehen?»

«Ja, tut mir leid. Aber wenn's zeitlich reicht, werde ich morgen wiederkommen.» Er ging rückwärts aus dem Zimmer. Valérie tat ihm leid. Sie kam ihm in diesem Moment wie ein Engel mit gebrochenen Flügeln vor.

EINUNDZWANZIG

Bereits um halb sieben war Tagwache. Das Pflegepersonal brachte Medikamente, kontrollierte die Infusion, fragte nach den Wünschen fürs Mittagessen. Es herrschte ein geschäftiges Treiben.

Valérie war froh, heute endlich etwas gegen ihre Langeweile unternehmen zu können. Den Laptop hatte sie über Nacht aufgeladen, nachdem sie zu müde für erste Recherchen gewesen war.

Heute würde sie einen neuen Weg gehen, weg von den falschen Verdächtigen wie Lusti, Sidler und Herger. Schewtschenko war in U-Haft. Er hatte den Mord an Gross begangen. Das stand ausser Zweifel. Es gab diese Übereinstimmung in der Datenbank. Die Speichelprobe vom Fenstersims.

Wer aber hatte den Mord in Auftrag gegeben?

Valérie gab in der Suchmaschine den Namen Vladimir Schewtschenko ein. Nachdem weder das Ripol noch Eurodac noch Interpol Brauchbares über den Schützen ausgespuckt hatten, bestand die Möglichkeit, auf einschlägigen Seiten etwas über ihn zu erfahren. Sein Auftraggeber hatte ihn schliesslich auch gefunden. Valérie arbeitete sich Seite um Seite durch, ohne irgendwelche Übereinstimmungen mit dem Inhaftierten zu entdecken. Es gab ein paar Einträge, die in Ukrainisch verfasst waren. Diese Seiten tauchten allerdings an letzter Stelle auf.

Valérie spürte, wie die Arbeit sie anstrengte. Sie musste höllisch aufpassen, damit sie ihren rechten Arm nicht bewegte.

Louis hatte ihr eine Kopie der Gesprächsaufzeichnung mit dem anonymen Anrufer gebracht. Valérie schob den USB-Stick ins Laufwerk. Sie installierte einhändig die Kopfhörer. Was sie gleich zu hören bekam, ging niemanden etwas an. Falls eine Pflegerin gerade ins Zimmer kam, würde sie davon ausgehen, dass Valérie der Musik lauschte und sich ein wenig entspannte.

«Vladimir Schewtschenko?» Keine Stimme, die sie kannte.

«Ya ne rosmovlyayu ukrayinsykoyu movoyu», sagte Louis. Valérie schmunzelte. Ihr Kollege schien ein paar Talente zu haben, die ihr bis anhin fremd gewesen waren.

«Wer redat da?», sagte der Anrufer.

Valérie wiederholte die Sprechsequenz.

«Wer redat da?»

Dieser Dialekt! Sie erinnerte sich: Elia Casanova, der Beistand der Pagani-Kinder, redete genau gleich. Einen Moment lang glaubte sie, Casanova zu hören.

Louis hatte ihr gesagt, dass der Fremde zuerst kommentarlos aufgelegt hatte, bevor er ein zweites Mal anrief. War er erschrocken, weil man den Anruf entgegennahm? Wollte er sich vergewissern, dass Schewtschenko auch sicher tot war? Erschossen im Feuerhagel der Polizei? Immer mehr kam Valérie zu dem Schluss, dass man sowohl ihr als auch Schewtschenko bei der Gesslerburg eine Falle gestellt hatte. Der Auftraggeber hatte die beiden Seiten absichtlich aufeinandertreffen lassen. Mit der Idee, dass Schewtschenko dabei ums Leben kam. Somit würde der letzte Zeuge aus der Welt geschafft sein. Hatte er für den Auftragsmord nicht bezahlen wollen?

Sebastian Herger!

Henry hatte den Auftraggeber als gepflegten Herrn – oder so ähnlich – beschrieben.

Sebastian Herger!

Warum kam ihr immer wieder dieser Name in den Sinn? Sie hatte ihn schon längst ad acta gelegt. Er war frei. Weitere Massnahmen hatte Fischbacher nicht als nötig erachtet.

Sebastian Herger. Musste sie ihn im Auge behalten?

Nach dem Mittagessen rief Valérie Angela Pagani an. Sie hatte es sich lange überlegt. Sie musste damit rechnen, dass Angela Pagani den Anruf verweigerte, nach allem, was sich die Polizei mit ihrem Lebenspartner erlaubt hatte. Sie würde es ihr erklären müssen, sollte sie darauf zu sprechen kommen. Doch so weit kam es nicht.

Pagani war gut gelaunt. Sie erzählte von ihren Kindern, vor allem von den Zwillingen, denen es Im Boden gut gefalle. Sie hätten schon neue Freunde gewonnen, mit denen sie den langen

Weg zum Seemattschulhaus zurücklegten. Nebst dem Hockey würde Sandro jetzt auch noch einen Karatekurs besuchen.

«Ich muss Sie sprechen.» Valérie startete einen Versuch.

Eine Weile hörte sie nichts mehr.

«Frau Pagani?»

«Ja, ja … ich bin dran. Worum geht es jetzt noch? Ich dachte, wir hätten es ausgestanden.»

Valérie berichtete über den unfreiwilligen Aufenthalt im Spital, worauf Angela Pagani ihr Mitgefühl ausdrückte.

«Ich weiss, es ist nicht üblich. Wenn Sie es jedoch richten könnten, wäre ich froh, wenn Sie mich im Spital besuchen.»

«Aber ich kenne Sie doch kaum.»

Valérie überlegte sich, ob sie gerade einen Fehler beging. «Würde es heute Nachmittag passen? Ich nehme an, es ist der einzige Tag, an dem Ihre Kinder noch die Schule besuchen, bevor die Weihnachtsferien beginnen.»

«Sie machen es mir nicht leicht. Was würde Sebastian dazu sagen?»

«Es wäre besser, Sie würden ihn nicht sofort einweihen.»

Pagani schwieg. Valérie vernahm nur ihr hektisches Atmen.

«Frau Pagani?»

«Ich weiss nicht so recht … Sebastian ist nicht da. Er ist schon vorausgereist. Wir wollten ja Ferien im Engadin machen.»

«Es dauert nicht lange.»

Wieder ein Zögern. «Ich … ja, also gut. Sie können auf mich zählen.»

***

Valérie kam von einem Ausflug über vier Stockwerke im Spital zurück. Sie müsse sich bewegen wegen der Thrombosengefahr, hatte man ihr gesagt, ansonsten bekäme sie entsprechende Medikamente. Den Infusionsständer musste sie mit sich schleppen. Es war eine eigenartige Wanderung, mit dem Gestell neben sich, dem ultrakonservativen Nachthemd, das man ihr gleich nach der Operation angezogen hatte, und dem fixierten Arm. Auch deswegen wurde sie von Angela Pagani nicht gleich erkannt.

Die Frau stand etwas unbeholfen vor der Zimmertür, als Valérie bei ihr eintraf.

«Hallo, Frau Lehmann ... Sie in dieser Aufmachung zu sehen, ist sehr ungewohnt.»

«Guten Tag, Frau Pagani.» Valérie reichte ihr die linke Hand. «Danke, dass Sie sich die Zeit nehmen konnten, um mich zu besuchen. Gehen Sie schon mal vor. Bis ich mit diesem Christbaum liege, kann es dauern.» Sie sagte nicht, wie müde sie das Gehen gemacht hatte.

Angela Pagani half ihr wie selbstverständlich ins Bett. «Tut's noch weh?»

«Im Moment nicht. Ich werde mit Schmerzmitteln vollgepumpt. Keine erfreuliche Sache, so eine Schussverletzung. Es ist meine erste ...»

«Das tut mir sehr leid. Es hätte nicht so weit kommen dürfen.» Angela setzte sich auf einen der Besucherstühle. «Ich habe nicht mal Blumen mitgebracht. Aber wenn ich mich hier so umsehe, hatten andere Leute bereits die Idee.»

Zu der Orchidee hatte man fünf langstielige Rosen von Zanetti gestellt, einen bunten Herbststrauss von ihrer Abteilung, von Henry organisiert, der ihr in einer kurzen Mitteilung Claudius' Krankheitsbild erläutert hatte. Er leide ausser Zweifel an einem Asperger-Syndrom. Es hatte ihm offenbar keine Ruhe gelassen. Dann war da noch ein Weihnachtsarrangement von Max Schilliger. Friedhofsblumen, hatte Valérie zynisch gedacht und den Geruch von welkenden Blüten wahrgenommen.

Sie startete ihren Laptop auf, loggte sich ein und aktivierte den Lautsprecher. Sie suchte nach der Datei mit dem Anruf, den Louis ihr gebracht hatte. Diesen hatte sie bereits auf die Festplatte kopiert.

«Ich möchte, dass Sie sich diese Stimme anhören.»

Pagani beugte sich über die Bettdecke. Die ganze Farbe war aus ihrem Gesicht gewichen. «Was für eine Stimme?»

Valérie fuhr mit dem Cursor auf die Datei und klickte sie an. «Konzentrieren Sie sich auf die folgende Frage.»

Angela war es nicht geheuer. Valérie sah es ihr an.

«Sie machen mir Angst.»

«Das ist nicht meine Absicht.»

Pagani schloss die Augen und lauschte konzentriert. Valérie beobachtete sie.

«Wer redat da?»

Angela brauchte nichts zu sagen. Sie zuckte zusammen, ihr Gesicht lief rot an, als schämte sie sich für das Gesprochene, das sie soeben gehört hatte.

«Er ist es, nicht wahr?»

«Seit wann wissen Sie es?» Pagani strich sich nervös mit der Hand über die Stirn.

«Seit eben.»

«Meine Reaktion vorhin?»

«Exakt.»

«Muss ich davon ausgehen, dass Sie mich in eine Falle gelockt haben?»

«Im Gegenteil.»

«Was wollen Sie unternehmen?»

«Das, was ansteht.» Valérie sah ihr Gegenüber skeptisch an. «Kann ich Ihnen vertrauen?»

«Ja, das können Sie.»

«Kein Wort über unser Treffen hier?»

Angela Pagani hob feierlich ihre rechte Hand in die Höhe. «Kein Wort darüber.»

***

«Wir haben eine Handyortung», verkündete Louis. Den Fall Lehmann, wie es in den Akten stand, sah er nicht als neuen an, denn vielmehr im Zusammenhang mit dem Fall Gross. Der Schütze auf der Gesslerburg sass in Untersuchungshaft. Und jetzt dies: Es gab eine erste Spur ins Bündnerland.

«Also musste an diesem Anruf auf Schewtschenkos Handy doch etwas dran sein. Der Kerl kommt möglicherweise aus Graubünden oder hatte dort in den letzten Tagen zu tun. Die letzte Ortung führte auf den Corviglia. Ist ja bekannt, dieses Skigebiet. Der Gesuchte verbringt offenbar seine Skiferien im Oberengadin.»

Das Team hatte sich reduziert. Fabia und zwei weitere Kollegen hatten sich vor dem Mittag in die Weihnachtsferien verabschiedet. Man hatte auf die Festtage kurz mit Rimus angestossen. Fabia hatte einen selbst gemachten Lebkuchen mitgebracht. Die weihnachtliche Stimmung der letzten Jahre hatte sich jedoch nicht eingestellt. Der Anschlag auf Valérie hatte Spuren hinterlassen. Die Untersuchung des Einsatzes war im Gange. Fischbacher persönlich hatte sie in Auftrag gegeben. Max Schilliger drohte ein Verfahren wegen Nichteinhaltens der Sicherheitsvorschriften. Fischbacher lag viel daran, den Einsatz der «Luchse» zu analysieren und die Frage zu klären, was schiefgelaufen war.

Die zuständige Polizei im Kanton Graubünden zu informieren, war für Louis keine zwingende Massnahme. Solange der Gesuchte nicht wusste, dass er gesucht wurde, konnte die Schwyzer Polizei in aller Ruhe die Ermittlungen aufnehmen. Louis sah sich bereits Richtung Oberengadin fahren. Er könnte das Nützliche mit dem Schönen verbinden. Seit zwei Jahren war er nicht mehr auf den Skiern gestanden, war sich nicht einmal sicher, ob er den Stemmbogen noch beherrschte. Er hatte spät mit dem Skifahren angefangen und es zu früh unterbrochen. Trotzdem reizte ihn das Vorhaben. Vielleicht würde Fischbacher sogar zustimmen. Louis hatte in den letzten Tagen ein paar Pluspunkte bei ihm gesammelt. Einerseits zeigte es, dass Valéries Ausfall ihm zu neuen Chancen verhalf, andererseits bewies es, dass Louis ihr ohne Weiteres das Wasser reichen konnte, auch wenn sie den Dienstgrad eines Oberleutnants hatte und er bloss Leutnant war.

Aus Schewtschenko hatte Louis nichts mehr herausgebracht. Er musste davon ausgehen, dass der Ukrainer seinen Auftraggeber gar nicht kannte. Zwischenzeitlich hatte der Richter den Beschluss für eine Kontoüberprüfung ausgestellt. Schewtschenko verfügte über ein einziges Bankkonto bei der UBS in Schwyz, wo er vorübergehend Wohnsitz hatte. Er war als Untermieter bei einer betagten Frau untergekommen. Er lebte in einem einfachen Studio mit angrenzendem Badezimmer. Die Vermieterin hatte nur Worte des Lobes für den Ukrainer übrig. Er sei ein armer *noun*, hatte sie ihn verteidigt. An sein unglückseliges Gesicht habe sie sich gewöhnt.

Die Zimmerdurchsuchung hatte keine neuen Erkenntnisse

gebracht. Weder wurden ein PC noch ein Laptop noch andere technische Geräte gefunden. Weder Waffen noch Beweise dafür, wer Schewtschenko den Auftrag zum Mord erteilt hatte.

Louis schlug einen Schnellhefter auf. «Wir haben hier ein paar Bewegungen auf Schewtschenkos Konto. Bis Anfang Dezember sind die obligaten monatlichen Überweisungen des Sozialamts Schwyz eingegangen. Diverse Einzahlungen wurden an verschiedenen Poststellen auf den ganzen Kanton verteilt getätigt. Die Nachforschungen haben ergeben, dass es Adressen sind, bei denen Schewtschenko im laufenden Jahr als Taglöhner gearbeitet hat. Bereits diese Tatsache hätte Beachtung finden müssen. Er hatte kein Recht, hier zu arbeiten. Auffällig daran ist allerdings, dass seit September diese Zahlungen ausblieben. Mitte November ging eine Zahlung im Betrag von fünftausend Schweizer Franken ein. Genauer am 14. November. Aufgabestelle war ein Postamt in Zuoz.» Louis schlug ein anderes Dossier auf. «Zuoz liegt im Oberengadin, in nächster Nähe von Madulain, wo Sebastian Hergers Eltern ein Ferienhaus haben. Ich werde das sofort überprüfen. Ich werde herausfinden, ob Herger Mitte November im Engadin war.»

«Soll ich das übernehmen?», fragte ein Polizist mit Schmachtlockenfrisur.

«Nein, das lass mein Job sein.»

«Warum hat man Herger wieder laufen lassen?», fragte jemand.

«Wir schlossen ihn nach dem Überprüfen seiner Alibis aus. Den 5. Dezember hatte er mit Angela Pagani und deren Kindern in Morschach verbracht. Im Nachhinein sind zwei Erwachseneneintritte ins Bad zum Vorschein gekommen. Zudem erinnerte sich eine Serviceangestellte an die Familie mit den vier Kindern. Insbesondere an die Zwillingsmädchen. Nach dem Stand der heutigen Erkenntnis könnte Herger jedoch der Auftraggeber sein.»

«Das ist noch sehr vage», tönte es vom Ende des Tisches.

«Ich glaube, es gibt Indizien genug.»

«Hast du seine Stimme erkannt?», fragte Henry, der immer wieder Notizen in sein blaues Buch schrieb.

«Sie war verstellt.» Louis fuhr sich mit der Hand über sein

widerspenstiges Haar. «Herger ist der Einzige, der ein Motiv hatte, Gross zu töten. Er konnte einerseits nicht mehr zusehen, wie der Richter seine Lebenspartnerin zugrunde richtete, und andererseits lag die Anklage wegen Kindsmissbrauchs bei Gross. Zudem wissen wir, dass er im Oberengadin einige Kunden betreut. Er fährt in der Woche mindestens einmal dorthin. Sollte ich herausfinden, dass er am 14. November in Zuoz war, haben wir den Beweis.»

Fischbacher, der bis anhin still vor sich hin brütend dagesessen hatte, meldete sich: «Das ist eine sehr einseitige Vorgehensweise, Louis. Gesetzt den Fall, du findest heraus, dass Herger am 14. November tatsächlich in Zuoz war, weisst du nicht, ob er auch die Einzahlung auf dem Postamt getätigt hat. Mittlerweile sind eineinhalb Monate vergangen. Die Postangestellten werden sich kaum an das Gesicht erinnern.»

Louis wischte sich mit der Hand über den Mund. «Sollte ich von dir grünes Licht bekommen, werde ich gleich anschliessend ins Engadin fahren. Wir haben Hergers Fahndungsfoto. Ich werde es herausfinden. Je schneller, desto besser.»

Fischbacher senkte den Blick auf den Tisch.

Louis sah ihn erwartungsvoll an. «Gib mir die Chance, den wahren Mörder zu überführen. Herger ist möglicherweise schon im Engadin.»

Fischbacher dachte ans Budget, ohne ein Wort zu sagen. Hier galten andere Massstäbe. Doch mit Louis' Idee konnte er sich nicht ganz anfreunden. Der schale Nachgeschmack blieb, dass er sich Valéries Abwesenheit zunutze machte.

«Falls du mir jemanden zur Seite stellen willst, bin ich nicht abgeneigt.» Louis liess nicht locker.

Fischbacher sah endlich auf. Er hatte keine andere Wahl, als diesem Vorschlag zuzustimmen. «Meinst du, du schaffst es allein?»

«Heisst es, du unterstützt mich?»

«Ich glaube nicht, dass wir eine Alternative haben.»

Louis schüttelte den Kopf. «Ich denke nicht.»

***

In Sagliains lag der Schnee meterhoch. Louis verliess die Rampe der Autoverladestation der Rhätischen Bahn und tauchte in eine Winterlandschaft ein. Über dem Hochtal des Oberengadins lag der Himmel mit jenem purpurnen Glanz, den es nur in der Stunde des Einnachtens gab. Keine einzige Wolke störte das Bild. Gestochen scharf zeichneten die umliegenden Berge ihre Konturen auf die Leinwand des Firmaments. Aus dem Schatten schälten sich helle Flecke – die allmählich aufflammenden Lichter. Es war sibirisch kalt. Minus sechzehn Grad zeigte die Aussentemperatur an. Unter den Reifen knirschten Schnee und Eis.

Louis fuhr fünfundzwanzig Kilometer bergwärts. Aus dem Inn stiegen Nebel auf wie tanzende Elfen. Vom Autoradio ertönte der Nachrichtensprecher und störte diese Idylle durch seine Negativschlagzeilen. Louis schaltete das Radio aus. Er konzentrierte sich auf die Fahrbahn, die stille Landschaft und gab sich ganz dem irisierenden Schimmer hin, der sich mehr und mehr ins Tal schob.

Zuoz war trotz des späten Tages belebt. Die letzten Skifahrer kehrten vom Pizzet und Albanas zurück. Das Dorf erinnerte an eine Kulisse aus einem Wintermärchen. LED-Lämpchen glitzerten unter zentimeterdicken Schneehauben, was ein mystisches Licht auf die verschneiten Wege warf. Louis fuhr zum Bahnhof. Von dort folgte er einem Hinweisschild, das ihn zum Hotel Allegra führte. Dort hatte er noch ein einziges freies Zimmer gefunden.

Louis freute sich auf das Nachtessen um sieben. Er hatte noch etwas Zeit. Mit den Recherchen wollte er anderntags beginnen. Vor seiner Reise ins Oberengadin hatte er Rickenbach fast Hals über Kopf verlassen. Nach dem Briefing am frühen Nachmittag war er dorthin zurückgekehrt und hatte seinen Handkoffer gepackt. Viel brauchte er nicht. Und sollte es zum Skifahren reichen, würde er sich die komplette Ausrüstung mieten.

Jetzt lag er auf dem Bett. Vor sich hatte er die Akte «Herger» ausgebreitet. Das Fahndungsfoto lag obenauf. Er schob es beiseite. Sie hatten alles über den mutmasslichen Auftraggeber zusammengetragen. Auf den ersten Blick schien er ein ganz normaler Mensch zu sein. Ohne Fehl und Tadel.

Finanziell stand er nicht schlecht da. Er hatte sich in den letzten Jahren einiges zusammengespart. Sein Treuhandbüro lief gut. Er hatte ein beachtliches Portfolio. Louis konzentrierte sich vor allem auf die Kontenbewegungen des letzten Monats. Wenn Herger am 14. November fünftausend Franken auf Schewtschenkos Konto einbezahlt hatte, musste er am selben Tag oder im Voraus einen ähnlichen Betrag abgehoben haben. Louis schätzte ihn allerdings nicht so naiv ein, dass er sich den exakten Betrag einmalig auszahlen liess. Louis fand schnell ein paar Beträge im Bereich von tausend Franken, die er seit Oktober von verschiedenen Bancomaten abgehoben hatte. Anfang November hatte Herger tatsächlich zweitausend Franken in Zuoz abgehoben. Das konnte wohl kein Zufall sein.

Louis suchte in Hergers Portfolio Adressen von Kunden, die in Zuoz wohnten. Er stiess auf einen Makler, der Ferienwohnungen verkaufte und vermietete. Weiter hinten fand Louis die Adressen eines Schreiners sowie einer Kleiderboutique.

Warum hatte Herger Kunden im Oberengadin? War dies darauf zurückzuführen, dass seine Eltern ein Haus in Madulain besassen? Hatte er Beziehungen und sich hier ein zweites Standbein aufgebaut?

Louis suchte nach Hergers Foto und betrachtete es.

Das Porträt eines Mittvierzigers. Auf den ersten Blick ein sympathischer Mann, der trotz des ernsten Gesichts einen vertrauenerweckenden Eindruck hinterliess. Alles Täuschung, war sich Louis sicher. Er verstand nicht viel von der Deutung der Physiognomie. Das überliess er gern den Profis. Henry zum Beispiel hatte ein Händchen dafür. Für Louis zählten Fakten. Und die lagen vor ihm: Sebastian Herger war mit Sicherheit am 14. November in Zuoz gewesen und hatte eine Einzahlung auf Schewtschenkos Konto getätigt. Den letzten Zweifel würde Louis morgen aus dem Weg räumen.

ZWEIUNDZWANZIG

Valérie erwachte aus einer unruhigen Nacht. Ihr Kreislauf hatte verrücktgespielt. Mehrmals hatte sie die Nachtwache rufen müssen, weil ihr Bett sich drehte. Ihr Arm schmerzte, aber sie vertrug die Medikamente nicht.

Sie wusste genau, woran es lag. Es ärgerte sie, dass sie im Fall Gross nichts unternehmen konnte. Ihr waren die Hände gebunden. Nachdem Angela Pagani sie gestern verlassen hatte, dachte Valérie, möglichst schnell ihren Verdacht Louis mitzuteilen. Sie erfuhr dann, dass er sich auf dem Weg nach Zuoz befand. Warum hatte er sie nicht darüber informiert? Gehörte er jetzt zu den einsamen Wölfen, die Fischbacher verachtete? Oder war es Dominiks Idee gewesen? Was hatten sie während ihrer Abwesenheit herausgefunden?

Auf jeden Fall schwand ihr Bedürfnis, mit Louis über das zu sprechen, was sie zu wissen glaubte. Vielleicht war er auf dasselbe Resultat gekommen wie sie. Er hätte wenigstens Kontakt zu ihr aufnehmen können.

Als Valérie nach dem Frühstück Zanetti anrief, wurde sie mit seinem Anrufbeantworter verbunden. Seine Abwesenheit erfüllte sie mit Traurigkeit. Seit gestern Morgen hatte sie nichts mehr von ihm gehört. Am Mittwochabend war er kurz bei ihr gewesen, allerdings sehr spät. Sie hatte schon fast geschlafen, als er ins Zimmer kam und ihr rote Rosen brachte. Ein Liebesbeweis? Er war nicht lange geblieben, hatte sie auf den nächsten Tag vertröstet. Sie hatte jedoch vergebens auf ihn gewartet. Einsam war sie durch die endlos langen Gänge des Spitals gewandert, hatte Patienten getroffen, denen es wahrscheinlich schlechter ging als ihr, und hatte darüber nachgedacht, wie eine Zukunft mit Emilio aussehen mochte. Dieser Mann hatte ihr den Kopf verdreht, ihr Leben komplett aus der Bahn geworfen. Ihre Vorsätze, sich nie mehr mit einem Mann einzulassen, versickerten im Boden wie feinkörniger Sand. Wenn sie an Emilio dachte, schmerzte ihr Herz. Es war ein süsser Schmerz, den sie letztmals vor sechsundzwanzig Jahren gespürt hatte. Damals, als sie mit ihrer Jugendliebe Philippe Roduit im Gras gelegen hatte. Am Lac Supérieur. Über ihnen der Sommerhimmel und der Wind, der ihre erhitzten Körper kühlte. Damals hatte sie danach gelechzt, endlich erwachsen zu werden. Sie war es eher geworden, als sie es sich vorgestellt hatte. Plötzlich war der Ernst des Lebens da, und die Jahre vergingen immer schneller. Bevor sie sich versah, war sie dreiundvierzig geworden.

Zanetti brachte ihr das süsse Gefühl der Verliebtheit zurück. Seit ihrem ersten Kuss war sie in jene Zeit zurückgefallen, die ihr so unbekümmert und leicht vorgekommen war. Der letzte Tag mit Philippe war auch der letzte Tag ihrer Unbeschwertheit gewesen. Als sie an diesem Tag nach Hause gekommen war, bekam ihr junges Leben einen Kratzer.

Als man das kaum angerührte Frühstück abgeräumt hatte, startete Valérie den Laptop. Sie hatte alles notiert, was Angela Pagani ihr erzählt hatte. Ihretwegen hatte Angela Pagani ihre Mutter aus Luzern aufgeboten, damit sie nach der Schule die Kinder in Empfang nahm, ihnen das Abendessen zubereitete und die Zwillinge zu Bett brachte. Angela Pagani war bis fast um neun Uhr bei ihr geblieben. «Ich muss Ihnen noch etwas beichten», hatte sie gesagt, «etwas, das Sebastian verschwiegen hat. Er hat das Fahndungsbild in der Presse gesehen und ihn gleich wiedererkannt. Im letzten Sommer bekam er einen sonderbaren Anruf eines Kunden. Dieser wollte ihn in Zürich sprechen. Sebastian ging nichtsahnend zum vereinbarten Ort auf den Parkplatz hinter dem Bahnhof. Dort wurde er von ebendiesem Typen zusammengeschlagen.» Sie hatte die Zeitung aufs Bett gelegt. «Vladimir Schewtschenko. Diese Kreatur hat Sebastian krankenhausreif geschlagen.»

«Hat Ihr Freund eine Anzeige erstattet?», hatte Valérie gefragt, die eine ganze Palette von Puzzleteilen erkannte, die zueinanderpassten.

Pagani hatte bejaht.

«Und Sie hatten niemanden in Verdacht?»

«In Verdacht schon, aber keine Beweise.»

«Warum hat sich Ihr Freund nicht bei uns gemeldet?»

«Weil er den Glauben an die Polizei schon längst verloren hat», hatte sie sich enttäuscht geäussert.

Valérie öffnete das Dokument, an dem sie die ganze Nacht gearbeitet hatte.

Sie wusste jetzt, dass der Mann, den sie suchten, nicht einmal vor dem Ultimativen zurückschrecken würde: vor Mord. Valérie vermochte ihr Zittern nicht zu bändigen.

Es war das Protokoll über einen Täter, der nicht als solcher erkannt wurde. Der seine kriminelle Energie ein Leben lang zu verstecken vermochte. Der mit einem falschen Lächeln durch die Welt ging, seine Mitmenschen manipulierte und es wie kein anderer verstand, den schönen Schein zu wahren.

Vor Valérie entstand ein Täterprofil, das sie nie für möglich gehalten hätte.

Das Profil eines gewissenlosen, machtbesessenen Mannes. Das unverfälschte Bild eines Maniacs.

Sollte sie nicht doch Louis einweihen?

***

Das Postamt öffnete um acht. Es dämmerte, als Louis vor der Tür wartete. In der Nacht waren die Temperaturen auf minus zwanzig Grad gesunken. Zudem wehte ein zügiger Wind aus Richtung Maloja.

Um in diesem Tal zu leben, brauchte es abgehärtete Menschen, ging Louis durch den Kopf. Das Skifahren hatte er sich definitiv abgeschminkt. Da blieb er doch lieber im warmen Hotelzimmer, bis er seine Mission im Engadin beendet hatte.

Hinter dem Schalter stand eine junge hübsche Bündnerin. Sie erinnerte ein wenig an die Kultfigur aus Johanna Spyris Weltbestseller «Heidi», natürlich und mit einem rosigen Gesicht. Dass sie in der Post eine Lehre absolvierte, las Louis nebst ihrem Namen auf dem Schild über ihrer linken Brust, auf die er einen Moment zu lange starrte.

«Was gibt es Interessantes, dass Sie mich so anglotzen?» Wenn sie lachte, reichten ihre Mundwinkel fast bis zu den Ohrläppchen. Ihr Gebiss war kräftig und makellos. Auf dem rechten Schneidezahn funkelte ein Swarovskistein.

«Frau Annina Camichel, ich brauche eine Auskunft.» Louis hauchte in seine klammen Hände.

«Von mir?»

«Das wird sich gleich herausstellen, ob Sie mir helfen können.» Er öffnete den Zipper an seiner Winterjacke. «Waren Sie im November schon hier?»

«Wo? In Zuoz?» Annina grinste amüsiert. «Seit meiner Geburt.»

«Ich meine ... seit wann arbeiten Sie hier auf dieser Poststelle?»

Anninas Lächeln nahm noch zu. «Kann es sein, dass Sie mich anbaggern?»

«Das würde mir nie im Leben einfallen.» Louis räusperte sich. Sie hatte ihn durchschaut. Dass er mit ihr flirtete, sah ein Blinder. «Also, seit wann ...»

«Ich begann meine Lehre im August vor einem Jahr.»

«Sind Sie täglich hier?»

«Ja ... mit Ausnahme des Schultags.» Annina griff nach einem Schreibstift, suchte in der Ablage neben dem Schalter nach Papier. Tat auf einmal sehr geschäftig. Offensichtlich wurde ihr die Unterhaltung unangenehm. «Was wollen Sie überhaupt?»

Louis zückte seinen Ausweis. Er sah sich um. Niemand da. Zu dieser frühen Stunde war er mit Annina allein.

Annina sah auf die Karte. «Oops ... Polizei? Was sucht die Polizei aus Schwyz im Bündnerland?» Auf den Mund gefallen war sie nicht.

Louis legte Hergers Foto auf die Ablage. «Haben Sie diesen Mann schon einmal gesehen?»

Annina sah das Bild eingehend an. Sie nahm es in ihre Hand und studierte es. Dann drehte sie es auf die Rückseite, als glaubte sie, die Antwort darauf lesen zu können. «Irgendwie kommt er mir bekannt vor. Wer ist er?»

«Überlegen Sie! War er schon mal an diesem Schalter? Im November zum Beispiel?»

«Ich bekomme täglich viele Leute zu Gesicht», sagte Annina

und legte das Bild zurück. «Die meisten kenne ich aus Zuoz oder Madulain. Wenn man hier in der Gegend aufgewachsen ist, kennt man jedes einheimische Gesicht. Aber dieser hier», sie deutete auf Hergers Porträt, «ist keiner von uns. Möglicherweise habe ich ihn aber schon gesehen.»

«Arbeitet hier jemand, der mir näher darüber Auskunft geben kann?»

«Ja, klar, mein Chef.»

«Und wo ist Ihr Chef?»

«Mein Vater wird bald eintreffen.» Annina lachte verschmitzt. «Er trägt noch Post aus. Da staunen Sie, was? Es liegt in der Familie. Schon mein Grossvater arbeitete bei der Post.»

Louis wartete.

Zweimal fuhren Züge auf dem Bahnhof ein, in dem sich die Postfiliale befand. Kunden gab es mit Ausnahme eines älteren Herrn keinen. Dieser liess sich allerdings auf einen länger dauernden Schwatz mit Annina ein.

Plötzlich traf Louis ein Schwall kalter Luft. Unter der offenen Tür stand ein breitschultriger Mann mit Kappe und dick wattierter grauer Jacke. Unter dem Arm trug er eine Tasche aus Segeltuch. Vor seinem Mund stieg eine weisse Wolke auf.

«Papa, das ist Herr Camenzind von der Schwyzer Polizei», sagte Annina, bevor Louis etwas erwidern konnte. «Er sucht einen Mann.»

«Allegra.» Camichel schüttelte den Schnee von der Jacke und mit seiner Pranke Louis' Hand. «*Wen* suchen Sie?»

Louis deutete auf das Foto. «Diesen Mann hier.»

Camichel nahm es auf. «Ach ja, ich erinnere mich. Habe ihn schon bei uns gesehen.» Er wandte sich an seine Tochter. «Das ist doch der Sohn der alten Hergers aus Madulain. Die verbringen ihre Ferien, seit ich weiss, in ihrem Haus in der Via Vallatscha. Ist er nicht Treuhänder?»

«Keine Ahnung, Papa.» Annina drehte sich nach Louis um. «Mein Vater hat ein ausgezeichnetes Gedächtnis.»

«Erinnern Sie sich, ob er am 14. November hier am Schalter fünftausend Schweizer Franken einbezahlt hat? Ein so hoher Betrag müsste ja auffallen.»

«Am 14. November? Das war ein Montag. Nein, Herr Herger war nicht da.»

«Aber Sie kennen ihn, weil er hier ab und zu Einzahlungen macht?» Louis sah sein Gegenüber erwartungsvoll an.

«Nein, nein … er macht hier keine Einzahlungen. Er holt ab und zu seine Post bei uns ab. Die müssen wir von Zeit zu Zeit zurückbehalten. Meistens dann, wenn weder seine Eltern noch er in Madulain sind.»

Louis fuhr sich mit der Hand über die Stirn. War seine Reise vergebens gewesen? «War er nicht doch hier … vielleicht an einem andern Tag? Es könnte doch sein, dass er trotzdem einmal eine Einzahlung machte.» Louis' Enttäuschung stand ihm ins Gesicht geschrieben. «Vielleicht am Samstag davor …»

«Nein, Herr Camenzind.» Camichel zog seine Jacke aus. Ein verfilzter Wollpullover kam zum Vorschein. «Herger tätigt seine Bankgeschäfte immer übers Internet. Ich weiss es so genau, weil er mir darin einmal einen Crashkurs gegeben hat.»

«Kann es sein, dass Sie Herger demnach sehr gut kennen?»

«Gut ist übertrieben. Es gibt Leute, die vergisst man eher, die andern weniger. Herger gehört zu den Letzteren. Ich musste nämlich kräftig in meine Tasche greifen. Der Kurs war sauteuer. Eine einmalige Sache. Seither gehen wir uns aus dem Weg … also, wir reden nur gerade miteinander, wenn er hier auftaucht. Über Belangloses und so …» Camichel rieb sich die Nase. «Sonst noch etwas? Ach ja … da fällt mir ein … warten Sie mal. Ich kann nachsehen, wer am … 14. November, sagten Sie … hier am Schalter war. Fünftausend Franken? Ein hoher Betrag. Ist nicht üblich. Es gibt noch ein paar Alteingesessene hier, die ihre Bankgeschäfte über die Post abwickeln. Leute, die mit der heutigen Technik nicht zurechtkommen, ihr nicht trauen und sich davor fürchten, jemand könnte ihnen das Konto hacken. Sie kommen auch gern auf einen Schwatz vorbei.»

Camichel verschwand hinter einer Tür. Louis hörte es rumpeln. Schubladen wurden auf- und wieder zugemacht. Wenig später kam Camichel neben seiner Tochter am Schalter wieder zum Vorschein. Er legte ein Buch mit abgewetzten Ecken und

Kanten auf die Ablage. Er blätterte, suchte nach Einträgen, stoppte abrupt. «Hier, da ist der 14. November. Tatsächlich war an diesem Tag jemand hier, der fünftausend Franken einbezahlte.» Camichel drehte das Buch so, dass Louis einen Blick auf die aufgeschlagenen Seiten werfen konnte. «Solch hohe Beträge notieren wir jeweils separat. Das ist der Name ...»

Louis riss den Mund auf. «Sind Sie sicher?»

Camichel nickte wohlgefällig. «Todsicher!»

***

Valérie ruhte sich aus. Das Lesen des Protokolls hatte sie ermüdet. Am Vormittag war der Chirurg, der sie operiert hatte, bei ihr gewesen, um die Wunde am Arm anzusehen. Sie verheilte langsam. Auch die Röntgenaufnahmen waren zufriedenstellend gewesen. Sorge machte ihm allerdings die Unverträglichkeit der Medikamente.

«Dann muss ich wohl auf alternative Medizin umstellen», hatte Valérie gescherzt, was der Arzt mit einem bitteren Lachen quittierte.

Ihr iPhone klingelte. Valérie griff auf die Kommode, wo es lag. Sie erkannte Louis' Nummer und fuhr über den Touchscreen.

«Hallo, Valérie. Ich hoffe, es geht dir gut.»

«Es geht aufwärts.» Louis' unverständliches Verhalten ärgerte sie noch immer.

«Ich bin in Zuoz.»

Damit, dass er ihr das mitteilte, hatte sie allerdings nicht gerechnet.

«Ich weiss.»

Louis räusperte sich. «Tut mir leid, dass ich dich nicht über meine Reise informiert habe.»

«Bist du wenigstens in deinen Ermittlungen weitergekommen?»

«Ja, allerdings ...» Seine Euphorie verschwand jedoch gleich wieder. «Ich habe mich getäuscht.»

«Wie getäuscht? Warte mal.» Valérie legte das iPhone auf die

Bettdecke. Sie zog sich am Triangel hoch. «Bin wieder da. Was ist passiert?»

«Ich bin ein Idiot.»

Valérie widersprach ihm nicht. Louis' Alleingang behagte ihr nicht. Und Fischbachers Einverständnis, wenn er es denn gegeben hatte, konnte sie überhaupt nicht nachvollziehen.

«Jetzt kenne ich aber den Namen des Mannes, den wir suchen.»

«Warst du auf der Post?»

«Warum meinst du?»

«Weil einer der Beweise dort liegen müsste … Wir hätten miteinander kommunizieren sollen, Louis. Du hast es mir eigentlich versprochen. Erinnerst du dich? Vor zwei Tagen war's, als du mir den Laptop gebracht hast.»

«Sorry … das kannst du mir tatsächlich vorwerfen. Aber ich wollte einfach auch mal einen Erfolg verzeichnen können.»

«Zusammen hätten wir es geschafft, da ich in der Zwischenzeit auch einiges herausgefunden habe.»

«Respekt, Frau Kollegin», rutschte es Louis heraus. «Und das meine ich nicht sarkastisch. Du hast mir tatsächlich etwas voraus.»

Valérie kommentierte es nicht.

«Wie bist du auf ihn gekommen?», fragte Louis.

«Weiblicher Instinkt?»

«Du bist unheimlich.»

«Aber unheimlich gut …» Valérie lächelte vor sich hin. «Hör zu. Ich lasse dir die Freude. Ich nehme an, du hast noch einiges bei unserm Chef gutzumachen.»

«Du hast davon gehört?»

«Dein unzimperliches Verhör von neulich. Mir entgeht nichts.»

«Danke, Valérie.»

«Ich werde dir den Rücken stärken. Es ist alles, was ich von hier aus tun kann.» Sie zögerte. «Wo bist du jetzt?»

«Immer noch in Zuoz. Ich werde heute zurückfahren. Die Festnahme liegt nicht mehr in meiner Hand. Fischbacher wird die Kollegen im Bündnerland informieren müssen.» Louis räusperte sich. «Nun sag mir, wie *du* auf ihn gekommen bist.»

«Sein Name … er kam immer wieder vor. Mir hätte es schon früher auffallen müssen … seine bösartigen Aktionen, die Anstiftungen, haltlosen Anzeigen. Er war in meinem Kopf drin, und ich wollte es nicht wahrhaben.» Valérie verschwieg, dass sie Parallelen zu Willy sah.

«Francesco Pagani!», sagte Louis. «Am 14. November zahlte er auf der Poststelle in Zuoz fünftausend Franken auf Vladimir Schewtschenkos Konto ein.»

DREIUNDZWANZIG

Als Valérie am Samstagmorgen erwachte, stand ein weihnachtliches Arrangement mit Kerze neben ihrem Bett. Sie blickte zum Fenster und direkt an die Mythen, die, in ein rötliches Licht gehüllt, Schwyz zu bewachen schienen. Der heutige Tag begann beinahe wolkenlos. Der Schnee hatte sich in den letzten Stunden unter Föhneinbruch reduziert. Eine weisse Weihnacht würde es wohl nicht geben.

Zum Frühstück brachte man ihr Christstollen und Honig. Valérie setzte sich auf. Heute fühlte sie sich zum ersten Mal, seit sie hier war, ausgeruht und auf dem Weg der Besserung. Auch die neuen Schmerzmittel vertrug sie gut.

Nach der Arztvisite um neun klopfte es an die Zimmertür.

Zuerst sah sie nur den Tannenbaum mit den roten Kugeln. Fast einen Meter hoch war er und verdeckte die Person, die ihn trug. Dann erklang ein Weihnachtslied, das sie zum letzten Mal vor Jahren gehört hatte: «Süsser die Glocken nie klingen ...» Der Duft nach Zimt und Apfel wehte in ihre Richtung.

Valérie konnte nicht anders, als laut herauszulachen.

Was für ein herrlicher Kitsch!

«Bonjour, maman!» Colin baute sich vor ihr auf, nachdem er den Tannenbaum auf dem Fensterbord platziert hatte.

«Colin! Was für eine Überraschung.» Valérie spürte den Kloss im Hals. Er unterband ein weiteres Sprechen.

«Ich bin froh, wieder bei dir zu sein», sagte er. «Dad hatte mich letzthin zurückgerufen. Darum haute ich einfach ab. Ich hatte Streit mit ihm ...»

«Darüber reden wir ein andermal, okay?» Valérie berührte sein Gesicht. «Schön, dass du da bist.»

Colin trat zur Seite.

«Hallo, meine Liebe.»

«Katja!» Valérie schluckte überwältigt. «Katja, du ... Wer hat dir davon erzählt?»

«Diesem Gentleman hier habe ich zu verdanken, dass ich

überhaupt von deiner Misere erfuhr.» Katja wandte sich nach dem Mann um, der nach ihr ins Zimmer getreten war. «Eigentlich müsste ich dir böse sein, dass du mich im Ungewissen gelassen hast.»

Valérie musterte ihre Freundin. Katja mit Hut. Katja, die sie vor zwanzig Jahren in Zürich kennengelernt hatte. Psychiaterin mit eigener Praxis. Ledig, selbstständig und unglaublich lieb. Sie war ihre beste Freundin geworden, obwohl sie fast zwei Jahrzehnte älter war als sie. Mit Katja verband sie eine Freundschaft, die nicht von dieser Welt zu sein schien. Heute sah sie äusserst adrett aus. Sie, die sich ansonsten nicht viel aus Mode machte. Sie trug ein eierschalenfarbenes Kostüm. Dazu eine dunkelblaue Bluse, die ihren samtenen Teint schön zur Geltung brachte. Obwohl schon zweiundsechzig, trug sie wenige Falten, denn viel mehr ein immer herzliches Lächeln auf dem Gesicht, das von grauen halblangen Haaren umrahmt war.

Und dann sah sie ihn. Den Mann, der ihr Leben auf den Kopf gestellt, nach dessen Berührungen sie sich in den letzten Stunden gesehnt hatte, nach dessen Küssen sie lechzte.

«Emilio!» Valérie fand keine Worte.

Zanetti stellte sein iPhone ab, nachdem das Weihnachtslied verklungen war. «Das war Colins Idee.» Er warf ihrem Sohn einen verschmitzten Blick zu.

Was für eine Freude! Alle ihre Liebsten bei ihr. Ein gutes Omen, dachte Valérie. Vergessen war die Enttäuschung, weil sie Emilio einen ganzen Tag lang nicht gesehen hatte. Er war wohl auf der Suche nach Katja und Colin gewesen. Hatte sie überraschen wollen, heute am 24. Dezember. Ein warmes, zärtliches Gefühl durchströmte sie.

Zanetti umarmte sie. «Frohe Weihnachten, mein Liebes.»

«Joyeux noël, maman.» Colin legte ein Päckchen auf die Bettdecke, während Katja einen Blumenstrauss aus Zellophanpapier wickelte.

«Ich habe gehört, dass du deinen Fall gelöst hast», sagte Zanetti. «Gratuliere!»

«Wie kommst du darauf, dass ich ihn gelöst habe?»

«Louis hat es uns mitgeteilt.»

«Aha.» Valérie hob ihre Augenbrauen. «Interessant. Ich denke, dass wir den Fall gemeinsam gelöst haben.» Doch sie freute sich über Louis' Loyalität ihr gegenüber. «Und, habt ihr Francesco Pagani schon inhaftiert?» Valérie warf Katja einen Blick zu.

«Colin, wollen wir uns in der Cafeteria etwas zu trinken holen?»

Valérie nickte ihrer Freundin dankbar zu.

«Das war Sache der Engadiner Polizei», sagte Zanetti, als die Tür ins Schloss fiel. «Verrätst du mir, wie du auf ihn gekommen bist?»

«Mein erstes Gefühl hat mir recht gegeben. Ich kann dir nicht sagen, ob es Intuition oder Erfahrung war. Sebastian Herger hat mich jedoch auf seine Spur gebracht. Er vergöttert Angela. Da ist etwas an dieser Frau, das mich an Sucht denken lässt, an Obsession. Ihre Art, dieses Charisma, das keinen Mann kaltlässt, hat er sie denn mal erobert. Angelas Geschichte, die Erzählungen über ihren Mann, der sie zeit ihres Ehelebens unterdrückt und manipuliert hat. Ihre Flucht im letzten Sommer. Die kleinen, auf den ersten Blick unscheinbaren Seitenhiebe, die von Francesco Pagani ausgingen, die Anzeige wegen Kindsmissbrauchs, die sich als haltlos und nicht bewiesen herausstellte. Meine Menschenkenntnis … da gibt es Parallelen zu meinem Mann. Wenn ein Machtbesessener seines Eigentums beraubt wird … und mit Eigentum meine ich seine Frau … setzt er alle Hebel in Bewegung, um sie zu zerstören … Ich habe es am eigenen Leib erfahren.»

Zanetti fuhr ihr mit der Hand zärtlich über die Narbe. «Hat es damit zu tun?»

Valérie seufzte. «Herr Pagani ist nur noch einen Schritt weiter gegangen … Als Angela mir über ihre Ehe berichtete, wusste ich, dass ich nicht weit von meinen Vermutungen lag. Als sie noch die Stimme des anonymen Anrufers erkannte und mir erzählte, dass Sebastian Herger in Zürich von Schewtschenko angegriffen worden war, war für mich der Fall klar. Ich prüfte noch einmal das Konto des Ukrainers. Es gab zwei Einzahlungen von der Poststelle in Zuoz. Die erste war zwei Tage bevor Herger niedergeschlagen wurde getätigt worden.»

«Aber warum der anonyme Anruf? Und warum die Inszenierung mit Schewtschenko? Wo liegt das Motiv?»

«Wie mir Angela ihren Mann beschrieb, ist er ein geiziger Mensch. Warum soll er den Ukrainer bezahlen, wenn er ihn ans Messer liefern kann? Wahrscheinlich wurde er ihm zu gefährlich.»

Zanetti nickte nachdenklich. «In der Zwischenzeit hat Schewtschenko gestanden. Pagani hatte ihm zwanzigtausend Franken versprochen, wenn er Gross eliminierte. Fünftausend als Anzahlung und der Rest nach der Tat. Schewtschenko habe gesehen, wie ein Mann in der Poststrasse den Wohnungsschlüssel in den Briefkasten geklebt habe. Somit habe er ohne grosse Anstrengung seinen Posten beziehen können, näher als geplant, aber … so seine Worte … effizienter.» Zanetti schüttelte den Kopf. «Aber warum Gross? Das geht bei mir nicht auf.»

«Gross war die Schlüsselfigur», sinnierte Valérie vor sich hin. «Nach Gross' Entscheid verlor Angela die Kinder an ihren Nochehemann. Nach dem Entscheid des Kantonsgerichts musste er sich als Sieger gefühlt haben.» Sie schluckte leer. «Dann kam die Niederlage. Schlag auf Schlag. Francesco Pagani wurde hereingelegt. Damit, dass Angela von einem auf den andern Tag den Kanton wechselte, wurde er von ihr richtiggehend ausgetrickst. Von da an hatte er nichts mehr in der Hand. Er erlitt wahrscheinlich die heftigste Niederlage seines Lebens. Er wollte nur noch Rache. Es ging ihm nicht um die Kinder, denn vielmehr um das Glück seiner Nochehefrau. Die Anzeige wegen Kindsmissbrauchs, das Zurückhalten der Alimente … kleine subtile Stiche, die zum Gau führten. Er musste erfahren haben, dass die Anzeige respektive die Anklage bei Gross gelandet war. Der Richter war der einzige Mensch, den Pagani dafür benutzen konnte, um sich an seiner Frau und ihrem neuen Lebenspartner zu rächen. Er legte die Spuren bewusst in ihre Richtung. Er muss geahnt haben, dass wir im Laufe der Ermittlungen auf Angela und somit auf Herger stossen würden. Ein Psychopath kennt keine Grenzen.»

«Du hättest Psychologin werden sollen.» Zanetti küsste sie auf die Lippen. «Ich ziehe meinen Hut vor dir.»

Valérie nickte. «Ich denke, es wird noch einiger Erklärungen bedürfen. Wir haben Fehler gemacht und einen Unschuldigen festgenommen. Wir haben uns von Francesco Paganis perfider Strategie irreführen lassen …»

«Das sollte dich weiter nicht beschäftigen.» Zanetti strich ihr über die Stirn.

Valérie lächelte leise. «Wirst du mit Colin und Katja Weihnachten feiern?»

«Das hatten wir eigentlich vor. Ich habe die beiden erst gestern kennengelernt. Eine herzliche Frau, diese Katja. Und deinen Sohn mag ich. Er ist klug.» Zanetti küsste sie wieder. «Wie steht es um dich? Weisst du schon, wann du entlassen wirst?»

«Wohl noch vor Neujahr.» Valérie schniefte.

«Das ist ja wunderbar. Ich habe uns nämlich ein Weekend in einem Wellnesshotel im Südtirol gebucht. Nur du und ich. Wir werden dort Silvester feiern, und du kannst dich von erfahrenen Händen pflegen lassen.» Er hob schmunzelnd die Augenbrauen. «Oder aber ganz von meinen Händen … Katja wird sich in dieser Zeit um Colin kümmern.»

«Das ist schon abgemacht?» Valérie wischte sich mit der linken Hand über die Augen.

«Ja, das haben Katja, Colin und ich so vereinbart.»

Endlich kamen die Tränen.

***

Louis band sich die Krawatte um – seine einzige –, während er auf die Polizeinotiz in der Zeitung starrte. «Das Rätsel um den Mord an Bezirksrichter Gross ist gelöst», las er. «Am 23. Dezember konnte in St. Moritz der mutmassliche Hintermann und Auftraggeber F.P. verhaftet werden. Das Motiv ist Gegenstand der laufenden Ermittlungen. Die Bündner Staatsanwaltschaft ermittelt.»

Louis klappte die Zeitung zu. Jetzt durfte er sich entspannt auf den Weg zu seiner Mutter machen. Sie hatte ihn zum Thailänder in Luzern eingeladen.

Glossar

Allegra – rätoromanischer Gruss

Asperger-Syndrom – Variante innerhalb des Autismusspektrums, Entwicklungsstörung

Bergell – südbündnerisches Tal

Christbaum – Weihnachtsbaum und schweizerdeutsches Synonym für Infusionsständer

Chrüzlistreich – die einhändig geschwungene Geissel schnellt über den Kopf und gleitet über den Kopf wieder zurück

do pobatshennya (ukrainisch) – auf Wiedersehen

Finken – Hausschuhe

Fremder Fötzel (umgangssprachlich) – abschätzig für einen Auswärtigen oder Ausländer

Geissel – ein Stab, an dessen Ende Riemen, Schnüre oder Stricke befestigt sind und der als Peitsche verwendet wird

Geisselklöpfer – Mann, der die Geissel schwingt

Grittibänz – ein aus Hefeteig gebackenes Männchen mit Augen aus Rosinen

Gummel (Schwyzer Ausdruck) – Kartoffel

Iffele – Mitra

Inn – Fluss mit der Quelle am Malojapass, der durch die Schweiz, Österreich und Deutschland fliesst und in Passau in die Donau mündet

Klopfe – Glocke oder Sente mit kurzem Ton, von Hand geschmiedet und genietet, auch Fahrtreichel genannt

Kollegi – Gymnasium Kollegium Schwyz

Litzi – Ortsteil in Küssnacht

Madulain – kleines Dorf in der Nähe von Zuoz

Maloja – Pass zwischen dem Oberengadin und dem Bergell

March – Bezirk im Kanton Schwyz

ʌoun (ukrainisch) – Bär

ˑère (französisch) – Vater

ɔrivit (ukrainisch) – hallo

Sagliains – Autoverladestation beim Vereinatunnel im Unterengadin

Sächsizügli (Mundart) – Gruppenzusammentreffen der Klausjäger um sechs Uhr am nächsten Morgen

Schmutzli – ähnlich dem Knecht Ruprecht, ein Begleiter des Sankt Nikolaus

Stift – Auszubildender, Lehrling

tak (ukrainisch) – ja

Träsch – aus Kernobst, in der Innerschweiz aus Birnen gebrannter Schnaps

Treichel – bauchige, gehämmerte (nicht gegossene) Glocke

Vereinatunnel – Verbindung zwischen dem Unterengadin und dem Prättigau

Ya ne rosmovlyayu ukrayinsykoyu movoyu. (ukrainisch) – Ich spreche kein Ukrainisch.

Zuoz – Dorf im Oberengadin

Dank und Nachwort

Die zahlreichen positiven Rückmeldungen meiner geschätzten Leserschaft haben mich für den zweiten Schwyzer Krimi besonders motiviert. Ich danke den Leserinnen und Lesern für ihre Treue, denn ohne sie gäbe es Valérie Lehmann nicht.

Ein grosser Dank gebührt dem Präsidenten der Sankt Niklausengesellschaft Küssnacht, René Räber, für Rede und Antwort sowie der Glockenschmiede Schelbert im Muotathal bei der Abklärung der verschiedenen Glockenarten.

Ein besonderer Dank geht an David Mynall, Sachbearbeiter Information der Kantonspolizei Schwyz, an meine Tochter Melanie, die mir in rechtlich heiklen Fragen geholfen hat, und ebenso an meinen Mann und ehrlichsten Kritiker Peter, der zudem ein besessener Krimileser ist.

Danke dem gesamten Team des Emons-Verlags, das an diesem Buch gearbeitet hat – sei es in der Beratung, der Umsetzung oder der Werbung. Danke an Irène Kost, meine Lektorin.

Die Geschichte von Angela Pagani basiert auf einer wahren Begebenheit. Ihre Figurenbiografie, jene der Familienangehörigen und des Lebenspartners sowie der Mord sind aber frei erfunden.

Silvia Götschi
JAKOBSHORN
Broschur, 320 Seiten
ISBN 978-3-95451-260-7

«Die genau ergründeten Charaktere und ein sarkastisches Gesamtkonstrukt zeichnen den Roman aus. Davos gibt zudem ein atmosphärisches Panorama für den Plot ab.» Bote der Urschweiz

«Psychologisch subtil, feinsinnig, unheimlich. Gänsehaut garantiert.»
Davoser Zeitung

Silvia Götschi

MATTAWALD

Broschur, 304 Seiten

ISBN 978-3-95451-482-3

Die achtzehnjährige Laraina Vetsch wird tot im Mattawald aufgefunden; die Polizei geht von einem Suizid aus. Doch Larainas Schwester glaubt nicht an einen Selbstmord und bittet ihre ehemalige Schulkollegin Allegra Cadisch um Hilfe. Die junge Jurastudentin nimmt undercover in einem Davoser Hotel eine Stelle an und ermittelt vor Ort – nicht ahnend, dass sie sich damit selbst in Lebensgefahr bringt.

Silvia Götschi
HERRENGASSE
Broschur, 336 Seiten
ISBN 978-3-95451-713-8

«Die Autorin lässt in diesem Krimi wieder ihrer Fantasie freien Lauf und zeigt das beschauliche Schwyz und seine (fiktive) Politikprominenz von einer eher dunklen und abgründigen Seite.»
Anzeiger Luzern

Silvia Götschi
BÄRENTRITT
Broschur, 272 Seiten
ISBN 978-3-95451-777-0

«Silvia Götschi beweist mit ‹Bärentritt› ihr feines Gespür für tiefe Figuren und die oft dramatische Dynamik, die aus zwischenmenschlichen Verbindungen im Guten wie im Bösen erwachsen kann.»
Rigi Anzeiger

«Silvia Götschi versteht es bestens, mit einem spannenden Plot und einem aktuellen Hintergrund ihre Leser zu packen.» Anzeiger Luzern

www.emons-verlag.de